線が血を流すところ

ジェスミン・ウォード

石川由美子訳

作品社

線が血を流すところ

目次

ジョシュア・アダム・デドーへ
彼は導き、わたしは従う

イサクは、妻に子供ができなかったので、妻のために主に祈った。その祈りは主に聞き入れられ、妻リベカは身ごもった。ところが、胎内で子供たちが押し合うので、リベカは、「これでは、わたしはどうなるのでしょう」と言って、主の御心を尋ねるために出かけた。主は彼女に言われた。……二つの民があなたの腹の内で分かれ争っている……。

——『創世記』二十五章二十一〜二十三節より

なぜイエスは天使を従え、悪魔は火を従えるのか？　神は世界を愛するあまり悪漢には石を投げて祝福する。おれを捕らえるまではけっしてやめない。悪魔よおれを守ってくれ。たぶん主はおれを殺す気だ。

——パスター・トロイ「ヴァイスヴァーサ」より

プロローグ

それは若く小さな川だった。ミシシッピ州南部に広がる松の林に源を発するその川は、赤い粘土質の地面からしみ出たのち、茶色い流れとなってゆっくり蛇行しながら灰色と黄土色の小石の川床を流れて松の間を縫い進み、手首が浸かるほどの浅瀬だったかと思えば男三人分の背丈ほども深くなって、メキシコ湾岸に広がる砂と緑の低地を目指す。川は地面を這(は)い進み、太くなったかと思えば細くなって木の橋やコンクリートの橋をかいくぐり、白く細長い砂州に縁取られて、小さな木立の中に入りこんでは再び現れ、やがて幾筋にも分かれて湿地帯(バイユー)を通り抜けると、小さな入江に注ぎこむ。そんな川の終わり近く、よくある小さな橋の中央に、十代後半の少年――双子の兄弟が立っている。両脚は欄干をまたいだ外にあり、汗で滑る生暖かいスチールの手すりをうしろ手に握っている。眼下にはウルフ川の水が深く黒々と横たわり、流れを映してさざ波が立っている。いまから二人で飛びこむところだ。

日は一、二時間前に昇ったばかりだが、五月の下旬にしてはずいぶん暑い。クリストフ――二人のうち痩せたほうが、腕をほどいて身を乗り出し、水面までの距離を推し測った。肩から背中にかけて、筋肉の筋がロープのように長く浮き上がっている。水はどのくらい冷たいだろうか、とクリストフは考えた。ジョシュア――クリストフよりも背が高く、腕が太くて、胸と腹部をうっすらと覆う脂肪のせいで丸みをおびて見えるほうは、欄干の金属部分の熱を避けてお尻を少しだけのせている。クリストフが横を振り向くと、ジョシュアのまわりで空気が揺らいで見えた。ジョシュアが足を蹴り上げ、夜の酒が残っている。あと三時間で二人は高校を卒業する。

針の形になった。暑さのせいで手が異様に汗をかき、滑りやすくなっている。二人とも体にはまだ前りをつかみ直した。それからジョシュアを振り返ってにっと笑うと、口の端がきゅっと曲がって釣り橋の縁から砂と小石が飛び散った。ジョシュアが笑った。両手が滑るのを感じて、クリストフは手す

「おまえら何やってんだよ？」

ダニー――二人の従兄は、下の砂州でビールを片手に水際に立っている。双子がシャツと靴を脱いでいる間に、車を停めて川岸まで歩いてきたところだ。だらりとたれた長いTシャツがビール腹の前でぴんと張り、ショートジーンズが腰からずり下がっている。橋はこのあたりではいちばん高い部類に入る。かつてはボア・ソバージュ中の子どもたちが自転車で訪れ、日がな一日同じコースを巡り続けた。橋から飛びこんで岸まで泳ぎ、焼けたコンクリートの上をつま先で走り抜けて再び水に飛びこむ。本来なら双子はもう飛びこむような年齢ではない。去年の夏も一度ぐらいは飛びこんだ気がするが、クリストフの記憶は定かでない。ビールを一ケース空けたあとでクリストフが午前四時に橋のことを思いついたときにはダニーも乗り気だったのに、けっきょく彼は飛ばないという。おれはもう二十一だぞ、とダニーは言った。確かに双子はいまでも電線に立つリスのように金属の手すりにうまく立てるが、ダニーには無理だ。

「本当に飛ぶ気はあるのかよ？」ダニーが訊いた。

クリストフは目を細めてジョシュアを振り返った。自分と同じだけれど、違う顔。厚い唇、丸く突き出た鼻、眼下を流れる浅瀬の水と同じ色をした肌を見れば二人はまさに双子だが、顔を近づけてよくよく見れば違いがわかる。ジョシュアの頬と耳にはそばかすが散っているが、クリストフの肌にはしみ一つない。ジョシュアの目は日に当たると薄茶色に変化するが、クリストフの目は濃いままで、黒にしか見えない。それに、ジョシュアの髪はうなじの部分が細くて編みにくい。クリストフはジョ

シュアのほうへにじり寄った。すると腕が触れ合ってつるりと滑り、一瞬、自分で自分に触れたような、腕組みをするときに左右の腕が触れ合うような感覚にとらわれた。クリストフはもういつでも飛べる。胃の中ではビールと不安が渦を巻いている。だが彼は待つつもりだった。ジョシュアのことは知りつくしている。クリストフは何事もさっさとすませるのが好きだが、ジョシュアはときとしてゆったりとかまえる。ジョシュアの視線は流れの先に向いている。蛇行しながら遠ざかっていく川と、岸辺でざわめくオークと松と下草、その陰になかば隠れているおもちゃのように小さな家々を眺めている。

「むこうにある右側のあれ、あの白いやつ、マーミーが働いてたところに似てないか?」

木立の隙間からわかるのは、その屋敷が白くて大きいことと、ガラス窓があることぐらいだ。クリストフはうなずいて、バランスを整えた。

「ああ」

「おれもいつかああいう家を手に入れたいって昔から思ってたんだ。ああいう、でかくてきれいなやつ」

クリストフもそういう家を眺めるのは好きだが、嫌いでもある。自分が惨めに思えるからだ。そういう家を見ると、マーミーのこと——自分たちの祖母のことを思い出す。マーミーがまだ元気で目が見えていたころのこと、四十年にわたり白人たちの屋敷の床をこすって汚れを落としてきたことを。そのマーミーは、いまごろきっとやきもきしながら家で自分たちの帰りを待っているに違いない。糖尿病のせいで見えなくなった目で双子が卒業式に着るガウンにアイロンを当て、ソファーに広げてあるに違いない。唾を飲むと、ぬるいビールの味がした。つまらない屋敷のせいでせっかくの飛びこみが台なしだ。

「まあ、あんな家はおれたちが買えるようになる前に腐って土に返るのがおちさ」クリストフは笑い、ねばついた白っぽい液体を吐き出した。液体は弧を描いてすとんと川に落ちた。「とりあえずさっさと飛びこんで、卒業して金でも稼ごうぜ」

　クリストフの目に汗が沁みた。ジョシュアは水面を見つめ、何度も目をしばたたいている。ごくりと唾を飲むのが見えた。飛びこみを前に緊張しているのだろう。落下の瞬間を想像すると、クリストフの喉にも力がこもる。夏になったばかりで、水はそうとう冷たいに違いない。

「よし、それじゃあ行こうぜ、クリストフ」

　ジョシュアがクリストフの腕をつかんで引っ張った。続いてもう一方の腕を前に突き出し、宙に身をのり出した。クリストフは橋からジャンプするなり、ジョシュアの胸に抱きついた。ジョシュアの体は燃えるように熱く、汗をかいて、クリストフの腕の中で捕らえられた魚のようにくねくねと動く。一瞬、二人で宙に浮いているような、重くじっとりした青い空と周囲の緑と眼下の茶色い水によってそこに留め置かれているような感覚にとらわれた。遠くのほうで道のむこうから近づいてくる車の音が聞こえる。ジョシュアがたっぷりと息を吐くのを聞いて、クリストフは彼の腕を握った。すると静止の瞬間は去り、二人は下降し始めた。落下に続いて水面にぶつかり、ぬるい水が爆発のような勢いで逆流してきて鼻の奥を焼いた。とっさに口を開けると、水は泥の舌触りがして、砂糖を入れない紅茶のような味がした。攪拌（かくはん）された濁り水の中で双子は互いの手を離し、ともに足で川底を探って、もがきながら上方を目指した。水面に顔が出た。二人のまわりで色と光と音が爆発した。洟（はな）と水を吹き出したのち、クリストフは上を向いて笑みを浮かべ、ジョシュアは小指を耳にねじこんだ。

　岸ではダニーが商売用の袋から草を取り出し、ブラントを巻きながら声をたてて笑っている。巻き紙をなめて閉じ合わせ、息を吹きかけて、火をつける。ダニーの口から白い煙が房になって漂い始めた。流れのぎりぎりそばに立っているので、バスケットシューズの先端に川の水がはねている。クリストフが目を細めると、臙脂色（えんじいろ）の革の部分がみるみる濃くなっていくのが見える。ダニーがぴょんと跳んで水から逃れ、二人にブラントを差し出した。だがクリストフの胸は焼け、胃はいまも吐き気で震えている。

「おまえらも吸う？」

ジョシュアは首を振って即座に断り、きらめく茶色の流れに水を吐き出した。クリストフは彼を沈めてやろうと水の中を突進し、肩をつかんで押さえつけた。ジョシュアは身をくねらせて足を蹴り上げ、肩を反らして逃れた。クリストフは滑って水中に倒れ、流れに捕まった。まるでジョシュアがつかんで引っ張っているかのようだ。上でジョシュアが笑っている。くぐもった低い声がブロンズ色の流れのむこうから響いてくる。すべてがぼんやりとしてやわらかい。クリストフはクリスタルガラスのような気泡を吐き出し、くねくねと逃れるジョシュアのやわらかい脇腹をつかんで、静かな水の中へ引きずりこんだ。

第1章

車の中で、ジョシュアはクリストフの濡れた髪から靴紐のようにたれているふやけた小枝を引き抜いた。三人はダニーの運転でボア・ソバージュを目指し、石ころだらけの田舎（いなか）の舗装道路をのろのろと進んでいるところだ。原生林と赤土の小川と湿地の下生えのただ中で、一、二キロ走るごとに家かトレーラーハウスを通り過ぎ、別の車とすれ違う。ダニーが煙を一吹きして、先ほど川で巻いたブラントをクリストフに差し出した。クリストフは首を振って断った。ダニーは肩をすぼめて再びブラントを吸い、それから音楽のボリュームを上げたので、スピーカーからパスター・トロイがざらついた声でがなりたて、神よ悪魔よと訴えて天と地の使いを呼び起こし、全部まとめて吹き飛ばした。クリストフは脱いだシャツを丸めて膝にのせている。ジョシュアと同様、足ははだしで砂まみれだ。

ジョシュアは同じくシャツを脱いだ体を後部座席いっぱいに伸ばして、先ほどの小枝を足元にぽいと捨てた。それからドアに頬を押し当て、窓の外に頭を半分突き出した。彼はこのあたりの田舎が好きだ。こうして走り抜けるなだらかな起伏のある地面も、狭い道に覆いかぶさる木々も、それが緑のトンネルを作って日差しをばらばらに打ち砕くさまも気に入っている。クリストフとともに中学、高校とバスケットボールをして過ごしたので、ジャクソンやハッティズバーグ、グリーンウッドまで遠征試合に出かけたり、トーナメントでニューオーリンズまで出向いたりした経験から、州南部の風景が大方において似たり寄ったりなことは知っている。ようするに、松の林と赤い土とたまに現れる小さな町だ。ボア・ソバージュに特別な何かがあるはずのないこともわかっているが、それでもやはり、特別なのだった。ボア・ソバージュにある雑木林はすべて知っているし、迷い犬も一匹残らず知っている。舗装のはげかけた道路のカーブも、老朽化して傾いた家の不揃いな壁も、隠れた場所にある泳げるような小さな池も、全部知りつくしている。海沿いに並ぶほかの町はいずれも境界が曖昧で、サークルKやカトリック教会などの目印がなければ一方の町からもう一方の町へ移ったことにも気づかないが、ボア・ソバージュは入江の奥にひっそりと位置し、町の三方を自然の境界に囲まれている。ウルフ川の流れこむバイユーが町の南と東西をぐるりと囲み、その水が天使の入江（ベイ・オブ・エンジェル）を経てメキシコ湾に流れこむ。バイユーを渡ってボア・ソバージュから隣町のセントキャサリンに出る道路は二本のみ。小さな町の北側は州間道路で線を引くように蓋をされ、そのむこうには鬱蒼（うっそう）とした棘々（とげとげ）の松の森が地平線まで続いている。それは見事な美しさだ。

　祖父母の一族がなぜニューオーリンズからここへ移ってきたか、乾いた夏には腐った卵のにおいがたちこめ、雨の多い夏にはあっさり流されてしまうというのに、なぜわざわざ難儀をして砂混じりの低地を耕したか、ジョシュアにはよくわかる。ミシシッピの沿岸地域はニューオーリンズよりも土地が安かったので、一帯には黒人系のクレオールが多く住みついた。彼らはブロークンイングリッシュやブロークンフレンチを駆使して交渉に臨み、数ヘクタールの土地を購入した。とはいえ、彼らや近隣に住む貧しい白人たちの暮らしがその後も金持ち頼みだったことに変わりはない。彼らはニューオーリンズに暮らす裕福な白人移民が週末を過ごすための海辺の別荘を建て、掃除をし、庭の手入れをした。そして魚を捕り、エビを捕って、牡蠣（かき）を収穫した。それでもここには、自分たちの土地と空間があった。

　彼らは自分たちだけの小さな自給自足のコミュニティを形成した。似たような境遇の者同士で結婚し、赤い土で小さくいびつな家を建てた。種を蒔（ま）いてささやかな収穫を得た。馬を飼い、鶏と豚を飼った。裏の林に蒸留小屋を建てて造った酒は、純度が高く油のように濃厚で、喉を焼いて穴をあけるというので評判だった。彼らは土地を子どもたち、それも七人だの十二人だのといった大勢の子どもたちに分け与えた。幼いうちから子どもたちに銃の撃ち方を教え、車の運転を教えて、教室が一つきりしかない七学年までの学校へ送り出した。その子どもたちもまた、小さくいびつな家を建て、十七歳だの十四歳だので結婚して、家庭を築いた。彼らはボア・ソバージュを神の国と呼んだ。

子どもたちの子どもたちが大きくなって政府が学校の人種隔離政策を撤廃すると、子どもたちはセントキャサリンの公立学校に通い、初めて白人と机を並べて座るようになった。子どもたちの子どもたちはビーチを歩くこともセントキャサリンの公園内を歩くこともできたし、そのことで管理人に追い出されたりニガーと罵倒されたりすることもなかった。子どもたちの子どもたちは高校を卒業し、港湾やコンビニエンスストアやレストランで働き、メイドや大工や庭師など、父や母と同じ仕事を得て町に留まった。郡の作業員が道路を舗装する際に砂の下に敷きつめた牡蠣の殻のように、黒人も白人も赤い土の中に身をうずめ、ボア・ソバージュの共同体はこの地に根を下ろした。遠足や遠征で出かけた帰りにバスがバイユーを渡るたびに、あるいはハイウェイを下りてボア・ソバージュへ向かうたびに、ジョシュアはほっと息をつく思いがする。出口を示す小さな緑色の標識を目にするだけで、胸の中で何かがほぐれていく。足をこすり合わせると、濡れた砂が小さな塊（かたまり）になってはがれ落ち、ぬるくなったトウモロコシ粥を思わせた。

自分たちの将来についてクリストフと語り合うときにも、ボア・ソバージュを離れる話は一切出ない。その気になれば、アトランタで暮らす母親のシルのもとに身を寄せることもできるのだが。シルは月に一度、食費や服代の足しにとウエスタンユニオン銀行を通じてマーミーに送金してくる。双子が生まれた時点ではマーミーと実家で暮らしていたが、双子が五歳になった年にアトランタに出て身を立てようと意を決し、家を出た。母親と連れだって仕事に出かけ、自分が汚したわけでもない汚れを落としてテーブルの裏まではたきをかけ、自分の家ほどもあるリビングの床板にモップをかけて、いつどんなときも上品なバラの香りを漂わせている女たちのいる部屋で、自分だけ透明人間になったような気分にさせられるのはうんざりだ、とシルはマーミーに訴えた。住む場所と仕事が見つかったら双子を迎えに人をよこす、とシルは言ったが、迎えは来なかった。シルが家を出て十一か月が過ぎたある朝、マーミーは双子の部屋の入口に立ち、ツインベッドで眠る二人をじっと眺めた。赤みをおびた粗い茶色の巻き毛、ぷっくりした小さな手足、琥珀色の肌。それらを見ながら、シルには二度と、双子を引き取る準備ができたかとは尋ねまいと心に決めた。そしてその夏、双子の髪はシルと同じ深みをおびた赤になり、それから炎が消えて灰と化すように、茶色に変わった。それがマーミーから聞いた話だ。

　その三週間後にシルが帰省したときにも、双子をアトランタへ連れていく話はとくになかった。マーミーはシルとポーチに座り、月々二百ドルを送るように申し渡した。子どもたちはボア・ソバージュに、自分の手元に残すと告げた。シルが同意したとき、双子は奇声をあげて鶏を追い回すのに忙しく、網を張りめぐらせたポーチまで騒ぎが聞こえてきたという。子どもの養育を別の親族が引き受けるのはボア・ソバージュではよくあることだ、とマーミーは言った。マーミーが子どものころにはそれが当たり前だった、と。一九四〇年代には薬も食べ物も不足していたので、子どもが十一人だの十二人だのいる家は、子のない夫婦に一人か二人ぐらいやるのが普通だったし、子どもが親族の中で行き来するのはそれ以上に普通のことだった、とマーミーは言った。ジョシュアが通っている学校にも、祖父母や伯母やいとこに育てられている生徒は大勢いる。だがたとえそうでも、鶏など追い回していじめていなければよかった、とジョシュアは悔やまれてならない。できることならそのとき話していた二人の顔――シルの顔を見ておきたかった。自分たちを残していくことに痛みを感じていたかどうか、自分の目で確かめたかった。

　シルはいま、化粧品店のマネージャーとして働いている。目の色は祖父から譲り受けたグリーンで、髪は長い縮れ毛だ。シルに対して自分がどのような感情を抱いているのか、ジョシュアにはよくわからない。シルの姉、自分の伯母に対するのと似たような感情ではないかと思うが、やはりいちばん好きだと感じることもあるし、ぜんぜんそうでもないときもある。シルは年に二回訪ねてくるが、たいてはナイトクラブやレストランに出かけるか、友達と買い物に行くかしている。そういうことについてクリストフと話すときには、彼のほうも距離をおいた愛情を感じているようだと思うが、確信があるわけではない。シルと電話で話すとき、ジョシュアはあれこれ尋ねて会話を引き延ばし、そろそろ切ってもいいかとシルに請われるのがつねだが、クリストフはけっして五分を超えることはない。

　だが高校二年の夏にシルが来たとき、公園のバスケットコートで皆でバスケをしていたら、シルがいい尻をしているとかなんとか、セントキャサリン出身のルークという少年が下卑た言葉を口にしたことがあった。ルークが具体的になんと言ったか、息を切らしていたせいで声が熱くかすれてどんなに汚らわしく聞こえたか、ジョシュアはのちにクリストフから詳しく聞いた。上背のあるジョシュアはゴール下でダニーのあばらをこづいていたので、ルークの言葉は聞こえなかった。ジョシュアよりも小柄ですばしこいクリストフはボールを持ってコートの端に立ち、ルークを振り払おうとしていた。ルークが問題の言葉を口にしたのはそのときだ。クリストフは顔を真っ赤にしてルークを突き飛ばすなり、ボールを高く持ち上げ、車のピストンのような勢いで顔面に叩きつけた。ボールは鼻に命中した。そこら中に血が飛び散り、クリストフがくそやろうと罵(ののし)りわめくそばで、鼻を覆うルークの指の隙間から血が漏れていた。ダニーが駆け寄って二人の間に立ち、おまえがシル叔母さんのことでくだらない口をきくからだと言って笑った。自分でも驚いたことに、そのときジョシュアの顔は燃えるように熱くなっていた。両手が疼(うず)いて拳になり、ちびで色黒のルークをぼこぼこに殴ってやりたいと感じていた。カラスのくちばしみたいに鋭く整った鼻が女の子に人気のルーク、その鼻がいまは腫れてふくらみ、血にまみれているルークを。こうして思い出すだけでも無意識のうちに息が止まり、脇腹に指が食いこんでいる。ルーク、あのちびのくそやろうめ。

　風がまぶたを押してくるのを感じながら、シルは学校に来るだろうか、とジョシュアは考えた。二人が卒業することはシルも知っている。彼が自分で招待状を送ったのだから。しかもいちばん最初に書いた。ジョシュアはシルが前回来たときのことを思い出した。クリスマスの時期に来て一週間滞在し、ジョシュアとクリストフに小遣いとゴールドのネックレスをくれた。クリスマスの夜、ポール伯父さんの家の庭で他の伯父たちと密造酒を飲みながらフライドターキーを食べていたら、真夜中過ぎにシルが出かけるところが見えて、暗がりの中でジュエリーが照明を受けて冷たく冴えた輝きを放った。そのときの伯父たちの会話が甦った。

「どちらへお出かけかな、お嬢さん？」ポール伯父さんがシルの黒い影に向かって大声で呼びかけた。

「どこだっていいでしょう！」シルも大声で返した。

「まったくもって変わらないな」ポール伯父さんが言った。「いっときもじっとしていられない」

「甘やかされて育ったからさ」ジュリアン伯父さん――背が低くて色が黒く、赤ん坊のようにやわらかい髪をした伯父が、瓶をくわえたまま言った。「末っ子でおやじのお気に入り。そのうえ母さんにそっくりときたもんだ」

「ボトルを一人占めすんなよ、ジュリアン」ポール伯父さんが言った。

　その晩遅くにジョシュアとクリストフが家に帰ると、シルはすでに戻っていた。キッチンのテーブルで腕に頭をのせ、テーブルクロスに静かに息を吹きかけながら眠っていた。二人でベッドに運ぶと、アルコールと香水の甘いにおいがした。シルの顔を最後に見たのは、たしか新年の朝だ。腫れぼったい目でぼうっとしていた。前の晩に一時間半かけてニューオーリンズまで運転し、フレンチクォーターのバーボンストリートでパーティーをしてきた名残だった。ジョシュアとクリストフはヒルにあるレミーの家へパーティーに出かけ、日が昇ってお開きになり帰宅したところで、二人して前日と同じ服でキッチンに入っていくと、シルはマーミーといっしょに青野菜とコーンブレッドと黒目豆を食べていた。マーミーは二人に新年の挨拶をして、におうからさっさと風呂に入りなさいと言った。クリストフとともに立ち止まってマーミーにキスとハグをしたあとで、ジョシュアはシルをハグしようとそちらへ向かった。そのときシルが彼を制し、片手を上げて口にした言葉は、いまもジョシュアの耳に残っている。

「新年早々、勘弁してよ」

においのこと、二日酔いのこと、汚れた服のことを言っているのはわかっていた。ジョシュアは弱々しい笑みを返してうしろに下がった。クリストフはハグをするそぶりもなくキッチンをあとにし、ジョシュアもそれに続いた。二人がシャワーを浴びたあとで、シルが二人の部屋にやってきてハグをした。なんだか切なくなってシルのあとを追いキッチンへ向かうと、シルがお金でふくらんだ銀行の封筒をマーミーに手渡すところが見えた。そうしてシルは去った。こうして考えてみると、シルが自分たちにかける言葉は減る一方で、くれるお金は全般に増えているような気がする。

家に戻ったらシルがいないだろうか、と心の隅で期待してしまう自分を、ジョシュアはどうすることもできなかった。ゆうべ遅くに、自分たちが満点の星を戴く人里離れた野原の真ん中で、点々と集まった車と音楽に囲まれて卒業の前祝いをしている間に、シルが家に来ていたらいいのに。単調に轟く低音に眠気を誘われてジョシュアは目を閉じ、顔に降り注ぐ木漏れ日の熱を感じながら眠りに落ちた。目を覚ますと、車はちょうど前庭に入り、ダニーが音楽のボリュームを落とすところだった。けれどもツツジの茂みと古いオークに囲まれた灰色の小さな家の土の私道に、レンタカーは見当たらない。ジョシュアは胸の中で何かがすうっと落ちていくのを感じたが、それについては深く考えないことにした。

マーミーは庭に入ってくる車の音に気がついた。荒っぽく轟くエンジン音と、古い車体の泣き叫ぶような金属音。そしてラップ音楽。男がわめき散らすくぐもった声と、どすんどすんと響く低音が聞こえてくる。ダニーの車だ。双子が帰ってきたようだ。肌に感じる空気の熱と服が肌にくっつく感触、しだいに大きくなってくるコオロギの鳴き声、もともと交通量の少ない前の通りを走る車がまったくないことからして、時間は差し迫っているに違いない。双子が卒業式で着るガウンにはすでにアイロンを当て、ワイヤーハンガーにかけて玄関ドアに吊るしてある。二人を叱ろうかとも思ったが、やめにした。なにぶん男の子なのだし、それにもう大人なのだから。孫たちは彼女を病院に連れていってくれるし、食事の用意もしてくれる。言葉遣いにも敬意がこもっている。夜には話し相手になってくれることもあるし、夏にリビングの開いた窓から入りこんでくるセミの求愛がうるさいとき、あるいは冬にファンヒーターの唸(うな)る音がうるさいときには、彼女のためにテレビ番組の内容を説明してくれる。彼女の好きな〈オプラ・ウィンフリー・ショー〉と〈コスビー・ショー〉の再放送、それにワニやヘビが出てくるネイチャー番組。子どものころと変わらず礼儀正しく、けっして口答えをしない。いい子たちだ。

正面の網戸がキイと開いて、ポーチを踏む足音が聞こえてきた。双子のうしろを歩くダニーの重い足音と、濡れたジーンズのこすれる音も聞こえる。双子の軽い足音がポーチの上を近づいてきて、玄関のドアを通り抜けた。外のにおいがする。日に焼けた肌と汗、それに淡水と、青々と茂った草の汁のにおいが鼻の中に広がった。肘掛け椅子に座った位置から、青い壁を背景に孫たちの影がぼんやりと見えた。視力が失われたあとで壁を青く塗り替えさせたのは、それまでのような白漆喰(しろしっくい)の壁と低い天井では、境目のない空間で迷子になったような気がしたからだ。青い壁は外の空気を、白い天井は雲を表しているようで、気に入っている。狭く薄暗い廊下を歩くときには、松材の羽目板に沿って指を滑らせ、自分だけの若い松の林にいるところを想像する。彼女の若いころにはボア・ソバージュのほとんどがそういう林に覆われていた。熱くつんとした松の香りを深く吸いこんで、彼女は自分がまだ腰のすらりとした気性の激しい娘だったころのこと、まだ結婚もせず子どもも産んでいなくて、金持ちの白人連中の家の掃除も始めていなかったころ、兄たちに負けないぐらい大量の甘藷（かんしょ）やメロンやトウモロコシを袋に詰めたころのことを思い浮かべる。キッチンの窓辺に置かれた古いラジオから流れてくる小さな音、クラレンス・カーターの真昼のブルースをかき消して、彼女は孫たちに呼びかけた。

「みんなで泳いできたんでしょう」

クリストフが身を屈めてキスをした。

「それに飲んできた！　蒸留器のにおいがするよ」

ジョシュアが笑い、反対側の頬にそっと触れた。

「あんたもね！」彼女は片手でジョシュアをぴしゃりと叩いた。「二人とも体の内側と外側をひっくり返したようなにおいじゃないの。急がないと遅刻だからね。さっさとシャワーを浴びてきて。せっかくレイラが髪を編みに来てくれたのに、本人がいないから帰っちゃったじゃないの。あと一時間でポールが迎えに来て、式に送ってくれることになってるんだからね。あんたたちの準備ときたら女よりも時間がかかって、いつまででも風呂に入ってるんだから。さあ、行った行った！」くたびれたソファーと防虫剤と住宅用クリーナーのにおいの下から、なにかひりつくような重いにおいが漂ってくる。喉の奥をなでるようなにおい。「ダニー、ポーチでタバコを吸ってるの？」

「やあ、マーミー」ダニーが言った。

「やあマーミーじゃないでしょう。あんたはもう着替えたの？」

「おれは式には行かないから」ポーチから声が響いてきた。シガリロの甘く暖かいにおいがさらに濃くなった。

「ああ、そうだね、あんたは行かない。タバコを吸うんならあたしのポーチからとっとと下りて……」

「はいはい、マーミー」

「あんたもさっさと帰って、身ぎれいにしておいで。うちの子たちの卒業をあんたもちゃんと見届けるんだからね。それとあんたの母さんに、マリアンヌとリリーには六時ぐらいに来るように言ってあるから、できればそれまでにガーデンパーティーの準備をよろしくと伝えてちょうだい」ダニーの足が草を踏み、じゅわっと湿った音がした。「それと、その吸い殻をうちの庭に捨てるんじゃないよ。あの子たちが始末することになるんだからね」

「はい、マーミー」

「ほら急いで、ダニー」

「はい、マーミー」

　奥の部屋からジョシュアの笑い声が聞こえてくる。男の子にしては思いがけない声の高さでさもおかしそうに笑うのを聞くと、毎度ながらアニメに出てくる歌うシマリスが思い浮かぶ。マーミーの顔はほころんだ。

「何がそんなにおかしいのやら」彼女は大声で言った。

　ジョシュアの笑い声に、クリストフのくぐもった笑い声がシャワー室から加わった。片方が笑えば必ずもう片方も笑う。マーミーは着ている服の前を引っ張って体から離し、いくらかなりとも汗を冷やそうと試みた。式にはなるべく涼しくさっぱりした状態で臨みたい。シルが卒業するときには、シアーズで買ったワンピースを着た。いま着ている服はゆったりとした作りだが、あのときはもっと体にぴったりしたデザインで、肌が痒(かゆ)くなった。ポリエステル製だった。シルにはブーゲンビリアの花もようのドレスを買ってやった。目を閉じてソファーのクッションに頭をもたせかけると、十八歳のシルの姿が思い浮かんだ。卒業証書を受け取りに向かうシルの肌は、葡萄のようにつやつやと輝いていた。ちょうど双子の父親と恋に落ちたばかりで、はた目にもそれがわかるほどだった。けれども二年後に双子を産むころには、その顔はすっかり変わりはて、さながら硬いキャンディでコーティングされているかのようだった。

ジョシュアの返事が聞こえてきた。布のむこう側から話しているような声。おそらくシャツをかぶりながらしゃべっているのだろう。

「はい、マーミー」

クリストフはタオルで石鹼を泡立て、きらきらと輝くぬめった布を手にシャワーの下に立つと、顔から一気に水を浴びた。水は冷たく、乳首が小石のように硬くなった。バスタブの底に砂が溜まり、細かな茶色い粒が筋を描いてほうろうの表面を流れていく。幼いころからの習慣に従い、彼はまず腹部を洗った。七歳になって自分たちで風呂に入るようになったときに、マーミーにそう教わった。マーミーの糖尿病が初めて明らかになったときのことだ。

だが本当の意味でマーミーの視力が失われ始めたのは、クリストフが十五歳になってからだった。ポットや枕や新聞に手を伸ばすときにマーミーがそちらを見ようともしないこと、彼が話しかけたときにこちらを見る目の焦点が合っていないことに、クリストフは気がついた。家政婦の仕事がしだいに減り始めた。一部の雇い主に汚れが残っていると文句を言われるようになった、とマーミーは言い、そんなことはないのにと否定した。金持ちになればなるほど怠け者になり、細かいけちをつけるようになる、とマーミーは言った。医者嫌いだったので、けっきょくクリストフが気づくまで、マーミーはそのことを隠し続けた。ある晩遅くにダニーとのドライブから戻ったあとで、クリストフはジョシュアとむかい合わせのツインベッドに寝転がり、自分の疑念を打ち明けた。糖尿病のせいで失明するという話は聞いたことがあったが、まさかマーミーの身にそういうことが起こるとは考えてもみなかった。

ジョシュアが眠りに落ちたあとで、クリストフはごろりと壁を向いて泣いた。口で息を吸っては吐き、涙のせいで湧き出す洟を飲み下し、マーミーが二度と自分たちを見られなくなり、家のそこここで蹴つまずくようになるかと思うと、胸が焼け焦げ、心臓を引き絞られる思いがした。彼はリタ伯母さん――ダニーの母親に相談し、それを受けてリタ伯母さんが有無を言わさずマーミーを医者に連れていった。法的にはすでに盲人に該当する、と医者に言われた。リタ伯母さんがマーミーの隣に座って手を握るうしろで、クリストフとジョシュアはなかば壁にもたれ、もっと早くにわかっていればレーザー手術で進行を防げたのにと医者が話すのを、信じられない思いでただ呆然と聞いていた。というわけでレーザー手術は間に合わず、マーミーは外科手術を受けた。手術がすんだあとで、マーミーは青ざめた顔で静かにリビングに座っていた。掃除の手間がはぶけるよう、ぶつかって壊すのではないかと気を揉まずにすむように、部屋にあった陶器の小物や安物のプラスチックの小さな花瓶、棚などは、マーミーに言われてほぼすべて片づけた。マーミーの顔は、包帯の部分だけのっぺらぼうのようだった。医者が包帯をはずして完治を宣言したとき、マーミーは色が染みのように見えるだけでほかは何も見えないと言ったが、少なくともマーミーが完全な闇の中に閉ざされたわけではないとわかり、彼の肌の色や頭の丸い形は見えるのだと知って、クリストフはいくらかなりとも救われた。

体を拭き終えて鏡を拭いたところで、考えまいとしていたのに、つい父親のことを考えた。自分とジョシュアの父親、二人にこの鼻と筋肉質の俊敏な体を授けた人物。シルが家を出る前は、双子にとって〝月に二、三度会える人〟だった。彼が何日か滞在することになれば、それは双子にとって最高に幸せな日々だった。二人で夜遅くまで眠らずに、彼とシルがキッチンで話す声、その後シルの部屋から聞こえてくる押し殺した笑い声に耳を傾けた。けれども彼はそのうち必ずシルと喧嘩(けんか)して家を出ていき、一、二週間後に再びやってくるのだった。マーミーによると、父はボア・ソバージュの暮らしが気に入っているからとアトランタ行きを断り、それが二人の別れを決定づけたという。

シルがアトランタへ行ってからは、父に会うことはほとんどなくなった。訪問の数はしだいに減り、あるとき家に帰るスクールバスの中から父の姿を見かけて、そういえばもう何か月も会いに来ていないことに気がついた。父は角の店でガソリンを入れているところで、その姿を目に留めてクリストフはびくっとした。ジョシュアをつついて合図をすると、ジョシュアも窓の外に視線を向け、二人でじっと見つめるうちに、父はだんだん小さく非現実的になってきて、ずっと同じポーズで静止しているプラスチックの兵隊のように思えてきた。右手は車の屋根の上、左手にはホースを握り、顔は下向き。ふいに木立に視界を遮られて、クリストフは座席に座ったまま正面に向き直り、そばで身を乗り出していたジョシュアも背中を起こして前を向いた。そんなふうに、前の座席のじっとり湿った緑色のビニールカバーを二人でじっと見つめていた。どちらもまだ背が足りなくて、席の向こうを見ることができなかった。

タオルで顔を拭きながら、クリストフは鼻をぎゅっと押さえつけた。その後は年を重ねるにつれ、ボア・ソバージュのあちこちで父を見かけるようになった。二人で自転車を乗り回しているときや、後輪走行で溝に入ったり出たりしているとき、ムッダ小母さんの桃の木から盗んだ実を赤いカートに入れて押していくとき。そしてもっと大きくなってからは、友達と歩きながらこっそりブラントを吸っているときにも。父の名前はサミュエルだが、母のことを母さんではなくシルと呼んで育ったのに対し、父を名前で呼んだことはない。そもそも話しかけられることもなかったし、少なくとも〝遠くにいるから〟という言い訳が成り立つ母親以上に、父親には見捨てられたような気がしていたからだ。サミュエルは見かけるたびに友人といて、手には赤と白のバドワイザーの缶を持っていた。双子が彼のことを話すときには〝あいつ〟とか〝そいつ〟とか言うのがつねで、別の誰かに彼のことを言われたり訊かれたりしたときには一切無視するか、無言で相手を見続けて、質問が宙に消えてなくなるのを待った。やがて成長するにつれ、その場の流れで彼のことが話題になると、二人は近所のみんなと同じ呼び方で、サンドマン、と呼ぶようになった。十三歳のとき、近くに住む麻薬の売人たちの噂を耳にした。ちょうど地域の売人たちがクラックと出会い、ニューオーリンズやシカゴやフロリダに暮らす親族たちからその精製法を学びつつあったころだ。彼らの話を聞いて、どうして見かけるたびにサンドマンがどんどん痩せていくのか、いつ見ても錆(さび)にまみれた古いフォードのピックアップトラックを運転しているのか、やたらに友人たちの庭にいるのか、納得がいった。

　サンドマンは薬物中毒者だったのだ。あるとき公園で、フレッシュにそう言われた。クリストフはピクニックテーブルのベンチに座り、フレッシュが紙幣を数えて百ドル札の束と二十ドル札の束にきれいに分け、クラックのくずを袋に戻して、サイズと価格ごとに大工用の作業ズボンのポケットにしまう様子を眺めていた。するとフレッシュが言った。「おまえ、鼻以外は全部母親にそっくりだな」それから少し間をおいて札束をたたみ、顔を上げて、闘犬(ピットブル)を買おうかどうしようか迷うみたいにクリストフの顔をじっと見てから言った。「あいつがこのくそに手を出してることは知ってるんだろう?」フレッシュの表情から、誰のことを話しているかは瞬時にわかった。クリストフの頭の中で、ドミノが一気に倒れていくようにすべてがぴたりと合致した。「若いころに遊びで粉を吸ってた年上のやつらは、いまじゃみんなこれをやってる。だがこれをやると、みんなあっち側に行っちまう」フレッシュはクリストフをじっとにらんだ。「こういうくそには絶対に手を出すんじゃないぞ。おれも自分じゃ絶対にやらない。おれの鼻毛はいまも全部生え揃ってるからな」フレッシュの口の中できらりと光ったダイヤつきの金歯から目をそむけ、クリストフは十三歳の骨張った肩をだぶだぶのジャージの中ですぼめて、公園のむこうに広がるバスケットコートと野球のダイヤモンド、四方を囲む松の木の棘状の葉を見やった。一羽のカラスが円を描いて松の梢(こずえ)に止まり、先にいた十羽余りの仲間に合流して、ぼうぼうに伸びた針の間に黒い花が咲いたようになるのを眺めながら、クリストフは最後にサンドマンを見かけたときのことを思い出した。クリストフを見ても、うなずきもしなかった。ミスター・ジョーの庭でピックアップトラックの荷台に座り、したたか酔っ払って、十代になったクリストフが目の前を通ってもまるで気づいていなかった。

　クリストフは片手で髪をさっと梳かし、くるりとうしろに巻いた。半年ほど前にフレッシュから聞いたところによると、サンドマンは現在アラバマにいる兄弟のもとに身を寄せて、リハビリに通っているという。クリストフはローションをつけ、体にタオルを巻いて自室へ向かった。途中、バスルームへ向かうジョシュアと狭い廊下で体が触れ合い、その肩にパンチを見舞った。

「おれの分も冷たい水、残してあるだろうな」

「ははっ」

　クリストフはドアを閉じて服を着始めた。ジーンズ、ポロシャツ、買ったばかりのリーボックの靴。それからピンク色のヘアオイルを髪につけて、カールをぴったり押さえつけた。これで、伯父や伯母の見守る前でステージを歩いて卒業証書を受け取り、帽子の房飾りを投げるときにも、爽やかに決めることができるだろう。卒業証書を手にマーミーをハグするときにはいいにおいでいたい。石鹸とコロンのさっぱりした香りを漂わせていたい。クリストフはジョシュアと二人で使っている小瓶から少量をスプレーしてリビングに移動し、その後はもう無駄に動いて汗をかかないよう、ソファーに座っているマーミーのそばに腰を下ろして今日のこと——リタ伯母さんのところで予定されているガーデンパーティーのこと、自分もビールを飲んでもかまわないだろうか、というようなことを話した。マーミーの返事がどうあろうとおそらく彼は飲むだろうし、その事実を隠すだけのことなのだが。もしかするとサンドマンも顔を出すのではないか、とちらりと思ったが、べつにどちらでもかまわないと自分に言い聞かせた。ジャンキーのやつらは自分の手柄でもないくせに、都合のいいところだけ持っていく。しかもたいていは頭が少々いかれている。やっぱり来ないほうがいいかもな、とクリストフは結論づけた。何かの勘違いでいい気になって、あるいはくだらないリハビリに挑戦しているとかで得意になってのこのこ現れようものなら、その顔に一発見舞いたくなるのをジョシュアに押しとどめられるのがおちだ。

　卒業式に向かう車の中で、マーミーは助手席に座って窓枠に肘をのせていた。窓枠とガラスの境目を指でいじりながら見えない目をバイユーに向け、潤（うる）んだまぶたをなかば閉じてぱちぱちさせていると、風が人の手のように喉をぐっと押してくる。運転席のポールは青い半袖シャツのボタンを喉元まできっちり留め、両方の手を注意深くハンドルにのせて、ゆっくりとカーブをたどっている。握った手はそれぞれ十時と二時の位置に置かれ、脇にはすでに黒っぽい汗の輪ができている。クリストフとジョシュアはオールズモビルの後部座席にぎこちなく座って伯父の腕と同じ角度に脚を開き、肘を張って両手を腰に当てている。互いに逆の向きに寄りかかり、道路を縁取る鮮やかな緑の水草と沼の水が滑るように過ぎていくさまや、ときおり視界を横切る浮き島がこんもりと藪に覆われ、ペリカンやツルが大量に群れているさまを眺めている。灰色のアスファルトの両側にはバイユーが地平線を覆いつくす勢いで一面に広がり、そこら中でセミとコオロギが焦げつくようにジリジリ鳴いている。双子の窓もそれぞれ全開になっている。

　マーミーはエアコンが嫌いだ。車に乗っているときにつけるのもいやがるし、家にも取りつけようとしない。あの冷たい空気を吸うと息がしづらくて苦しくなるという。そのため夏の間はみんなで汗をかいている。じっとりした暑さ、扇風機のぶうんという音、高温のせいで膨張して動かなくなるドアといったものに、双子は慣れて育った。子どものころには自分たちの部屋でそれぞれツインベッドのカバーの上に寝転がり、口を開け、ひょろ長い手脚と瘤（こぶ）のような膝と肘をさらして、白いパンツ一枚で眠った。もう少し大きくなってからは、ベッドの上掛けを引きはがし、フラットシーツをはさみこんだ上に古い体操着の半ズボンかボクサーパンツだけを穿いて眠っている。

ジョシュアはドアに肘をのせ、あごに手を当てた。シートの背にもたれないのは、巻き毛がつぶれて平らになるのを避けるためだ。窓の外では道路の縁がちらちらと光り、前方では路面が揺らいで、まるでヘビが、それも何十匹という数が、道を渡っていくように見える。近づくにつれてヘビが消えていくことが、幼いころには不思議でならなかった。そういえば小さいころには、月や太陽が車を追ってくるような気がして、よく座ったまま体をひねってうしろの窓を覗いていた。月や太陽が空を渡って自分を追いかけてくるさまを眺めるのが好きだった。クリストフを振り返ると、彼も腕と頭を似たような角度に保って反対側の窓の外を眺めている。先ほど車に向かって歩きながら、サンドマンが来るかもな、と警告じみた口調でささやかれたとき、ジョシュアはありえないと笑い飛ばした。それからクリストフの口元に気づいて笑いやみ、うなずいた。そうだな、サンドマンがいないかどうか、目を配るようにしよう。車に乗りこむクリストフの肩を見ながら、ジョシュアはシルのことを考えた。もしかしたらシルも来るのではないか、とクリストフも考えているだろうか。ひょっとしてマーミーはシルが来ると知っていながらサプライズにするつもりで黙っているのではないか、と考えているだろうか。ジョシュアは窓の外に手をたらし、流れる風の中を引きずった。来るとしたら、赤い服を着てくるに違いない。ジョシュアにはわかる。シルのいちばん好きな色だ。

学校に着いたのは式の開始十分前だった。二人は服の上にはおるガウンを慎重に手に持って車を降り、小さな駐車場を突っ切って、苔むしたオークの間に這うように延びる赤煉瓦の校舎と左手に広がるフットボールコートを通り過ぎ、教室の真うしろに建つ体育館へ向かった。揃って体育館に入ったところで四人は一瞬立ち止まり、生徒と保護者と親族がせわしなく行き交う中で心細く身を寄せ合った。

卒業生の二人に一人は黄色い文字で「祝二〇〇五年卒業」と書かれた蛍光色の風船を手に、くるくるると巻いたラメ入りのリボンのしっぽを泳がせながら、紙幣でふくらんだメッセージカードを持ち歩いている。あたりには香水とコロンのにおいが濃く立ちこめ、バスケットコートは講堂に様変わりして、床いっぱいに折りたたみ式のパイプ椅子が整然と並んでいる。時間どおりにやってきた親族はその中の気に入った席に陣取り、そうでない者は階段式のベンチ席に甘んじる。ポール伯父さんがマーミーの肘に手を当てて体育館の前のほう、ステージ代わりの長い演壇の近くにいるリタ伯母さんや他の親族の隣に案内する一方で、ジョシュアとクリストフは人混みを避けながら卒業生の席を目指した。卒業生は二百人近くいるが、それでも着席すればせいぜい十列に収まる。セントキャサリン高校は小規模校だ。セントキャサリンとそれに隣接するボア・ソバージュから通う全校生徒を合わせても、大した数にはならない。生徒の約半数は白人、約半数は黒人で、ほかにベトナム系が少々いる。ベトナム系の生徒の親はほとんどがベトナム戦争後にやってきた移民で、エビ漁などの水産業に従事しているが、黒人と白人の親族は、ほぼ全員が二つの町の建設当初からこのあたりに住んでいる。中には苗字が同じ人々もいて、あまり知られてはいないが、人種間の婚姻があったことを物語っている。体育館内の席の分布は、けっして彼らの社会的交流を表しているわけではない。二つの集団の暮らしは大方において分離している。

　ジョシュアは人混みの中に目を凝らし、レイラを見つけた。彼は手を振った。レイラの目は笑うと線のように細くなり、腰はきゅっとくびれている。彼女の唇を見るたびにジョシュアはキスをしたくなるが、本人に言ったことはない。彼とクリストフが童貞を失くしたのは十五歳のときで、相手はセントキャサリンに住む姉妹だった。ダニーがそこの長女に会いに行くときに、いっしょに連れていってくれたのだ。ダニーが自分のお相手と部屋に消え、クリストフとジョシュアは汗だくになってソファーに座っていた。次女のリサが近づいてきてクリストフの膝にのり、戯れ始めた。クリストフがジョークを言い、彼女は笑った。ほどなく二人は廊下の奥に姿を消した。末っ子のニナがジョシュアの隣に来て、学校で彼を見かけたことがあると言った。それから、あたしって九年生のわりには童顔だと思わない、と訊いてきた。ジョシュアが思うと答えると、ニナは彼にキスをした。次に気づいたときには彼女が半裸の姿で上にのり、背中にリモコンが食いこんでテレビの画面が黒くなったが、そんなことにかまっている余裕はなかった。

　帰りにダニーに感想を訊かれてクリストフが笑っていたのとは対照的に、ジョシュアは後部座席で黙りこんでいた。その後もジョシュアがセックスをするときには幸運な成り行きという印象が強いが、クリストフはみるみる自信をつけてきた。いまは新しい彼女と別れたばかりで、本人いわく、しつこくまとわりつくようになったからだという。クリストフに引っ張られて、ジョシュアは席へ向かった。二人の席はD列にあった。右にクリスティ・デジリーが、左にファビアン・ダニエルズが座っている。クリスティはブロンドの髪をせわしなく引っ張ったり、口紅を塗り直したりしている。ファビアンは胸の前で腕を組んで背中を丸め、少しずつ沈んでいくように見える。クリスティには無視を決めこんで、ジョシュアは椅子の端に浅く腰かけ、プログラムに目を通し始めた。

「卒業後はどうする予定？」

　クリストフはファビアンを振り返り、腿の下でかさばっているガウンを整えた。身動きをするのもままならない。ステージを歩くころに若干の皺が寄るのは仕方がないにせよ、あまりひどくはなってほしくない。リタ伯母さんに指摘されるに決まっている。

「とりあえず仕事を探すかな。誰か古い車を安く売りたがってるやつとか、知らない？」

「いや」大きな黒い額に帽子がずり落ちてきたので、ファビアンはそれを頭の上に押し戻した。「何か耳にしたら教えてやるよ。ここを発つ前に聞くとは思えないけどな。おれ、沖合いの油田に行くことになってってさ。伯父さんが応募してくれて、二週間後には始まるんだ」

「あんな海のど真ん中に四六時中閉じこめられるなんて、おれには無理だな。気が変になっちまうよ」クリストフはまたしてもガウンの位置をずらし、腿の下で平らになるように整えた。「でもまあ、稼げるらしいしな。おれも何年かしたら沖合いにでも行って、そんなふうに稼いでみるかな」仕事のためにボア・ソバージュを離れることがあるとすれば、それはもっと何年も先、マーミーが亡くなってからだ。マーミーはこれまで裕福な白人の家で働きづめに働いて双子に食べさせ、二人が幼いころには救世軍に持っていくようにと雇い主に渡された服を着せて、できるかぎりのことをしてくれた。今度は自分たちが返す番だ。

体育館内のくぐもった会話がうるさくて、クリストフは耳がおかしくなりそうだった。プログラムのこすれる音にも、子どもたちの張りあげる奇声にも、男たちが大声で自慢し合う声にも、そしていつ果てるともしれない待ち時間にも、しだいにうんざりしてきた。こういう形式張ったくだらない行事は嫌いだった。さっさと拡声器で名前を呼ばれて卒業証書を受け取り、軽い拍手を受けて、ガーデンパーティーと夏の続きと人生の続きを始めたい。学校はもう充分だ。首に汗をかいて前の五列に大声で指示を飛ばす校長も、レースの襟のついた丈の長いワンピースを着てせわしなく走り回る教師たちも、厳粛な面持ちや退屈そうな顔をしてマイクや演壇のそばの造花をいじる事務職員も、いい加減に眺め飽きた。空調の効いた体育館は寒いほどで、ガウンの下では汗が乾き、水のようにひんやりしたサテンになでられて腕に鳥肌が立ち始めている。ファーベージ校長が生徒の列に身をのり出して「合図を忘れるんじゃないぞ!」とがなりたてたときには、クリストフは危うく中指を突き立てそうになった。ジョシュアがプログラムを手に体を近づけてきた。

「見ろよこれ」

いかにも彼女らしい、とジョシュアは思った。プログラムをめくっていたのは、巻末の家族広告を見るためだ。「輝ける星よ、夢を追え!」とか「パパとママより、愛をこめて」といった小恥ずかしいメッセージとともに、クラスメートのとっておきの写真が少なくとも二、三は載っているはずだった。するとその最後のページに、八センチ×十三センチほどの小さな写真が載っていた。彼とクリストフの写真だった。五歳のとき、シルがアトランタへ発つ日に、リタ伯母さんに頼んで三人で撮ってもらったやつだ。シルは地面に膝をついて真ん中に収まり、二人の肩に腕をのせている。大きな笑み。楕円形の黒いサングラスをかけているのは、ジョシュアの記憶が正しければ、その直前まで泣いていたからだ。両側に立つ双子は、まるで幼い顔をした小さな老人だった。Tシャツはだらりとして、首は横に傾き、どちらもカメラは見ていない。ジョシュアはどこか遠くを見つめ、シャツの裾を握り締めてぽっこりした小さなお腹から引き離している。クリストフはしかめ面をして目はほとんど閉じ、口は下に曲がって皺が寄っている。何か苦いものでも食べたような顔、家の裏にある生木の支柱にからみついた祖父の古い葡萄の木に実がなっているのを見つけて、こっそり摘んで食べたときのような顔をしている。

　写真の下に小さな太字で書いてあった。〈ジョシュア、クリストフ、卒業おめでとう。シルより愛をこめて〉なるほど、そういうことか。その写真と短い言葉を目にした瞬間、ジョシュアは悟った。シルは来ない。いまもリタ伯母さんの隣には座ってないし、たんなる遅刻でもない。親族が集まるガーデンパーティーに来ることもなければ、両手に鍋を抱えてさりげなくキッチンのドアから出てくることも、その鍋をビニールクロスをかけた長い木陰のテーブルに置くこともない。背後で唸る屋外扇風機がシルのワンピースの裾をめくって、脚をちらりと見せることもない。ジョシュアはクリストフにプログラムを渡し、椅子にもたれてさらに深く沈みこんだ。彼がわざと脚を広げてやったので、クリスティはきゃっと叫んで脚を閉じるはめになった。クリスティの口紅と落ち着きのなさが癇（かん）に障（さわ）り、ジョシュアは一瞬、彼女の顔を片手で押さえて化粧をぐちゃぐちゃにしてやりたくなった。彼は振り返って謝ることすらしなかった。

　クリストフはプログラムに目を通して四つに折り、自分のものといっしょに尻ポケットに入れた。

もしかしたら、やっぱり持っていればよかったとジョシュアの思うときが来るかもしれない。ファーベージ校長の開会の挨拶が始まり、クリストフは頭の中でぼんやりと、職探しのためにジョシュアと訪ねられそうなところを数え始めた。ウォルマート、セントキャサリンにある雑貨屋、マクドナルド。

ジョシュアは生徒総代と次席のスピーチを無視し、安っぽいスライドショーも無視した（彼とクリストフは一枚の写真に収まっていた。両手をポケットに入れ、外で休憩用のベンチの上に立っているところで、クリストフはなんだかハイになっているように見えた）。校長が卒業生の名前を呼び始め、他の生徒が演壇を横切るさまを眺めながら、ジョシュアは辛抱強く待ち続けた。卒業証書を受け取ったあとでダンスを踊ってその場を沸かせる者、拳を宙に突き上げる者がいる一方で、緊張してうつむいたままそそくさとステージを横切り、湧き起こる拍手から逃れるように去っていく者もいる。

「クリストフ・デリル」

クリストフは立ち上がって演壇へ向かい、ガウンを整えた。壇に上がると、彼はファーベージ校長と左手で握手をし、右手で卒業証書を握った。革のケースはひんやりとして冷たく、それが手の中で少し滑るのを感じて、自分が汗をかいていることに気がついた。ライトがあまりにまぶしく熱いので、観客の中にマーミーの姿を探すのは諦め、かわりに最高に気取った笑みを浮かべて、リタ伯母さんが一部始終をマーミーに説明してくれることを願いつつステージをあとにした。

クリストフの退場を見届けて、ジョシュアは立ち上がった。

「ジョシュア・デリル」

ジョシュアは壇に上り、校長に挨拶した。ファーベージ校長の汗ばんだ赤い顔にも、卒業証書をいじっている秘書にも、意識を集中できなかった。ジョシュアは聴衆に向かい、ライトのまぶしさに目を細めつつ、なんとか笑みを浮かべようと試みた。ぎらつくスポットライトに抗って（あらが）マーミーを見つけるのが無理なことはわかっていたが、それでもマーミーとポール伯父さんが歩いていったほうを向いて、姿が見えないだろうかと目を凝らした。けっきょく人々の顔と派手な服がごちゃごちゃに見えるだけなので、拍手に合わせて片手を上げ、軽く振って、マーミーや伯父に気づいてもらえることを願った。ジョシュアは自分の席に向かって歩きだした。生徒の列を摺り足で通り過ぎて席に座ったところで、自分が緊張していたことに気がついた。うなじと手脚を覆う細かな金色の毛がぴんと立っている。彼はぶるっと体を震わせ、幼いころ、日の出の直後に走って川に飛びこんだときの感覚を思い出した。リタ伯母さんやポール伯父さんやほかの親族と金曜の夜にキャンプをした翌日、ジョシュアはテントの床に敷いた寝袋の下からお腹を押してくる砂の感触で目を覚まし、誰よりも早く起き出した。いちばんのりしたくて川に向かって駆けだし、ぬるくて気だるい水を予想していたら、あまりの冷たさにショックを受けた。足先から膝にかけて刺すような感覚が走り抜け、皮膚が冷たさから逃れようと縮こまって筋肉に張りつくような感じがした。ジョシュアは顔をしかめ、卒業証書を握り締めた。自分とクリストフが本当に卒業したというのが、なにか信じられない思いがする。彼は席に座ったまま体を横に傾け、クリストフと肩が触れ合うまで近づけた。延々と続く名前の呼びかけが頭の中で詠唱のように低く響くのを感じながら、彼はひたすら終わりを待った。

太陽が木々の梢を赤く染めて、リタ伯母さんのトレーラーハウスを取り囲む木立の中で虫たちが鳴きだし、来るべき夜の涼しさを予告し始めた。庭に点々と立つひょろりとした若いオークの木の下で、ジョシュアとクリストフはダニーとともに木の折り畳みテーブルに向かい、金属とプラスチックの椅子をきしませながら食べ物を前にして座っていた。マーミーは自分の皿にのった食べ物のまわりを手で探りながら、ゆっくりと食べている。チキンの脛肉のバーベキューに、ミートボールとポテトサラダ。子どもたちが小動物のように群れてふざけ、追いかけ合って、庭を行ったり来たり走っている。双子の伯父たち――シルの兄たちは、ドラム缶のバーベキューグリルから離れたところで輪になって座り、ジョシュアの察するところ、自家製のワインを回し飲みしながらタバコを吸っている。

伯父は全部で四人いる。ポール、ジュリアン、マックスウェル、デイヴィッド。リタ伯母さん――シルの唯一の女きょうだいは、グリルの上に屈みこんで汗をかき、頭のうしろでゆるく結んだポニーテールが湿気のせいで縮れて広がっている。片手を腰に当て、もう片方の手でチキンとスペアリブにたれをつけているところで、耳元でいくつものゴールドのイヤリングが輝いている。蚊を叩いて頭から払い、片足を上げて腿を掻いては、ぶつぶつ言いながら調理を続けている。妹のシルの背を低くして丸めたような体型で、物腰もなんとなく違う、とジョシュアは思った。シルより落ち着いた感じ、重心が低いぶん安定感があって頼りになるというか、その場からふっと消えたりしないだろうなという感じ。友人や近所の人たちもやってきて周囲の椅子に腰を下ろし、酒を飲んでタバコを吸い、話に興じて笑っている。ジョシュアは目の前の食べ物からハエを払い、バドワイザーを一口飲んだ。握った缶が手のひらにひんやりとして気持ちいい。クリストフはリタ伯母さんの夫のイーズの質問に答えるのに忙しい。イーズはテーブルに椅子を近づけ、両肘をついて食べている。手を上げて指をなめると、その腕は黒く厚みがあって、筋骨隆々としている。数分おきに食べる手を休めて腕を伸ばし、リタ伯母さんの腰に回している。それからナプキンをつかんで顔に当て、真珠ほどにふくれあがった汗の粒を拭う。

「それで、今後の予定は？　進学も視野に入れているのか？」

ジョシュアはふふっと鼻を鳴らして自分の皿から茹でたエビをつまみ上げ、殻をむき始めた。

「まさか、卒業できただけで万々歳だよ」クリストフは笑った。

上級国語はぎりぎりの及第だったし、居残りの回数がこの程度ですんだのは、二人で結託してうまく立ち回ったからだ。朝、たまにダニーに送ってもらってブラントを吸うときや、学校を抜け出して授業をさぼるときなどは、互いに周囲を見張っていた。互いに互いの言い訳を考え、嘘を補い、たいていはうまく切り抜けた。裸になったピンク色のエビをジョシュアがマーミーの皿にのせると、マーミーはにっこり笑って手を伸ばし、ジョシュアが手を引く前につかんでぎゅっと握った。手首に触れているマーミーの指の腹は、あれだけ何年も床を磨いて洗濯をしてきたというのに、いまもふっくらとしてやわらかい。ジョシュアは自分もマーミーの手を握り返し、次のエビをむき始めた。

「それじゃあ、どうするつもりだ？」

クリストフは、ポテトサラダをプラスチックのスプーンが折れそうなほどたっぷりすくってパンにのせた。それからパンを半分に折り、できあがったポテトサラダのサンドイッチに大きくかぶりついて、ビールといっしょに飲み下した。缶の縁にバーベキューソースと肉が点々と散り、脂がべっとりついている。

「仕事を探すよ。応募先はいろいろあるしね。二人してちょっと稼いでやろうと思ってさ」

イーズはしばし会話を休み、ナプキンで両手を拭いてから、椅子の背にもたれた。皿にのった骨はきれいにしゃぶりつくされている。イーズは心持ち声を落として話を続けた。

「車はどうする？」

またしてもサンドイッチにかぶりつきながら、クリストフは顔をしかめた。

「自分たちのを買えるようになるまではダニーのを借りて、本人が仕事をしている間にあちこち回るつもりだけど。中古のカトラスなんてみんな売りたがってるんだから、安く売りたいやつがじきに現れるだろう。一台買ってきちんと整備するのに、そんなにはかからないだろうし」

ジョシュアは、リタ伯母さんがいつの間にかグリルの蓋を閉じてイーズのうしろに立っていることに気がついた。胸の前で腕を組み、首を横に傾けている。ジョシュアを見つめ、神妙な面持ちで大きな黒い目をしばたたかせている。卒業式のときに塗っていたリキッドタイプのアイライナーが目の下でにじんで、なんだか痣のようだ。ダニーがビールをつかんで缶の縁に口を当てたところでふと手を止め、ジョシュアが見ているのを目に留めた。ダニーは缶に口をつけたままウインクをしてにっと笑い、それから缶を傾けたので、顔が隠れた。

イーズが指でテーブルを一回、二回、と叩いて立ち上がった。手から離したナプキンが雪のようにゆっくりと舞い落ち、紙製のテーブルクロスに着地した。クリストフはマーミーを振り返った。マーミーは考えごとでもしているみたいにうっすらと笑みを浮かべ、エビをもぐもぐ噛んでいる。エビはマーミーの好物だ。イーズは周囲の闇に木立の影を投じている蚊除けの蠟燭と電球のそばを離れ、夜の虫たちがクレッシェンドで鳴き騒ぐ中へ歩いていったかと思うと、振り返って二人を呼んだ。「ほら、来てみな。ちょっと見せたいものがある」

クリストフはジョシュアを振り返り、目を見開いてみせた。ジョシュアは肩をすぼめ、立ち上がってイーズのあとを追った。クリストフはホットリンクのソーセージをフォークで突き刺してから、それを手にテーブルを押して歩きだした。ジョシュアはクリストフが追いつくのを待っている。イーズはすでにトレーラーハウスの角を曲がり、自分とリタ伯母さんの車が停まっているほうへ姿を消している。クリストフも角を曲がり、ジョシュアと並んでイーズのフォードのピックアップトラックのうしろで立ち止まった。ジョシュアはその場に立ち尽くしている。クリストフがイーズのピックアップトラックとリタ伯母さんの小さなトヨタ車のむこうに目を凝らすと、押し固められた土の私道に、車がもう一台停まっている。フォードア、グレーっぽいブルーのカプリスだ。イーズが車のフードに寄りかかっている。ダニーの犬、家のそばの林の中で杭に繋がれているやつが、低く唸って最後に甲高くワンと吠えた。

「どうだ、二人とも？」イーズが車のボディに片手をのせ、二回、そっと叩いた。「卒業したら乗れるようにいいのを見繕ってほしいと、おまえたちの母さんからお金を預かっていたんだ。セントキャッツのブッキーってやつがボディを五百ドルで売りに出していた。エンジンは六百ドルで手に入ったし、パーツは四ドルにも満たなかった。送られてきた分は全部使った。おまえたちのためにと、貯金していたらしいぞ。しっかり整備しておいたから、仕事に通うのに使うといい」イーズが笑みを浮かべ、暗がりの中でちらりと歯が見えた。彼は二人のほうへ近づいてくると、まばゆい金属製のキーが四本下がったリングを差し出した。「こいつはいい車だ」

ポーチからかすかに届く明かりを受けてきらめくリングを、ジョシュアはじっと見つめた。先に反応したのはクリストフだった。彼はイーズの手からキー・リングをつかみ取った。双子がずっと黙っているので、イーズは咳払いをし、ほとんど気まずそうにうなずいてその場を離れ、トレーラーの角を回っていった。

「なるほど」クリストフが言った。「なんで来なかったのか、お互いわかった気がするな」彼はキーを宙にほうり上げた。キーは薄明かりの中できらりと輝き、鈍い金属音をたててクリストフの手のひらに落ちた。

「車をやるんだから、わざわざ本人が来る必要はないってわけか。務めは果たしたってことなんだろうな」

「ああ、そうだな」

まぶたが重く下がってくるのを感じて、ジョシュアは目をしばたたき、再び開いた。シルの不在を呑み下し、それが鎖骨に沿って広がり、胸の中に着地して、プログラムに寄せられたメッセージを目にしたときよりもさらに強くうち震えるのを感じた。彼は車から視線を逸らした。クリストフが鍵を受け取ってくれてよかった。運転はすべてクリストフに任せよう。手を伸ばして金属の車体に触れれば、虫の声にあふれ返る夜の空気のように暖かいのだろうが、人肌のように暖かくても、人肌のようにやわらかいわけではない。ジョシュアの声はクリストフの声よりも小さくなった。

クリストフは車のキーをポケットの中にするりと入れた。それからもう一方の手でジョシュアをつつこうとして、フォークに刺さったソーセージのことを思い出した。

「くそ」彼はソーセージをフォークから引き抜いて腕をうしろに曲げ、木立の中の、犬がいるほうをめがけてほうり投げた。ソーセージはぼやけた黒い影になって宙を飛び、木の葉にぶつかりながらがさがさと落ちていった。犬がまたしても鋭くワンと一吠えした。クリストフは親指と人差し指についたソースをなめ、ジョシュアに肩をぶつけた。お腹はまだ空いている。ここにはお互いがいる以外、目の前の車と沈黙しかないが、前庭へ戻ればポテトサラダとスパイシーな肉にありつけるし、マーミーも待っているだろう。なるほど、シルは現れず、かわりに車をくれた。なんとなく、賄賂をもらったような気分だった。親指の逆むけを噛みながら、前庭のほうから子どもにどなるダニーの声、続いてげらげら笑う声が聞こえてきた。親指の逆むけを噛みながら、クリストフはマーミーのことを考えた。アイロンを当てたきれいな服を着て、二人が戻るのを前庭でにこにこと待っているに違いない。確かにこれがあれば助かるだろう。感謝すべきなのかもしれない。「まあ、車は必要だしな。行こうぜ」

クリストフが体の向きを変えると、ジョシュアもあとに続いてトレーラーのそばの暗い草むらを歩きだした。ジョシュアは彼のあべこべの影だった。クリストフは痩せているが、ジョシュアは丸みをおびている。どちらかといえばクリストフのほうが影のようだ。いまは犬も静かだ。さっきのソーセージを見つけて、うまい具合に鎖の長さが届いたならいいのだが。夜の虫の声の中で、鎖がじゃらりと鳴るのが聞こえた。

第2章

天井の蛍光灯がぱちっと弾けてジリジリ唸った。クリストフがびくっとした拍子に、マクドナルドの求人応募用紙にペンの先端が突き刺さった。ジョシュアが顔をしかめて用紙を覗くと、インクが黒くにじんでなんとなくハートの形になっている。窓の外では夜が明けて、海と空が薄い水色に染まってきたところだ。太陽はまだ水平線にちょこんとのったまばゆい光の粒にすぎない。ジョシュアは朝の海岸が好きだ。昔から心のどこかで、神様がたったいま海にそっと手を浸して水を清めたみたいだと思っている。今朝マーミーに起こしてもらったときには、外はまだ暗かった。二人が起き出すと気温はぬるく、ガスレンジにはトウモロコシ粥とベーコンがのっていた。クリストフが走り書きした名前はほとんど判読不可能だ。彼はこういう場所に充満している食用油や消毒剤のにおいが苦手で、ここで働くのは気が進まないと本人も認めていた。だがそうは言っても、なんらかの仕事は必要だ。高校生の間はポール伯父さんの庭仕事についていったりもしたが、そういう機会は稀だし、当てにならない。クリストフは左手で鼻と口を覆いながら、右手で文字を書いている。

テーブルのむかいでジョシュアは書類に顔を近づけて目を細め、粒の揃った筆記体で自分の名前と家の電話番号、そして住所を注意深く記入した。女の字みたいだな、とクリストフにいつも言われる。職歴に関してはすべての欄に短い線を引いていった。これまでずっと、母親からマーミーに月々送られてくる分とポール伯父さんの庭仕事を手伝って貯めた分でお金は足りていた。使える額に合わせて必要な出費を調整する術も身についている。ただし方法はそれぞれで、たとえばジョシュアならナイキの靴を諦めてリーボックにし、シャツも新しいのを買うところ、クリストフはお金がさらに貯まるのを待ってジョーダンの最新モデルに注ぎこむ。彼にとって服は二の次だ。

ゆうべは二人で部屋のベッドに寝転がり、自分たちの選択肢について話し合った。どちらもボクサーパンツ一枚で仰向けになり、天井の扇風機が頭上でゆっくりと回転するのを眺めていた。窓の網戸の外から夜の虫の鳴く声が盛んに聞こえてきたが、それでも二人は声を落としてひそひそと話した。選択肢はどれも似たり寄ったりのつまらないものばかりだった。マクドナルド、バーガーキング、ドライブインのソニック、デイリークイーン・ソフトクリーム、スーパーマーケットのピグリーウィグリー、ウォルマート、サークルK、ガソリンスタンドのシェブロン、そして港湾の荷役と造船所。どれ一つとしてボア・ソバージュにはない。ボア・ソバージュにあるものはごく限られている。コンビニエンスストアが三軒（いずれもガソリンは扱っていない）と小学校が一つにカトリック教会が三つ。それに公園が一つあって、その中に野球場が一つとアスファルト舗装のバスケットコートが一つ、錆びた滑り台とぶらんことジャングルジムとベンチ、そしてポール伯父さんがよく通っているうらぶれたナイトクラブが一軒あるきりだ。そのクラブではもぐりの酒を売り、一九六〇年代から七〇年代の泥臭いデルタブルースを流している（双子のお気に入りは「彼女にしておくほうが安上がり」という歌だ）。これらすべてに応募書類を出すとなると、どうしても車が必要になる。いずれも町を二つ以上越えて海沿いを西か東に行ったところ、ジャーメインやオーシャンポイントやローザンヌなど、ボア・ソバージュとセントキャサリンから離れた町にしかないからだ。「シルがあのくそな車をくれてほんと助かったな」部屋の暑苦しい空気の中でクリストフがぼそりと言い、片腕を上げた。そうやって脇を冷やし、硬い胸部から肋骨、窪んだ腹部、へそにかけてかいた汗を乾かすうちに、数秒も経つと呼吸が荒くなり、彼は眠った。

あっという間に熟睡できるクリストフが、ジョシュアには羨ましかった。起きている間のあれこれの心配事にとらわれることなく、いつでもどこでも眠ることができる。八歳のころにハリケーンが襲ってきたときには、嵐の目に入っている間に眠ったきり、すっかり通り過ぎるまで起きなかった。クリストフが寝ている間もジョシュアはずっと起きて過ごし、風速四十五メートルの暴風が家のそばのペカンの木を地面から根こそぎ引き抜くさまを、恐怖にすくむ思いで窓の内側から眺めていた。ジョシュアは天井を見つめ、のろのろと回る扇風機から送られてくるもわっとした空気の塊を感じながら、来るべき日々のことを考えた。先ほど挙げたような場所のどこでも働きたいとは思わないが、だからといって、実際にどこで働きたいのかもわからない。これから一生、こういう夜を過ごすのだろうか。朝が来るのを恐れ、単調な日々と好きでもない仕事を延々と繰り返すうちに、螺旋（らせん）を描くように年老いていくのだろうか。ジョシュアはため息をついて、汗で滑る手を胸で拭いた。自覚はなかったが、疲れていた。しかもそういう新たな不安は、熱気と同じくらい重苦しく感じられた。そんなふうに横になって天井の扇風機を眺めるうちに、気がつくと目覚まし時計は三時を指し、ジョシュアが目をしばたたく傍らで、クリストフの不規則な寝息はいびきに変わっていった。自分が眠ったことを知ったのは、目を開けるとそばにマーミーが立っていたときだ。裏の鶏舎で雄鶏（おんどり）がコッコと鳴くのが聞こえ、マーミーが頭に手を触れてささやくのを感じた。「起きて」

ジョシュアは用紙に顔を近づけて、重犯罪歴なしのチェックボックスに印をつけ、身元保証人の名前を三つ書いて（ポール伯父さん、マーミー、技術教科の自動車修理の教師）、署名欄に自分の名前を記入した。クリストフの用紙をちらりと見ると、かなりひどい仕上がりだ。怒ったような殴り書きが大きく曲がって用紙を横切り、各行の終わりで文字が余白にこぼれている。ジョシュアは静かに笑みを浮かべた。クリストフは昔から塗り絵の色を枠の中に収めるのが苦手だった。クリストフがペンをポケットに入れて顔を上げ、ジョシュアを見て顔をしかめた。指先にインクの染みがついている。ジョシュアはクリストフのあとについてカウンターへ向かい、二人分の用紙を一つにまとめてアシスタント・マネージャーに渡した。分厚い眼鏡と大きな鼻、広くて骨張った黒い肩――セントキャサリン高校を一年前に卒業した顔見知りだ。彼は用紙を手のひらで押さえ、双子に向かってうなずいた。クリストフがぐるりと目を回した。自分の目にダサいと映る人間が耐えられないのだ。
「車が一台しかなくて、同じ時間に働かないといけないんだ。それで、勤務可能時間が同じになってる」

アシスタント・マネージャーは下唇を噛んでうなずいた。それから少し屈んでキャッシュレジスターのそばにある小さな容器に記載ずみの用紙をするりと入れ、しわがれた低い声で話し始めた。ジョシュアは意表を突かれた。まるでカエルの鳴き声、夏の嵐が過ぎたあとに雨でふくれてわめきたてるカエルの声にそっくりだ。
「なるほどね。すぐに採用があるかどうかはわからないけど。今回フルタイムで採用されたのは、ほとんどが卒業前からここで働いてる連中だったから」

ドアへ向かいながらクリストフを見やると、彼も口を引き結んでついてきた。車にたどり着き、ジョシュアは助手席側に腕を当てて寄りかかった。ありがたいことに、日差しはまだ板金が焼けるほどではない。彼はドアを蹴りつけた。不安だった。しかもまだ一軒目にすぎない。

クリストフは目を細めて運転手側のドアへ向かい、ポケットに手を入れて鍵を探った。まだ朝の七時だというのに、早くも一本吸いたい気分だ。なにか落ち着かなかった。先ほどあの建物に入った瞬間に、いつもの自分の魅力とユーモアを探り出そうとして取り落としてしまったかのようだ。ドアの取っ手を握るとひんやりしていた。するると甲高い口笛が耳に留まり、指がつるりと離れた。建物のそばに黒い痩せた人物がいて煉瓦の壁に寄りかかり、タバコを強く吸いこみながら手を振っている。クリストフはその正体に気がついた。チャールズ、金曜日にいっしょに卒業した同級生だ。ごみ箱のそばで休憩を取っているようだ。サンバイザーを逆さにかぶって横に向けているせいでアフロのてっぺんが盛り上がり、小さな風船のようにふくらんでいる。クリストフがそちらへ歩いていくと、チャールズはタバコを差し出した。クリストフは素早く一口吸ってそれを返し、肺の中に煙を溜めて、ニコチンが小さな波になって胸に打ち寄せ、気泡のように表面を覆う感覚を味わった。ジョシュアがぶらぶらと近づいてきて二人のそばにしゃがみ、差し出されたタバコを首を振って断った。

「職探しか?」

クリストフはうなずいた。

「どうせ雇っちゃくれねえよ。おれをフルタイムで拾ったからな。客はひっきりなしに来るっていうのに、従業員は増やしたがらない。おれたちをめいっぱいこき使うつもりなんだ」タバコの先端がぱっと赤くなった。

「まあ、今日は一日かけてまわる予定だからさ」クリストフは片手を差し出した。「きっとファストフードはどこも同じだろうな。港湾のほうが見こみはあるかも。ダニーの義理の父親が、むこうは人を雇う予定があると話してたんだ。受付は水曜以降だけど」

日が高くなるにつれて閑散とした駐車場に熱がじりじりと広がり、アスファルトの熱していくにおいがタバコの煙とともにクリストフの鼻の中に広がった。ジョシュアは、青いステーションワゴンとくたびれた赤いピックアップトラックが急カーブを切って三人のそばを通り過ぎ、ドライブスルーの列に並ぶさまを眺めている。クリストフはチャールズにタバコを返し、車に向かってうなずいた。

「モーニングの客だよ。ランチタイムが終わるまではまともに息もつけやしない」チャールズの鼻が広がって笑い顔になり、そのまま声をたてて笑ったので、白っぽい灰色の煙が歯の前を漂った。彼は出っ歯だ。「たぶんそれまでにブラントを二本は吸ってるだろうな」チャールズはタバコを歩道にぽいと投げ、スニーカーのつま先で揉み消した。「でないと誰かを殺っちまいそうだ」

ジョシュアは首を振り、膝の上で交差した両腕に額を押しつけた。

「それ、わかるよ」

チャールズの横でドアが開いた。先ほどのひょろ長いアシスタント・マネージャーが顔を突き出し、さらに片方の肩も突き出した。壁際の影の中で無言で立ったりしゃがんだりしている三人を見て、目をしばたたいた。彼は地面に視線を落とした。

「チャールズ?」

チャールズは脚を交差させ、頑として相手を見ようとしない。

「なんだい、ラリー?」

「休憩は切り上げてくれ。モーニングの客が来始めた」ドアをかちゃりと閉じる前に、彼はつぶやくように言い添えた。「店が立てこんできた」

チャールズは指の節で目をこすった。並んで歩道に立つクリストフに、チャールズの吐息まじりのつぶやきが聞こえた。「くそうんざりだ」

「手持ちのブラントでもあればいっしょに吸えたんだけどな。あいにく今日は持ち合わせがなくて」クリストフは言った。

「大丈夫、一時間したらトイレ休憩でもとって自分で巻くよ」チャールズは勢いよくドアを開けた。「もし本気でここで働きたいなら、一週間後に電話してゲイリーってやつにつないでもらうといい。そいつがマネージャーで、採用のことを取り仕切ってる。どこかに空きが出るかもしれないしな。それじゃ、また」

店の中から先ほどのアシスタント・マネージャーがカエルの声で延々と指示を出すのが聞こえてきた。チャールズが帽子をひっくり返してもとに戻し、ぎゅっと押さえつけたので、房になったアフロがしなびた草のようにだらりと下を向いた。ドアが閉じたところで、ジョシュアが顔を上げた。

「ようするにああいうのが待ち受けてるってわけだな」彼は言った。

「ここで採用されてあのカーミット・ガエルの下で働くことになったら、おれ、あいつに一発見舞うことになりそうだ」クリストフは言った。

「ああ、そうしたらいっしょにクビになれるな。どうせおれも参戦して、おまえを止めなきゃなんないし」ジョシュアは笑った。

　クリストフはジョシュアを引っ張って立ち上がらせ、車に向かって歩きだす彼のうしろでまたしてもポケットを叩いて鍵を探した。ジョシュアはずっとアスファルトを見つめている。その後頭部の張りつめた皮膚と肉づきのいいうなだれた肩に向かって、クリストフは言った。

「きっと何か見つかるさ」

「そうだな」

　空気はすでに吸うのもつらい。太陽に煮詰められて潮とタールのにおいがし、湾の水は汚れたような茶色っぽい青に変わっている。クリストフはドアの鍵を開けて車とジョシュアのむこうに目をやり、海岸を見つめた。水平線に浮かぶ堡礁島（はしようとう）が、ぎざぎざに伸びた葦（あし）のシルエットのようだ。その堡礁島が潮の流れを吸収してメキシコ湾の澄んだエメラルドグリーンの水を封じこめ、カリブから押し寄せる水を堰（せ）き止めているせいで、目の前の浜には泥が沈み、薄汚れたちゃちな波しか寄せてこない。クリストフの心は落ち着いた。よし、大丈夫。ジョシュアが意気消沈してステレオをいじるそばで、クリストフは車のキーを回した。彼はあの堡礁島が嫌いだ。

　二人は午前中にさらに四か所を訪ねた。バーガーキング、デイリークイーン、サークルK、ドライブインレストランのソニック。バーガーキングはマクドナルドと同じにおいがした。オレンジ色の内装のせいでマクドナルドよりも暗く感じられ、そこで働く中に知り合いは一人もいなかった。バーガーキングを出たあとは、しばらく車を走らせながら特大バーガーのワッパーを食べ、余った紙ナプキンをグローブボックスに突っこんだ。ジョシュアがにやりと笑って、「これでもうこの車は完全におれたちのものだな」と指摘した。けっきょく二人はデイリークイーンとソニックに応募することにした。サークルKでガソリンをタンクの半分まで入れたのち、車のダッシュボードを台にして、肌にじっとり貼りつく硬いシートカバーの痒みに耐えながら、前に屈んで必要事項を記入した。クリストフはさっとサインを書き終えるなりペンをシートにほうり投げ、これ以上この暑さの中で職探しを続けるのは無理だと訴えた。そこで二人は午後いちばんの暑さを逃れて家に戻り、リビングでマーミーとともに昼のドラマの終わりのほうとクイズ番組の〈ジェパディ!〉を見て過ごした。マーミーはクレア・ハックステーブルのファンなので、夜は九時からの〈コスビー・ショー〉の再放送をいっしょに見たあとで、明日も早くに起こしてほしいと頼んで二人はベッドへ向かった。その後は互いに口をきくこともなく眠りに就いた。

翌朝はまずシェブロンに向かった。続いてピグリーウィグリーとウォルマートとKマートを訪ねた。マネージャーは皆クローン人間のようだった。ガソリンスタンドでは体が縮んだような天然パーマの白人の男、スーパーマーケットでは背の低いぽっちゃりしたふわふわの髪の白人の女。午前中はずっと列に並び、書類を壁に当てて文字を書いて過ごした。自分たちの応募するところはどうしてどこも消毒薬のにおいがするのだろう、とクリストフは不思議に思った。ガソリンのにおいと新品の安物服のにおい、脂肪分の多いしなびた食品と何週間も前に製造されたホットドッグとビニール包装のにおいの背後に、必ずライゾールかアンモニアかなんらかの洗浄剤のにおいがする。正午を回ってジョシュアが助手席で二度目の眠りに落ちたのを合図に、クリストフはその日の職探しを打ち切った。見るとジョシュアの顔からは、水を浴びたのかと思うほど汗が粒になって流れている。彼は子どものころからそんなふうに汗をかいた。赤信号で停まったタイミングでクリストフは紙ナプキンを広げ、ジョシュアの顔を羊膜のように覆って、次の角を右に曲がり、家を目指した。クリストフが起こして家に入るように促したときにも、ジョシュアはうーんと唸ったきり動こうとせず、午後中ずっと車の中で寝て過ごした。

　二人はいま、港湾施設の駐車場にいる。プレハブの四角い建物がいくつか集まった中にある本部事務所では、応募は十二時から三時までしか受け付けていない。時刻はまだ十一時だ。ジョシュアは助手席で前に身を屈め、握った片手に顔をのせて、もう片方の手にぬるくなったコークを握っている。これまでのところ、いっしょに応募したどこからも連絡はない。週が明けるのを待って確認の電話を入れるつもりだ。朝食に食べたトーストと卵焼きは、胃袋から蒸発してしまったかのようだった。ジョシュアは手の中のコークを、ジャーメインに着いて駐車場で待機する前に角の店で買ってからずっともてあそんでいる。もう一度ちびりと飲み下すと、コークのしずくが胸の中央をつたう感触が自分でもわかった。空腹のおかげで緊張はむしろ和（やわ）らいでいる。彼は希望がおずおずと頭をもたげるのを感じた。ようやくだ。ここなら仕事を得るチャンスがありそうだし、しばらく頑張って働けばけっこうな金を——少なくともウォルマートやマクドナルドやサークルKで働くよりはいい額を、稼げるに違いない。好きとは言わないまでも、ここなら耐えられそうだし、馬みたいな肩とイタチみたいな首をした大して年も違わないやつに一挙一動を監視されずにすむ。ジョシュアはラジオのスイッチを入れ、真昼のブルース番組が流れてくるのを聞いて、スイッチを切った。

　クリストフは隣でブラントを巻いている。膝に紙ナプキンを広げて左の膝には草——ジップロックの片隅に丸まっている乾燥大麻を、右の膝にはシガリロ——スウィッシャースイートのストロベリー風味の葉巻きタバコを、落とさないようにのせている。まずは人差し指の爪でシガリロを縦に裂いていく。爪を伸ばしているのはそのためだ。巻き紙のストロベリーの香りが車中に漂った。続いてジップロックの袋を開け、巻き紙にうまく収まるように中身を細かく砕いて、花穂（かすい）を茎から取り分ける。

それから砕いた草を巻き紙の中央に均一に散らし、紙を舐めて両端を重ね合わせ、再び綴じていく。草はかなり強烈だった。濃厚なムスクの香りがする。花穂は湿気を含んで崩れにくそうだったし、さぞやいけることだろう。

一方の端を強く吸いながら、クリストフは反対側に火をつけた。このまえ買った、くすんだ紫色のライターだ。まだ失くしていないのは意外だった。かれこれ数週間は使っている。たしか卒業式の翌日に買っていた。外は曇天。雲が分厚い毛布のように重なって、淡い灰色の低い空がジョシュアの見渡すかぎり湾のはるか彼方まで続いている。そのせいで埠頭はよけいにうらぶれて見えた。青と黒のオーバーオールを着た男たちがTシャツの袖をまくり上げて筋張った腕をあらわにし、緩慢な動きで飼料とおぼしき袋を一つまた一つと屈んで持ち上げては台にほうり投げ、それをフォークリフトがクレーンに積み上げていく。トラックが運んできた荷物をトレーラーから降ろして、港に停泊中の船に移し替えているところだ。作業員の列にもパレットと荷袋の量にも果てしがないように思えて、ジョシュアは顔をしかめた。単調なだけでなく、とんでもない重労働だ。それでもここの給料ならマーミーの面倒が見られるし、家の修理も多少はできる。屋根の雨漏りを直すこともできるだろう。バケツを置いてしのぐか靴を買うのを諦めるかで、迷う必要もなくなる。貯めて、使って、稼いで、いずれは何か自分たちのもの、母親に与えられたのではないものを手に入れることもできるはずだ。

「なんだかいまから試合に行くみたいだな」クリストフが言い、甘くねばつく煙を再び肺に吸いこんだ。先ほどまでのそわそわした感じが消えている。草のおかげで気分が落ち着いたようだ。クリストフがしゃべり始めたので、ジョシュアは聞き役に回った。クリストフは頭の中にあれこれ思い浮かぶのだろう。この車はジョシュアに譲って自分は別のを買うという。カトラスだ。ネイビーブルーにパールシルバーを塗り重ね、ホイールはでかいやつ、二十インチのシックススターを履かせる。そしてサウンドシステムを搭載する。ホイールをぶつけてへこませたりしないよう、教会とコンビニの角を曲がるときにはスピードを落として、そのままゆっくりと私道に入る。パスター・トロイを爆音で響かせてトランクをガタガタいわせてやる。きっとダニーが羨ましがるぞ。ジョシュアに向かってブラントを軽く揺らしながら、クリストフはなかば目を閉じ、意識を集中させて、思い浮かぶままにイメージを語り続けた。車を家の前に進めるところ、停めるところ、ジョシュアとポール伯父さんと三人で家のポーチを修繕するところ。板の沈みかけた小さなポーチをもっと豪華に造り変え、ぶらんことといっしょに植物も並べて、シーリングファンも二台取りつける。きっとマーミーも気に入るぞ。

ジョシュアは普段それほどブラントを吸うわけではない。だがいまは、それを吸うことで脚が震えそうになるのを防げたらと思った。クリストフがシートの下にファブリーズを隠し持っているので、においはおそらくごまかせる。最終審査で尿検査ということになれば、面接の際に年下の従弟（いとこ）の尿をこっそり持ちこめばいい。ダニーは地元のウォルマートの採用試験でその手を使って合格している。もらった尿を小さなプラスチック容器に入れ、テープで内腿に貼りつける。テープを剝がすときが最悪だけどな、とダニーは話していた。ジョシュアは煙を吸いこんで肺にとどめ、吐き出してから鼻で息を吸いこんだ。そうすると水が石の表面を流れるように、煙が上唇を滑って鼻に入ってくる。ジョシュアはこの特技が気に入っている。クリストフは一度もできたためしがない。クリストフがにやりと笑った。素早くもう一口吸ったのち、ジョシュアはブラントを返した。

「ここでどれだけ働いたら、そういう大きなことができるようになるだろうな。ポーチを修繕したりとかさ、恩恵が受けられるだろうな」クリストフが急にむせて、肺に溜めていた煙をそこら中に吐き散らした。

「たぶん半年ぐらいじゃないか？　それぐらい辛抱すれば、たいていのことはいけるだろう」

ジョシュアは胸骨がちりちりと疼くのを感じ、眠気を覚えてシートの背に寄りかかった。後頭部が鉛のように重く、埠頭に船を係留している一トン級の錨（いかり）に引っ張られる場面が思い浮かんだ。「これ、いい草だな」

「ダニーから買ったんだ。ビッグ・リーンから仕入れた上物の最後の残りだよ。そうとうしつこく頼みこんでさ。ダニーのやつ、全部自分で吸いたいもんだからなかなか売ろうとしないんだ。少し残していっしょに吸おうぜって約束させられたから、たぶん今夜あたり、応募書類の提出祝いってことで」

「折り返しの電話って、いつごろからかかってくるんだろうな」

「ポール伯父さんは、来週の終わりまでにはと言ってたな。ダニーは二週間後だろうって。ダニーいわくウォルマートはいつでも人が足りてないって話だし、船も人手は不足してるはずだから、まあ、食料品店やバーガーキングから連絡がなくても、二か所は見込み大ってわけだ。だろ？　ポール伯父さんは、造船所まで行くのは待てと……まずはこことほかの場所を当たったほうが可能性が高いと言ってた。むこうははしけを造っていて、たいていは溶接とかなんとか技術を持っている人間を雇うからってさ」クリストフはブラントを差し出した。

　ジョシュアはそれを二口吸って、窓の外に目を向けた。舌がざらついて、ぎざぎざしている。上あごに味蕾（みらい）を滑らせると、フジツボみたいに尖（とが）ってがさがさしている。口の中が乾いて大麻の味がする。ブラントの欠点だ。後味がよくない。手に持ったコークではなく、別の何かが飲みたかった。何か、缶の底に残ったしずく以上のもの。それからはたと、ジョシュアは自分がいまどこにいるのか、なぜここにいるのか、なぜさらに唾を飲んで我慢するしかないのかを思い出した。彼は喉の奥でなんとか唾をひねり出そうと試みた。まるでクモの巣でも張っているような感触だ。

「早いところ働き始めないとな。マーミーの感じからして、シルはもう送金してこないみたいだし」ジョシュアは言った。舌がいつもの二倍にふくれ上がったような感じがする。「おまえがシャワーを浴びてるときに、おれたちが大人になってシルは責任を果たしたと思っているようだ、みたいなことかけの卵の皿に着地したことも。

任を果たしてきたつもりなのか」という暗黙の一言が二人の間で宙を漂い、やがてジョシュアの食べかけの卵の皿に着地したことも。

クリストフはブラントを吸いこみ、灰皿の中ですり潰した。

続いて彼は、ぶつぶつ言いながらポケットをはたいた。「おれの目薬はどこだ？」クリストフは目薬を探し当て、上を向いて目頭にたらした。「ふん、そんなのはわかりきったことだろう」彼は不透明な小さいプラスチック容器をジョシュアの膝にほうり投げた。「シルが言い出すまでもない」

ジョシュアは答えなかった。自分はクリストフのように頻繁にブラントを吸わなくてよかったと思った。ジョシュアにとって大麻は水に浮くようなもの、感覚の流れに身を任せて手脚を舐められるようなものだが、クリストフは彼より吸う量も多く、時間も長くて、タバコを吸うのとほぼ同じ感覚で吸っている。ジョシュアは目薬を差して二人の間にほうり投げ、座席に座ったまままさらに深く沈みこんだ。シルのことをそんなふうには考えたくなかった。仕事は片づいたとばかりに自分たちのことを放棄できるのだとは思いたくない。卒業式に来なかったとはいえ、車だってくれたわけだし、当然ながらこの先も自分たちの人生となんらかの関わりはあるはずだ。首の皮が引っ張られるのを感じながらジョシュアはドアに頭をもたせかけ、ダッシュボードの時刻に目を向けた。十一時四十五分。クリストフがシートの下からファブリーズを取り出して、自分とジョシュアに吹きかけた。ジョシュアは目をつぶって霧を受け止めた。ドアのほうを向いて背中を差し出し、そこにも霧を浴びた。それからもとの体勢に戻って目を閉じた。宙を漂っているような感じがし、その感覚に意識を集中させるうちに、シルのことをうまく頭の中から締め出せた。眼球の奥を静電気が流れ、頭に貼りついていたシルの姿と声がため息とともに剝がれ落ちて、花びらのように散っていった。

埠頭を突っ切って事務所へ向かうクリストフのあとに、ジョシュアも続いた。クリストフはアスフアルトの上を踊るように進みながら、働く男たちの間を縫っていく。ぎらつく日差しのせいで男たちの顔は見えない。熱気をおびた潮風の中で、ジョシュアはファブリーズのにおいに気がついた。息を吐くと大麻のにおいがする。事務所の床には色褪(いろあ)せて汚れた白とグレーのパネルが敷かれ、天井では蛍光灯の長い列が煌々(こうこう)と輝いて、その場のすべてにガラスっぽい黄ばんだ光を投じていた。クリストフのあとについて受付カウンターへ向かい、並んでそばに立ちながら、ジョシュアは息を止めたほうがいいだろうかと考えた。クリストフはカウンターに身をのり出している。そこにいる職員は顔の半分ほどもある大きな赤いプラスチックフレームのめがねをかけて、フレームの色と揃いの口紅を塗っている。ショートヘアをスプレーで固めて、灰色っぽいブロンドのたてがみに仕上げている。唇の隅に口紅がはみ出して細い皺になっているのが、ジョシュアの目に留まった。唇の色が青白い顔のほうへ吸い出されていくみたいだ。彼女は草のにおいに気づいているに違いない。クリストフはカウンターに片肘をついて、無頓着に自己主張している。

「ご用件は？」尋ねるというより決まり文句という感じ。女の口に隙間ができて、一瞬、歯が覗いたような気がした。なんとなく汚れて見えた。

「求人の応募用紙をいただけませんか。二人分、お願いします」

　クリストフがジョシュアを振り返ってにっと笑った。自信をもって言えたので満足そうだ。ジョシュアは息を吐いて、すぐに、しまったと後悔した。女が印刷のぼやけた白い用紙を二枚、カウンターのむこう側から滑らせた。クリストフがそのうち一枚を自分のほうにたぐり寄せる間に、女は鉛筆を二本カウンターに転がし、部屋の反対側の壁に並んだ椅子を指差した。クリストフは女に笑みを向けて、歩いていった。ジョシュアも自分の用紙に手を伸ばし、ひんやりしたカウンターの上を滑らせた。女は彼を見ている。ジョシュアはぼんやりとした意識で笑みを返し、鉛筆をつかんで体の向きを変えてから息を吐き出した。自分の歩みがやけにのろく感じられた。一足ごとに一時間かかっているような気がする。髪の生え際から汗が吹き出し、体が震えた。寒気がする。クリストフの隣の席に腰を下ろすまで、自分がなんのためにここへ来たのかも忘れかけていた。

クリストフはやる気満々といった感じでどんどん書きこんでいき、普段は殴り書きの文字が、いまはきちんとした線を描いて紙を横切っていく。クリストフが手を止めて顔を上げ、ジョシュアを肘でこづいた。それからジョシュアに向かって鉛筆の先を突き出し、おそらく文字を書く真似と思われる仕草をしてみせた。ジョシュアには宙に何かを彫っているようにしか見えない。鉛筆をナイフのように握っている。ジョシュアも字を書き始めた。草のせいで体の中がぐるぐる回っている。濡れ雑巾でも絞るように体から汗が湧いてくる。彼は暗記してきた内容を記入した。頭の中から丸ごと引っ張り出して、ゆっくりと、簡潔に、紙に書き留めていった。クリストフは用紙を手に隣でくつろぎ、見ると、親指と人差し指で用紙の隅を揉みながら、椅子の背にもたれてにやにやしている。

ジョシュアは自分の用紙を見つめて、よしと判断し、クリストフの分を手から奪ってさっと立ち上がった。二人は並んでカウンターに戻った。先ほどの女はデスクに向かい、黒と緑のコンピュータ画面に見入っている。席を立つ気配はない。ジョシュアは用紙をカウンターに置いて、ぼやけた視界をなんとかしようと目をしばたたいた。まるで眼球に毛が生えたみたいだ。クリストフが鉛筆をそばに置いて、「ありがとうございました」と女に声をかけた。ブロンドの頭が画面を向いたままうなずいた。クリストフは先に外に出て、目のくらむような喧騒と日差しの中で立ち止まり、ジョシュアが追いつくのを待っていた。ジョシュアはずっと無言だった。目の細かいグリーンの漁網にくるまれてクリストフに引っ張られ、大勢の男たちと傾いた重機とコンテナの間を通り抜けていくような感じがした。

「腹減ったな」車にたどり着き、クリストフが言った。「ブラントがもう一本あればよかったのに」そうつぶやきながら、車をバックで出した。

ジョシュアはクリストフの顔の前で指を揺らし、宙に浮かんだもようをたぐり寄せようと試みた。クリストフがその手を見つめ、ブレーキを踏んだ。ジョシュアがにやにやしていると、クリストフは目を見開いてぱちぱちさせた。続いて彼は笑いだし、ジョシュアの手をぴしゃりと叩いて払いのけた。

「やめろって」クリストフはギアをドライブに入れた。

ジョシュアはラジオのスイッチを入れた。ブルースシンガーの歌声が二人の間をのろのろと流れた。クリストフが肩をすぼめ、「その曲でいいじゃん」と言った。ジョシュアは座席の枕にもたれて、灰色にくすんだ青い海に、ペリカンのように浮かぶエビ漁の船に、翼のようにはためく漁網に目を向けた。車は駐車場の不毛な黒い海を渡り、埠頭の喧騒をあとにした。クリストフが指を立ててフロントガラスを、西を、家路を示した。

第3章

続く四週間というもの、マーミーは電話のまわりを衛星のように回っていた。回転ダイヤル式のプラスチックの青い電話機は、彼女の目には男の子用のベビー服の淡い色がぼんやりとにじんで見えるにすぎないが。双子はその間、バスケットボールをしに出かけたり、部屋でくつろいでステレオを聞いたり、あるいは「スポーツ・イラストレイテッド」や「ローライダー」といった雑誌の色褪せた昔の号を読んだり、芝を刈ったり、ソファーやカーペットに寝そべってボックス型扇風機のそばでうたた寝したりして過ごした。マーミーは電話が置いてあるサイドテーブルのそばで肘掛け椅子に腰を下ろし、テレビの音量を落として聴いていた。双子は応募先に確認の電話を入れたが、どのマネージャーも、従業員も、折り返し連絡するとしか言わなかった。マーミーは一日に何度も受話器を上げてダイヤルトーンに耳を傾け、ちゃんと機能しているだろうか、夜の間に回線が切れたり故障したりしていないだろうかと確認した。

ジョシュアは週末にポール伯父さんと食料品の買い出しに出かけるたびに、マーミーの財布にこっそり現金を忍ばせ、キングコブラビールの一・二リットル瓶が一ドル五十セントで売り出されているのをまとめ買いした。使い過ぎないように気をつけたが、それでもささやかなへそくりはクロゼットの奥の靴箱の中から消えていった。二人の留守中にシルから電話があり、マーミーと数分ほど話したところで、店に客が来たからと切ったとのことだった。双子によろしくと言い、それから、夏の終わりにちょっとした休暇を取ってミシシッピまで会いに行くつもりだと話していたという。マーミーからその話を聞いたとき、ジョシュアは悔しいながら、胸の中で何かがほぐれていくのを認めざるをえなかった。電球が煌々と輝くキッチンで、ラジオから古いリズム・アンド・ブルースが流れてきて、開いた窓辺からルーサー・ヴァンドロスがつぶやくように歌い、家の外で日が沈んでいく中で、テーブルに並んだ緑の野菜を前にジョシュアの肋骨の内側で何かが開かれ、彼を切ない気分に駆りたてた。そんなふうに胸の中でふくれ上がる感情をジョシュアが黙って静かに受け止めるそばで、クリストフは喉を鳴らして肩をすぼめ、「すごいじゃん」と言っただけで、皿にのった温かい野菜と白米を再びフォークですくって口に入れた。

あれこれの支払い期限が迫っていた。これまではマーミーの年金と障害者手当て、それにシルが毎月ウエスタンユニオン銀行から郵便為替でマーミーの口座に送ってくる分から、リタ伯母さんが全部まとめて支払っていた。だがシルからの仕送りがなくなれば、今月分は足りないか、足りたとしてもぎりぎりだろう。いざとなればポール伯父さんかリタ伯母さんが補ってくれるだろうが、なんとなくそれは気が引けた。見られているとは知らずにマーミーが電話のまわりをうろついて受話器を確認するさまを目にしながら、仕事に関する電話のないまま日が過ぎていくたびに、ジョシュアは不安に頭を締めつけられる思いがした。クリストフが自分よりもへそくりを貯めこんでいることは知っているが（ドレッサーのいちばん下の引き出しと床の間）、仕事が決まらない不安と焦りから口数が減って気持ちが硬くなっていくジョシュアとは対照的に、クリストフが怒りをつのらせ、金遣いが荒くなっていることも知っていた。まるでお金があるふりをして使っていれば、お金の心配などないふりをしていれば、そのうちお金は入ってくるし仕事も勝手に転がりこんでくる、とでも思っているようだ。貧乏人のように暮らすことを、彼は頑として拒(こば)んでいる。

夜、互いにベッドで横になっているときに、もう少し離れた町、片道四十五分から一時間ぐらいのところも当たってみないかとジョシュアがもちかけると、クリストフは答えた。「それは遠すぎるだろう。そんな遠くは無理だ。マーミーに何かあったらどうするんだよ？」そういえばクリストフが以前ほど車で出かけなくなっていることに、ジョシュアは気づいた。ダニーに電話して迎えに来てもらうことが増えた。ガソリン代もばかにならない。最近の彼は女友達の家へ遊びに行ったり、バスケをしに公園へ行ったりしている。土曜の夜にジャーメインの黒人向けナイトクラブへ行くことがあっても、店に入ってお金を使うかわりに駐車場でたむろしている。二人は前にリストアップしたところをもう一度訪ねてまわり、万が一最初の書類が紛失していた場合に備えて、再度書類に記入した。ジョシュアは家の中をそわそわと動き回って洗濯をしたり、部屋を掃いたり、掃除機をかけたり、夕食用のレッドビーンズと白米とコーンブレッドの調理に挑んだりして時間を過ごした。彼が再確認の電話を入れる一方で、クリストフはポール伯父さんとイーズにつきまとい、誰かに口利きをしてくれとしつこくせがんだ。どちらも効き目があるとは思えなかった。

四週間の現実が不透明な霧のように二人の頭上を通過したのち、ジョシュアは赤茶けた髪を派手なアフロにして玄関ポーチの階段に座っていた。レイラが髪を編んでくれるというので、その前に櫛で梳（す）いて伸ばしているところだ。クリストフとダニーは前庭に車を並べて停めている。どちらもシャツを脱いで半裸になり、ダニーの車のトランクに顔を突っこむようにしてスピーカーをあちこち動かしながら、アンプを調整している。ジョシュアの髪は洗ったばかりだというのに、水はすでに蒸発し、絡（から）んだまま乾いたせいでますます櫛が通りにくくなっている。一陣の風が吹きつけて、前庭に一本だけ生えているブナの葉をかさかさ鳴らして通り抜け、そこら中でこすれ合う松葉の音と、ダニーの車のトランクから聞こえてくる低音の小さな振動をかき消した。ダニーの車からスピーカーを外してカプリスに取りつけるつもりだろうか。家の中で電話が鳴り、最初の呼び出し音が鳴り終わる前にマーミーが受話器を上げた。

「もしもし？」

ジョシュアはTシャツをお腹からまくり上げて目をつぶり、マーミーの声を聞き取ろうと意識を集中させた。

「やあ、レイラ」ダニーが抑揚たっぷりに言った。

「ハイ、ダニー、クリストフ。ジョシュアは？」

家の中からマーミーの「はい」と答える声が聞こえてくる。

「むこうでポーチの階段に座っておまえのことを待ってるよ。あいつの髪が終わったら、おれのもやってよ」

「その分、ちゃんと払ってくれるならね。最低でも五ドルかな」レイラは笑った。

「えーっ、ひどいじゃん。あいつも払うの？」

「だって、ここで三時間かけてみんなの髪を編むとなれば、当然誰かが払ってくれなくちゃ。二番目に頼んできたんだから、ここはダニーが払ってよ」

「おまえ、たんにジョシュアが可愛いだけだろ。えこひいきしやがって、くそ」ダニーは葉巻きタバコをくわえたまましゃべっているに違いない、とジョシュアは察した。唇に力がこもっているのが話し方でわかる。

レイラがくすくす笑い、風が吹いて日差しがジョシュアの脚を切りつけ、皮膚を焼いた。家の中でマーミーが尋ねた。「間違いありませんか？　名簿にもう一人デリルの名前がありませんか？」ジョシュアが目を開けると、レイラはダニーの車に寄りかかって笑いながら彼の腕にパンチを見舞い、クリストフは十インチのスピーカー二個とアンプをカプリスのトランクに入れているところだ。細かな赤い土埃（つちぼこり）が宙を舞っている。マーミーの声を追ってジョシュアがリビングへ向かうと、マーミーがぼそりと答えるのが見えた。「それなら結構です。ありがとうございました」マーミーは受話器を置いて、ジョシュアのいるほうを漠然と見た。その焦点は彼の胸の中央あたりに向かっている。マーミーの着ている部屋着は淡い黄色、松葉と松笠をすり抜けて輝く外の日差しの色だ。ジョシュアはドアを通り抜けたところで立ち止まった。

「誰からだったの？」

マーミーが自分の腕をつかみ、膝の上で二本の腕が交差した。笑みを浮かべたかと思うと消えてなくなり、リビングのむこうのポーチと前庭に視線を向けた。

「港湾の人。月曜の十時に面接をするので、あんたに来てほしいんだって」マーミーは部屋着の襟元を引っ張った。

「クリストフは？」背後のドアから低音がドスンドスンと響いてくる。

「クリストフについては何も」マーミーはドアから音のしないテレビへ顔を向けた。「あんたにだけ、来てくれって」マーミーは両手で腿をなで、それから手のひらをはらりと脇に落とすと、顔を上げてまっすぐにジョシュアを見た。「クリストフにはきっと別のどこかから電話があるでしょう。もしかしたら、たんにあんたから先に始めてほしいってことかもしれないし」少し間をおいて、マーミーはつけ加えた。「わからないけど」

ジョシュアの背後でドアの開いて閉じる音がした。ほの暗い部屋の中でクリストフの顔は黒々として、額を横切る眉が一本の張りつめた線に見える。

「クリストフにはどこかから電話があるんだって？」

マーミーは答えるかのように口を開いたものの、けっきょく何も言わなかった。額に皺が浮かんで唇に力がこもり、ジョシュアには泣きそうな顔に見えた。そして彼自身は、体の横にだらりとたれた自分の腕がやけに長く重くて、サルの腕のように感じられた。

「たったいま港湾から電話があって」そこまで言うとジョシュアの声はかすれて細くなり、残りの部分は咳のように吐き出すことになった。「次の月曜に、おれに面接に来いって。だけどおまえのことは――何も言わなかったと」

「ああ……」

一連の作業のあとで、クリストフの指先はつねられたようにひりひりしていた。導線をカットして撚り合わせ、サウンドを集めて音楽を繋ぎ、スピーカーで増幅させる。ステレオ装置を設置するのは、鍵番号の組み合わせを探る作業に似ている。感触を頼りにダイヤルを回してぴたりと止め、秘密の番号を探り当てる。これのために、彼は手元に残っていた最後のまとまった金を注ぎこんだ。ドレッサーの引き出しの下には二十ドル札が二枚、五ドル札が一枚、一ドル札が五枚あった。全部で五十ドル。マルキスが新しいシステムを買うために古いのを売りたいということで、ダニーを介してスピーカーとCDプレーヤーとアンプを買い取った。逃すには惜しい取引だと思った。けれどもいま、クリストフは自分がおめでたいカモになった気がしてならない。窓に叩きつける日差しと影に包まれた部屋、その薄暗がりと静けさ、何かを待ち受けるような空気の中で立ちつくす自分。ああ……などと間抜けな声を発して。クリストフはくるりとドアのほうを向き、薄暗い部屋の中で彼に言葉の続きを求めるかのような沈黙に、二人の探るようなまなざしに、背を向けた。風の助けを借りてクモの巣から逃れる虫の姿が思い浮かんだ。

「なるほど、そういうことなら」クリストフは網戸をポーチのほうに押し開けた。「おれはやることがあるんで」背後でドアがばたんと閉じた。熱ででこぼこに膨張したポーチの板が足に引っかかった。ダニーは再びトランクに顔を突っこんでいる。

「ジョシュアは家の中？」レイラが尋ねた。

クリストフは彼女のそばを大股で通り過ぎた。ぎらつく太陽、空、私道の赤土、フクシアの花、ツツジの茂みの緑。家の中から出てくるとすべてがまばゆく、目がくらむ。カプリスのトランクの脇にぶつかった拍子にダニーに覆いかぶさるようにして体が前に倒れ、彼はとっさに熱をもった板金に腕を突っ張った。なんだってこの車はこんなところにぼけっと停まっているんだ？　クリストフにはもどかしかった。じっとしていられなかった。動かずにいられなかった。

「そんなもん、ほっとけよ」

「ほっとけって、おまえ何言ってんだよ？　あとちょっとで仕上がるところだろう」

「そういう気分じゃねえんだよ。あとにしようぜ。葉巻きない？」

ダニーが体を起こした。車に寄りかかっていたせいで、白いTシャツのお腹の部分に茶色い線が走っている。だが髪のほうは、頭のカーブに沿って固くきっちりと編みこまれている。クリストフは彼をちらりと見て、視線をそらした。気がつくと足が勝手にタイヤを蹴り、くたびれた白のリーボックのまわりに赤い土埃がもうもうと舞っている。

「車を出そうぜ」クリストフは言った。

「いったいどうしたんだよ？」

クリストフの胸の中で痛みと愛情と嫉妬が一つになり、苛立ち(いらだ)と化して喉にごぼごぼとこみ上げた。「うるせえ、どうもしねえよ」強い摩擦音を伴って自分の口から言葉が飛び出すのが聞こえた。「いまは言いたくない。とにかく出かけようぜ」

ダニーがトランクの蓋を閉めた。硬い金属音があたりに響き、ぎらつく日差しのように不快な音をたてた。彼は耳元から葉巻きタバコを、ポケットからライターを取り出した。

「確かに一本必要そうだな」自分の車に向かって歩きだすダニーのあとを、言葉が追った。クリストフはそれを追い越し、車の窓からジャンプして助手席に滑りこんだ。テレビドラマの〈爆発！　デューク〉の真似だ。助手席のドアはたまにつっかえて開かなくなる。たっぷり三分もかけて取っ手をがたがたいわせる気分ではない。ダニーはゆったりと自分の側のドアを引いて閉めた。

「飛び乗るときにシートを踏むなよ」ダニーは葉巻きに火をつけ、クリストフに渡した。

「うるせえ」

ダニーが笑い、車が唸り声をあげて目を覚ました。ステレオが響きだした。音楽が空気を揺るがし、クリストフの喉を締めつけた。レイラの姿が見えた。胸の部分でシャツがぴんと張っている。正面ポーチの網戸に手をかけ、二人が出かけるところを見守っている。葉巻きを吸うと熱くなったフィルターの先が唇の間で軽くしなり、ひんやりとした刺激が胸の中でくすぶる熱を包みこんでついばむように取り除いてくれた。クリストフは煙を吐き出し、二口目を吸いこんだ。車が赤土の私道から小石の散らばる通りへ出る際に、窓の外に腕をたらして灰をはたき落とした。走り過ぎる車のそばで、大きな頭と骨張った膝をした小さな褐色の子どもが三人、側溝の中でブラックベリーを摘み、特大サイズのアイスクリームの白いプラスチック容器にそっと入れていた。シシとディジーとリトルマンだ。低音が連打で鳴り響き、ころころとこぼれていた小石がいきなりなだれ落ちてくるような爆音と化して、子どもたちが跳び上がった。いちばん小さな痩せた子ども、赤いつなぎのズボンからキックボールのようなお腹を覗かせている子が、持っていた容器を取り落とした。通り過ぎる際に、子どもたちの頭のまわりにブヨが群れて輝くブロンズ色の雲になり、電球の形をした三つの頭を後光のように照らしているのが見えた。クリストフは人差し指を立てて彼らに敬礼し、やがてダニーが車を加速させると、シートの背にもたれかかった。

二人は日が沈むまで、ざわめく枝の間に太陽がするりと落ちて西の空を一面の赤とピンク色に染めるまで、車の中の酷暑がいくらかなりとも和らぐまで、走り続けた。葉巻きを買い足すためにジャーメインのガソリンスタンドで降りたときには、足下のコンクリートから熱気が昇ってきた。タンクの上の街灯に大型の黒い羽虫がうじゃうじゃ群れて、競うように電球に突進しては死んでいった。彼らが死と出会う瞬間にはぱちっと大きな音がした。葉巻きを買って車に戻ると、クリストフはほっとした。これでじりじり唸る電球から逃れ、街灯からも、ひとけのないうらぶれたガソリンスタンドからも、赤ら顔の孤独な店員からも逃れて、海沿いのハイウェイをひた走り、海岸を当てもなくさまようことができる。

砂混じりの中央分離帯には一定間隔で松が小さな群生を形成している。月は満月で白く、空は黒くて、星はほぼない。海岸を離れ、セントキャサリンを通り抜けてバイユーへ向かい、そろそろボア・ソバージュというあたりで、ダニーは音楽に飽きたとみえ、ボタンを押した。ステレオのライトが消えて、音楽が止まった。クリストフがいきなり態度を変えたこと、その場から逃げ出さずにいられなかったことに関して、ダニーはまだ何も訊いてこない。ボア・ソバージュを出たところでポケットから小袋を取り出し、グローブボックスに葉巻きが入っているから探してブラントを巻くようにと告げただけだ。沼地の草が淡い銀色の輝きをおびて、窓の外で激しく揺れている。夜の虫たちが荒れた議会のようにかまびすしく鳴き合い、いまやその声は最高潮に達している。地平線を縁取る松の木立はインクのように真っ黒で、水は深い紺色、月の光がちらちらと反射して、水面に白い小石の道が伸びているみたいだ。きれいだな、とクリストフは思った。潮気を含んだ沼地の風に目を細めつつダニーのようすを窺うと、まぶたをなかば閉じるようにして道路に神経を集中させている。クリストフは最後の一本の最後の一口をたっぷり吸いこんだのち、残りを従兄に渡した。

ボア・ソバージュに入ると、ダニーは狭いでこぼこ道の端を避けて中央を走った。端のほうではアスファルトが砕けて小石と化し、赤土や夏の雑草といっしょに側溝に滑り落ちているからだ。車の上ではオークの木が絡まり合って腕を伸ばし、トンネルを形成している。たまに通り過ぎる民家の前庭では、小さな人影がポーチや階段に座ってビールを缶から直接飲み、小さな缶に蚊除けの蠟燭を灯して、ハエ叩きで自分をあおいでは、松の林の中を疑わしそうに覗きこんでいる。ようやく和らぎつつある夏の気温のこと、蚊のこと、そしてニュースで耳にしたウエストナイル熱のことでもぼそぼそと話しているのだろう。

木立の輪郭を眺めていたクリストフは、自分がいまボア・ソバージュのどこへ向かっているかを梢の形状だけで言い当てられることに気づいて、小さく笑みを浮かべた。クアベス通りとペリッジ通りの交差点にそびえるオークの大木と、右手に鬱蒼と繁る松。両者は自分たちがいまサルヴァドール通りの真ん中あたりにいることを告げている。幼いころにはよくその木の下でジョシュアと追いかけっこをした。ダニーとジャヴォンは決まってチームリーダーで、二人が選ぶメンバーもいつも同じだった。双子とマルキス、揃ってちびでリスのようにすばしっこい三人はダニーのチーム、ビッグ・ヘンリーとボーンとスキータはジャヴォンのチームだ。いつも決まって小さい組が大きい組に勝った。相手チームが通りに残って大声で数を数える間に、クリストフとジョシュアはスキップをしてマルキスとダニーを追い越し、二人いっしょに森の奥へ隠れた。クリストフのほうが足は速く、先を走っておおよその方向を決めたが、隠れ場所を見つけるのはジョシュアのほうが得意だった。茶色く乾いた松葉の山にもぐったり、自分たちの爪ほどの濃い緑の葉がびっしり繁った藪の中にもぐったり、小さなオークの木に登って、いちばん上の枝でカラスのようにじっと止まっていたり。

相手チームに見つかることはめったになかった。ダニーはしびれを切らして広いところ、森の中の薄明るいところへ出ていって自ら居場所を明かしたが、たいていの場合、それはお腹が空いたからか、疲れたからか、トイレに行きたくなったからだった。マルキスもダニーのあとを追い、食べ物を求めてついていった。ジョシュアとクリストフは何時間も隠れたまま、自分たちの真下でジャヴォンやビッグ・ヘンリーが低木の間に分け入り、大声で名前を呼んで、もう探さないぞと脅してくだらない冗談を口にする間、ひたすら息を殺して笑っていた。やがてメンバーは文句をたれながら散っていった。ビッグ・ヘンリーは用事があると主張し、ボーンは夕食の時間だとどなり、ジャヴォンは見たいテレビ番組があるのだと吐き捨てるように宣言した。クリストフとジョシュアはあたりに人の音がいっさいしなくなるまで、ときには日が沈み始めるまで、ずっとその場に残っていた。それからひとけのない通りに飛び出して歓喜に跳びはね、自分たちの機転を自画自賛しながら、帰り道ではずっと二人で取っ組み合いをしていた。クリストフは目を閉じてヘッドレストにもたれかかり、ほどなく車が停まるのを感じた。

　ダニーに連れてこられたのはバスケットコートだった。コートの照明に照らし出された芝は、雑草とともに長く伸びて房になっている。ごみ箱代わりの鉄の筒は縁に沿ってぐるりと錆び、最後に空（から）になってからは黒いごみ袋もセットされていない。たわんだ白い木のベンチが並ぶ小さなスタンド席は無人だし、ぶらんこも静かで、郡のレクリエーション委員会が設置した木の遊具で遊ぶ者は誰もいない。ダニーが車のエンジンを切り、ドアを開けて言った。「後部座席にボールがあるから、取れよ」クリストフは重い腕と体をなんとか動かし、ボールをつかんでダニーに投げた。ダニーはそれを持ってコートへ駆けだし、締まりのないレイアップシュートを決めた。彼はボールをドリブルしながらなかば歩き、なかばスキップして、アスファルトの上を前後に動いてジャンプシュートを決めた。クリストフはコートの中のダニーを見つめた。おれはいつから人のうしろを歩く人間になった？　人の背中を見ながらついていく人間、人に導かれる人間に？

　ここから先は、一人で自分の道を見つけるしかない。スノードームのように輝くコートに向かって、クリストフはよろよろと歩きだした。色褪せたグレーのアスファルトに青い塗料で不良たちのサインが落書きされ、蛍光灯の光の輪がその光景をガラスの半球の中に映し出して、お決まりのいまいましい虫たちが黒い雪のようにくるくる舞っては落ちていく。足を摺るようにして草の中をゆっくり駆けだすと、花をつけた長い株が膝を刺し、脛に細長い線が刻まれてひりひりした。やがてコートにたどり着くころには、クリストフの全身に高揚感がみなぎり、頭と腕と両脚が虫の声と同じリズムで脈を刻んでいた。内と外、前後左右、頭の上と足の下――そこら中で虫たちが鳴いている。ダニーがボールを投げてよこしたが、クリストフの手はもたついてつかみそこねた。ドリブルをして脚をくぐらせると、ボールがふくらはぎを軽くかすめた。

「おまえ、ほんとにそれを扱えんのかよ？」ダニーが訊いた。彼は両手を腰に当ててゴールの下に立っている。顔中に汗をかいている。

「まさかこのおれにボールを扱えるかと訊いてるんじゃないだろうな。ちょっと手本を見せてやるからよ、このデブめ」

クリストフは再びドリブルを始め、指先でボールを弾ませた。なにか違和感があった。まるで岩の上でドリブルをしているみたいだ。ボールがあちこちに跳ね返る。

「おまえいったい何がしたいんだ？　ドリブルか？　それともボールをパンクさせたいのか？」ダニーが大股で近づいてきて片腕を上げ、ディフェンスの体勢をとった。指がクリストフの胸をかすめた。

「くそ、なんで棒立ちなんだよ？　おれのことをそんなにちょろいと思ってるのか？」クリストフはもう一度ボールを脚の間からくぐらせた。今度は腿に触れることもなく、余裕でうまくいった。彼はボールをキャッチし、少しよろめいて、笑みを浮かべた。「ちょっとウォーミングアップが必要だっただけさ」

「おまえ、酒でも飲んだんじゃないのか？　助手席の下に瓶を隠してたんだろ」

「うるせえ、酔ってなんかいねえし、いまからこてんぱんにやっつけてやるからよ」

「クリストフ、おれはな、おまえがまだ寝しょんべんたれてたころから、このあたりのニガーを軽くやっつけてたんだぜ」

「おれは寝しょんべんなんかしたことねえんだよ、くそやろう」

クリストフは右へ動くと見せかけていきなり左へ向かい、うしろに背を反らして両脚を揃えた。それからしゃがんで、フェイダウェイシュートを打った。ボールが回転しながら手首から手のひらへ転がり、中指の骨をつたってリングへ向かうのが感じられた。リリースはよかったが、強すぎた。ボールはバックボードの隅に当たってリングの縁に跳ね返り、弧を描いて再びコートに落ちてきた。ダニーがリバウンドをかすめ取った。クリストフは顔をしかめた。

ダニーはボールを胸に抱いてぜいぜいと喘いでいる。クリストフは彼の口を見つめ、それからたるんだ首元で揺れる皮膚と脂肪に視線を移した。高校時代のダニーは優れた選手だった。ジャンプシュートは非の打ちどころがなかったし、インサイドで彼がディフェンスにまわれば恐いものなしだった。地元で開催される試合はクリストフもすべて見に行った。七年生になってクリストフも本格的にプレーを始めると、ダニーは容赦なく彼をもてあそび、なぶり者にした。自分もいっしょにコートで汗を流し、煉瓦の壁のように立ちはだかって、何時間も彼をどやし続けた。ダニーに言わせれば、小柄なクリストフは人より速く動いてボールをうまく操り、貪欲にジャンプしなければならないのだった。あまりの悔しさにクリストフは何度か泣きそうになりながら、それでも泣かずに、怒りに鼻をふくらませ、歯を軋らせて、胸の痛みに耐えつつプレーを続けた。短気な小型犬のようにダニーのまわりをぐるぐる回り、突進してぶつかった。そんなふうにして彼は上達した。

一方のジョシュアは、ダニーを真似し、ゴール下で胸をぶつけ合って従兄と闘った。クリストフがリスのごとく敏捷なポイントガードに育ったのに対し、ジョシュアはインサイドの要となるように仕込まれた。最終学年になるころには、双子はもはや向かうところ敵なしだった。コートで秘密の言葉を交わし、肩や目や笑みや得意げな表情でやりとりした。ジョシュアはいまインサイドにボールをパスさせてレイアップシュートを決めたがっている、といったことが、口元を見るだけでクリストフにはわかった。そういうことが難なく読めて、ますます力が湧いた。試合のあとにはブラントを吸ったこともない。なにしろ必要がなかった。どちらもすでにハイになっていたからだ。

いま、目の前の従兄を眺めながら、クリストフは胸の内側で何か手のようなものがぎゅっと握り締められるのを感じた。三年前に卒業してからというもの、ダニーはさながら水彩画のようににじんで広がった。ビールと大麻のせいで輪郭がぼやけてしまった。かつてのダニーなら彼を振り切ってくるりと回転し、シュートを決めて悔しがらせたことだろう。目の前のダニーはボールを抱えこみ、まるでお腹を怪我(けが)してボールで出血を止めているかのようだ。まばたきする目の動きさえ緩慢に見える。

クリストフはダニーに向かって突進し、手のひらで力いっぱいボールをはたいた。水面を叩いたように指全体がじんと痺れた。ボールが滑り落ちた拍子に両手が胸の前で合わさり、ダニーは祈るようなポーズで立っている。クリストフはボールをドリブルして両脚の間を前後にくぐらせた。激しく、確実に、さばいてやるつもりだった。ボールをコートに叩きつけて銃声のように響かせてやりたかった。ボールが宙を切って手の中に返ってくる感触を味わいたかった。だがそうはならなかった。ボールはくねくねと曲がって脇へそれた。肩に力がこもって固く張りつめ、かつてのダニー、ダニーの亡霊の教えをどんなに忠実に守ろうとしても、力を抜くことができなかった。

「おまえ、ボールを手のひらで叩いてんじゃん」

「うるさい、黙れ」

「指を使うんだよ」ダニーが言った。

クリストフは体を右に傾け、それからボールをぱっとつかんでフェイントをかけた。ダニーは身をすくめた。クリストフの膝の内側を刺すような痛みが駆け抜けた。

「誰が教えてくれって頼んだよ?」クリストフは膝を屈めてシュートを打った。ボールはリングの縁に当たって鐘のような音をたて、こぼれ落ちた。ダニーがそれをキャッチした。

「おまえのプレーがだらしなさすぎるからだよ」ダニーは笑い、肉づきのいい大きな肩でクリストフの胸を押しやって、そのままフェイダウェイシュートを放った。ボールはリングの縁をかすめたのち、コートを包む明かりの外へ逃げていった。

「おまえがしくじったんだろ。拾ってこいよ」

「おまえの攻撃だぜ、クリストフ」

「関係ない。おれが取ってきたら、ボールを渡すかわりにおまえに食わせてやるからな」

ダニーは力なく息を吐いた。それから摺り足で暗がりの中に姿を消し、ボールを手に再び現れた。夜と虫と草木が、傷んだ映画のフィルムのようにちかちかと点滅した。クリストフは自分でもわかっていた。草の吸いすぎだ。

「おやじの恩を忘れやがってよ」

ダニーはドリブルをしながら肩でクリストフを強く押した。クリストフはボールを奪い、素早く離れてシュートを打った。顔と耳と首の表面が燃えるように熱い。彼はダニーに向かって目を細め、たるんだ首とおびただしい汗、荒い息づかいをにらんで、吐き捨てるように返した。

「おれにはおやじなんかいねえんだよ！」

ボールは宙を飛んできっちりとリングに収まり、ネットを愛撫しながら落ちてきた。クリストフはふんと鼻を鳴らし、肺から鋭く息を吐いて、たったいまの自分の言葉に「くそやろう」とつけ加えそうになるのをなんとか堪（こら）えた。怒りに煽（あお）られて草の高揚感が燃え尽き、頭も体もクリアになっている。いまなら彼の中で、意思と筋肉が鮮やかなシュートを生むという単純な方程式が成立する。一瞬、気分がすっきりした。彼はダニーにリバウンドを譲った。

「で、今日は何があったんだ？」ダニーのドリブルが、クリストフの耳の中で心音のように重く反響した。

「その話はしたくない」クリストフは腰骨に指を食いこませた。

「仕事のこと、だろ？　ジョシュアには連絡があったのに、おまえにはなかった。そういう可能性は最初からあったはずだろうよ」

「なんとでも言えよ」クリストフは、ボールがダニーの手から飛び出してアスファルトにぶつかり、ふたたび彼の手の中に飛びこんでいくさまを見守った。一回、二回。まるで指先がボールを呼び戻して吸いこんでいるかのよう、ボールにキスをしているかのようだ。少なくともその点に関しては、ダニーのほうが正しい。彼のボールさばきはほぼ完璧だ。

「吐いちまえよ、クリス」

「おまえに何がわかるっていうんだよ？　仕事もある。裏の商売もある。母親がいて、義理のおやじもいて、いざとなりゃ助けてもらえる身分のくせに」

ダニーはドリブルをぴたりとやめた。ボールをやすやすと片手でつかんで腰にのせた。

「で、そういうおまえも、この大ぼけやろう、手を差し延べてくれる人間はいるんじゃねえのか？」ダニーはお腹の上でボールを転がし、ぴたりと止めた。「兄弟がいて、マーミーもいて、伯父さんや伯母さんも山ほどいて、そして何より、このおれがいるだろうよ」

クリストフは耳にまとわりつく虫を手で払った。手のひらがひりひりした。従兄の丸い顔となかば閉じた目をじっと見つめた。

「それがなんだっていうんだ」

「おまえ、おれがこのままおまえをのたれ死にさせるとでも思うのか？」

ダニーの微動だにしない様子を見て、クリストフははたと気づいた。ダニーは怒りをつのらせているのだ。むかっ腹を立てているのだ。過去にはダニーが数人を相手に喧嘩を始めて全員をぶちのめし、地面に這いつくばらせるところを目にしたこともある。長い腕で繰り出す正確なパンチはマシンのような威力を発揮した。十代のころのダニーは金やその他のちょっとしたこと、ささいな侮辱などが原因で、よく喧嘩をしていた。一見穏やかそうに見えるのは、じつはまやかしにすぎない。怒りと当惑の中で、クリストフはダニーの口が動くさまをぼんやりと見つめた。
「おまえが目の前で苦しんでいるのを、おれがただ放っておくとでも？　この恩知らずの大ばかやろうめ。おれの商売を分けてやることだってできるんだぞ。おれが草を百グラムも融通すれば、おまえはここでそれを二倍の金にできる」ダニーが一歩近づいた。表情のない顔の中で、その目はただの細長い裂け目、房飾りのついた線にすぎない。口もほとんど開いていない。暗がりの中で、白目も歯の粒も見えない。「おまえはいったいおれをどういう従兄だと思ってるんだ？」

ダニーはクリストフには手を上げない。殴られたことがあるのは取っ組み合いのときだけで、それも必ずじゃれ合いだ。クリストフの頭にふと、肉の内側にある筋肉のことが思い浮かんだ。太った人間というのは本当の意味で強い。おそらく振り回すもの自体が大きいからだろう。霞(かすみ)のかかった頭の中で、クリストフは答えを求めて揺れ動いた。そういうことは考えてもみなかった。クリストフはどちらかと言えば一つの目標に向かって突き進むタイプの人間だ。これまでずっと自分の思い描く人生というものが頭の中にあり、成長に応じて筋書きを組み立ててきた。九年生でバスケの選抜メンバー入りを果たし、十年生で初めてセックスを体験し、十一年生のときにはチームを率いて州大会まで勝ち進んだ。高校生活を通じて一度に数人の相手とつき合いながら、女同士の喧嘩に発展することは一度もなく、浮気がばれることもなかった。そしてついに卒業した。これまでの人生には一定のパターンというか、秩序があった。なんらかの夢があって、そのために努力を重ねて、実現する。卒業してもずっとそれが続くのだと思っていた。人生にはステップというものがあって、まずは港湾か造船所で働き、仕事を覚えて、給料が増えて、お金が貯まって、家をあちこち修繕し、恋人ができて、子どもができて、いずれは結婚もするのだろうと。彼にとって仕事が合法であることは大前提で、一連の夢はその上にバランスよく実現されるものだった。

クリストフが売人という選択肢を除外してきたのは、その行き着く先を見ているからだ。つかの間の輝ける日々の間にたいていの売人が車を買い、クラブでヘロインを買い、女を買い、母親の出費を賄い、本当に運がよければ家を買う。そういったことがせいぜい二年ほど続く。そして次に起ることは避けようがない。ミシシッピ沿岸部の狭い社会では、どんな人間もそのうち必ず素性がばれる。そして郡警察に追われる身になる。地域の売人はヒューストンやアトランタ、ニューオーリンズを拠点とするもっと大物のディーラーから薬物を仕入れる。警察は地域の売人が公園や町中にいるのを目にし、仕入れに通うのを見て、確信を抱くのだ。それからその売人は落ちていく。逃げて、隠れて、不安に怯える。家族や恋人や子どもを養おうと貯めたはずの大金が、気がつくと保釈金の支払いに消えていく。なぜならそういう連中は、たいてい年に三度は逮捕されるからだ。けっきょく大半の売人にとって、服役することと薬物を売ることが仕事になり、釈放されて家に帰ることが休暇になる。一、二週間外に出たと思ったら、フレッシュなどのちょっとした草を吸い、仮釈放の規定違反で舞い戻る。

クリストフは、ダニーと同世代の売人たちの風貌を思い出した。短い仮保釈の間に彼らに会っても半分は誰だかわからないし、わかったとしてもあまりの老けように愕然とする。それでも彼らはまだ運のいいほうだ。中には自分が中毒になる者もいるし、命を落とす者もいる。クリストフはセントキャサリンのクッキーのことを考えた。その男がクッキーと呼ばれるようになったのは、売人として大量の薬物を扱い、クッキー状のクラックコカインをつねに二、三枚は持ち歩いていたからだ。だがのちに彼は、別の理由で再びクッキーと命名されることになる。いまやジャンキーになった彼は、かつての仕事仲間の売人たちにクッキー、すなわちクラックのおこぼれをせびる身の上だ。夕方になると決まってセントキャサリンの同じ町角に立ち、年中同じ色褪せたブルージーンズとデニムのシャツ――自称スーツに身を包んで、誰かに手を振るわけでもなく、通り過ぎる車をただじっと眺めている。続いて最後に見たサンドマンの姿が甦った。酔っ払ってハイになり、白目をぎらつかせて、ピックアップトラックから転げ落ちそうになっていた。クリストフはダニーに向かって片手を振った。ダニーのしていることは取るに足りない。定職があるので、草を売るのはちょっとした水遊びのようなものだ。クラックやコカインは扱わないし、間違っても町の外れや北のほうに住む白人にメタドンやヘロインを売ったりはしない。

「おれ、昔からそういうのはやりたくないと思ってたから」

「そういうのはやりたくない、というのは？」ダニーは身を屈めてクリストフの目を覗きこんだ。

「もっとちゃんとした職に就いて……真面目に働いて……真っ当なお金を貯めて……」

「どこで働くつもりだったんだ、クリストフ？　何をして？」

「さあ……港湾とか、造船所とか……」

「いいか、物事はそううまい具合には運ばない。誰だって港湾や造船所で働きたいし、どこの母親だって自分の子どもにはそういうところで働いてほしいと思ってるんだ。全員がそんな仕事にありつけるわけじゃない」

「べつにほかの場所でもかまわないよ」

「ウォルマートか？　ウォルマートで働く黒人の初任給がいくらか、おまえ知ってんのか？　時給六・五ドルだぞ。六ドル五十セント。ガソリンだってリットルで五十セント以上するっていうのに。週に四十時間働いて、家賃はかからないにしても、それでいったいいくらになると思ってるんだ？」

「ポール伯父さんとイーズはそうしてきたわけだし」クリストフはダニーから顔をそむけ、砂混じりのアスファルトのコートをじっと見つめた。彼は首を振って否定した。何を否定しているのか自分でもわからないまま、とにかくそうした。

「そういうことが不可能だとは言ってない。ただ、難しいと言ってるんだ」

蛍光灯が点滅した。一回、二回。経験上、次にどうなるかはわかっている。一瞬まぶしく輝いて、明かりは消えた。ずっとじりじり鳴っていたネオンの音もくすぶりながら消えていった。かわりに夜の虫たちの合唱が始まり、じりじり音を覆い尽くして、最初からそんなものはなかったかのように埋もれさせていった。クリストフの頭の中はぶうんという音でいっぱいになり、公園は穏やかで荘厳な闇に満たされた。田舎には街灯がない。ダニーの顔も闇に消えた。白いシャツが青く光って、クリストフはふと星に気がついた。爆発したかのように頭上一面に輝いている。

「おれもまずは頑張ってみないと」クリストフは言った。

ダニーの声がヘビのように体に巻きついて耳の中を這い進み、クリストフに一つの可能性を届けた。

「まあ、考えてみるといい。やってみる気になったら教えてくれ。百グラムほど前貸ししてやる。返せるようになってから返してくれればいい」ダニーは声を落とした。「売った利益でおれからさらに買い足して、それも売ればおまえの金は倍になる。簡単さ」

クリストフは髪をこすり、両手を組んで首のうしろに当て、それからぱたりと落とした。

「わからないよ、ダニー」

「考えるだけでいいんだよ。けっきょくのところ、やりたくないことをやる必要はないんだからな。ほかに道が見つかるかもしれないわけだし。壊れた道でも、道は道だ」闇の中でダニーの声がふいに和らぎ、怒りが消えて、はっとするほど切ない響きをおびた。「おまえには運があるかもしれないしな」

ダニーはクリストフをかすめてそばを通り過ぎ、疲れた足取りで車へ向かった。白いシャツのかすかな輝きが灯台のようだった。クリストフはエンジンフードに手を触れ、フロントグリルをなぞりながら反対側へまわると、背中を起こして腕を伸ばし、気をつけの姿勢で車に乗りこんだ。座る際にスニーカーがシートをかすめた。

「おまえのそれ、むかつくんだけど」

ダニーはブラントに火をつけ、ギアをバックに入れた。ふいに燃え上がったライターの炎の中に、またしてもダニーの疲労が窺えた。目は腫れぼったく、プラスチックの白い吸い口をくわえた口元はだらりとたれている。タイヤが回って、駐車場の土と小石を道路に吐き出す音がした。ダニーがアクセルを踏みこんだ。エンジンが唸って車が勢いよく前へ飛び出し、民家の庭先にまばらに立つ黄色い私設街灯の弱々しい明かりの中を走り過ぎた。コオロギの声と葉ずれの音が響くざらついた沈黙を破って、クリストフはおずおずと口にした。

「なあ、おまえの家に行きたい」

ダニーはうなずいてスピードを上げ、マーミーの家に曲がる角をやり過ごした。草のせいでクリストフはひどく眠かった。まだジョシュアと顔を合わせる気にはなれないが、むこうはもちろん起きて待っているだろう。暗がりの中で目を見開いて横たわり、天井を見つめながらクリストフの気持ちに思いをめぐらせ、話をしようと、自分の気持ちを打ち明けようと、待ち構えているに違いない。

ダニーはトレーラーハウスの裏へまわった。クリストフがあとについてリビングに入ると、従兄は振り返って片手を差し出し、軽く握手をした。ソファーに寝転がればすぐにでも眠れそうだが、ジョシュアとマーミーのいない家で、いつもと違う壁に囲まれて、けっきょく朝いちばんの日差しがリビングに染みてくると同時に目を覚まし、歩いて帰るはめになるのだろう。クリストフはソファーに腰を下ろし、ダニーが自室に消えるのを待って横向きにどさりと倒れ、ビデオデッキの赤い点滅をぼんやりと眺めた。部屋の中で動いているのはその赤いライトだけだ。彼は手のひらに顔をのせ、眠りに落ちた。

ぱっと目が覚めたとき、音そのものは覚えていないが、何かの音がしたことは間違いなかった。クリストフは体を起こし、手のひらで目をぐりぐりと押して、ビデオデッキの小さなデジタル時計に目を凝らした。三時四十六分。まぶたの皮が気持ちよく伸びて前後にずれ、痒みが和らいだ。目が熱くひりひりする。バスルームの明かりが廊下に漏れている。それを除けば家はすべて闇の中だ。クリストフは従兄の部屋に目を向けた。続いて伯母の部屋を見た。完全に静まり返っている。彼はつま先立ちで勝手口のドアを目指した。冷蔵庫の前を通り過ぎる際に、小さなメモが目に留まった。〈ジョシュアから電話あり〉。クリストフはドアノブの鍵をひねって裏のデッキに下り立ち、蝶番（ちょうつがい）の軋む音を和らげるために、ドアを少しずつ押して閉めた。

そばの林からダニーの犬が騒がしく吠えたてた。警告を意味するスタッカートの吠え方だ。まわりで鳴き続けるセミの声に体を揉みくちゃにされる思いがする。靴の裏で足場を探りながら、クリストフは暗い通りを歩き始めた。片足は草の中に、もう片方はアスファルトに置くように心がけた。側溝をびっしりと埋めつくす雑草とブルーベリーの茂みの中で、小動物ががさごそと動いている。この暑さだとヘビが出てくるかもしれない。風景は完全に黒いインクの中だ。クリストフは闇の中に目を凝らし、おかしな音がしないかと耳をそばだてた。棒を拾っておけばよかった。犬を繋いでいる家やフェンスで囲っている家は少ない。林のそばを通り過ぎて明かりの中に足を踏み入れ、傾きかけた小さな家や錆びたトレーラーハウスが目に入るたびに、クリストフは吠え声や唸り声が聞こえないかと神経を尖らせ、怒った毛皮の塊が突進してこないかと身構えた。暗がりの中で、棒は見つからなかった。

きっと明日にはどこからか電話がかかってくるだろう。いずれにしても、ジョシュアが面接を受けている間に造船所を訪ねて応募書類を出してこよう。歩きながら、クリストフは何度も自分に言い聞かせた。ホタルが一斉に光を放ち、蛍光グリーンの尾を引いて濃い闇の中をすうっと飛んでいく。まるでクリストフの頭の中に浮かぶ思いのように、ぱっと輝いては消えていく。おれにあれが売れるだろうか。売りたいと思うだろうか。マーミーのいる家でそんなことができるだろうか。ジョシュアにいったいなんと言う？　急に怒りがこみ上げて、激しい痛みが喉を焼き、やがて薄れていった。ちらりと空を見上げると、流れていく雲が見えた。疲れ過ぎて怒りも続かない。ジョシュアに対する苦い嫉妬も、まとわりつくような愛情も、マーミーに対する羞恥心と責任も、明日また考えればいい。マーミーには誇りに思われたいのであって、ある日靴下をしまおうとしたら引き出しに草があった、などという事態を招きたいのではない。そんなことになったら、もはやマーミーに合わせる顔がない。

右側の側溝で何か大きなものががさりと音をたてた。クリストフはとっさに左へ跳びのき、そのこと自体に驚いた。恐怖が火花となって胸の中に降り注いだ。闇の中で彼はじっと立ち止まり、両手の拳を握り締めた。突然、自分の手がひどく空っぽに感じられた。彼は自身の恐怖に驚いた。これほどの恐怖を感じるのは子どものころ以来、ジョシュアと二人、日が沈んで外灯が灯るまで森で遊んだとき以来だ。黒々とした木の枝が急に指のように見えてきて、何かが迫ってくるような、いわれのない感覚にパニックを覚えた。森で初めてそれを経験してからというもの、歩いて家に帰るときや、一人でシャワーを浴びながら目をつぶって髪を洗っているときなどに、たまに同じ感覚にとらわれる。再び訪れたその恐怖と闇に潜む者たちに関する知識を、クリストフは頭の隅でぼんやりと結びつけた。オポッサム、アルマジロ、ヘビ、クモ、犬、人間。

これほどのパニックに襲われるのは、はたして何年ぶりだろう。このままアスファルトの道を駆けだして、家に着くまでひたすら走り続けたい。衝動がこみ上げ、考えることなど不可能だった。思考はサイレンのように点滅しながら、頭の中をひたすらぐるぐる回っている。もう一度物音がしないかと耳を澄ませたが、何も聞こえない。なんとか歩きだしたものの、おのずと早足になり、駆け足になって、傾いた家の小さな木のポーチから放射される次の明かりの輪にたどり着くまで一気に走った。その庭の周辺をうろついて、腕の半分ほどの長さの軽い小枝を見つけた。枝の表面にはベルベット状のカビのようなものが点々と付着している。中は空洞だ。彼はそれを握り締め、通りに降り注ぐ小さな光の輪の中にじっと立った。そのまましばらく立ち続け、それからはたと、自分がいまどこにいて何をしているかを思い出した。彼は十八歳で、暗がりの中を家まで歩いて帰ろうとしているにすぎない。しかも家までは一キロもなく、ここは生まれてこのかたずっと暮らしてきた場所で、付近の森には彼に危害を及ぼすものなど一切存在しないのだ——一切。深呼吸をして気持ちを落ち着ければいいだけだ。クリストフはその場に立って恐怖が引いていくのを待った。それから水に潜る覚悟で、いざ、闇の中に踏み出した。

彼は早足で歩き続けた。恐怖が何度もふくれ上がった。いまにも誰かにつかまれそうな気がした。肩がむずむずした。手に持った棒を前後に大きく振りながら歩いた。甲高い笑い声が漏れて、自分で自分に驚いた。おれはこの棒でいったい何をするつもりなんだ？　まるで鉈のように握り締めて。彼はやれやれと首を振り、恐怖を胸の奥に押しこんで、棒を魔法の杖のようにゆらゆらと振った。続いてそれをほうり捨てるかのように手首を振ったが、捨てなかった。指が離そうとしなかった。もう一度笑おうかと思ったが、やめにした。歩を速めた。ヴェイルの家。林。ポール伯父さんの家。林。ジョニーがくたびれた老馬を飼っている牧場。その馬が草を食み、静かに鼻を鳴らして草の塊を引き抜いている。驚いたことに、草の引きちぎれる音まで聞こえてくる。林。マーミーの家。クリストフは側溝を飛び越え、ポーチを目指して駆けだした。網戸の前にたどり着くころには全力疾走していた。手にした棒を階段脇にほうり捨て、ドアを引いて、彼は中へ飛びこんだ。取っ手を握った瞬間に恐怖がばん、と体の中に入りこみ、喉を締めつける力が最高潮に達した。クリストフはドアに鍵をかけ、キッチンとリビングの床をつま先立ちで跳ねるように通り抜けた。軋みの激しい板をなるべく踏まないように気をつけた。

寝室のドアは開いていた。クリストフは部屋に入り、ぜいぜいと息をついた。ズボンを脱いで、闇に目を凝らした。ジョシュアは眠っている。クリストフのベッドに背を向けて、壁のほうを向いている。深くゆったりとした寝息が聞こえてくる。目覚まし時計の表示は四時十分。クリストフは引き出しをギイと鳴らし、バスケパンツを取り出して穿いた。自分のベッドに仰向けに寝転がり、天井を見ながら上掛けを胸まで引き上げた。薄い布が脛のあたりをひんやりと滑るのを感じて、ようやく胸の中の恐怖が完全に消えた。あまりにあっさり消えてなくなったので、横になったまま、自分がばかのように思えてきた。それでも彼は、部屋に目を凝らさずにはいられなかった。横になって、壁ではなくドアのほうを向かずにはいられなかった。バスルームの明かりが廊下を照らし、弱々しい光が戸口に小さな半月状に広がっている。いまにも影がよぎってそれを吹き消すのではないかと思いながら、クリストフは目をしばたたき、眠りに落ちた。

第4章

マーミーは一日の最初の日差しの熱がベッドに触れる五分ほど前に目を覚ました。ルシアンが家を建てるとき、マーミーは夫婦の部屋を東側、キッチンの横に配置するように主張した。当時、ルシアンはこの土地を郡の政府からただ同然で買い取った。彼は休暇で訪れる白人たちの海辺の別荘、それも大邸宅と呼ぶにふさわしい豪邸で、大工仕事や庭仕事をしてお金を貯めた。いまはポールが同じ仕事をしている。ルシアンは働き者だった。それに倹約家だったので、十二歳のころから貯金をしていた。土地を買ったのは、当時まだ十八歳でリリアンと呼ばれていたマーミーと結婚したあとのことだ。ボア・ソバージュに住んでいた父親の家の少し先にある三ヘクタール余りの土地は、家を建ててちょっとした飼料や家族が食べる野菜を育て、馬を一、二頭飼うには充分だった。兄弟や父親の手を借りながら家の基礎を固め、枠を組み、一つ一つゆっくりと、そのつど骨を折りながら築いていった。建材の板を一枚ずつ買うために何か月も豆を食べ、ビスケットを分け合って、お金を節約したものだ。緑の野菜が欲しかったこと、たっぷり熟れて汁気を含んだ赤いスイカが食べたかったことを、マーミーは思い出した。おかげでひとたび家が完成してからは、長時間の野良仕事も、背中で日を遮っての草むしりも、水やりも、楽しく感じられるほどだった。

仕上がってみると家は小さくいびつで、板を歪(ゆが)んで打ちつけたのか、それとも板が反抗してきちんと並んでくれなかったのか、と思うほどだった。当時のマーミーは、家事や育児や野良仕事といった一日の重労働に取りかかるために早起きをするのが嫌いだった。それでもなぜか、朝早くに太陽が這うようにベッドを横切るときには少しだけ早起きも楽になり、体を起こして、トウモロコシの列の間を編むようにすり抜けてくる光の筋を、薄い綿地の白いカーテン越しに眺める気持ちになれるのだった。

マーミーはベッドで横になったまま、気温が上がって部屋の中で形になり、彼女の脚をつかむのを待った。時計のちくたく鳴る音、庭の隅の朽ちかけた鶏舎で鶏がかさこそ動く音、そしてさまざまな虫たちの声が、部屋の中に染みてくる。それらの音が一つの形になって、自分といっしょにベッドに横たわっているような気がしてくる。このごろでは睡眠の必要が薄れてきたのか、目覚めるとすぐに頭が冴えて動きだす。夜は十一時前にはとても寝つけないし、朝は日が部屋に差しこむ五分前には必ず目が覚める。若い時分には寝るのが大好きだっただけに、眠れないと気分的に疲れた。糖尿病といい、弱視といい、つくづく老いを感じさせられる。それに、このあたりの変容ぶりも。彼女がまだ若かったころ――ルシアンが元気で子どもたちが幼かったころにも、伯父や兄弟の中には年中飲んだくれ、怒ってわがままばかり言う者たちはいた。自分の子たちが大麻を吸っていたことも知っている。けれどもクラックやドラッグといった、人としての自覚を奪ってしまうような薬物は、かつては存在しなかった。ポーチに座って目を細め、ぼやけた小さな黒い点が通りを行ったり来たりするのを見ると、自分がすっかり老いさらばえてしまった気分になる。その黒い点は孤独なジャンキー、彼女自身の親族か近所の子どもが売人を求めて通りをさまよう姿なのだが、彼女の目には、網戸を這うハエのようにしか見えない。

体を動かすたびにあちこちが鈍く痛むことも、彼女は気に食わなかった。まわりの誰も使わなくなった言葉でたびたび夢を見ることも、クレオール訛(なま)りのフランス語で何かを考えながら目を覚まし、だんだんと人の減っていく家で大きなベッドに一人で横たわっていることも、疎ましい。こういうことは、孫たちにはわからない。ときどき襲ってくる水中を漂うかのような虚無感が、彼女には恐ろしかった。たとえばテレビの前で椅子に座って色と光の斑点を見つめながら、双子のどちらかが番組の内容を説明するのを聞くときなどに、その感覚は襲ってくる。すると彼女は、目を閉じ、ゆっくりとしばたたいて、すべての動きを停止したくなるのだ。その後ロザリオを手にベッドに横たわり、眠りに就く前に指でプラスチックのビーズをいじりながら〈我らの父〉や〈アヴェマリア〉の祈りを唱えていると、なんとなく死が近づいているように思えてくる。マーミーは子どものころ、母親といっしょにマットレスに詰めるスパニッシュモスを集めたときのことを思い出した。まだらな日差しの中でふと立ち止まって空を見上げると、ちらちらするのは太陽が瞬いているからではなく、雲が足早に空を横切っていくせいだと気がついた。彼女と太陽の間を雲が横切り、光を遮っていたのだ。発作のように襲ってくる無気力と凄まじいばかりの疲労感も、そのときの感覚に似ている。彼女の頭上をよぎる影、命の太陽を遮ってそそくさと過ぎていく雲。

最初はためらいがちに、ふくらはぎの左側にごくそっと、とん、と触れるだけ。上掛けを通して少しちりちりする程度。今日も変わらず暑い一日になるのだろう。彼女はもう少しだけ横になったまま日差しの感触がさらに広がるのを味わい、ちりちり感が腿に達するのを待ってから、体を起こしてベッドを抜け出た。そろそろ起きる時間だ。ゆうべポールがエビを山ほど届けてくれた。気温が上がって色が変わる前に、ぬるくなった肉や海水のにおいを発する前に、きれいに処理して火を通してしまいたい。マーミーはガウンをはおり、靴下とスリッパは履かずにおいた。素足のほうがいい。

慣れ親しんだ家の輪郭はすっかり覚えているとはいえ、部屋を歩きながら自分の足で直にそれを感じると、心が慰められた。たとえ水中で目を開けているようにしか見えなくても、家の中のあらゆる面——床や壁や天井はいまもしっかりそこにあるのだと実感できるからだ。物がぼやけて見えることに初めて気づいたときも、そんなふうに感じた。おそらく目の中に涙か何か、水が溜まっているのだろうと。年寄りにはよくあることだ。だが翌朝起きたときにも、それはまだあった。濡れた膜。彼女は否定した。恐ろしかった。祈って自然に解決するのを待ったが、ある朝目覚めたら、あらゆるものから輪郭が洗い流されていることに気がついた。彼女は完全に溺れていた。マーミーは摺り足でキッチンへ向かった。カーペット、廊下の板、リビングのがさついたカーペット、キッチンの不揃いなタイル。

物音がした。体を起こす音。誰かが起きたようだ。双子のどちらかが寝室の中を歩いている。マーミーはエビの入ったビニール袋を流しに置いて排水口に栓をし、氷を溶かしてエビを解凍するために水を出した。起きたのはどっちだろう？　軽く素早い音、機敏な動き。物音をたてまいとしている。引き出しがやや強く閉まって、歯切れのいい足音が聞こえてきた。クリストフだ。なるほど、起きて動き回っていたのはクリストフのほうだった。マーミーが腰を下ろしてテーブルに向かったちょうどそこへ、彼がつま先立ちでキッチンに入ってきてぴたりと止まった。

「おはよう」

「おはよう、マーミー」

「よく眠れた？」

「うん、よく寝たよ」口いっぱいの砂利を呑み下したような声。

「そうでもなさそうな声だけど」

クリストフが動いた。立ち去ろうとしているのか、体が傾いている。言い訳を考えているのだろう。木のテーブルにさっと指先を走らせながら、マーミーはクリストフのふさふさの巻き毛のことを考えた。このまま引き留めておきたいし、逃しはしない。クリストフが片方の足を踏み出した。

「ゆうべ、ポールがエビを届けてくれたのよ。四、五キロはあるんじゃないかと思うほど」

「そんなに？」クリストフにしてはずいぶん静かな声だ。

「そう。あたし一人じゃとてもむききれないぐらい。いま流しで解凍してるんだけど」マーミーは再びテーブルの向かいに手を伸ばし、最高に愛想のいい笑みを浮かべた。「あんたが早起きしてくれて本当に助かった。ちょうど手伝ってもらえないかと思ってたところなの」

クリストフの両手が白いTシャツの胸元をかすめる音がした。細かい部分まで見えたなら、きっと皺が寄っているに違いない。清潔には違いないのだが、皺が寄っている。

「その前にシャワーを浴びないと」

「そうね」

「それじゃあ、浴びてくる」

クリストフは彼女を見て、様子を窺っている。「それじゃあ、浴びてくるね」彼はゆっくりと部屋を出ていった。ほどなくシャワーの流れる音が聞こえてきた。マーミーは、頭の中でしだいに大きくなるオーティス・レディングのざらついた声に合わせてハミングした。キッチンの物音に刺激され、窓の下で雄鶏がけたたましく鳴きだした。オーティス・レディングは好きだった。悲しいラブソングを聴くとつい感傷的になってしまうので、双子によくない影響が及ばないように気をつけてはいるものの、シルがアトランタに出て自分と双子だけが家に残されたあとには、彼のレコードアルバムを何度も繰り返しかけたものだった。小さなポータブルプレーヤーはシルが十代のころに誕生日プレゼントとして贈ったものだが、シルはそれを持たずに行った。オーティスのほかにも、シルはいくつかレコードを残していった。ハロルド・メルヴィン・アンド・ザ・ブルー・ノーツ、アース・ウィンド＆ファイアー、自分で自分をプリンスと呼んでアルバムの表紙に女のような格好で写っている若い男の歌手。そのアルバムだけは一度も聴いたことがないが、それ以外は――それ以外のアルバムは、気に入っている。

プレーヤーは、マーミーの部屋の隅のドレッサーの上に置いてある。いまではほとんど使うことはない。

かわりにいまは、小さなラジカセがキッチンの窓辺に置いてある。孫たちがそれをリズム・アンド・ブルースのオールディーズの局に合わせてくれるので、彼女はそれで満足している。キッチンで料理や掃除をしながら聞くのが気に入っている。たまに彼女の好きな曲がかかることもある。アル・グリーンとか、サム・クックとか。もしかしてレコーディング中にブースの中で歌いながら泣いていたのではないかと思うような曲。スタジオで高音部を歌いながら、かつて抱いた女の肌を思い出して指が疼いていたのではないかと思うような。彼らの想い人は、決まって誰か一人の女なのだった。いまでは音楽を再生する新しい装置があることも知っている。ＣＤプレーヤーと、小さなレコードに似たぴかぴかの硬い円盤。けれどもそういうものを試すには、年を取りすぎてしまった。彼女の視力では孫たちの部屋にあるステレオのデジタル表示を読むこともできず、いじったところでどうにもならない。ビニール袋の上からエビを触ると、指に押されて小さな体がへこむのがわかった。そろそろよさそうだ。バスルームでシャワーの止まる音がし、彼女は排水口の栓を抜いた。水をごくごくと飲むような音がした。ずいぶん大きな音だ。

クリストフがＴシャツと短パン姿で素足のままキッチンに入ってくるころには、マーミーはテーブルに新聞紙を広げ、中央にエビを積み上げていた。同じくテーブルの中央、エビの隣には、三・八リットル入りのアイスクリームのプラスチック容器が置いてある。彼女はクリストフが戻るのを待っていた。クリストフが椅子に座り、片手で顔を拭った。きっと疲れているのだろう。靴を履いていないのは意外だった。じきにジョシュアが起きてきたらすぐにでも外へ飛び出せるよう、靴は履いてくるものと思っていた。もちろんその前にそそくさと彼女の頬にキスをして、振り返りざまにその場しのぎの言い訳を残していくのだろうけれど。クリストフは昔から、とりあえず逃げ出す子だった。だがけっして臆病者ではない。いずれ向き合う。彼女はエビに、灰色っぽい銀色をした目の前の小山に、揺れてきらめく大量の海の生き物に手を伸ばし、殻をむき始めた。両手の中で、殻はつるりと簡単にむけた。プラスチックのように硬い部分もあれば、ゴムのような弾力の感じられる部分もある。クリストフもエビを手に取り、彼女に倣った。マーミーは部屋が落ち着くのを、朝の物音が二人のまわりに集まってくるのを待った。クリストフはエビをゆっくりと慎重にむいている。彼女のそばにいるときはいつもそう、普段の態度とは正反対だ。それがなんの表れか、彼女は知っている――愛だ。エビの頭をもいで背中を割り、開いて殻を脱がせていると、手元でかすかに涙のにおいがする。マーミーはハロルド・メルヴィンの歌の一節をハミングしながら、テーブルの下で片足を前後に揺らし始めた。意外にも、先に言葉を発したのはクリストフのほうだった。マーミーは笑みを浮かべた。沈黙はそんなに気まずかっただろうか。

「その曲、テープに録音したのがあるよ。もしよかったら」クリストフは手の甲を口に当てて咳をした。「ずっと前にポール伯父さんがくれたやつ」その手を新聞紙で拭いたので、拭いた部分がくしゃくしゃになった。「部屋から持ってきてカセットデッキに入れようか？　そうしたら好きなときに聴けるよ。ラジオだと好きな曲が全部かかるとは限らないだろうし」

クリストフが二人の部屋に戻ってクロゼットを探れば、ジョシュアが起きてしまうかもしれない。そういう危険は避けたほうがいい、とマーミーは判断した。それにしても、クリストフの申し出には驚いた。そもそもそういうテープを自分が持っていると打ち明けること自体が驚きだ。「大丈夫、今朝はなぜかこの曲が頭の中でぐるぐる回っているだけ。いったいどうしたことやら、べつに聴きたいわけでもないのにね」彼女は深呼吸をした。「朝は静かなほうが好きよ」

「おれは普段こんなに早起きなんかしないから――よくわからないや」声から察するに、クリストフは笑っているようだ。マーミーも応えて笑った。

「あたしも知らなかったよ」彼女は言った。「あんたのおじいさんが生きていて、二人ともまだ若かったころには、あたしも早起きは大嫌いだったからね。ところがおじいさんときたら早起きが大好きで、日が昇ると同時に起き出すの。まあ、仕事もあったわけだけど。大工仕事に庭仕事。家畜用にちょっとしたトウモロコシも育てていたから、朝は早起きせざるをえなかった。そして神様もご存じのとおり、あたしにもあれこれやるべきことがあったからね。どんなに一日寝て過ごしたいと思っても、そういうわけにはいかなかった。それで、おじいさんよりも先に起きるように自分で習慣づけて、先にといってもせいぜい二十分ぐらいなんだけど、朝食の準備に取りかかる前に、ちょっとだけここに座って息をつくようにしてみたのよ。何もせずに、ただじっと座って耳を澄ますの。静けさに浸るのよ。慣れるまではスッポンみたいにかりかりしていたけどね。ひとたび慣れてしまうと、こんどはスッポンみたいに同じ習慣にずっとしがみついているというわけ」

クリストフの濃い褐色の顔の中で、白いものが横に広がった。笑顔だ。

「おれも早起きは苦手だな。怠け者なんだな、きっと」クリストフはふふっと鼻を鳴らした。

マーミーは首を振って否定した。髪が肩をかすめ、虫がそっと触れたような感触がした。

「あんたは怠け者じゃないよ、クリストフ。誰にも負けないぐらいよく働く。ルシアンに似て庭仕事も上手だし、景観造りに関してはポールよりもセンスがいいぐらい」

クリストフはさっきからずっと同じエビに取り組んでいる。殻が身に貼りついているのだろう。無理に引っ張って身ごと剝いでしまわないように気をつけている。食べ物を無駄にしないよう、丁寧に作業をしているのだ。マーミーは、クリストフが何か言うだろう、彼女の言葉に対して何かしら答えるだろうと思ったが、彼は無言のままだった。鋭い尾びれをずっと爪でいじっている。マーミーは自分の手が動いていることを知っていたし、裸のエビが指を離れて自分の小山、クリストフの二倍はありそうな整った山にぽとりと落ちるのも感じたが、なにか他人ごとのような、生ぬるい濡れたエビが滑っていくのは自分の手ではないような感じがした。そして気がつくと、目を細めてクリストフに見入っていた。まるでそうすれば見えるとでもいうように。クリストフは粘り強い。彼をよく知らない人間には意外だろう。クリストフといえばせっかちで短気ですぐに頭に血が昇るほう、ということになっている。だがけっして型どおりにはいかないのが、この二人だ。秘密を一人で抱えこむところは同じでも、ときとしてクリストフのほうがゆっくり怒りをくすぶらせるかと思えば、ジョシュアのほうがとんでもない行動に出たりする。そう、どちらもそういう性質を持ち合わせてはいるのだが、あらゆる双子の例に漏れず、どちらがどの役を演じるかはわからない。

　マーミーは、シルが家を出たあとのクリストフのしかめ面を思い出した。拗(す)ねて子ども部屋に閉じこもり、ベッドからベッドへ落ち着きなく移動しては、部屋の隅に背中を向けて座っていた。一度など、クロゼットの中で胎児のように丸くなっているのを見つけたこともある。眠っていた。シルについて口にすることを頑(かたく)なに拒み、シルが二人をおいていった理由を説明しようにも、けっしてその話題に触れさせなかった。そんなふうにクリストフがゆっくりと時間をかけて悲しみと闘う一方で、ジョシュアはずいぶん突飛な方法で感情を爆発させ、痛みを表した。彼は泣きながら家のまわりを走り続けた。いい加減に中へ入りなさいとなだめても叱っても延々と走り続けるので、そのうち本人も疲れるだろうと諦めて、そのまま走らせておいた。そうやってぐるぐる走りながらずっと何やら口走っていたが、マーミーには「ママ」の部分しか聞き取れなかった。半日が過ぎたころ、ようやくジョシュアは静かになった。マーミーが正面のポーチを下りて家の横にまわってみると、ジョシュアは草の中に膝をついて背中を伸ばし、膝の上で行儀よく両手を組んで、こくりこくりと居眠りをしていた。開いた口は完璧なOの形をしていた。

「ジョシュアに仕事の連絡があってあんたにはなかったからといって、そんなことはなんでもないんだからね、クリストフ」マーミーは、いまもエビと格闘するクリストフの手を見つめた。そのエビを手のひらに転がし、握った拳にエビが隠れるさまを見つめた。「クリストフ、嘘じゃないよ。あんたに嘘を言ったことはないでしょう」

クリストフは手を開いてエビのしっぽをつかんだ。小さな灰色がするりと取れた。手のひらで温めていたのだ。自分の肌の温もりでなだめすかしていたのだ。なんて機転の利く子だろう。マーミーはテーブルのむこうに手を伸ばし、いまは空になったクリストフの手を自分の手で包んで、硬くざらついた指の節をなでた。この子はこの手で何度となく闘い、川の石や木の皮やアスファルトですりむいてきたのだ。この子はきっと自分で何かを見つける。

「ようするに、もう少し時間をかけて探せるってことなんだから。そのほうが本当に自分に合うものが見つかるよ」

クリストフの手が彼女の手を包んだ。手のひらのたこが、牡蠣の殻のように硬くごつごつしている。

「わかってるよ、マーミー」ささやくほどの小さな声。「ちゃんと何か見つけるよ」

エビが、陸地に囲まれた浅瀬のよどんだにおいを発し始めている。マーミーは仕方なくクリストフの手から自分の手を引き抜いて、次のエビをつまみ上げた。

「気温が上がってきたね」

気がつくと彼女はまたもやクリストフを見つめ、視界をはっきりさせて表情を読もうとするかのように目を細めていた。二人の間のエビの山は小さくなっている。部屋の窓から日が差して光の板が床に伸び、マーミーが目を閉じたままエビを手に取ってはむき、取ってはむくうちに、テーブルの下を這い進んで彼女の足を光に浸した。続いて光は上に向かい、クリストフの頭に光の輪を投げかけた。青みをおびた燐光のような輝き。殻をむいてエビの小山を片づけていく彼のふくらはぎを、光の熱がそっとかすめた。エビが熟れて新聞紙に溶け出していくかのように、文字がぼやけて灰色になった。

太陽が空を昇る間、ジョシュアはずっと部屋で眠っていた。上掛けにくるまって顔に汗をかき、湿った綿布と格闘しながら、やけに生々しい色鮮やかな夢を見ていた。生ぐさい潮のにおいがして、朽ちかけた小さな生き物たちが干上がっていく水の中でもがいているのだが、彼自身は港湾で冷凍チキンの入った麻袋を引っ張っていて、それがどんなに力をこめてもびくとも動かないのだった。

アルフォンス通りをジョシュアは這うように進んだ。午前十時、熱気と湿度が漁網のようにまとわりついて、朝方の夢、生ぐさい潮と海の夢を思い出した。エビもこういう気分なのだろうか、と彼は思った。漁網が巻き起こす波の太い指から逃れて前に進もうと、こんなふうにあがいているのだろうか。朝目を覚ますと、クリストフはすでに出かけたあとだった。歪んだままぴんと伸びたシーツだけが、彼がそこにいたことを物語っていた。クリストフのおざなりなベッドメイキングの跡。日差しに向かって顔をこすりながら、まぶたがくっついたような気分でジョシュアがキッチンに入ると、マーミーがテーブルを拭いていた。魚介のにおいがした。ジョシュアがクリストフの居場所を尋ねると、さっきまでここにいた、とマーミーは答えたが、早くに起きてすでに出かけたとのことだった。電話や昨日のことについて本人が何か話していたか訊いてみると、マーミーはテーブルを拭く手をぴたりと止め、首を振って否定した。ジョシュアはソファーに座ってマーミーといっしょに〈ザ・プライス・イズ・ライト〉を観ながら冷たいシリアルをかきこみ、それから色褪せたタンクトップとだぶだぶのショートジーンズに着替えて家を出た。クリストフを探しにいくつもりだった。おそらくダニーと二人でどこかにいるはずだ。

家から民家一軒と小さな林一つ離れた場所までたどり着くころには、ジョシュアはシャツを脱いで肩にかけ、濡れ雑巾のようにだらりとぶら下げて歩いていた。木立の中で虫たちが沸き返り、かまびすしく呼び合っている。まるで暑さに歓喜しているかのようだ。はるか先まで道路がうちわのように揺らめく中、アスファルトに埋もれた小石を引きずりながらジョシュアは歩き続けた。じっとり濡れた金色の腕に日差しが反射し、ナイフのように鋭く光る。あまりの暑さにしばし歩みを止め、しゃがんで息をつきたくなった。ちらちらと揺れる小さな木陰、張り出した松の枝が落とす影の中で、ジョシュアは立ち止まった。震える松葉の影をなぞるように、日差しがまわりを取り囲んでいる。ジョシュアは、ぬるい川の水に首まで浸かったときの感覚を思い出した。真夏日のうだるような暑さに比べれば、それでも涼しいといえそうな感じ。もしかしてクリストフは川にいるのだろうか。ジョシュアは自分も体重から解放されて水に浮きたくなった。

一メートル半ほど離れたところで、アスファルトよりも黒い一匹のヘビが日を浴びて長々と伸びている。のんびりと身をくねらせ、しっぽをひょいと返して、アスファルトの焼けつくような熱を味わっている。子どものころにはヘビが怖くてたまらなかったが、いまはそれほどでもない。ヘビのほうはジョシュアに気づいていないか、暑すぎて動きたくないかのどちらかだろう。皮の質感がアスファルトにそっくりだ。穴だらけの古びた道路の粒を磨いてつるつるにした感じ。ジョシュアはマーミーが双子に語って聞かせた話、子どものころにひもじくて仕方がなかったという話を思い出した。こういう暑い夏の日に、マーミーの兄弟はヘビのしっぽをつかんで捕まえ、近くの木まで駆けていくと、小さな楕円形の頭を幹に叩きつけたという。それを家に持ち帰り、皮を剝いで、骨を取り除き、シチューにして米といっしょに食べたらしい。ヘビの胃袋にはよくネズミが丸ごと入っていた、とマーミーは話していた。ジョシュアは薄く噛みごたえのある肉の食感と、茶色い落ち葉と土の風味を思い浮かべた。ヘビが頭をもたげ、ジョシュアの汗を味わおうとするように、疲労と絶え間なく胃を苛(さいな)む空腹を味わおうとするように、ちろちろと舌をのぞかせた。動物の中にはそういうにおいを、相手の恐怖を嗅ぎつける者がいると、聞いたことがある。

ジョシュアはヘビを迂回し、十分な距離をとりつつ先へ進んだ。こちらに向かってうなずいたような気がして、木陰を出るまでずっとヘビをにらんでいた。どうやら日差しのせいで頭をやられたようだ。焼けつく日差しと吸いこむように渦を巻く胃の中の熱が呼応し合っている。仕事が決まったのはうれしかった。家の食料品を買って、なおかつ炭酸飲料の量を気にせず飲めたらありがたい。エビを食べるときにも、マーミーとクリストフの分や自分があとで食べる分を残さなければと、食べ過ぎに注意する必要もなくなる。毎朝オートミールを食べなくてすむのもいい。オートミールに砂糖を混ぜて食べるのも、上にのったコンデンスミルクを取り除くのも、いい加減に飽き飽きだ。

ジョシュアはコンデンスミルクが嫌いだった。ポケットにちょっとしたお金があれば、たまには外食もできるだろう。ナマズのフライとハッシュパピーを家族の夕食用にテイクアウトするのもいい。なんなら女の子をどこかへ誘うとか。目を閉じると本当に食べ物のにおいがするような気がして、うっかり蹴つまずいた。マーミーは、双子にはいつも充分に食べさせていたので幼いころにはどちらもころころ太っていたと主張する。そのことを誇りにしていて、双子は食べ物に不足したことはない、と友人や自分の娘たちに自慢する。だがジョシュアの記憶はそうではない。彼が覚えているのは一握りのコーンフレークと水っぽい粉ミルク、一週間ぶっ通しでツナの缶詰を食べたこと、八歳のときにピッツァを夢見ていたことだ。いくら食べても四六時中お腹が空いていたことも覚えている。おかげでいまも、たまに飽きるほど食べる機会があると最高に幸せな気分になる。心ゆくまで食べたときにはおいしい食べ物で胃がずっしりと重くなり、口の中は汁気をおびて、けだるく満ち足りた感覚が胸と背中をさすってくれる。道の前方、レイラの家の私道に人影が見えて、ポール伯父さんの庭に停まっているピックアップトラックから音楽が爆音で流れてきた。可能性は低いだろうが、もしかするとクリストフがいるかもしれない。あるいはポール伯父さんが見かけたかもしれない。いずれにせよ庭の木陰はあまりに魅惑的で、やり過ごすのは無理だった。ジョシュアは側溝を跳び越え、駆け足でピックアップトラックへ向かった。

車はポール伯父さんのフォードだった。本人はレンチを片手にエンジンフードの下に屈みこんでいる。グレーのトラックは継ぎ目に沿って錆が広がり、こんな代物（しろもの）をどうやってこれだけ何年も走らせているのか、ジョシュアには見当もつかない。仕事用の車だが、つねに悪態をついているかなだめすかしているかのどちらかだ。たとえクリストフに関する手がかりは得られなくても、ポール伯父さんの冷蔵庫にはせめて水ぐらいあるだろう。とりあえず何か飲んで、来た道を戻り、いったん帰ってここよりは涼しいリビングの床で横になり、夕方まで待ってみよう。ジョシュアがピックアップトラックに寄りかかると、ポール伯父さんは驚いて背中を起こし、もう少しでエンジンフードに頭をぶつけるところだった。

「身内相手になんで忍び寄ってくるんだよ、ぼうず？」

「クリストフを探してるんだけど、見なかった？」

「いや、見てないが」ポール伯父さんはフロントグリルの縁にレンチを置いて、鉄の格子に腕を置いた。「驚いたな、この暑さの中、あいつを探してうちまで来たっていうのか」

「大丈夫、ここを出たらもう帰るよ」

「おれが持っていったエビはうまかったか？　リタに魚でも持っていってやろうと埠頭で見つくろっていて、そうだ、マーミーにもエビを持っていこうと思いついてな。かなり大粒だったのに、五百グラムあたりたったの三ドルだ。きっと朝から揚げてたんじゃないのか？」

「うんまあ……」

「自分の分も一キロ買ったんだ。夜にマーミーのところに持っていくかな。どうせここには、おれのために揚げてくれるやつはいないしよ」

「プレイボーイ気取りをやめれば決まった彼女ができるんじゃないの」

ポール伯父さんはジョシュアより少なくとも頭一つ分小さいが、メッシュの帽子を脱いで腕で額を拭うと、すでに髪が後退し始めている。

「血の中に流れているものはどうしようもないんだよ、ぼうず。そう、どうしようもない」ポール伯父さんが帽子をもとに戻して足元の何か、車の下に押しこんである何かを蹴飛ばし、ごつんと鈍い音がした。「ビールだ、飲めよ」

ジョシュアは普段、明るいうちはビールを飲まない。自分だけの不文律のようなものだ。タバコなら、そう、昼間でもブラントを一、二本吸ったりはするが、酒を飲むのは好きではない。アル中の男たちを思い出してしまうからだ。日がな一日セントキャサリンのメインストリートを行ったり来たりして、ベトナム人の経営する角の店のまわりをうろつき、九十五セントのキングコブラビールを買うロロ。彼の目はいつ見ても潤んで血走り、冬でもアルコール混じりの汗をかいて、ねっとりした甘いにおいを漂わせている。そして、かつて目にした自身の父親のことも思い出す。誰かの庭でピックアップトラックに寄りかかり、あの鼻持ちならないブルーライトカットのサングラスをかけて次から次へとビールを飲み、いったいなんのジョークなのか、歩いてそばを通り過ぎるジョシュアとクリストフには聞こえなかったが、さも愉快そうに笑っていた。ジョシュアは肩をすぼめ、ためらった。なにしろ暑い。苦味の効いた冷たい液体が舌の上でしゅわしゅわと泡立つ感触が思い浮かんだ。くそ。一本飲んで帰るだけだ。ジョシュアはミケロブの長い首を持って瓶を取り出し、栓をひねって、たっぷりと飲み下した。

「そのへんのやつらに見つかるとせびりに来るから、隠してあるんだ。手は下ろして持っとけよ。ご近所中に配りたくないからな」

「この暑さじゃ誰も外になんか出てこないよ。おれと伯父さんぐらいのもんだろう」ジョシュアは再び瓶を傾けた。お腹が空きすぎて、早くもこめかみの奥がじんじんする。

「おまえはそう思ってるのかもしれないが、どうやらほかにもいるようだぞ。それにどうやら、わが一族の色男はおれだけではないらしい」ポール伯父さんは道のほうをあごで示して笑いだした。

「いったいなんの話だよ？」

「あれ、レイラだろう?」

庭の向こうに目を凝らすと、まばゆいばかりの白いシャツと赤いショートパンツ、丸みをおびた褐色の腿とゆらゆら揺れる細い腕、そして真っ黒なカーリーヘアが見えた。本当だ、レイラだ。そう気づいたとたん、自分でも驚いたことに、ビールが喉につっかえた。ジョシュアはごくりとそれを飲み下した。彼女と顔を合わせるのは、昨日クリストフが家を飛び出したあとで髪を編んでもらって以来だ。あのときジョシュアは心ここにあらずで、彼女が彼を引っ張ってソファーへ向かったときにも、彼の頭から櫛を引き抜いて髪を編み始めたときにも、されるがままだった。ところがいま、ぼんやり見とれていた魅力的な脚とくびれた腰の主がレイラで、しかもこっちへ向かってくるとわかったとたん、彼の心臓は胸を強打した。その事実にジョシュアは驚いた。視線をさらに上げて胸を通過し、口の片隅に浮かんだ輝く笑みを目にしたところで、彼はぴたりと止まった。そのままずっと眺めていたかった。そこにはジョシュアへの想いが見てとれた。学校や通りで彼女がそんなふうに、ひどく照れながらも大胆にほほ笑みかけてくるときなど、ジョシュアはたまにシルのことを思い出す。彼は重心を移動させ、胸と車の間に瓶をはさんだ。フロントグリルにぶつかって、がちゃん、がちゃん、と二回鳴った。飲んだくれの年寄りみたいに飲むよりほかにすることもないのかとは思われたくない。そうやってさりげないふうを装っていると、かすかな風が吹いて頭上のペカンの枝を物憂く揺らし、一瞬、影がさざ波立って、日差しが彼の目を刺した。

「ハイ、ポール」

「この暑さの中、君みたいなかわいこちゃんがどうしたんだい? 溶けちゃうぞ」

レイラは目をぐるりと回してジョシュアのほうを向いた。

「それ、前にも聞いたよ、ポール伯父さん」

ポール伯父さんは耳障りな声で騒々しく笑った。

「ハイ、ジョシュア」

「やあ、レイラ」

　ジョシュアはそわそわと瓶を前後に揺らした。レイラはピックアップトラックのドアに寄りかかり、サイドミラーに片腕をのせた。そのせいで片方だけ胸の位置が高くなった。またしても軽い咳を思わせる風が吹いて、彼女の髪が猫のしっぽのように物憂く揺れて頰をなでるさまを眺めながら、ジョシュアは暑さとは別の理由で風に感謝した。彼は自分の手をなんとかじっとさせようと努めた。

「さっき、通りにいたでしょう」

「ヘビを見てたんだ。でっかいやつ。あれはヘビの親玉だな」

「どのあたり？」

「ここの庭のすぐ手前」

「そういうことはおれにも言えよ」ポール伯父さんが割って入った。

「ぜんぜん気づかなかった」レイラは腕に顔をのせ、ジョシュアをじっと見ている。「あたし、ヘビって嫌い」

「おれも嫌いだったけど、さっきのは平気だったな」ジョシュアは言った。

「ヘビがいるのはいいことなんだぞ。害獣を食うからな。ネズミがいないか見張っててくれる」ポール伯父さんはなんとしても会話に入ってくる気らしい。

　ジョシュアは瓶の口に指を差しこんだ。またしても喉が渇いてきた。レイラのことは気にせず、もう一口だけ飲んでも平気だろうか。彼女はまだ気づいていないようだ。レイラ自身もたまに飲んでいることをジョシュアは知っている。だがどういうわけか、手の中のビールが急に先ほどのヘビのように危険な存在に思えてきて、瓶をそのまま地面に落としたくなった。咳をしながら手を離すことは可能だろうか。そうすれば、瓶が地面にぶつかるときに小さくどさっと鳴るのをごまかせるだろうか。

またしても風が訪れ、今回は先ほどよりもやや強く、レイラのにおいを運んできた。汗と塩のにおい、そしてその下の、ココアバターのにおい。

「港湾から連絡があったそうじゃないか」ポール伯父さんが言った。

おそらくレイラのいる前で甥を立ててやったつもりなのだろうが、仕事の話題を振られたとたん、ジョシュアの胃にビールが襲いかかり、彼は鋭い吐き気を覚えた。クリストフのことが思い浮かんだ。汗ばんだ指からぬるいガラスの瓶がつるりと滑って地面に落ちたが、ジョシュアは顔を歪めたまま、瓶が音をたてたことにも、生ぬるい液体が脚に飛び散ったことにもかまわなかった。ビールはまだ二、三口しか飲んでいない。クリストフのやつ、いったいどこにいるんだ？　レイラが瓶の音に気づいてジョシュアを見つめ、それからエンジンフードの下で黒々と光る構造部に視線を落とした。

「まあね」ジョシュアは答えた。

あいつはほとんどおれみたいなものなのに、自分のこと以上に知り尽くしているはずなのに、それが他人みたいにどこかへ行ってしまうなんて。そう思うと、ジョシュアはいまにも泣きそうだ。

「あそこは稼げる」ポール伯父さんはウインクをして、自分のビールを傾けた。

「らしいね」ポール伯父さんを黙らせたくて、ジョシュアは自分が意固地に黙りこむのを感じた。レイラが額にかかった前髪を払った。こめかみをつたう汗の蔓が、繊細な筆記体の文字のようだ。彼女に触れて、汗をきれいに拭ってやりたい。

「働くっていうのはいいぞ。おまえたちのことだ、きっとあれやこれやに使いたいだろうからな。あちこち行って、いろいろやって」

「〝おまえたち〟って、何言ってるんだよ」地面を蹴ったつもりがうっかり瓶に命中し、ジョシュアはばつの悪さに駆られた。瓶はトラックの腹の下で何度か跳ね返り、ガラスと金属のぶつかる音ががらがらと響いた。ジョシュアはフロントグリルから体を離し、Tシャツを肩にかけた。「電話があったのはおれだけで、クリストフにはなかったんだよ。帰る」

「わかったよ、ぼうず」

ポール伯父さんの別れの言葉は、脚を鞭打つ草の音にかき消されて聞こえなかった。ビールが散ってかついた部分に草がこすれ、痒いというより、むしろ快感に思えてくる。ジョシュアは急ぎ足で歩いた。顔を伏せ、前傾姿勢で日差しに立ち向かった。レイラのそばから離れなければと思った。あの二人といると頭がおかしくなりそうだ。

「ジョシュア」

足をせっせと動かしながら、レイラがついてくる。ジョシュアは歩き続けた。

「やあ」わざと無愛想に返した。早口に、そっけなく、ぞんざいに。もう道だ。靴底から伝わるアスファルトの衝撃に意表を突かれた。さらに歩を速めた。

「あたしって背が高く見えるのかもしれないけど、それほどでもないんだからね。脚の長さなんて、あんたの三分の一しかないんだからね」

遅れをとるまいとして、レイラはほとんど走っている。それでもジョシュアは歩を緩めなかった。彼女はいまもそばにいて、彼の隣で小走りしている。心の中で悪態をつきながら、けっきょく帰れともほっといてくれとも言えなかった。ジョシュアはため息をついて、ペースを落とした。

玄関のドアをばたんと鳴らして通り抜け、マーミーに向かってただいまの代わりに喉を低く鳴らすと、ジョシュアはそのまま自分の部屋へ行って床に座った。レイラはリビングで足を止め、マーミーと話している。ジョシュアはクリストフの整った上掛けをじっと見つめた。天井の扇風機がかちっと鳴って、怒った鳥のように頭の上で回り始めた。胃の中ではいまもビールが渦を巻いている。リビングにいるレイラとその艶（つや）やかな脚のことも気になったが、ジョシュアはだんだん眠くなってきた。ふいにベッドが沈んで、彼はびくっとした。

「うしろの編みこみが一本はみ出てる」

レイラの両手が彼の頭をつかんで上に向け、慣れ親しんだ腿の温もりが彼の肩を包んだ。ジョシュアはされるがままにレイラの腿に耳をのせた。彼女の指が頭をいじり、編まれた髪を引っ張り出して、櫛でとかしつけていく。そんなふうに髪を編まれるうちに、ジョシュアは首の筋肉がしだいにほぐれ、ぴんと張りつめていた硬いロープがばらばらの糸になって広がっていくのを感じた。頭はいまもレイラの腿に案配よく収まっている。ジョシュアはぼんやりとクリストフのベッドを蹴飛ばした。レイラの動きは止まっている。髪は仕上がったようなのに、いまも彼の下と背後で黙ってじっとしている。できればこのまま少しだけ首を回して、彼女の腿に唇を押し当てたい。窓の外では日がまどろみ、来るべき事態を予告している。虫たちがぶうんといびきをかいている。レイラはうしろの壁にもたれたきり、まばゆい外の世界のようにぴくりとも動かない。寝入ったのだろうか。自分もまぶたが重くなるのを感じながら、ジョシュアはぼんやりと思った。目を休めたい。

レイラとは子どものころからのつき合いで、ジョシュアはことあるごとに彼女をかばい、小川の深いところではおぶって運んでやり、かくれんぼの際にはうまい隠れ場所を見つけてやった。恋人になりたいんだろう、とクリストフやダニーやほかの連中によくからかわれたが、彼女がもう子どもではないことに本当の意味で気づいたのは、高校の卒業年度のある秋の午後のことだ。彼女はソフトボールの練習を終え、ジョシュアも仲間とバスケットボールの練習を終えたところだった。ジョシュアが水を飲もうと体育館から出てくると、レイラのチームメイトはすでに帰り、彼女は一人で母親の迎えを待っていた。ジョシュアはいっしょにその場に座り、クリストフやダニーにからかわれても、おいていくぞと脅されても無視していた。クリストフとダニーは練習用のジャージを脱いで、ベンチの横に停めた車の中に座り、ブラントを巻いて吸っていた。ジョシュアは練習着で自分をあおぎながら二人に向かってぐるりと目を回し、彼女の隣に座って、静けさの中、五、六分おきにジョークを口にした。彼女の笑う顔が見たかった。彼女の吐息は子守唄のようだった。

　クリストフは窓の外で立ち止まった。車を降りる際にはラジオの音量を下げるよう、ダニーにはあらかじめ頼んであった。今朝はマーミーと話したあとでマクドナルドに電話を入れ、チャールズから聞いたマネージャーに代わってほしいと伝えた。マネージャーのスティーヴが電話口に出て、早口の南部訛りで答えた。

「もしもし？」

「もしもし、ぼくはクリストフ・デリルという者で三週間ほど前に採用に応募して一週間ぐらい前にもう一度書類を出したんですがチャールズに——昼間のシフトで働いている知り合いに、採用のことは全部あなたが取り仕切っているので電話してあなたに問い合わせるように言われて——」

「チャールズはもうここにはいないよ」

　そう言ってマネージャーは電話を切った。クリストフはフックを押すとすぐさまダニーに電話して、造船所と掃除機メーカーのオレックに応募書類を出すので連れていってほしいと頼んだ。ボア・ソバージュにあるコンビニエンスストアで窓に張り出された手書きの〈求人〉を目にしたときには、そこにも立ち寄って、関心がある旨（むね）を伝えた。ジョシュアに謝りたかった。ダニーの申し出について相談したかった。ジョシュアの意見を、じっくり考えた結果を、なんとしても聞きたかった。次にどうするべきか、ジョシュアならいっしょに考えてくれるだろう。家の裏にまわったのは、勝手口からそのまま自分の部屋へ行きたかったからだ。まずは気持ちを落ち着かせたかった。クリストフは窓のそばで背伸びをし、磨耗した壁に手のひらを当てて中を覗いた。壁板がつまようじのようにささくれていて、そのうちの一本が手のひらに刺さった。部屋の中で、ジョシュアが床に座って頭をベッドに倒しているのが見えた。その頭はレイラの腿にのり、彼女のほうは前屈みになっている。どちらの呼吸も深く安定している様子からして、おそらく眠っているのだろう。クリストフは顔をしかめ、網戸を拳で突き破って二人を叩き起こしたくなる衝動をやり過ごした。ジョシュアにはとくに謝るまでもなさそうだし、自分がそばにいる必要もなさそうだ。クリストフは壁を押す手に力をこめ、木の棘が刃のように感じられるまで皮膚に食いこませてから、弾みをつけて体を離し、真昼の中へ出ていった。

太陽はいつまでも去ろうとしなかった。沈んでもなお、宵には熱気が残された。その晩フェリシアの家のパーティーでしこたま飲んだクリストフは、木立の間に吊るされた裸電球の下で、この覆いかぶさるような暑さは存在の痕跡、そこにいないせいでますます存在が意識されるというやつだな、と酔った頭で考えた。庭に立つ古いねじれたオークの枝に渡された電気コードのそこここで、死にゆく星のように電球が煌々と輝いている。パーティーはフェリシアの十八歳の誕生日祝いで、当人はバーベキューやポテトサラダやハンバーガーで埋め尽くされたテーブルを、一つのグループから次のグループへと渡り歩いてはしゃいでいる。彼女はクリストフが高校時代に関係をもっていた相手の一人で、いくつかの点で気に入っている。茶色っぽいブロンドの髪とか、腰つきとか、猛烈な意志の強さとか。たいていの場合、彼女は欲しいものを手に入れる。ただし頭が悪いので、話をするのは退屈だ。だがいまのクリストフにとって彼女が何より素晴らしいのは、このパーティーを開いてくれたことだった。卒業以来の顔ぶれに会うのはいいものだし、警察を気にせず酔ってハイになれる場所があるのもありがたい。

ダニーがブラントをまわしてよこした。クリストフは爆発のような感覚を、麻薬成分のテトラヒドロカンナビノールが一気に胸に広がる快感を期待したが、実際には何も感じず、煙を吐いて息を吸い直したときにはむしろほっとした。感覚が麻痺していた。さんざん飲んで吸ったあげくに、どうやら醒めてしまったようだ。彼は芝に向かって唾を吐いた。ダニーはジャヴォンを見て笑っている。助手席に座ったジャヴォンのまわりには、女たちが蚊のように群れている。後部座席では、痩せのスキータとちびのマルキスが一本のクラウンビールを交互に飲んでいる。クリストフは彼らの誰とも大してしゃべったわけではない。家を出たあと、まずは歩いてダニーの家へ行き、日が沈むまでソファーと車の間を行ったり来たりして過ごした。パーティーへ向かう車の中では次から次にブラントを巻いた。なめらかな巻き紙を舌で舐めると、レイラの腿にのったジョシュアの顔が思い浮かんだ。会話はずっとイエスかノーですませ、途中で酒屋に寄って何が欲しいかダニーに訊かれたときだけ、マッドドッグ、とぼそりと答えた。ダニーはぐるりと目を回した。

十五分後、ダニーはジャヴォンに炭酸飲料の瓶と釣り銭を渡し、後部座席のマルキスとスキータにクラウンビールの瓶を一本ほうり投げたのち、茶色い紙袋に包まれたヘネシーウイスキーをクリストフの膝に落とした。ハイになって朦朧(もうろう)としているとはいえ、さすがに金額の不足が恥ずかしく、クリストフはヘネシーを返そうとした。マッドドッグの代金として渡した三ドル五十セント分の小銭は、ダニーの浅いポケットの中で釣りの錘(おもり)のようにずっしり重かったに違いない。ダニーは受け取ろうとしなかった。喉元にこみ上げたプライドを、クリストフは押し流すことにした。彼はボトルをぐいと傾け、首の部分を一気に飲み下した。

数口飲んだあたりからヘネシーはしだいに砂糖水の味になり、酔いの勢いで気分も浮上して、ようやくクリストフはくつろぐことができた。ぐっと気分がよくなった。認めたくはなかったが、自分に必要なのはこれだと思った。ところがいま、フェリシアの家の前庭に車を停めて他の車や客と合流し、ボトルの底には茶色い液体がなめる程度に残っているにすぎないというのに、気がつくと彼は恐ろしく醒めていた。闇のせいで何かがぼやけて見えることもない。パーティー客の口から覗く金歯の輝きも、鮮やかなジャージの色も、車のボディーの硬くクリアな線も、そして地面から貝殻のように顔を覗かせている酒瓶も――まわりのすべてがはっきり見える。すべてが遠のいてくれることを願っていたのに、叶わなかった。酒も草も効かなかった。こうなれば、あとは正体をなくして眠るしかない。それにはもう少し時間がかかりそうなので、クリストフはヘネシーの瓶を片手にぼんやりと左の前輪のそばに立ち、エンジンフードに寄りかかって、できればジョシュアが現れるころには後部座席で前後不覚になっていたいものだと考えていた。そうしてまばたきが始まり、まぶたが閉じていくのを感じた次の瞬間、彼はその目をぱっと開いた。なるほど、ついにそのときが来たようだ。

ジョシュアは側溝を跳び越えて前庭に着地し、帽子を目深にかぶって顔を隠した。今日は丸一日クリストフの顔を見ていない。さっきは目を覚ますとベッドにレイラがいて、優しいまなざしでずっと見られていたのだとわかり、無防備な姿をさらしたことがひどく意識されると同時に、性的な衝動がこみ上げた。帰ってほしいとなるべくやんわり伝えるために、またパーティーで会おう、と彼は言ったが、それもやはり嘘だった。ジョシュアの会いたい人物はただ一人、しかもその相手にかぎって、どうやら彼には会いたくないらしい。車で送ってほしいとダニーに電話で頼むのもやめにした。ダニーがクリストフをかばって嘘をつき、車はすでにほかのやつでいっぱいだと言い訳するのを聞きたくなかったからだ。ジョシュアはフランコの家まで歩いていき、彼の車でいっしょに来た。車はフェリシアの家の手前、明かりが見えて声がはっきり聞こえるぐらいのところに停めた。二人はいっしょにブラントを吸った。新しい服を着こんだフランコが厚紙のようにぴしっと折り目のついた袖を前に突き出し、年下の女の子たちがいるほうへぶらぶらと歩いていったので、ジョシュアもゆっくりと駆けだし、クリストフを探しにかかった。

クリストフは胸にもたせかけていたあごを上げ、芝生のむこうから車の間を縫って近づいてくる影を目に留めた。歩き方を見れば、双子なのだから当然わかる。くそ、と彼は自分を罵った。酔いつぶれるのが遅かった。ジョシュアが両手をポケットに入れて隣に立った。その瞬間、自分も彼に会いたかったのだとクリストフは悟った。

「よう、クリストフ」

自分の兄弟にわざわざ挨拶をすることが、ジョシュアにはひどく無駄に思われた。

「よう、ジョシュア」

クリストフは瓶を逆さにし、弱々しく流れてくる液体を喉に落とした。喉がちくりとして、しずくが一滴、食道を転がり落ちた。彼は目を閉じ、その感触をぎりぎりまで味わった。目を開けたときにも、自身の片割れは依然としてそこにいた。

「うるせえ」

「何がだよ。こっちはまだ何も話してないだろ」

「話すも何も……おまえの言いたいことぐらいわかるんだよ。おれはただ……いまは話したくないと言ってるんだ」

ジョシュアはクリストフに顔を近づけ、くんくんとにおいを嗅いだ。

「おまえいったい何飲んだんだよ？」

クリストフは首を振った。視界がぶれて傾いた。いいぞ、酔いを通り越して醒めたわけではなかった。そう考えて慰められ、この調子なら酔いの勢いであのことを最後まで話してしまえるかもしれない、と思った次の瞬間、胃の動揺は収まり、傾いた世界ももとに戻って、彼はぞっとするほど正気に返った。

「おまえ、おれを避けてるだろ」ジョシュアは言い、クリストフの横顔を見つめた。クリストフのほうは庭を見ている。いまにも気を失いそうな顔をしている。

「べつに避けてるとは言ってない」

「だが避けてる」

クリストフはいきなりジョシュアの腕をつかんだかと思うと、なかば引きずるようにしてリアバンパーをまわりこみ、明かりと人々の群れから引き離した。

「クリストフ」

雑に引っ張られた勢いでジョシュアは車のトランクに腿をぶつけ、その部分が疼いた。クリストフのあとに続いてジョシュアも転がるように影の中に入った。クリストフが木立の前で立ち止まったので、ジョシュアも彼の手前で立ち止まり、一瞬腕が触れて、その感触に勇気づけられた。茂みのどこかでカエルが一匹、騒々しく鳴いている。クリストフは黙って腕を下ろし、探し物でもするように両手のひらを開いている。

「心配すんな」クリストフが言った。驚くほど明瞭な声だった。

「おれが悪かったよ、クリストフ」

クリストフは唇に手をやり、指をなめた。

「瓶をどこかに落としたな。どのみち残ってなかったけど。どうせもう金もない」彼はささやいた。

「だから、悪かったと言ってるだろう」ジョシュアはクリストフの注意を引き戻そうとしたが、本人にその気がなければどうしようもない。これだけ酔っていては無理かもしれない。話はまたの機会にすべきだろう。「あそこの仕事はべつに断ってもかまわないわけだし。いっしょに別のを探しても」

「いや。一つ手に入れるだけでも大変なんだ。条件のいいやつはとくにな」クリストフはジョシュアに近づき、じっと見つめた。

「本当にいいのか？」ジョシュアは訊いた。

クリストフの吐息が暖かく湿った空気の塊となって、ジョシュアの頬に降りかかった。そんなふうに間近に立つ彼の態度には、ほとんど挑戦的ともとれる何かがあった。これだけの至近距離にもかかわらず、気を張りつめていないとなんと言ったかも聞こえない。

「何をするのもずっといっしょというわけにはいかないさ」

「そうだな、なんとか工夫すれば――職場は別でも。おまえがおれを送り届けて、自分の仕事が終わってから迎えに来てもいいわけだし」

「いや」

クリストフの目は濡れたように輝き、パーティーのほの暗い照明を受けて瞳孔が大きく広がっている。誰かが笑いながらきゃあと叫び、また一つカーステレオが新たに唸りだした。クリストフが目をしばたたき、唇を引き結んだ。気分が悪そうだ。いまにも吐きそうな顔をしている。

「そういうことじゃない」

クリストフの腕をつかんで支えるつもりが、ジョシュアの手は的を外して彼のTシャツをかすめた。草のにおいが服からつんと立ち昇り、ジョシュアははたと、クリストフの言わんとすることを察した。

「クリストフ」

「なんだ？」

「おまえまさか、おれがいま考えてることを言ってるんじゃないだろうな？」

「おまえが考えてることとって？」

「草を売ること」

「だとしたら？」

「だめだ」

「かれこれ一か月もあちこち訪ね回って、電話をかけて、収穫はゼロなんだぞ。おれにはもう一セントも残ってねえよ。入ってくる当てもない。ダニーが百グラムほど前貸ししてくれると言ってるんだ。状況を立て直して、それからまた探すよ」

「そんなことはさせないからな」

「じゃあどうしろっていうんだよ？　ただぼうっと座って、あのくそどもに仕事をくれとぺこぺこ頼んで、おまえやマーミーに食わせてもらうのか？　おれには耐えられないね」クリストフは派手な身ぶりで両手を突き出した。まるでジョシュアが握って引き寄せるのを待っているかのようだ。話せば和らぐと思っていたジョシュアの胸の痛みは、むしろ強まっただけだった。「おれだって何かしないわけにはいかないし……それが、しばらくそういう形で稼ぐしかないってことなら、ようするにそういうことなんだよ」

「そんなのは計画になかっただろ」

「計画なんかくそくらえだ」

「もう二、三週間待ってみろよ」

「おまえ、人の話を聞いてないな」クリストフは言った。「金がねえんだよ」

彼はTシャツをつかむなり頭から脱いだ。シャツはするりと脱げ、汗で濡れた裸の胸を激しく上下させながら、彼はジョシュアの前に立ちはだかった。動きが鈍くなっている。彼はズボンのポケットに両手を入れて布を返し、ふにゃりとした綿地の部分を引っ張り出した。

「からっけつなんだよ」クリストフがうしろに下がって首のうしろで両手を組むと、肘と胸が翼のように広がった。「だが」彼はささやいた。「方法はある」

クリストフが腕を下ろした。明日になれば、きっと全部忘れているだろう。明日になれば、ジョシュアは朝起きてトウモロコシ粥と卵を食べ、クリストフに送られて面接を受けに行き、それがすんだらいっしょに帰って、マーミーを手伝って夕食の支度をし、みんなで食べて、その後は公園に行ってバスケでもやり、羽虫が手に負えなくなってきたら家に帰って眠るだろう。明日になれば、クリストフはジョシュアを港湾まで送り届けて、帰りにはいっしょに別の場所を探し、クリストフにも面接の案内が来て、どこかで働き始め、こういうことはきれいさっぱり忘れてしまうだろう。いまこうして吐いているように、体を折ってミルク色のアルコールを胃の中から絞り出し、赤い粘土と砂の地面に水溜まりを作っているように、自分の中から締め出してしまうだろう。ジョシュアはそばに立ってクリストフの背中の中央にしっかりと手を当て、アルコールに抗う筋肉の動きを自身の手に感じながら、こういう状況において効き目がありそうな唯一の言葉を口にした。

「大丈夫」

第5章

ジョシュアの面接は早朝にあった。面接を終えて帰ってくると、クリストフはおぼつかない足取りで前庭のツツジを通り過ぎ、アルコール混じりの汗と吐瀉物のにおいを漂わせて気まずそうに「おはよう」とつぶやいただけで、そのまま家の奥へ急いで自分のベッドに倒れこんだ。ジョシュアはマーミーの隣に腰を下ろし、家の中が静まるのを待って、採用が決まったことと、金曜から働き始めることを報告した。翌日、クリストフはジョシュアよりも先に起き出して、その後リタから電話で聞いた話によると、夜はほとんど彼女の家でビデオゲームをしながらダニーとイーズの帰りを待ち、イーズが帰ってくるなり、造船所のつてに口利きをしてほしいとしつこく頼みこんだらしい。木曜の夜、クリストフは外の暗がりからぬっと現れてシャワーを浴び、ジョシュアとともに早寝した。金曜の朝、マーミーは二人を明け方に起こしたが、ジョシュアの出勤初日、クリストフは彼を送り届けたあとも家には戻らなかった。きっとまた応募して回っているのだろう、とマーミーは思った。彼女は電話のコードを伸ばせるだけ伸ばしてポーチに近づけ、呼び出し音を大に設定して、お気に入りの椅子に座り、待った。双子はさながら衛星のように互いのまわりを回っていた。

マーミーは木製の肘置きを指で揉んだ。古い椅子は、ルシアンが彼女のために作ってくれた最後の品だ。家の裏の鶏舎を修理する合間に作ってくれた。言うことを聞かないハンマーと曲がった釘を手に父親がよたよたと動き回る姿を見て、ポールは自分がやると申し出たが、ルシアンは手出しをさせなかった。当時、彼は頑固な六十歳だった。髪も変わらず黒く染め、若者のように腕を振ってさっそうと歩いた。ただ、細かい作業に筋肉を集中させなければならないとき、釘に狙いを定めるとか、針に糸を通すとか、そういう場面になると、体が言うことをきかずに的を外したり手が震えたりするのだった。マーミーが五十の年だった。シルは双子を妊娠中で、まだいっしょに暮していた。若いころなら一日で片づけたであろう板の補修に、ルシアンは二週間かかった。マーミーは午前中にコラードの葉を仕分けしながら、あるいは豆の皮をむきながら、窓の内側から彼を見ていた。彼の仕事の進捗具合は、空を見上げて雲の動きを観察するかのようだった。何日も鶏舎のまわりをうろうろするだけでなんの変化も見られないと思っていたら、あるときふと、前にはなかった小さな変化に気がついた。わざと時間をかけているんだ、いい加減な仕事はしたくないからな、と夕食のときにルシアンは言った。

鶏舎が仕上がった一週間後、ある静かな朝にマーミーがポーチに出てくると、ルシアンがピックアップトラックのエンジンフードの下に屈みこんで何やらがんがん叩く音が聞こえてきた。そしてポーチの上に、なんともシンプルで美しい椅子が置いてあった。肘置きの先端には、ハマグリの殻のような手彫りもようも施されている。ルシアンがキッチンの流しで手を洗おうと家に入ってきたとき、彼女は指の間にコーンブレッドの生地のかけらをつけたまま、そちらへ歩いていってキスをした。そのときルシアンがぴたりと立ち止まり、シャイな少年のように首を少しだけ傾けて、彼女の唇が届くよう、なめらかな湿った頬を差し出したことをマーミーは思い出した。彼女の唇に押されて、ルシアンの肌は若い頃よりもふにゃりとへこんだ。

上掛けを肩から落とすように、マーミーは記憶をするりと落とした。それは目覚めの感覚に似ていた。目を覚ますと自分は老いていて、ルシアンはこの世におらず、日はすでに高く昇り、双子はいない。

木立で鳴くセミの声が大きくなった。真昼の戸外はますますまばゆく、脈打つ電球と化しつつある。マーミーは椅子に座ったまま少しだけ体をずらして沈みこんだ。夕食にはコーンブレッドを作ろう。ルシアンが好きだったように、甘めに仕上げることにしよう。目を閉じて体に熱が広がっていくのを感じていると、驚いたことに、どうしようもない睡魔に襲われた。

　マーミーはにおいで目を覚ました。何者かの汗腺から染み出すビールのにおいが、風にのって強烈に漂ってくる。かなり近い。目を細めて庭をにらむと、ポーチに張りめぐらされた網のすぐむこうに誰かが立っている。男だ。肩と腰の幅でわかる。その立ち方は、なんとなく近所の野良犬を思わせた。痩せてお腹を空かせ、背中を丸めているせいで、つねに何かを探しているように見える。灰色の網のむこうにぼんやりと見えるシルエットに心当たりはない。網はポーチからはがれて木枠との間に隙間ができ、そのせいでハエが家の中まで入ってくる。

「どなた？」マーミーは男の背後まで届く大きな声で尋ねた。ここはボア・ソバージュだ。見知らぬ人間などいるはずもなく、皆が皆を知っている。相手が誰だかわからない状況が、彼女は気に入らなかった。

「おれのこと、お忘れですか、リリアンさん？」

「わからないわね」男のにおいが漂ってきたので、彼女は鋭く息を吐いた。熟れ過ぎて発酵したアルコールのにおい、タバコのにおい、すえた汗のにおいがする。

「おれです、サミュエルです」

　胸に広がる動揺をとりつくろい、マーミーは目をしばたたいた。サミュエルが咳(せ)きこんで、痰(たん)をかき集める音がした。照りつける日差しに身をのり出し、彼は痰を吐き出した。

「お元気ですか？」

「元気だけど、あんたはこれまで……」

「ちょっと人生を立て直してましてね。バーミンガムの施設に行ってたんです。その、クスリのほうがちょっとやばいことになっちゃって。でももう大丈夫」

マーミーは、サミュエルが頭の上に腕を伸ばし、そのまましばし止めるさまを目に留めた。気持ちがほぐれてきたのだろう。ポーチに上がれと勧められていないことには思い至らないらしい。十代のころ、彼はハンサムで魅力的な少年だったが、その当時からなんとなく引っかかるというか、挙動に信用ならないところがあった。酒を飲んだとか、ほかの娘にちょっかいを出したとかでシルと言い争うのを聞けば、彼の気持ちがシルに向かっていないことは明らかだった。イースターの野球大会で酔った姿を何度か見たが、酔うと不機嫌になり、何をしでかすかわからないところがあった。マーミーは、サミュエルがシルの腕を乱暴につかんだときのことを思い出した。自分が野球場を出ようとするのにシルがついてこないのを見て、彼は娘の腕を乱暴につかむなり、強引に車へ引っ張っていった。その後、家の廊下でシャワーから出てきたばかりのシルとすれ違ったら、ほっそりとした濡れた体をタオルで包んだ姿はまるで子どものようだったのに、腕には痣が残っていた——黒い痕がスイカの種のようにくっきりと、四つ。あの男はろくでなしだと言っても、娘は聞く耳を持たなかった。シルの妊娠に気づいてからは、サミュエルに対する自分の意見は胸の内にしまっておいた。いずれにせよ、マーミーにできることはなかった。

「何しにここへ？」彼女の問いは平手のように鋭く宙に響いた。

「リリアンさん」

一瞬、足から足へ重心を移す姿が十代のころの彼を思わせた。顔にも面影が残っている。屈託のない大きな笑み、濃い茶色の目、華奢なあご、明るい茶色のアフロヘア。その立ち姿を見ていると、なんとなく双子のことが思い浮かぶ。ふいに彼が憐れに思えて胃が疼き、胃の中で小さな虫が身をよじって穴を掘るような感覚がした。

「子どもたちは元気ですか？　もう十八ですよね？」
「先日卒業したところよ」マーミーはサミュエルが最後に双子を訪ねてきたときのことを思い出した。六歳の誕生日だった。二人にお揃いの靴を買ってきた。ハイカットの青いスニーカーで、もこもこしたロボットのシールが横についていた。双子はそれを、シールが剝がれ落ちるまでの二か月ほど、崇（あが）めるように履いていた。サミュエルは一時間ほど滞在して、二人にプレゼントを渡し、ケーキを断って帰っていった。その間ずっと体をもぞもぞ動かしては、何度も窓の外を眺めていた。一度ならずトイレに通うサミュエルを、マーミーは廊下でつかまえて双子から引き離し、壁に押しつけて、汗ばんだ首ががくりとするまで絞めつけてやりたかった。

　その当時はルシアンが死んでもまだ二年しか経っておらず、自分でも多少おかしくなっている自覚はあった。喪失感のせいで別人のようになっていた。さながら落雷に打たれたあとの森の一画のように、悲しみに焼き尽くされて、黒焦げのまま放置されていた。一面に広がる炭の上に枝の焼け落ちた松がひょろりと伸びて、幹は黒くねじれているのに、上のほうではいまもくすんだ緑の葉が揺れている――それが彼女の心の風景だった。ルシアンが死んだ一年後にシルが家を出て、その後マーミーが正気を保っていられたのは、ひとえに双子のおかげだったと言っていい。あのカーリーヘアの大きな丸い頭、隙間だらけの歯、絶え間ない質問攻め――どんなに愛しかったことだろう。サミュエルが双子を愛さずにいられることが、マーミーにはとても信じられなかった。最初のうちは双子が気にしていたので言い訳を考えてやらなくてはならなかったが、成長するにつれて二人がサミュエルを恋しがることはなくなり、彼についてあれこれ訊かれることもなくなった。ダニーやほかの子どもたちと近所を駆け回り、エアガンを撃ち、自転車に乗り、バスケットボールをして過ごすようになった。嘘をつかなくてすむようになり、彼女はほっとした。「ジョシュアは港湾で働くことになって、クリストフは勤め先を探しているところ」

「ほう、なるほど、そうですか」サミュエルは軒下の涼しい日陰を離れ、照りつける日差しの中へ退いた。日差しのせいで体が縮んだように見える。葉の生い茂るツツジよりも小さくなり、ひょろ長い手脚だけになって、さながら葉の落ちた裸の低木のようだ。「まあ、おれもこうして町に戻ったということで、これからは近くにいるとだけ伝えてもらえませんか」

「もちろん」これまで近くにいようがいまいが関係なかったというのに。あの六歳の誕生日以降も近くにいたことは知っている。ポールが見かけるたびに、「あのろくでなしを見たんだけど……」と報告してきた。施設を出て気持ちが高まっているだけなのは話しぶりでわかる。マーミーはふんと鼻を鳴らしそうになるのをなんとか抑え、椅子のそばの小テーブルから折りたたまれた新聞の束を手に取って、自分をあおぎ始めた。

「ありがとうございます、リリアンさん」マーミーとしてはこれ以上話すことはない。「それじゃあまた」

「さよなら、サミュエル」光がサミュエルに襲いかかり、遠ざかる彼を少しずつ食いちぎって、道に達したところでとうとう彼は消えてなくなった。自分をあおぐ手が速くなり、マーミーははたと気づいて手を止めた。双子には黙っていようと思った。話せばなんとなくサミュエルを優位に立たせるような気がした。マーミーはフジとサルスベリの香りを嗅いで緊張をほぐし、濃い花の香りでたったいまの遭遇を払拭しようと試みた。サミュエルと会ったことで自分が汚れたような気分になった。なんらかのリハビリを終えたばかりとはいえ、あのおどおどした感じは変わらない。あの不安そうな、落ち着かない雰囲気。姪のイオランシのことが思い浮かんだ。週に一度やってきては、砂糖やコーンミールを借りていく。あるいはブラックジャック。従兄（いとこ）の子だが、ときどき昼間にふらりと現れては、五ドルで芝を刈ると申し出る。そして近所に住むサンドマンと同年輩のほかのジャンキーたち。酒と、あらゆる種類の薬物に溺れている。彼らのふるまいは皆同じだ。何かあっと驚くことが起きるのを永遠に待っているような感じ。竜巻とか、洪水とか、地震とか。

　というわけで、双子には黙っていることにした。あたりは静かだった。板が軋（きし）む音もしなければ、風が吹く音も、ドアがギイと開く音も閉まる音もしない。マーミーは顔を上に向けた。はたから見ると、動物のように見えることだろう。近所の野良犬が、林の中から庭に迷い出たウサギのにおいに気づいてくんくんするような感じ。でももしサミュエルが通りで双子に近づいて、うちに寄ってマーミーと話をしたことをごく普通に打ち明けたら？　双子にそういう嘘はつきたくない。そう、守りたいとは思うが、不意打ちを食らわせたいかというと、そうではない。双子がサミュエルのことを話すのは彼女も聞いたことがある。二人が彼の名前を口にしたがらないことにも気づいている。双子に伝えたうえで、さりげなくしていればいいのではないだろうか。心の準備はさせておいたほうがいい。マーミーは頭の中で材料を確認した。コーンブレッドを作ることにしたのだった。流しに渡した板の上で冷まし、甘くさくっと仕上げよう。それと、冷凍しておいたレッドビーンズを解凍しよう。夕方にはあたりも静かになり、暗くなれば外の虫たちも鳴き飽きるだろう。クリストフに頼んで夕食時にはラジオにカセットテープを入れてもらおう。アル・グリーンの声がリボンのように流れて、夜を結んでくれるに違いない。ルシアンにまつわる面白い話を二、三、聞かせるのもいいかもしれない。そうやって二人を笑わせて、それから伝えることにしよう。

　カモメが三羽、埠頭の上をくねくねと飛んでいった。それがふいに静止して、水際のコンクリートの手すりに降り立ったかと思うと、アスファルトに落ちている濡れた紙の塊（かたまり）とはためく紙の束を――ハンバーガーの包み紙と紙ナプキンを、吟味するようにつつき始めた。日差しがまぶしいせいで、海面がクリスタルのように白く透明に輝いて見える。光がちらちらと反射して目が痛い。鳥たちが埠頭を離れて海の上を飛んでいき、見えなくなった。それでもうねる海面をかすめながら引っ掻くようにキイキイと呼び合う声は、いまもジョシュアに聞こえてくる。

隣のアラバマ州のどこかには、海の水が青いところ、水が澄んで底の砂まで見えるところがあるというが、ここミシシッピでは、水はとことん灰色だ。そういう意味では、太陽の存在もありがたい。海面に輝きを与えて、別物のように見せてくれる。ジョシュアは重さ十キロのチキンの袋を再び持ち上げ、パレットにのせたところで顔をしかめて、腕にべっとり広がった鳥の糞を拭った。彼は訓練担当のレオの背中にぴたりとついて、オーバーオールのどぎついオレンジ色に目を細めつつ、あたりに鳴り響く船の鐘と波の音、カモメの声、クレーンやリフトの回転する音と軋む音、そして男たちの声の中で、指示を聞き漏らすまいと身をのり出した。袋を積み始めてそろそろ一時間近くになる。海の潮と汗の塩とムスクのにおいが体に染みてきた。次の袋を持ち上げようとジョシュアが屈んだそのとき、誰かに肘をつかまれた。とくに名前を呼ばれた覚えはない。見ると、横にレオが立っていた。

「休憩に行っていいぞ。戻ってきてもう少しパレットに積んだら、今日はおしまいだ。あんまり疲れさせてもなんだし、明日もまた来てほしいからな」レオは笑った。前歯が一本欠けている。ジョシュアが見ていることに気づいたのだろう、レオは軍手をはめた手で自分の口を指して言った。「十六のときにオフロードバイクで事故ったやつ。これだけですんで不幸中の幸いだったよ」

ジョシュアはお辞儀に見えるよう、頭をひょいと下げてオフィス棟へ歩きだし、弁当を取りに細長い灰色のロッカーへ向かった。建物内の空気は信じられないほど冷たく乾燥して、体がひどく震えるあまり、ハートのような形をした細長い鍵を穴に差しこむのにも苦労した。建物内には小さなカフェテリアもあって、長い木のテーブルとパイプ椅子が並んでいるが、そこで食べる気にはなれなかった。お腹はぺこぺこだが、屋内ではとても食べられそうにない。部屋の隅で硬い椅子にぽつんと座り、男たちが静かにジョークを交わしながらスプーンを口に運ぶ中で、周囲を締め出すように肩を丸める自分が思い浮かんだ。建物を出ると、ジョシュアは回れ右をして堤防沿いに歩きだし、船と男たちと作業現場から離れたところで堤防によじ上って、海に向かい腰を下ろした。左側にあるすべてが一つになって、轟々と不快な音をたてている。

頭上でカモメの叫ぶ声がしたので見上げると、ジョシュアから一、二メートルほど離れたところに舞い降りた。空から優雅に降ってきて、熱したアスファルトのタールの上に指を広げて着地した。ジョシュアは袋からサンドイッチを取り出し、ぺちゃんこに潰れているのを見て愕然とした。ロッカーにはほかに何も入っていなかったのに、いったいなぜこんなことに？　しかもロッカーはあれだけ冷えていたはずなのに、ジャムが溶けてパンからはみ出し、ジップロックの袋にくっついている。ピーナッツバターも同様に、潰れてドーナツ生地のようになったパンの縁からはみ出ている。朝に作ったときから小さく貧相な出来ではあったが、限られた時間ではとりあえず用意するのがやっとだった。潰れたせいでそれがますます小さく貧相に見え、対するジョシュアの胃袋は、あらゆるものを呑みこむブラックホールと化している。もっと作ってこなかったのは、最後の一枚をなくすのは気が引けたからだ。

屋内にいる間にシャツに溜まっていた冷気が抜けてきた。熱気に絞られ、ジョシュアの体からまたしても汗が流れ始めた。先ほど袋を担いでほうり投げる作業を繰り返していたときには、パッドつきの分厚いスエードの軍手の中で、両手がいまにも発火しそうだった。レオに指導を受けながら、ジョシュアは彼の顔に一発見舞いたくて仕方がなかった。こんなばかげたきつい仕事を引き受けた自分の顔にも、一発見舞ってやりたかった。ごつくて重いブーツもズボンもとっとと脱ぎ捨て、家まで歩いて帰りたかった。車をよけて歩くうちに熱射病で倒れても、その後ヒッチハイクをするはめになっても、とにかくこれよりはましだと思った。ただしそれでは、マーミーやクリストフと顔を合わせて自分の負けを噛み締めることになる。ジョシュアは指についたジャムをなめた。耐えるしかない。

「カフェテリアがあることは知ってるよな？」またしても気づかないうちにレオがそばにいた。ジョシュアは返事をしようと堤防の上で体の向きを変え、ガラスのように輝く海から視線を引きはがした。

「ああ、はい。でもちょっと冷えすぎてて」こんなにでかい図体をして、どうすればそんなにこっそり人に近づけるのだろう。

「どうだ、これまでのところ？」

「大丈夫です」ジョシュアは唾を飲み、再び海に視線を戻した。

「慣れれば楽になる」

「そうなんですか？」はるか水平線に浮かぶ島が、黒く細長い指のようだ。まつげにも似ている。

「そうさ。何にしたって初日がいちばん大変だ。すぐに筋肉が慣れてくる。考えなくても勝手に動いてくれるようになる」

「うわ」カモメが一羽、ジョシュアの頭のそばでばさばさと羽ばたき、堤防に降り立った。ジョシュアは「しっ」と言いながら、サンドイッチを持った手で追い払った。鳥のほうは気にする気配もない。キイと鳴いて、くちばしで宙をつつくように何度かうなずき、またしても彼のほうにぴょんと跳んできた。レオが「こら！」と怒鳴って手で払った。カモメは驚いて羽をばたつかせ、うしろに下がった。レオがもう一度怒鳴ると、カモメは空へ飛び立った。

「空飛ぶネズミめ」レオは吐き捨てるように言った。それから「じゃあ」と言って、返事を待つかのようにジョシュアを見つめた。ジョシュアは何も言いたくなかった——ひたすらその場を去りたかった。「何か必要なことがあったら言ってくれ」

「わかりました」ジョシュアはサンドイッチの最後の一口を頬の内側に押しこんで、噛んだ。レオは駐車場を突っ切って歩いていった。ジョシュアは去っていく彼を見つめ、それからアスファルトの上をぴょんぴょんと跳ねる鳥たちに視線を移した。アスファルトが熱いせいか、踊るようにして近づいてくる。ジョシュアは紙袋を折り畳んだ。こうすればまた使える。一羽のカモメ、おそらくさっきと同じやつが、またしてもジョシュアから三十センチほどのところに急降下してきて、鋭く鳴いた。今度は追い払わなかった。目を細めて、最初の一羽とあとから追ってきた鳥たちを眺めた。ジョシュアは熱気に立ち向かおうと身構え、首に力をこめて、肩を怒らせた。逆効果だった。彼は胸の力を抜いて空気を吸い、自分の中に招き入れた。するとまだしも耐えられた。群れるカモメの間をジョシュアが歩きだすと、鳥たちも堤防を離れ、さながらギャングのようにぴょんぴょんとついてくる。そして彼が何も持っていないと察するや、立ち止まって鳴きだした。ジョシュアが振り返ると、鳥たちはばさばさとゴミ箱のほうへ飛んでいくところだった。風に飛ばされる紙ナプキンといっしょに、なりゆきまかせに浮いている。ジョシュアはシャツの裾で顔を拭った。レオの言ったことは違う。カモメは汚くもなければ空飛ぶネズミでもない——皆と同様、腹を空かして必死にあがいているだけだ。

何かをかりかり引っ掻くような音がして、クリストフは目を覚ました。爪で板を掻くような音、続いてそっと叩く音。目を開けたとたんに彼はすべてを思い出した。酒、大麻、告白、意識の喪失。朝早くジョシュアを職場に送り届けたあとのぼんやりとした酒気帯び運転。猛ダッシュで駆ける鹿のように兄弟から逃げ回って過ごした週末。今朝の長い沈黙のドライブ。掃除機メーカーのオレックの駐車場で時間を潰し、始業時刻になったところで応募書類を出しに行ったら、いまは空きがないので受けつけていないと断られた。家に戻って、ポーチにいるマーミーを避け、裏口からこっそり中に入った。そして午後遅く、こうしてベッドに横たわり、仕事もなく、仕事の当てもなく、双子の片割れは家にいない。クリストフは顔にのせた枕をずらし、ひんやりした底面の感触を味わいながら片目を覗かせた。部屋の戸口にレイラが立って、もう一度ノックしようとかまえている。

「ハイ、クリストフ」彼女がそっと呼んだ。

「やあ、レイラ」乾いて閉じた喉の隙間から、クリストフはなんとか声を絞り出した。彼は開いたほうの目で彼女を見てまばたきし、目を閉じて、枕を再び顔の上に引き戻した。彼女はまぶしく、こざっぱりして、美人で、いつものようにかなり短いショートパンツを穿いている。

「髪を編みに来たんだけど」

「なんだって？」クリストフは枕に向かって声を出し、すぐに後悔した。息がくさい。

「ジョシュアから聞いてない？」レイラは握った両手をショートパンツのポケットに入れた。「今日、クリストフの髪を編んでくれって頼まれたんだけど」

「ああ……」できればレイラとその脚には帰ってくれと告げ、もう一度顔に枕をのせて眠りたいが、そうするといつまた編んでもらえるかわからない。彼の髪をうまく編めるのはレイラだけだ。おそらくいつもジョシュアの髪を編んでいるからだろう。ジョシュアの髪がお気に入りで、指に馴染(なじ)んでいるから。嫉妬するのは筋違いだが、またしてもジョシュアのことが思い浮かんだ。レイラがそこまでジョシュアを好いている理由の一つが明るい色をした目と編みやすい髪質だということを、クリストフは知っている。いずれにせよ髪はきちんとしておかなければならない。伸び放題のくしゃくしゃのままでは、未来の雇用主にだらしがなく信頼できないやつと思われかねない。「わかった」クリストフは起きて座った。「ちょっとだけ待ってくれないか」

「わかった。マーミーとリビングにいるね」

シャワーを浴びて出てくると、クリストフは引き出しから適当に抜き取ったシャツをさっとかぶり、保湿剤と櫛をつかみ取ってリビングへ向かった。

レイラは二つあるソファーの一方に座り、マーミーは部屋の反対側にある肘掛け椅子に座っていた。二人で〈ザ・プライス・イズ・ライト〉を観ている。観客が沸いて、さまざまな色が入り乱れた。クリストフは摺(す)り足でマーミーのもとへ向かい、キスをした拍子に危うく椅子の上に転びかけた。マーミーは彼の腕をつかんでにっこり笑った。目を細めて焦点を合わせるでもなく、笑みはどことなくうわの空だ。クリストフが謝ろうとして口を開くと、マーミーは彼の腕をもう一度ぎゅっと握ってから離した。寝起きのせいでどうも動きがぎこちない。クリストフはレイラの膝の間に腰を下ろした。

「輪ゴムも持ってきた？」レイラに訊かれ、クリストフははっとした。忘れていた。部屋に置いてきた。レイラの膝小僧には細い糸状の傷痕がついている。

「いや」

「大丈夫。あたしも一応持ってきた」レイラが体を動かしてポケットからゴムを取り出す感触が伝わった。傷痕が近づいて、再び離れた。「ブラウン。ジョシュアの好きな色だから、クリストフもそうかなと思ったんだけど……」彼女はためらいがちに言った。「いいかな？」

「ああ」クリストフはジョシュアのことを考えた。いまごろ港で、編んだ髪に汗をかいているのだろうか。

　細い櫛の柄が頭皮に触れると、指で触れられたような感じがした。柄の先端が頭皮を区分けし、線に沿って忘却の川が刻まれていく。心地よかった。うとうとしかけた、と思ったらレイラの手にぐいと引っ張られて起こされた。最初の一本を編むところだ。猛烈に痛い。一編みごとにぎゅっと締めあげていく。ライターで頭皮を炙られるような感覚だ。できることなら頭を前に引っ張って痛みから逃れたいが、ぴかぴかに仕上げて長持ちさせるためには、そうはいかない。髪にはこだわりがある。だがまあ、彼と同年代で髪を伸ばしている若者は誰でもそうだ。誰の編みこみがいちばん個性的できつく編まれているか、プライドを賭けて競い合う。髪がうまく仕上がれば、さながら新品の服を着こんだ気分だ。ほとんどリッチになった気分、と言ってもいい。マーミーの椅子から静かないびきが聞こえてきた。

「あのさ」

「うん？」

「ちょっと頼みがあるんだけど」

「うん」

「テーブルにあるあのパン、一枚取ってきてもらえないかな？」

「わかった。ほかは大丈夫？」

「ああ」クリストフはソファーに寄りかかった。

「オーケー」

　クリストフが体を前に倒すと、レイラは片脚でまたいで立ち上がった。腕を広げ、手のひらを下に向けて、綱渡りでもするようにつま先立ちでテーブルのほうへ歩いていく。気がつくとクリストフは彼女のお尻を見ていた。ちょこちょこと歩くたびに、ショートパンツの生地がぴんと張りつめる。なかなか腰に厚みがある。彼は目をつぶり、レイラにそっと肩をつつかれてパン生地のにおいがするまで、そのまま閉じていた。彼はパンを受け取り、一口ほおばった。レイラがうしろに座った。少なくとも彼女はいいやつだ。クリストフは考えた。たとえこの先ジョシュアが誰かとつき合うことになったとしても、とりあえずその相手には昼寝中のマーミーを起こさないだけの思いやりがあり、クリストフの分まで髪をただで編んでくれるわけだ。

「今日、お父さんを見かけたよ」

　口の中のパンが急にぱさついて、おが屑のような感触になった。クリストフは手の中のぼろぼろになったパンを見つめた。もはやかじる気がしない。

「いったい誰のことだよ？」鋭い声が、窓から染みてくるコオロギの眠たげな声を切り裂いた。クリストフは驚いた。まさか自分の口からこんな大きな、敵意のこもった声が出てこようとは。

「サンドマン」レイラがささやくように答え、クリストフは怒鳴ったことを後悔した。髪を編む手が止まっている。くそ、ようやく一本目が仕上がったばかりだというのに。われながらなんていやなやつだろう。

「ごめん、どなるつもりはなかったのに」

「うん……」レイラが体の位置をずらしたので、クリストフは彼女が座り直せるように、繊細な形をした膝を彼から離せるように、体を前に倒した。クリストフが再びうしろにもたれると、彼女は作業を再開した。

「本当にあいつだったのか?」クリストフは仕上がった三つ編みを指で揉んで丸めた。

「うん、間違いない」

「なんでそんなに確信をもって言えるんだよ?」まただ、非難がましい口調。髪を編む手が再び止まった。頭に手がのっていなければ、レイラがうしろにいることすらわからない。

「だって顔は覚えてるし。変わってなかった。ちょっと背が縮んだような気もするけど、でも相変わらずだった」

「相変わらずって?」

「アンとラパインの家の角にいて」クリストフの口の中にわずかに残っていた唾液が、ざらついてねっとりしたセメントのような感触になった。カーペットに吐き出したら、見た目も同じようにねっとりした灰色だろうか。レイラが次の一本を仕上げるまでに、目の前で固まって石になるだろうか。クリストフはぼんやりと考えた。

「教会のそばの?」

「うん」レイラは言いよどんだ。「ジャヴォンの車に屈みこんでた」

「買ってたのか?」

「そんなふうに見えた」レイラの声は聞き取れないほど小さくなった。後押しするようにコオロギが一斉に鳴きだした。

クリストフは片手を上げ、蚊を払うみたいに宙で振った。そしてだらりと膝に落とし、さらに深くカーペットに沈みこんだ。テレビの中の小さな観客たちの歓声が耳の中で鳴り響き、マーミーの静かな軽いいびきと重なった。なるほど、サンドマンがリハビリを終えて町に戻り、レイラいわく、性懲(しょうこ)りもなく同じことを繰り返している。クリストフがもう一度片手を振ると、同じタイミングでレイラが次の髪の束をつかんだ。彼女の膝がアメフトのパッドのように彼の肩を絞めつけた。マーミーはまだ何も小耳に挟んでいないのだろうか。マーミーも、クリストフやジョシュアと同じくらいあの男のことを嫌っている。クリストフは下を向いた。レイラがうしろでため息を漏らし、彼の頭を引っ張って上に向けた。

　何もかも最悪だ。ジャヴォンやボーン、薬物を売っている連中に出くわしてごく普通にしゃべっているときに、彼らの目をふとよぎるあの眼差し、かすかな憐れみを見ることになるかと思うと、まさに最悪だった。テレビの中で観客の拍手が湧き起こり、石の上を水が流れていくような音がした。薬物はまたしてもサンドマンを脱(ぬ)け殻(がら)にするだろう。まずはこっそり手を出し、そのうち気にも留めなくなり、やがて皆の知るところとなって、完全な晒(さら)し者になる。クリストフは片肘に体重をかけて骨をごりごりと床に押しつけ、感電に似た痛みを味わった。もしかしたら金をせびりに来ないだろうか。マーミーが眠ったまま鼻を鳴らした。やけに大きな音がした。マーミーが吸った息を静かにしゅーっと吐くのを待って、クリストフは再びソファーにどさりともたれた。マーミーの吐息は、子どものころ、擦り傷に息を吹きかけてくれたときの音に似ている。自転車で転んで皮膚がめくれ、傷口のつぼみが燃えるように真っ赤に花開いたときに、痛みを和(やわ)らげてくれた音。

　サンドマンには会いたくなかった。レイラが髪をぐいと引いて、もつれた髪と格闘したのち、優しく、そっと、けれども容赦なく、頭皮に櫛を押し当てた。頼むからさっさと仕上げてくれ、とクリストフは思った。美しくも残酷な彼女の手を逃れ、ボア・ソバージュの町を逃れて、はるか北へ逃げ出したかった。どこか近くに父が潜んでいる気がしてならない。あごに力をこめた拍子にうっかり舌を嚙んでしまい、苦くしょっぱい味がした。きっと血が出ているに違いない。

第6章

頭皮がぴんと張りつめるあまり、クリストフはまばたきをするのもままならなかった。できたての捧げ物でも掲げるように下を向いて歩いた。というより、自分が生け贄にされて皮がむけるまでごしごしこすられた気分だ。さっきは髪が仕上がるまでひたすら耐えて、正確に編まれた髪が渦巻き状にぴったり留められたあとも、その場に座ってサンドマンのことを考えていた。おそらくレイラはクリストフが何か言うのを気まずい思いで待っていたのだろうが、彼はかまわず無視していた。サンドマンが表のどこかで、松の木陰か日差しの中で、自分を待ち伏せしているような気がした。床に座ってなかば立てかけられたようにソファーにもたれ、天井を見上げて、雨水が白漆喰を侵食した跡が大きな茶色い顔になっていくつも浮かんでいるさまを眺めていた。レイラは帰った。網戸が閉まる際にゆっくりと軋む音でマーミーは目を覚まし、彼女はどうしたのかと尋ねた。クリストフはマーミーにキスをして、ジョシュアから電話があったらダニーの家に電話するように念を押し、家を出た。外に出て頭上で眠たげにうなずくサルスベリが目に留まったところで、ふと車で行こうかと考え、鍵を取りに戻ろうかどうしようか迷ったが、けっきょく歩いていくことにした。金はもう何をするにも足りないし、ジョシュアの給料もおそらくあと二週間は入らない。

あまりの暑さに、クリストフは自分がラバになって鋤を引き、赤いチョークのような土が厚く積もった地面を耕しているような気がしてきた。バスケットの遠征試合でミシシッピのデルタ地域まで出かけたときに見たのが、そういう土だった。そこでは人々の肌が一様に黒かった。アシスタントコーチが、そこのコミュニティでは人種が混ざり合うことはないのだと話していた。そしてあの赤い平らな土地では、かつて状況はここよりはるかに悲惨だったのだと。初めてデルタで闘った試合で、コートに立ってまわりの席をざっと見渡すと、白い顔が一か所にかたまり、黒い顔は別の場所にかたまって座っていた。試合後に販売ブースでスプライトを注文したら、濃い茶色の髪と赤い唇をして細いゴールドのチェーンにゴールドの十字架をぶら下げたブースの女は、クリストフが注文する間もけっして目を合わせようとせず、つり銭を返すときには、カウンターの奥のクリストフが手を伸ばしても届かないところにきっちり並べて置いた。同点で競り合ったのち、セントキャサリンの男子代表チームは延長戦で負けた。バスの車窓を、木立と丘と穀物が延々と流れていった。遠征の終わりにようやく町に帰り着くと、バスの窓から入りこんだ道路の赤い土埃（つちぼこり）が自分たちにも降りかかり、全員のユニフォームを覆い尽くして、服がすっかりピンク色になっていた。

クリストフはひたすら道路の砂利を見ながら歩いた。サンドマンの姿を目にしようものなら、自分が何をしでかすかわからなかった。どの家もひっそりとして、庭にも人っ子一人見当たらない。みんな仕事に出かけているのだろう。二匹の黒い野良犬が足早に近づいてきて、ズボンの上からクリストフの脚のにおいを嗅いだ。口からたれ下がった舌が、濡れた赤いびっくりマークのようだ。犬たちはそのままついてきて、二、三軒ほどいっしょに歩いたところで離れていき、木陰に座った。自分もあんなふうに気楽でいられたらいいのに、とクリストフは思った。残飯をあさって日々を過ごす野良犬のように木陰に座って一休みし、前足にあごをのせて埃っぽい草の間に鼻息を吹き、小さな煙をたてて眠りに落ちることができたなら。

ダニーの家にたどり着くと、普段リタ伯母（おば）さんとイーズの車が停まっている場所だけ芝が擦りむけ、土がむき出しになっているのが目についた。動物が眠るせいでそこだけ草が擦りきれて地面がのぞいている留守中の巣穴のようだ。ダニーの車は葉の繁った大きな松の木陰に停まっている。ダニーによるとイーズはこの五年ほどずっとその木を切りたがっていて、ハリケーンが来たらトレーラーハウスの上に倒れてくるとか、雷雨のときに雷を招いて家が黒焦げになるとか文句を言っているらしいが、リタ伯母さんは断固として切らないと宣言しているという。家にはダニーしかいないようだとわかり、クリストフはほっとした。

彼は空を見上げて太陽の位置を確認した。二時前後だ。ダニーの仕事は、隔週の金曜日が半日勤務になっている。眠っていないといいのだが。ドアをノックして、さらにもう一度、先ほどよりも強く叩くと、「いま出る」とくぐもった声が聞こえてきた。クリストフは、ひんやりとエアコンの効いた家のはらわたに滑りこんだ。目をしばたたいても、ベルベットのような暗闇しか見えない。もう一度しばたたくと、ボクサーパンツを穿いたダニーが目の前に立っていた。ウエストバンドの上でお腹が巨大な舌のように波打っている。眠りと乾いた汗のにおいがする。ダニーはクリストフのうしろにまわってドアに鍵をかけた。

「なんで来る前に電話しないいんだよ」ダニーが言った。

「ここに着くなり、なんで起こしたと文句を言われるためにか？」

「どのみち起こしてるじゃやねえか」ダニーはクリストフの先に立ち、奥にある自分の部屋に向かって歩きだした。壁にはところ狭しと家族写真が貼ってある。ダニーが十三歳になったとき、リタ伯母さんは男どもと暮らすのによけいなものはいらないと言って、自分の家具を処分した。かつては華奢なソファーと擦りきれた二人掛けのソファー、毛足の長いベロアで覆われた椅子が二脚、広いリビングに向かって壁際に並んでいた。コーヒーテーブルやエンドテーブル、その上に飾られた造花入りの花瓶、ガラスの扉つきの陶器の食器棚など、シルもアトランタにこういうものを置いているのだろうかと、子どものころにじっくり眺めたのを覚えている。いまはそれも、すべてない。ダニーの部屋までは一直線だ。カーペットに筋がついて、森の小径のように擦り減っている。部屋に入ると、ダニーは狭い空間をほぼ占拠している大きなベッドに腰を下ろして、壁に寄りかかった。

「こっちのほうが起こす回数が一度ですむだろ」

「一度でも多すぎだ。おれが今朝何時に起きて仕事に行ったと思ってるんだ？　六時だぞ」

「そのかわり働いたのは半日じゃん」

「ああ、だとしても、電話すりゃあよかったんだ。そうしたら迎えに行ってやったのによ」ダニーは笑っている。

「ああ、そうだな。そうしたらまず電話したことで悪態をつきまくって、それから歩いてこいこのくそやろうって言うんだろ？」

「まあ、そんなところだ」ダニーは笑った。

クリストフは服の掛かった椅子の端にちょこんと座った。「なんだってこの家はいつもこんなに寒いんだよ」

「言っとくけどおれはあと二時間寝るからな。どっちにしてもいまは何もやんねえよ。なんで日が暮れるまで待たなかったんだよ？」

「気が変わらないようにだよ」

ダニーがずるりとベッドの手前に移動した。前に身をのり出すと、寝起きの息のにおいがした。

「それはつまり、あのことを言っているのか？」

「ああ」

「なるほど、わかった」

ダニーは脇の部分が黄ばんだＴシャツをかぶるなり引き出しの前にしゃがんで、いちばん下の段を開けた。ぶつぶつ言いながら見えない袋をがさがさいわせるダニーを眺めていると、Tシャツの裾からはみ出た脇腹の肉が目についた。夏の始めからさらに太ったようだ。その体型でその体勢、子どもがおはじきかジャックスでもやるみたいに屈むのはきついだろうな、とクリストフは想像した。ダニーの手が止まり、引き出しを元どおりに押しこんで、濃い緑色のビニール袋をクリストフに投げてよこした。クリストフは不器用にキャッチした。指がかじかんでいる。

「それがQP、四分の一ポンド、約百グラムだ。それで四百ドルはいける。全部売れたら、次は二百ドルで分けてやる。ほかのやつらにも同じ額を請求してる――ようするに今回のは、おれがおまえにただでやるって形だ」

「わかった」

「絶対にマーミーにばれない場所に隠せよ。シル叔母さんが隠し持ってた草やポール伯父さんの密造酒をマーミーが見つけたときの顚末は、おれも母親から聞いてるからな。それだけの草を引き出しなんかに隠してマーミーに見つかったら、おまえだって最悪だろ」

「おれはそんな間抜けじゃねえし。隠し方ぐらい心得てるよ」

「自分用に別の袋を用意して、最初に取り分けておくといい。そうすれば吸い過ぎて儲けが消えるってこともなくなる。おっと、忘れるところだった」ダニーが再び引き出しを開け、またしてもビニールのがさがさ鳴る音が聞こえた。サンドイッチ用のジップロックは百グラム分の大麻でぱんぱんだ。予想以上に大きい。どうやってこれを家の中に隠せというのだろう。「ほら、小分け用の袋」ダニーが半分空になった箱を投げてよこした。クリストフは床に落ちるにまかせた。「マーミーのをちょろまかしたくないだろ？　怪しまれるからな」

「おまえのをちょろまかす予定だったよ」情けないジョークだ。

「はっは、ばーか。それからこれは」ダニーは小さな黒い布製の袋をほうり投げた。「秤だ。これも必要になる。これがあれば、おまえのよこした分が少ないと相手が文句を言ってきたときに、目の前で量って黙らせてやれるからな。あいつはけちだと評判がついちゃ困るだろ。客が来なくなる」ダニーは袋の絞り紐を緩めて、中から秤を取り出した。それから秤の上部についている小さな輪に指を入れ、もう片方の手でマットレスの下をがさごそ探って、草の入った小さなビニール袋を引っ張り出した。「おれの個人用」彼はにっと笑った。そして秤の反対側の端についているクリップにそれを留めると、クリストフの目の前で小さな秤の針がするりと下がり、五グラムを指した。「これがいわゆるダブサック、二十ドル分だ。ダイムサックは二・五グラム。ダイムサックの半量がブラント。できればブラントは売るな。ブラントだとなかなか金が貯まらない。ポケットに小銭ばっかり増えて、けっきょく使っちまうことになる」

「なんだそれ。セールスの基本一〇一か？」どこからそのジョークが湧いて出たのか、クリストフには自分でもわからない。何か病的な興奮がこみ上げてきてパニックめいた感覚に陥り、前にバスケをしたあとでダニーと家まで走って帰ったときのことが甦(よみがえ)った。松の木がフェンスに化けて四方からじりじりと迫り、セミの声がサイレンのように鳴り響いて、何者かが息をはあはあいわせながら追ってくるような感じがした。口を開けるとヒヒヒヒヒと甲高い笑い声が飛び出した。自分のそんな声を聞くのは、変声期を迎えて以来初めてだった。どういうわけか、いまのこれはそのときよりもおかしくて、クリストフは両手に持った袋に覆いかぶさるように体を二つに折り曲げた。すると袋が、マーミーの古い針山のように彼の胸を押し戻した。強い香り、いい品だ。体を起こすと、ダニーがこちらを見ていた。片手が宙で止まり、草の入った袋がクリスマスツリーの飾りのように指の枝からぶら下がっている。

　ダニーは袋を指からはずし、丸めて片手で握った。それから手のひらを窪(くぼ)ませて、生卵を持つときのように、薄い殻を割らないよう気をつけるみたいに持って、ベッドに座った。

「おまえ、本気でやろうと思ってる？」

クリストフは開いた両手にQPの袋をのせ、皿に盛った捧げ物のように掲げた。心の一部では、ダニーがこれを奪い取ってくれればいいのにと感じていた。彼は従兄の顔を見つめ、それから袋に視線を落とした。だがやはり。

「やるしかないだろう」草は密で、つぼみもたくさんついている。ダニーがにじり寄った。

「もしかしたらおまえには向いてないのかもしれないな。やばいことに手を染める分、ちゃんと冷静を保って、最大限の見返りを得る方法を学ばないといけないんだぞ。自分にそれができると思うか、クリストフ？」

「ああ、ダニー」

「本当に？　おれは本気で訊いてるんだぞ」

クリストフが袋を見つめると、茎に押された部分が小さな痘痕（あばた）のようにぽつぽつと不透明になっているのが目に留まった。彼はそれを消そうとするように片手で均（なら）した。ビニールはいったん伸びて透明になり、再び窪んだ。

「大丈夫。とりあえずいまの状況をなんとかして、それから別の何かを探すよ」

ダニーが秤の入った黒い袋を百グラムの草の上にぽとりと落とした。ビニール袋がそこだけぽっかり黒くなり、濁ったグリーンの目に瞳がついたようになった。その目がクリストフをじっと見ている。

「いいだろう、その言葉を守れよ」

「ああ、約束する」

二人はさらにしばらくしゃべった。ダニーはベッドでくつろぎ、クリストフは草の袋と秤を両手にのせて、椅子の上でもぞもぞと動いていた。話の途中でふと気づくと、ダニーは口を開けて眠っていた。クリストフはリビングに移動した。袋と秤は体から離して持った。ヘビか何か、毒牙で咬（か）みついてくる生き物でも運んでいるような気がした。マーミーからの電話はまだだが、リタ伯母さんとイーズはそろそろ帰ってくるころだ。百グラムの草を膝にのせてソファーで眠りこけているところへ入ってこられるような事態は、なんとしても避けなければならない。そこで彼は、草をズボンの前に押しこんだ。幅に余裕があるので、股上のふくらんだ部分にほどよく収まった。ソファーにもたれすぎないように、というよりもたれないように気をつけた。頭皮はいまもぴんと張りつめている。せっかく編んだばかりの髪を台なしにしてはもったいない。

テレビを観るつもりが数分おきにうとうとして、体が前に傾いたり後ろにずれたりして目を覚まし、はっと体を起こして髪を守った。ソファーでぐらぐらと揺れながら居眠りする自分が、斜面を滑っておっかなびっくり海に出ていく船のように思えた。三十分後に目覚めたときにもダニーはまだ眠っていたので、クリストフは家まで歩いて帰った。袋のせいで落ち着かなかった。化け物サイズのひっつき虫に腿を引っ掻かれている感じがした。なんとか人にくっついて種を運ばせようとする、あのとげとげの種子。マーミーにぼそりとただいまを言って、彼は自分の部屋に入り、鍵をかけて、ベッドに座った。それから袋と秤を取り出して立ち上がり、ベッドの足元にある椅子をつかんでクロゼットのそばまで引きずっていった。椅子に上って奥の棚に手を伸ばし、靴箱を取り出して箱を開けると、見慣れた手紙と写真が目に入った。ピンクや紫のペンで書かれた手書きの文字と、ちょっとした似顔絵、点のかわりにハートを添えた小文字のi。過去に女の子たちからもらった写真や手紙だ。フェリシアの名前がネオンサインのように輝いている。彼はその束を脇にどけ、袋と秤を中に入れて、再び手紙で覆い隠した。それから箱をクロゼットの奥に押しこみ、においをごまかすために古いバスケットシューズを箱の上に置いて、椅子を降りた。その後はベッドの端に座って下を向き、ジョシュアから迎えを呼ぶ電話があるまで、ずっと床と自分の手を見つめていた。

汗でてかついて悪臭を放つ体でジョシュアが倒れるように車に乗っても、予想に反してクリストフは何も言わなかった。Tシャツの生地が脇に溜まってお腹で皺になっているのが目に留まり、ジョシュアは引っ張って直そうか、せめて少しぐらい伸ばそうかと迷ったが、クリストフがエンジンをかけて車を駐車場から出すそばで、皺と格闘するだけの気力は残っていなかった。けっきょくそのまま布張りのシートにもたれ、ヘッドレストに頭を預けて眠りに落ちた。

目を覚ましたジョシュアは、からかわれるのを覚悟した。自分のいびきで目を覚まし、開いた目をしばたたくと、車は松の木と眠たげに傾いたオークが道に落とす影の中をボア・ソバージュへ向かっていた。彼の口からは涎（よだれ）がたれ、あごにねばついた筋が残っている。あごを拭って笑われるのを待ち受けたが、なんの反応もない。クリストフを振り返ると、顔にうっすらと汗をかき、閉じた口の隅が下を向いている。ラジオは無音だ。きっちりと編まれた髪がいく筋ものループを描いている。ガラスのビーズを散りばめたような、自分とそっくり同じ髪型。レイラの編み方だ。

「レイラが編みに来たんだ？　昨日頼んでおいたんだけど」

「ああ」

「そっか」ジョシュアは目をこすった。汗が沁みて焼けるように熱くなり、再び閉じた。クリストフが話そうとして咳払いをした。いまにも吐きそうな声が出た。

「あいつが戻った」

ジョシュアは黙ってクリストフを見つめた。疲れすぎて考える気にもなれない。誰が戻ったって？

「あいつ」

その瞬間、小学生の書いた手紙を開いたかのように、ジョシュアの頭の中にくっきりと答えが浮かび上がった。四隅の合わせは甘いけれど、きちんと折り目のついた手紙を開いてみると、若干の皺が目につくものの、きれいな紙面につたなくも堂々とした手書きの文字で書いてある。〈あいつ〉

どうりでクリストフは黙りこくっていたわけだ。ジョシュアは体の向きを変え、シートの背に腕をまわした。

「誰から聞いた？」

「レイラ」

「あいつを見たって？」

「ああ」

「どこで？」

「ボア・ソバージュ。教会のそば」

　ジョシュアはその昔、家の庭でクリストフといっしょに雌豚と二匹の子豚を小屋に戻すためのこつを祖父に教わったことがある。ジョシュアのいちばん古い記憶の一つだ。豚は丸々と太って脚が短く、強情で、トウモロコシが発酵したようなひどいにおいがした。しかも豚の肌は泥にまみれてつかみどころがなく、ジョシュアのむっちりした小さな手はつるつる滑って、そんな二人を見て祖父は大笑いしていた。それでもいまのこの会話に比べれば、あれはまだしも楽だった。

「何をしてたって？」

「おまえも知ってのとおりだよ」

　普段はけっして両手でハンドルを握ることのないクリストフが、いまは片手を七時の位置に、もう片方を二時の位置にのせている。ジョシュアはシャツを頭から脱いだ。べっとり濡れた生地が肌をこすり、リスの皮をむくときの感触を思い出した。窓から吹きつける風が素肌に触れて、背中が心地いい。

「彼女、間違いないって？」

「ジャヴォンの車に屈みこんでたってさ」

　風を素肌に受けるうちに汗が乾いて、ジョシュアはしだいに寒くなってきた。沼地が大きく侵食している部分に車がのり上げ、腰のつけ根に鈍い振動が広がった。クリストフは眉間に皺を寄せ、ジョシュアには無視を決めこんでいる。父親をよく知らずに育った子どもは大きくなってから親に会っても気づかない、という話をジョシュアは何度か聞いたことがある。二人が最後にサンドマンを見かけたときには、少なくとも十三か十四歳にはなっていた。サンドマンはいまどんな風貌をしているのだろう。

クリストフのあとについてジョシュアが家に入ると、リビングは暗く、無人だった。マーミーは自分の部屋にいた。鼻唄を歌いながら足を擦って歩く音がかすかに聞こえてきた。バスルームで、ジョシュアは水の栓をそれ以上回せなくなるまでいっぱいに回した。

水しぶきの下に立つと、いまより十二歳若いサンドマンと最後に過ごしたときのことが頭の中を延々と回り続けた。サンドマンは薄汚れたTシャツにネイビーブルーのズボンを穿いて、ひょろ長い釣り竿を片手に持ち、ジョシュアとクリストフにもそれぞれ竿を手渡した。釣り竿は二人には大きすぎて、テープがぺたぺた貼ってあり、釣り糸の先にはみすぼらしいオレンジ色の羽根と錘(おもり)が結わえてあった。二人はサンドマンに連れられて、バイユーによくある船着き場の一つに釣りに出かけた。ジョシュアがうっかり自分の竿を落とすと、水が手を握るようにそれをつかんで、小さな鉛の錘を吸いこみ、竿は沈んだ。

クリストフは自分の竿を替わりばんこに持てばいいと言ってくれたが、ジョシュアは断って船着き場の端に腰を下ろし、双子の片割れの影となって、サンドマンを眺めて残りの時間を過ごした。ジョシュアはサンドマンの口を見つめ、片時も閉じることのないその穴から覗いている歯とほくろの数を数えた。皆で帰るときになるまでサンドマンはジョシュアが竿を持っていないことにも気づかなかったが、ひとたび気づくや、錘というのは高いんだぞと怒りだした。ジョシュアの目に、サンドマンは大きくて、心ここにあらずで、けちな人間、と映った。あの日のことをクリストフにも話して、状況をきちんと把握し、じっくり考えることにしよう。サンドマンがどんな人物だったかしっかり思い出して、いまの自分たちの立場をはっきりさせよう。そう考えながらジョシュアが部屋に入ると、クリストフの姿はなく、部屋はもぬけの殻だった。窓辺のカーテンが力なく〈やあ〉と告げていた。

クリストフは例の品を家の外に移す必要を感じ、ジョシュアがシャワーから上がる前に部屋を抜け出した。自室で枕を振っていたマーミーは、クリストフが外に出るときには、椅子のクッションをドレッサーにぶつけてはたきながら埃がなんとかとつぶやいていた。二つの袋を下着に突っこみ、クリストフは家の裏にまわりこんで物置小屋へ向かった。祖父が最初は納屋として、のちには大工仕事をするための作業場として使っていたもので、祖父が牛と馬を手放してからは、まだ若かった伯父たちが車を置いていた。だが双子とマーミーは何にも使ったことがない。トタン屋根はすっかりひしゃげて、小屋の中では車のパーツや飼料を流すためのシュート、倒れた仕切り板などが、むっとするような暑さの中で雑然と重なり合っている。戸口に立ったところで、クリストフは思わずひるんだ。小屋はさながら熱気を溜めこんでいるかのよう、というより嬉々として吸いこんでいるかのようだ。

クリストフは袋を握り、身を屈めて入口の右側へ踏み出した。指がちくちくした。クモの巣だらけの錆びたエンジンと空のドラム缶がぬっと立つそばを通り過ぎ、おがくずの散った土間にちょっとしたスペースを確保した。彼は草を取り出して膝にのせ、慎重に分量を量り始めた。小屋のほの暗い明かりの下で、銀色の秤を覗きこんでは小さく声に出して目盛りを読み、茎を選んで袋に詰め、重さを量って調整した。少なすぎたと思ったら、今度は逆に多すぎた。さながら手品師のように、クリストフはジップロックの小袋をポケットから次々に取り出した。ダニーからもらったあとで、忘れて入れっぱなしになっていた。汗が額をつたって目尻に溜まった。まばたきをすると大きな涙の粒になって目からこぼれ、頰を転がり落ちてひりひりした。全部詰め終えると、目の前の地面に袋が小さな半円状に並んだ。クリストフは目を細めてそれを眺めた。暗がりに並んだ袋は小さなクモの卵嚢のようだ。

彼は二・五グラム入りを三袋と五グラム入りを一袋、ポケットに入れた。それから残りを秤といっしょに一つのビニール袋にまとめ、古いコミュニティコーヒーの缶に入れて、庭の様子をざっと窺い、走ってドアから飛び出した。

第7章

ダニーが公園に近づいてくるのは、見えるより先に音でわかった。彼の車はバスケットコートのほうに向かってきたかと思うと、闘犬（ピットブル）を歩かせているスキータとマルキスをひらりとよけて、舗装のされていない駐車場に停まった。公園の端の松の木陰には、ジャヴォンとボーンとレミーの車も停まっている。彼らがビールの大瓶を紙袋に入れたまま回し飲みし、つややかな硬いボディの上を紙袋が行き交うさまを、クリストフは遠くから眺めていた。彼らのまわりではジャンキーたちが蚊のように隙なくうろついている。ダニーが仲間のほうへ行って声をかけるのを目にし、クリストフは体をぱたりと前に倒して、ピクニックテーブルのベンチでほぼ二つ折りの格好になった。ダニーが近づいてきてそばに座るのを感じても、クリストフは動かなかった。彼はまだ皆のほうへは行っていない。どうすればいいのか見当もつかなかった。

「少しは売れたか？」

「いや」

ダニーは彼をつかんでぐいと引くなり、無人のバスケットコートと墓石のように硬いベンチをあとにして、いま来た公園を突っ切り、自分と仲間の車が停まっている土の駐車場へ戻り始めた。クリストフもあとに従い、皆がたむろしているジャヴォンの車のそばに来た。スキータとマルキスも通りから小走りにやってきて、犬といっしょにバンパーのそばに立っている。スキータの犬はがっちりとした雌犬で、まともに見ると目が痛くなるほど真っ白だ。マルキスは黒い犬のうしろにしゃがんで下半身をなでながら、切りつめてシルバーのピアスをつけた耳に何やらささやきかけている。犬が振り返って彼の鼻をなめた。長身でひょろりとしたジャヴォンが、自分の車に寄りかかった。車は六五年型のインパラで、さまざまな色合いのブルーと黒で塗装され、それを見るとクリストフは日没の終わりごろ、だんだん濃くなる空の青からしだいに色が抜けて黒くなっていく時間帯を思い出す。ジャヴォンがマルキスの犬を見て笑っているところへ、ダニーが近づいていった。ジャヴォンはダニーより二歳年上で、ダニーは小学校から中学、高校に至るまで、ずっとジャヴォンのあとを追っていた。小学校に上がった初日にスクールバスで初めてジャヴォンを目にしたとき、クリストフはジャヴォンの白い肌と顔中にグリースを散らしたようなそばかす、炎のように真っ赤な粗い髪を見て、愕然とした。顔立ちはどう見ても黒人なのに、色はとことん白人で、ありえないと思った。とくにその目に不安を煽られた。虹彩と瞳の色が一つに溶け合い、目の全体が真っ黒に見えて底が知れなかった。初めてスクールバスに乗ったその日、ジャヴォンにじっと見つめられて、クリストフは座席に座ったままうしろを向いてジョシュアのほうににじり寄った。その後、成長とともにジャヴォンを含むボア・ソバージュの年上の少年たちと遊ぶようになり、色のことは気にならなくなった。いまでは彼の目をまともに見たときにはっとするぐらいだ。

ジャヴォンは話がおもしろく、いつも笑ってジョークを飛ばしているので、つねに皆の輪の中心にいる。その一方で、いきなり得体の知れない狂暴性を発揮することがある。前にバスケの代表試合があったとき、クリストフは彼が白人の少年に何やら耳打ちされて逆上するところを目の当たりにした。あとでダニーが本人から聞いたところによると、その少年はジャヴォンのことを「赤毛のニガー気取り」と呼んだのだという。クリストフとジョシュアはまだジュニアの代表で、コーチの指示でベンチに座り、水汲みをしながら上級生の試合を見学していた。クリストフは近くにいたので、白人の少年がジャヴォンに顔を近づけて胸をぴしゃりとはたくところを直接目にした。ジャヴォンはボールをその場に落とすなり少年に向かって突進し、あごに一撃を見舞って自分もいっしょに床に倒れ、相手に馬乗りになって首を絞め始めた。審判が二人がかりでようやく引き離したものの、その後、少年のあごにはひびの入っていたことが判明した。頭脳と魅力と伝説と化した発作的な怒りによって、ジャヴォンはけちな売人からボア・ソバージュのコカインを牛耳る存在になった。

「おれにはさっぱり理解できないね。わざわざ耳に穴を開けて、チャイムみたいな飾りをぶら下げて。完全に金の無駄だろう。闘うときに相手の犬に引きちぎられたらどうすんだよ？　それに見ろよ、あんなにマルキスを舐めまくって、あれはきっとゲイだな」ジャヴォンが笑うそばで、ボーンがレミーに葉巻きタバコのブラック・アンド・マイルドを渡している。レミーはそれを口にくわえて吸いながら、脱色した長い三つ編みを束ねて首のうしろでひとつに結わえた。顔のまわりで煙がヴェールのように渦を巻いている。

「本人は可愛いと思ってるんだろ」

ボーンが笑って咳きこみ、煙を吐き出した。クリストフも唇をぴくりとさせ、神経質な笑みを浮かべた。

「おまえら人の犬をあれこれ言うのはいい加減にしろよな」マルキスが立ち上がった。犬が大柄で幅もあるのに対し、飼い主のほうはありえないほど痩せて小柄で、スキータよりも細いぐらいだ。マルキスは闘犬に目がなく、ウォルマートで商品補充の仕事をして貯めた金で両方の犬歯にゴールドをかぶせている。彼がにやりと笑い、金歯が覗いた。「こいつは黒い肉が好物なんだぜ」

「なるほど、おれとファックしに来たわけじゃないんだな」ジャヴォンがまたしても笑い、上の歯茎に並んだゴールドの歯がきらめいた。マルキスが犬のリードをぐいと引いて、何やら命じた。犬が応えて技を披露し、マルキスの鎖骨の高さまでジャンプしたかと思うと、コマのように宙でくるりと回転した。

「クリストフが草を用意してきたんで、ダイムかダブを欲しいってやつがいたら、よこしてやってくれないか」ダニーがささやいた。

「そいつを引きこむのか？」ジャヴォンが訊いた。

「おれの従弟(いとこ)を頼んだぜ」

「もちろんだ」

例の黒い目がこちらに向くのを感じて、クリストフはポケットの袋を指でいじりながらひたすら犬を見つめていた。「片割れのほう、ジョシュアは港湾の仕事が決まったそうじゃないか。あそこはけっこう稼げるだろう」

「ああ」ダニーが答えた。

クリストフがちらりと窺うと、ジャヴォンの顔に日が反射して無精髭(ぶしょうひげ)がきらめいている。

「そういえば最近見ないな」

「今日から出勤なんだ」

「親父のほうには会ったけど」

クリストフは心ここにあらずのふりをした。ジャヴォンの頬は誰かにチリパウダーでも振りかけられたみたいだ。

「サンドマンか？」

「ああ」

「ってことは……？」

「まあ、息子には知らせておこうと思ってさ」ジャヴォンは皆を振り返った。「なあ、バスケやろうぜ。涼しくなってきたことだしさ。尻込みするのはわかるけどよ。おれが敵ならおれだってびびるわ」

「おまえは口先だけなんだよ。誰がびびるっていうんだ、へなちょこムトンボ」マルキスが言った。

「なるほど、ちびのマヌート・ボルくん」

まわりがどっと沸いた。クリストフは唾を吐いて靴でこすった。長く伸びて銀色に光ると、なんだかウミヘビに似ている。

「ボールならおれの車にあるぜ」ダニーが言った。

「よし行こう」ジャヴォンが言った。

皆が歩きだし、草の生えた広場を横切ってコートへ向かった。ダニーがボールを探してトランクを漁る間、クリストフは車のそばで待っていた。出てきたボールを、ダニーはアメフトのように小脇に抱えた。あごをしゃくって促され、クリストフもジャヴォンとマルキス、レミー、スキータ、ボーンのあとに続いた。

「聞いたんだけど……」

「やつが戻ったことなら知ってるよ」

「ジャヴォンいわく……」

「相も変わらずくそに手を出してるんだろ」

クリストフは背後からボールにパンチを見舞い、ダニーの脇から押し出した。ボールは金色に輝く午後の空気の中へ飛んでいき、草の中に着地した。クリストフがすくい上げて力いっぱいドリブルすると、伸び放題の草にもかかわらず、しっかりと手の中に戻ってきた。彼はコートに向かって駆けだし、アスファルトに滑りこんだ。さらにもう一度ドリブルをしてボールを脚の間から通すと、竜巻のようにくるりと回転してジャンプし、がらがらと音をたててダンクシュートを決めた。リングが音叉のようにキーンと響いて震えた。

ジョシュアは寝起きのぼんやりした頭で、マーミーの笑い声が聞こえることと、雄鶏の鳴き声が聞こえないことから、日は昇りかけているのではなく沈みかけているのだと理解した。マーミーの声はリビングから聞こえてくる。最初はてっきり誰かと話しているのだろう、誰か年配の男が来ているのだろうと思ったが、続いてやれやれと首を振り、テレビの音だと気がついた。彼は起き出してもう一度歯を磨き、着古したバスケパンツを穿いた。帰宅してからクリストフの姿は一度も見ていないが、今日の夕方は昨日より涼しく、居場所はだいたい察しがつく。ジョシュアはバスケットコートを目指して歩き始めた。木立から漏れてくる光は鈍く色褪せ、体に当たる日差しもずいぶん弱まっているというのに、肌はいまもひりひりし、初日にしてすでに日に焼けたことを思い知った。バスケットコートから声が聞こえてきた。

どうやらクリストフは勝っているようだ。ジョシュアは古びてたわんだ木の観覧席まで来て立ち止まり、腰を下ろした。こちら側には誰もいない。コートの反対側にある石のベンチに、レミーがブラントをくわえて座っている。クリストフがコートを引き裂くように突っ切っていく。小柄ならではの利点を活かし、強靭な筋肉と抜群の運動神経を駆使して皆を振り切っていく。クリストフが声を響かせて完璧なジャンプシュートを放った。ボールの弧は短く無駄がなくて、いつもよりスピードもキレもある。バックボードに当たってネットをくぐった。

「十九ポイント」

二十一ポイントを先取したほうが勝ちだ。ジョシュアは二人だけに通じる言葉でクリストフと会話したかった。

「次、おれもやる」

ダニーがうなずいたので、ジョシュアは立ち上がってTシャツを脱いだ。腕の中で筋肉がうめいたが、無視した。クリストフが最後のスリーポイントを決める間にジョシュアは背中を伸ばし、歩いて腿の筋肉痛を和らげた。クリストフのウィニングショットはすさまじかった。普段をしのぐスピードとパワーで宙を切り裂いた。クリストフが試合終了を宣言し、その場に立って両手を腰に当て、下を向いて鼻と口でぜいぜいと息をついた。汗が額を転がり落ちて唇から滴り、唾のようにぽたぽたと地面に落ちていく。ほかの連中は観覧席のそばに教会が設置した水道に駆けてきて、水を飲んでいる。のんびりコートへ戻る彼らとともに、ジョシュアも歩いてクリストフのもとへ向かった。

「スリーオンスリー。おれとジョシュアとダニー、対マルキスとジャヴォンとボーン。どっちかが二十一点を取るまで」クリストフが宣言した。

「ほらボール」ダニーがクリストフに向かってボールを投げ、クリストフがそれを指先で受け止めた。

「オーケー」クリストフがコートを出て草の中に立ち、相手の男たちをにらみつけた。その正面でマルキスが両手を振ってジャンプする姿は、まるでリスがあわてふためいているようだ。ボーンの肩がジョシュアにどんとぶつかった。ダニーのほうをちらりと見ると、ジャヴォンと取っ組み合う勢いで場所を奪い合っている。クリストフがボールをぴしゃりと叩いて頭の上までバウンドさせた際に、ジョシュアは彼の顔を見た。すると、クリストフもこちらを見ていた。まともに目を合わせるのは、おそらくあの電話があって以来だ。ジョシュアは胃ががくんと傾くのを感じた。二人は再び会話をしていた。クリストフがボールを胸の正面に構え、ダニーを見たかと思うと、ジョシュアのほうに投げてよこした。クリストフがボールを胸の正面に構え、ダニーを見たかと思うと、ジョシュアのほうに投げてよこした。

を忘れていたのだ。ボーンがバランスを崩した。ジョシュアのように大柄な人間がこれほど機敏に動けることを忘れていたのだ。ボーンが落ちてきたボールを拾い上げてクリストフに渡し、ぼそりと言った。「そっちのボール」

続く三十分間、双子は数日ぶりに言葉を交わした。実際には、ふいに止まってシュートを打つとき、スピンをするとき、あるいはゴールを決めるときに、唸ったり、歯をむき出したり、間投詞のようにはっと息を吐いたりするにすぎないが。プレーをしながらジョシュアは静かにひくひく笑っていた。彼はクリストフのために壁になって相手を遮り、クリストフはゴール下のジョシュアに猛烈なクイックパスを投げてよこした。それは二人の会話だった。プレーを重ねるにつれてクリストフのしかめ面はますます険しくなり、顔にくっきりと線が刻まれて、唇の両端が大きく下がった。彼のプレーは冴えていた。クリストフが離れた位置からジョシュアに合図を送った。ジョシュアは応えて小さくうなずき、インサイドエリアからレイアップシュートを決めた。

　クリストフが山なりのパスをよこしたので、ジョシュアは右に踏み出してボーンを振り切り、ゴールを決めた。誰も言葉を発さない中で、ジョシュアは自分たちが言葉によらない双子だけの会話を交わしていることを知っていた。素早い会話を通じてプレーは目にも留まらぬ速さで進行し、しだいに継ぎ目のない予測不可能なものになりつつある。それはいわば外国語のようなものだ。ジャヴォンが頭からシャツを脱いで草の中に投げ捨てた。ジャヴォンもよく動いている。彼の動きはクリストフに劣らずスピードがあり、どうやらダニーのガードは追いついていないようだ。相手チームの得点は、ほぼすべてジャヴォンが稼いでいる。マルキスがクリストフのボールを奪っていきなり高くジャンプし、まるでダンクのようなレイアップシュートを決めた。リングにつかまり、ビーズの房飾りのように優雅にぶら下がっている。それでもなお、クリストフは険しい表情で、決然と、相手チームをリードし続けた。ダニーが大声で点数を怒鳴り、ジョシュアは自分たちが三ポイントリードしていることを知った。十九対十六。最後の二ポイントはてこずった。ダニーがシュートを決めて着地した際に膝の内側が攣ったので、それを伸ばす間、全員で待たなければならなかった。コートに戻ったのち、ダニーの動きはさらに鈍ったが、その分、クリストフはますます奮起したようだった。ボールが双子の間をピンボールの勢いで行き交った。クリストフがレイアップシュートを打つと見せかけてジョシュアにパスし、それをジョシュアがシュートして、決めた。続いてクリストフが敵のボールを奪ってジヨシュアにパスし、それをジョシュアが速攻で返すと、クリストフがさっと屈んでフェイダウェイシュートを決めた。「終了」クリストフが宣言した。

ジョシュアが体を前に倒して息を吸うと、息が喉をこすってすすり泣くような音が出た。クリストフはゴール下でうつむいているので、ジョシュアには髪の複雑な編み目もようと黒光りする首しか見えない。ほかの連中は水道に集まって水を飲み、群れてジョークを言いながら双子の間を通り過ぎ、コートを突っ切って石のベンチに座っているレミーのほうへ戻っていく。その中からジャヴォンの声が聞こえてきた。

「くそ、あのちびにさんざん運動させられたぜ。とりあえず一服だな」

レミーが咳きこんで、青い煙を吐き散らした。「いい試合だったじゃん」

ジョシュアは水道のそばにいるクリストフに合流した。クリストフが栓を回し、硫黄を含んだ生温かい液体が流れ出した。彼はその水をずるずるとすすった。思った以上に息が上がっているようだ。水を飲み下すのに合わせて背中が波を打っている。クリストフが頭を水に浸して立ち上がり、額から顔へ大量の水が流れ落ちた。ジョシュアは漠とした不安に駆られ、とっさにそれを拭いたくなった。セントサルヴァドール・カトリック教会の十字架に架けられた大きなキリスト像とそれを覆う血が、頭の中に思い浮かんだ。子どものころ、マーミーに連れられてミサに参加するたびに、ジョシュアにはその像が恐ろしくてならなかった。彼は自分も膝をついて水を飲んだ。クリストフがフェンスにもたれたままずるりとしゃがんだ。ジョシュアはもっと飲みたいのを我慢して、自分も並んで草の上に座り、クリストフの頭の向こうに目をやった。コートの反対側から大麻の煙が漂ってくる。

「あいつのこと、見かけた?」

「いや。おれも一時間ほど前にここに来て、たまたまダニーに会っただけだから」

「あいつを見かけたらどうする?」コートの外でも会話が続き、ジョシュアは気後れを感じつつもうれしかった。車に置き去りにされたり、クリストフに電話が来ないからといって後ろめたい気分にさせられたり、腹の立つ部分もあるが、こうして草の中で兄弟と並んで座るのは心地がいい。

クリストフがため息を漏らした。「あいつなんか、これまでもずっと関係なかったし、これからも関係ねえよ」彼は言った。「むこうが話しかけてきても無視するまでさ。あいつがずっとそうしてきたようにな。話すとしても、必要最低限のことだけだ。たぶん」

「おまえのほうが先に見かけると思うからさ」

「そうだな」

クリストフの座っているところから水が流れ出し、草の中でジョシュアの靴のまわりに溜まりつつある。「ゆうべのことだけど……」

公園を縁取る木立の中でコオロギが目を覚まし、求愛を始めた。続きをどう言えばいいのかわからず、ジョシュアはいったん言葉を止めた。

「ゆうべのどのこと？」クリストフは草を少しずつ引きちぎって水溜まりに投げ始めた。それから自分の両手を見つめた。

「おまえの言ってたこと……いや、言わなかったことというか……つまりその、言おうとしてたこと」ジョシュアは言いよどんだ。「おまえがやろうと思うって言ったことだよ」

クリストフは膝の上で腕を組み、遠くを見やった。「もう始めたよ」

ジョシュアは地面に指を食いこませた。何か言おうと思うのに、頭の中が真っ白だ。〈おれ、言ったよな？〉という問いかけだけがわんわんと響いている。

「ただの草だよ、ジョシュア。クラックってわけじゃない」クリストフは言った。「おれはクラックは売らない」彼はささやくようにそう言った。

「だが仕事は引き続き探す」ジョシュアは決定事項のように言ったが、実際には訊いているのだと、互いに承知していた。

「ああ」クリストフはふくらはぎを握った。「まずったな。こりゃ痒くなるぞ」

「おれも港湾のほうを注意して見ておくからさ」ジョシュアは言った。自分に仕事があることをひけらかすようでいやだったが、なんらかの空きが出る可能性はつねにある。レオの話では事故も日常茶飯事らしいし、何が起きるかわからない。クリストフはゆっくりとうなずいて、腕にあごをのせた。

「何か見つけるよ」クリストフはつぶやいた。

むこう側のベンチでレミーがダニーにブラントを渡している。マルキスは目に見えない機でも織るように、腕を前後に振っている。皆に熱っぽく何かを語っているのだろう。ジャヴォンとボーンが肩を並べて笑っている。ジョシュアの頭上で何かがじりじり唸ってぽんと弾けたので見上げると、コートの明かりがついていた。風が吹きつけてジョシュアを押した。クリストフは膝に顔をうずめている。体を丸めて濡れたボールと化している。ジョシュアはいまの会話をブヨのように払いのけたくなった。

「で、今夜の予定は？」

「おれのほうはとくになし」クリストフはくぐもった声で答えた。「おまえにまかせる」

ジョシュアのうしろでキリギリスが鳴きだした。どうやら尻の下にいるらしい。クリストフが気づいて、ゆっくりと顔を上げた。

「いっしょに何か見つけるさ」ジョシュアは静かに答えた。

クリストフが目をしばたたき、ジョシュアはにっと歯を見せた。

目の前にスキータが立って、クリストフに何かをくれと言っている。クリストフは十五分ほど前にダニーからビールをもらい、渇いた喉に冷えたビールがぴりぴりと心地よくて一気に飲み干したところだ。そのビールがいま、いくつもの舌になって胃袋を舐めている。ジョシュアは車のエンジンフードに座って、フロントガラスのむこうから助手席にいるクリストフの様子を窺っている。スキータは皺くちゃの紙幣を突き出して、ダイムサックをくれと言っているようだ。そう、やることは見つかった。クリストフは缶を地面に置いて、力いっぱい蹴飛ばした。缶はボウリングのピンのように横滑りして転がっていった。すべてのセミが発情し、鳴きわめいて、ビールといっしょにじりじりと血管を流れていく。

「持ってるんだろ？　おまえのところへ行けってダニーに言われたんだけど」

ライターの火と車内灯とホタルが闇を照らしている。彼らがいるのは、ボア・ソバージュによくある道の行き止まりの一つだ。他の似たような場所と同様、付近には街灯もなければ人家も畑もなく、あるのは松の木と藪だけで、道は舗装もされていない。断言してもかまわないが、空には天の川が見えているはずだ。

「ああ、持ってる」

クリストフはジョシュアのほうを窺った。ジョシュアはこちらを見すぎないように気をつけている。見ればわかる。エンジンフードに前屈みに座って体をひねり、いまにも車を滑り下りてこちらへ歩いてきそうだ。クリストフはスキータに向き直り、再びジョシュアを振り返って、確信した。彼が見ると、ジョシュアは別のほうを向く。スキータが催促した。

「それじゃあ、これ」スキータは握った紙幣を突き出した。カトラスの車内灯の弱々しい明かりの中でさえ、紙幣はくたびれて毛羽立ち、端が破れているのがわかる。くたびれているのは、へそくりを取り崩してきたからだ。クリストフは両手をポケットに入れた。一方はリント布で裏打ちされ、もう一方は緑色の卵でふくらんでいる。彼は袋の口を指で探り、二・五グラムの小袋を選り分けた。手のひらに握ると鳥の巣のような感触がする。彼はそれをポケットから取り出して、スキータの少し手前に差し出した。

「オーケー、それじゃ」スキータは袋をつかんでクリストフに紙幣を渡した。「サンキュー」スキータの指が触れ、いつも犬の革紐を握っているせいで角質化した皮膚の感触が伝わった。紙幣は見た目よりも硬かった。スキータのポケットから出てきたばかりで温かく、ざらついて確かな手応えがあり、現実味をおびていた。考えてみれば、最後に現金を手にしてから一か月以上が過ぎている。クリストフは代金を受け取った。丸めた紙幣と草がポケットの中でかさばり、薄い生地を通してクリストフの皮膚を引っ掻いた。胸の前で腕を組み、体を倒してシートにもたれ、彼は声をたてて笑った。

翌朝、ジョシュアはクリストフよりも先に目が覚めた。胃が痛かった。ゆうべはスキータが車をまわりこんでポケットからシガリロを取り出し、もう片方の手で二・五グラムの草を宙にほうり投げてエンジンフードに屈みこむさまを眺めていた。それからビールを握る手に力をこめ、へこんでぱきぱき鳴るアルミ缶の上からクリストフの様子を窺うと、彼は車の中で目を閉じ、首をのけぞらせて笑っていた。その顔は歪(ゆが)んで凍りつき、笑い声が聞こえなければ、痛みに耐えているのかと思ったことだろう。手の中のビールは生ぬるくしょっぱくて、血のような味がした。そこら中でセミがざわざわと鳴き続ける中、二人はふらつく足取りで家に入った。どちらも酔っ払い、無言で支え合っていた。肩をつかむクリストフの手に力がこもりすぎて痛かった。クリストフがダイムサックを売ったあとのあの笑い、いかにも楽でいいやと言わんばかりの笑い声に、ジョシュアは傷ついた。

二人は靴を脱ぎ捨て、Tシャツとズボンを脱ぎ捨ててベッドに倒れこんだ。朝日の中で、ジョシュアはクリストフが夜中に床に蹴り落とした上掛けに目を留めた。そのまま眠りに戻りたかったが、尿意は無視できない。彼は床から上掛けを拾い上げ、ベッドで寝ているクリストフのそばに置いた。クリストフの顔はむこうを向いて、枕の下に埋もれている。ジョシュアは汚れた服を床から拾い集めた。バスルームへ行くと、洗濯かごがあふれていた。家の中にマーミーがいるらしき物音は聞こえない。彼は洗濯物を三つの山に仕分けして、それがすむと、キッチン側のポーチにある洗濯機に白い服をほうりこんだ。どれも汗とアルコールのにおいがする。マグネットだらけの冷蔵庫の扉に、彼に宛てたメモがあった。見覚えのある太くて丸い手書き文字は、リタ伯母さんの筆跡だ。〈午前中、マーミーを連れて食料品店に行ってきます。午後には戻ります。愛をこめて——リタ伯母さんより〉ジョシュアは色物服のポケットを調べ、レシートなど、入れっぱなしになっているものがあれば出していった。レッドビーンズの残りに合わせて、コーンブレッドを作り足す必要があるか確認しようと思った。昨日、鍋の半分を食べてしまったからだ。クリストフのズボンから丸まった紙が出てきた。インクのにじんだ古いレシートで、何やら読めない名前と電話番号が裏に走り書きされている。ジョシュアはそれをそばのソファーに置いた。おそらく米も炊く必要があるだろう。いつもポール伯父さんがたいらげてしまう。次のズボンに手を入れると、小さく丸まった紙幣が出てきた。ゆうべクリストフが穿いていたズボンだ。反対側のポケットからはジップロックの袋が出てきた。五グラム分の大麻だ。こうして自分が見つけて現金といっしょにクリストフの枕の下に入れてやらなかったら、いったいどうなっていたことか。そう思って愕然としているところへ、電話が鳴った。

「もしもし？」

「ハイ、ジョシュア」女が咳払いをした。

「はい？」ジョシュアは袋を握り締めた。

「シルよ」声の主に気づいたとたん、ジョシュアは胸を強打するような衝撃に見舞われた。最後に話してからどれぐらい経つだろう。

「やあ、シル」

「マーミーは？」

「いまはいないよ。リタ伯母さんと買い物に行ってる」

「何時ごろに帰るかな？」

「おれが寝ている間に出かけたから」受話器がやけに滑る。

「その……卒業式は、行けなくてごめんね。休みが取れなくて」シルの声は、リタ伯母さんの声とはずいぶん違う。もっと低くて深みがある。謝られてなんと答えればいいかわからないので、ジョシュアは求められていそうな答えを返した。

「いいよ、べつに」

「ぜんぜんよくないよ。ごめんね」

「うん、わかった」もっと何か言うのを待たれているような気がした。ほかに何が言えるだろう。ジョシュアはうっかりシャツとズボンの山を蹴飛ばした。そういえばシルの服はいつも香水のにおいがしたことを、彼はふと思い出した。

「で、みんな最近はどう？」何を気にしているのだろう。そもそも気にはしているのだろうか。

「おれは港湾の仕事が決まったよ」

「それじゃあ、あの車が役に立っているんじゃない？」

「うん」もっと感謝すべきところだ。「ありがとう」

「どういたしまして。仕事はどう？」

「まあまあ。仕事だし」

「そりゃあ、どんな仕事も仕事は仕事よ」

「そういう意味じゃなくて」ジョシュアは受話器に向かって息を吐いた。「とりあえず仕事が決まってよかったよ」

「そうね、わたしもうれしい。クリストフは？」

「あいつはまだ」ジョシュアは草の袋と紙幣を握り締めた。「いまも探してる」

「それはまあ、探すしかないもんね。とりあえずお金には困っていないってことかな？」

「うん」ジョシュアは反射的に答えた。お金のことは頼まない。これまで一度も頼んだことはない。

「なら、よかった」シルが受話器を離して誰かにささやくのが聞こえた。いまどこにいるのだろう。アパートにいるのだろうか。それとも店か車の中にいて、携帯電話で話しているのだろうか。静かなささやき、親密な感じだ。「じつは一か月後にそっちへ行けたらと思っていて、それでマーミーに電話したのよ。週末に合わせて三日休めることになったから、みんなに会いたいなと思って」

「わかった」

シルが受話器に向かってため息をつき、その音がハリケーンのようにジョシュアの耳を直撃した。いったん受話器を離してから耳に戻したが、まだよく聞こえない。

「ちょうどその週末にブルースフェスティバルをやっているの、ニューオーリンズで。それで、できればと思って……」

「なるほど」こんなに急いで受話器を耳に戻さなければよかった。

「それじゃあ、マーミーが帰ったら伝えてね。一週間後ぐらいにまた電話するって」

「わかったよ」シルが小さく喉を鳴らした。そろそろ切りたいのだろう。「それじゃ」とジョシュアは言った。

「それじゃあ、体に気をつけて、一週間後ぐらいに電話するから、ね？　クリストフとはそのときに話せるでしょう」

「わかった」ジョシュアは先に切るつもりだった。シルがもっと何か話すのではないかとぐずぐずしているうちに、むこうの回線が切れる音を聞くような事態は避けたい。シルがじゃあまたと言ったらすぐに切るつもりで、彼は待った。シルは黙っている。

「写真、誰かに撮ってもらった？」なんの話かジョシュアには一瞬わからなかった。

「うん。リタ伯母さんがたくさん撮ってたよ」

「よかった」シルの声が高くなった。受話器を痛いほど強く握っている自分に気づいて、ジョシュアは指の力を抜いた。「じゃあね、ジョシュア。また近いうちに」ぷつり。ジョシュアは間に合わなかった。彼は受話器を元に戻した。キッチンの壁から時計の音が聞こえてきた。秒針が音を刻みながら文字盤を回っていく。足元の洗濯物の山から紺色のTシャツが滑り落ち、網戸をすり抜けてきたやわらかな風が脚をかすめて、一匹のハエ——太った小うるさいのが、小型飛行機のように頭のまわりをぶんぶん回り始めた。腕に止まったそのハエにはかまわずに、ジョシュアはぼんやりと考えた。時計がちくたく鳴る音は、どうして普段は聞こえないのだろう。どうしてこうも奇妙なタイミングで襲いかかってくるのだろう。彼は、ハエが顔をこすってもぞもぞと前進するさまを見守った。ハエの動きを封じてやろうと、にらみつけた。何もかも止まってしまえばいいと思った。ハエが羽を震わせ、汗ばんで毛穴のあいた明るい茶色の腕からしゅっと飛び立った。ジョシュアは洗濯物の山と手から滑り落ちたバスケパンツを拾い上げた。ハエが部屋の中をぶんぶん飛び回る音が聞こえてくる。きっとおれの腕でくそでもしてたんだろう、と彼は思った。

第8章

コラードグリーンの葉を料理するつもりが、マーミーはなかなか取りかかれずにいた。ようやく流しで洗い終えたにすぎない。指の下で裏の菜園の土が川岸の沈泥のように流れ落ち、排水管を下っていく。彼女がリタと買い出しに出ている間にジョシュアが洗濯をすませてくれたようで、ドアを開けて中に入ると、家の中は洗剤と柔軟剤のにおいがした。キッチンもきれいになっていて、流しに大量の野菜が置いてあった。ジョシュアが摘んできたらしい。暑さでしおれていたから、と彼は言った。彼女が戻ると、床に座りこんでいた双子は待ってましたとばかりに飛び上がって外へ駆けだし、リタの車のトランクから食料品を運んできた。袋を持ってカウンターへ向かう際にジョシュアの体が軽く触れるのを感じ、マーミーの胸は痛んだ。サミュエルのことを双子に話すのは気が重かった。二人がテレビを見てふふっと笑うのを聞きながら、彼女は鍋を取り出すことも、薬味を刻むことも、火をつけることもできずにいた。彼女はソファーに座っているジョシュアの隣に腰を下ろした。床に寝そべっていたクリストフがごろりと転がってこちらを向いた。

「じつはちょっと話があって」自分の椅子に座ればよかった、とマーミーは後悔した。ハエが一匹、ぶんぶんと葬送歌を奏でながらリビングをゆっくりと旋回している。もうじき息絶えることだろう。彼女は言いよどんだ。

「もう知ってるよ」クリストフが言った。

「そうなの？」

「うん。レイラから聞いて、ジョシュアにも話した。大丈夫だよ。どうせいつかは戻ってくるんだし」

「マーミーは誰に聞いたの？」ジョシュアが訊いた。

「本人がうちに来たのよ」クリストフが起きて座った。ジョシュアは彼女のそばににじり寄った。マーミーはジョシュアに手を重ね、背中に小さな円を描き始めた。赤ん坊だったころによくこんなふうにさすってやった。彼女は手を止めた。「大丈夫、ちょっと寄ってあんたたちのことを訊いていっただけだから。とくに何があったわけでもないのよ」

「まさか金をせびられたんじゃないだろうね？」クリストフは膝立ちになった。ハエの羽音が止まっている。おそらく息絶えたのだろう。

「そうじゃなくて、あんたたちが知らずにいて驚くとよくないと思っただけ」

「おれが家にいればよかった」クリストフがつぶやいた。

「四六時中家にいるわけにはいかないでしょう」

「おれからちょっと言ってやったほうがいいかもな。またのこのこやってきてマーミーを煩（わずら）わせないように」クリストフは少し間を置いた。「また例のやつに手を出してるらしいし。聞いたんだ」

「よせって」ジョシュアがソファーを離れかけ、マーミーの手がぱたりとそばに落ちた。「とりあえず用心していれば大丈夫だろう。ポール伯父さんがいつも昼を食べに来ることはあいつも知ってるんだし」ジョシュアは言葉を呑み、それから吐き出した。「まさか自分の身内からは盗まないよ」

「身内なもんか。あいつはただのジャンキーだ。おまえだってジャンキーがどういうものかは知ってるだろう」

マーミーはしいっと二人を制した。「あんたたちが気に病むことはないのよ。あれはただのかわいそうな男」彼女は目を閉じ、サミュエルが若かったころの姿を思い浮かべた。子どもたちによく似た愛らしい顔。けれどもまるで骨が安定していないのかと思うほど、表情が定まらなくてこそこそした感じがした。「ただのかわいそうな、迷える男」

「それじゃあ、おれからは何も言わないほうがいいんだね？」クリストフが訊いた。

「もちろんよ」マーミーはジョシュアの腕をとんとんと叩いて、自分の椅子に座り直した。彼女は両手を肘置きの外にたらした。「やれやれ、何キロも歩いてきた気分」

「そういえば、シルが来るんだって」ジョシュアが言った。ソファーで体を二つに折っている。

「本人と話したの？」

「マーミーが出かけてる間に電話があって。一か月後ぐらいに来るって言ってた。七月の終わりか八月の頭かな、たぶん。その時期に音楽祭か何かがあるらしくて。何かそういう感じのが」ジョシュアの声はだんだん小さく、ゆっくりになり、尻すぼみになって途切れた。クリストフは踵（かかと）に体重をかけて前後に揺れている。彼は知らなかったのだろう。

「あら、それはよかった。しばらくぶりだものね。楽しみだこと」二人は揃ってこちらを見ている。指と手首の節々に痛みが溜まってくるのを感じ、マーミーは手首をつかんで痛みを絞り出そうと試みた。二人には、床に寝そべるなりソファーでくつろぐなりしてほしい。今夜はごちそうを用意して、のんびり食事を楽しもう。放電のような衝撃とともに、痛みが膝頭を駆け抜けた。サミュエルのことは忘れさせよう。

マーミーは立ち上がってゆっくりと歩きだし、こわばった膝をかばって足を引きずりながら、クリストフの頭に手をのせた。「あの野菜は勝手におかずになってくれるわけじゃないからね」それから彼の顔に手を触れた。「誰かが手伝ってくれると助かるねえ」クリストフが立ち上がり、彼の頬がするりと逃げた。皮下の骨が鋭く尖っていた。ジョシュアも立ち上がったので同じように頬に手を当てると、やわらかい脂肪に覆われた骨は、がっしりとして厚みがあった。三人はいっしょに夕食の支度に取りかかった。

　クリストフはジョシュアよりも先に目が覚めるようになった。これまでずっと早起きは苦手だったはずなのに、なぜか急に腹部を締めつけられるような感じがして、毎朝痛ましいほどきっかり五時半に目が覚める。そのたびにマーミーが廊下を歩いてトイレに向かう物音が聞こえ、腹部の痛みがじつは膀胱の痛みであることに気づいて、もはや眠りには戻れなくなる。そのために彼は、子どものころ以来久しくやっていなかったことをするはめになった。ベッドから起き出して用心深く部屋をあとにし、膀胱を刺激しないようにそっと歩いて、忍び足で勝手口から外に出る。朝は灰色で、空気はぬるく、足元には草が伸びている。そうして彼は、大急ぎでそれを放出した。まるでトイレまで我慢できない五歳児のように、裏の階段から用を足している自分が恥ずかしかった。小さいころは、シルやマーミーやリタ伯母さんやポール伯父さんがトイレをいつまでも占拠しているときなど、彼もジョシュアもよくそれをやっていたのだが。部屋に戻ると、目覚ましを解除して再びベッドに横になり、ジョシュアのいびきとマーミーが摺り足で部屋に戻る音を聞きながら、五時四十五分になるのを待ってジョシュアを起こす。その後マーミーが簡単な朝食を用意して、クリストフはジョシュアを職場まで送る。ジョシュアが働き始めて二週目が終わるころには、それが日課になっていた。

　ジョシュアを降ろしたあとも、クリストフはけっしてまっすぐ帰るわけではない。海岸沿いを車で戻りながら、磨きたての店の正面ガラスに〈求人〉の広告が張り出されていないか、蛍光オレンジと黒の文字で〈募集中〉と書かれていないか、落ち着きなく目を配る。店があまりにみすぼらしく薄汚れて見える場合は、そのまま通過する。ガソリンスタンドとファストフードレストランは店の中までしっかり目を凝らし、ときには駐車場に入ってぐるりと回る。車を停め、エンジンをかけたまま店のドアをじっと見ると、ガラスのむこうでは決まってぼんやりとした影が動き回っている。みんなが彼を待っているように思われた。クリストフは家にある草の袋のことを考えた。ダニーがくれた古いプリペイド方式の携帯電話のことと、それで手に入るお金のことを考えた。そして、もらった分を売ってからにしよう、と思った。どうせなら金にしてしまおう——すでに手元にあるのだから。それから本気で探せばいい。彼は、家で自分の帰りを待つマーミーのことを考えた。港湾で真っ当なお金を稼いでいるジョシュアのことを考えた。それから正面に求人広告の張ってあるコンビニエンスストアに駆けこんで、オレンジジュースをつかみ取り、応募用紙を引ったくると、バイユーを渡ってボア・ソバージュに帰り着き、自分の家を通り過ぎて、さらに北のはずれを目指した。そのあたりまで行くと、トタン屋根の小さな細長い家もごくたまにしか見かけない。林の中や伸び放題の草の中にそういう家がひっそりとしゃがんでいる姿は、オポッサムやアルマジロなど、警戒心の強い夜行性の動物を思わせる。彼らはつねに単独で行動し、木立の中に隠れ住んで、何かがそばを通るたびに年がら年中びくつとしている。そのあたりには、黒人はほとんど住んでいない。フェリシアの家を避けて通る必要もない。民家が消えて木立の天蓋の下を道路がくねくねと這い進み、自然の体内を血管のように伸びていくさまが、クリストフは気に入っている。午前中いっぱい、頭上で照りつける太陽がまぶしく重くなってくるまで、彼はそんなふうに車を走らせた。

ときどき、田舎にひっそりと建つ古びて縮んだようなコンビニエンスストアに寄って、ガソリンを入れた。そういう店では決まってガソリンが十セントは安く、木のカウンターのむこうには、赤く日に焼けて髭を伸ばした典型的な田舎の白人が立っている。そしてクリストフが代金を渡すときには例外なく、天井で回る扇風機の風を受けて、壁に留められたビールの広告バナーと南部同盟のエンブレムが祈りの旗のようにはためいているのだった。そうやって車で走るうちに、だんだんと道の様子もわかってきた。けれどもやがて、尻ポケットに入っているプリペイド式の携帯電話の小さな赤いランプと絶え間ない呼び出し音が無視できなくなってくる。そこで仕方なくハンドルを返し、来た道を戻った。音楽は鳴らさず、空に目を向けて、タカを眺めながら運転した。タカはいつでも頭上のどこかにいた。家の前まで来ると、彼は側溝の脇に車を停めて徒歩で公園へ向かい、風に震える低いオークの木陰にある木製のピクニックテーブルのどれかに陣取った。そこにいれば相手のほうが見つけてくれる。

彼らは一定の間隔でふらりとやってくる、ように思われた。一人で、あるいは二人で連れ立って。だいたい三十分から一時間に一度の間隔で、遠くにいる彼らの姿が目に入る。熱気をはらんだ空気の中から、にわか雨のように急に湧いて出てくる感じだ。彼らが野球場の埃っぽい赤い地面をぶらぶら歩いてくるところ、あるいはバスケットコートを縁取る松とオークの間を通り抜けてくるところを、クリストフはじっと見守る。ポテトチップスを食べ、スポーツドリンクを飲みながら、彼は待つ。組んだ腕をテーブルに置いて頭をのせ、Tシャツを脱ぐ。テーブルにのって仰向けに寝転がり、濃い緑の葉っぱの葉脈に沿って光が見事な浮き彫りもようを刻むさまを眺める。まわりの木々と伸びた草の中でわんわんと鳴り響くコオロギの声に眠気を誘われ、うとうとする。そんなふうにして、クリストフは彼らが来るのを待った。ほかの売人や授業を抜け出してきた高校生、石や砂を運ぶ途中でランチ休憩に寄るトラックの運転手、隣町のコンビニエンスストアの店員。全員が昔からの知り合いで、顔馴染みだ。彼らが来ると、クリストフはまず握手をする。彼らがジョークを言い、クリストフは笑う。クリストフが求められたものを渡すと、彼らはテーブルに紙幣を置き、紙幣が風にはためいて、生き物のようにぴくっとしたりぴくぴく動いたりする。片方のポケットは二・五グラム入りのダイムサック用、もう片方は五グラム入りのダブサック用だ。ダイムサック用のほうがポケットに余裕があるので、お金はそっちに入れる。気持ちが落ちこんだり、高まったり、高まったことを恥じて、紺色のパトカーがいないかと道路に目を配ったり。週に一度ぐらいの頻度でその種の車が目に留まると、クリストフはあわてて側溝のほうへ移動し、茂みの中に身を隠して、彼らが通り過ぎるのを藪と草の間から見張る。ようやく彼らがいなくなるころには、草のせいで痒くてたまらず、脚全体に発疹が広がっている。

警官が見当たらない日には、客が去って再び一人になったときなど、テーブルの木目を見つめたり木の葉の隙間から空を眺めたりして、自分はいったい何をしているのだろうと考えた。彼らの手に例のものを渡し、渡しながら、自分が何をしているのかいまではほとんど気に留めることもない。自分にとってこれはもはや、マーミーを手伝って夕食の準備をしたり、バスケをしたり、ジョシュアを職場まで送り届けたりするのと同じことになっているのだ、とクリストフは気がついた。来る日も来る日も同じベンチに座って、毎日が前の日よりも暑く長くなっていくのを感じながら、こんなのはおれじゃない、とクリストフは自分に言い聞かせた。そうやって三時過ぎまで草を売り、それから歩いてマーミーの待つ家に、家の中の涼しい日陰に帰って、ジョシュアからの電話をいっしょに待つ。職探しのほうは何か進展があったかとマーミーに問われれば、求人の張り紙のこと、午前中にレストランや商店やホテルの駐車場でアスファルトと戯れて過ごしたことを思い出して、うん、探してるよ、と答える。そして頭の中で考える。嘘じゃない、本当に探した。彼の草にはしだいに物置小屋のにおいが染みてきた。錆(さび)と土とオイルのにおい。ジョシュアを連れ帰ったあとで日が暮れてから、夕食がすんでマーミーが眠ってから、マーミーがベッドの中で静かになって少なくとも一時間は経ってから、クリストフは袋詰めに取りかかる。ジョシュアはテレビの前のソファーで眠りこけ、たいていはレイラと電話で話した名残で受話器をゆるく握っているので、そのままそこに放っておき、懐中電灯を手に家を抜け出て小屋へ向かう。懐中電灯を向けるとコウモリがひきつけを起こしたようにばさばさと穴をくぐって軒へ出ていき、温もりをおびたネズミたちが機械の隙間にもぐりこむ。彼自身も毛むくじゃらの小動物のようにドラム缶の隙間に入りこみ、汗ばんだ体で暗がりにしゃがんで仕事にかかる。

草は、いまでは小屋で見つけた小さな鉄の工具箱に入れて鍵をかけ、小屋の棚に並んだコーヒーの空き缶のうしろに隠してある。家に戻ると、彼はジョシュアを起こしてベッドへ連れていく。もしかしてジョシュアはわざとそうしているのだろうか、と思うこともある。クリストフが戻ってくるのを待っているのだろうか。それともたんにくたびれきって、ベッドへ移動する前に眠ってしまうのだろうか。脚を広げて膝を立てたままソファーで寝ているジョシュアの姿に、クリストフはなんとなく批判めいたものを感じる。それでも彼はジョシュアを起こし、ベッドへ連れていって寝かせた。

その日、クリストフは早めにジョシュアを迎えに来ていた。ずっと公園に座っていることにうんざりしたのだという。急に雲が出てきてさ、と彼は言った。ピクニックテーブルのベンチで仰向けに寝転がっていたら雲がどんどん押し寄せてきて、まるで前に見た山の写真のようだった、雲がみるみる広がって、ブルドーザーのような勢いで空の青を押しのけた、と。ジョシュアはシャツの袖で濡れた顔を拭きながら、車の屋根とエンジンフードにスタッカートで叩きつける雨音の中で、クリストフの言葉を聞き取ろうと耳を澄ました。雨は窓を横向きに切りつけていく。

七歳のとき、教会裏のオークの森の奥に古びた灰色の廃屋があるのを発見して、たわんだ壁板に向かって午後中ずっと石を投げ、大声でわめきたてて、幽霊を驚かせて追い出してやろうとしたことがあった。家はスパニッシュモスの髭に覆われて屋根がひしゃげ、双子もスキータも中へ入る勇気はとてもなかった。雨の音は、そのとき三人が木の壁に向かってぱらぱらと投げた白い小石の音に似ていた。水滴の隙間からジョシュアが外を覗くと、雨はますます激しくなり、まるで世界が消えてしまったかのようだ。雨は埠頭を洗い流し、アスファルトの駐車場を洗い流して、顔見知りの男たちがそれぞれの車を目指して土砂降りの中を走っていく。あの日三人は、もういいだろうとクリストフが言うまで石を投げ、けっきょくのところ中へ押し入る勇気は誰にもなく、森に差す日も薄れてきたので、ようやくその家から走り去った。クリストフがつるつると滑る手でジョシュアの手をつかんで引っ張り、永遠とも思えるほど走り続けて、うしろからスキータがもう少しゆっくり走れとどなり、這うようにしてようやく森から抜け出たときには、空に広がる赤とオレンジの毛布の中で日が沈みかけていた。

森と道を隔てる溝を跳び越え、互いの足がアスファルトに着地したところで、クリストフはようやくジョシュアの手を離した。いま、物凄い剣幕でフロントガラスを拭きながら曇り止めが効かないと悪態をつくクリストフを見ていると、このままずっと雨がやまなければいいのに、とジョシュアには思えてくる。聖書に出てくるような大洪水になって自分をこの場所、この時間から押し流し、自分にとっての世界の始まりとも言うべきあの日に戻してくれればいいのに。クリストフが車を出そうとするのを見て、ジョシュアは彼を制した。

「もう少し待ってやり過ごそうぜ。これじゃあ前が見えないだろう」

「わかった」クリストフはエンジンをかけた。ジョシュアは手を伸ばし、車内を冷やそうと空調のつまみを回した。吹き出し口から出てきた空気はかび臭かった。大麻のようなにおいがした。ジョシュアは濡れた腕を窓枠にべったりと押し当てた。

「濡れた犬みたいなにおいがするな」ジョシュアは鼻をくんくんさせて腕を下ろした。「なんだ、おれじゃん」彼は窓に頭をもたせかけた。先ほど車に乗るときに、ラジオが消されていることには気づいていた。二人とも雨の音が好きなのだ。

「おまえに金を渡しておくから、マーミーに渡す分に足してくれよ。残業したとかなんとか言って」フロントガラスのむこうをにらんでクリストフが言った。

「今日？」ジョシュアは眠らないように腕をつねった。

「給料日ごとに、百だけ。思ったより多くもらえたとでも言えば」

「嘘がばれたら？」ジョシュアは助手席の窓の外を眺めた。

「昼休みも働いたことにすればいい。おれの迎えが遅かったときの残業代とか」

二人からお金を受け取っていると、マーミーが知ることはないだろう。たぶんジョシュアからも受け取りたがらないはずだ。自分がもらう社会保障とメディケイドのお金があるから大丈夫と騒ぎたてるに違いない。おそらくジョシュアが黙って財布に忍ばせることになるだろう。

「ほら」クリストフがポケットに手を突っこみ、二つ折りになった紙幣の束を取り出した。紙幣は色褪せ、なんだか不安そうに見える。ジョシュアはそれをマーミーに渡したくなかった。

「シルからもらった財布は？」二人の十五歳の誕生日に、シルが揃いの革の財布を送ってきた。二人はそれをどこへ行くにも持ち歩いた。たとえ中にはマーミーとシルとリタ伯母さんと、自分たちの財布サイズの選手写真しか入っていないときでも。ジョシュアの財布はさんざん持ち歩いたせいで真ん中がたわみ、ジーンズのポケットの中でこすれた部分がスエードみたいになっている。いまも持っている。

「ちぎれてばらばらになった」

本当はクリストフがその財布をいまも捨てずに持っていることをジョシュアは知っているが、本人には悟られないようにしている。卒業パーティーでもらったしおれた花か何かのように、クロゼットの奥のラブレター用の靴箱のどれかに隠してあるはずだ。クリストフは二十ドル札を三枚、五ドル札を四枚、一ドル札を二十枚数えた。それから額の大きい紙幣を一方の手でジョシュアに渡し、もう片方の手で一ドル紙幣を申し訳なさそうに渡して、肩をすぼめた。「つり銭用」ジョシュアは両方をつかみ取り、一つに束ねてから自分の財布に押しこんだ。

「わかったよ」ジョシュアは財布を尻ポケットに入れた。分厚い汚れた靴下の上に座っているような気分だった。

「さっき、おれにもにおいがわかったんだ」クリストフが言った。「マーミーがよく、おれたちにはそういう血が流れてる、そういうことがわかるボア・ソバージュの血が流れてる、って言うだろ。実際のところマーミーには天気がわかるんだけどさ、おれもさっき、雲が集まってくるより先に、雲がこっちに向かってくるなんて知りもしない段階で、空気中のにおいに気づいたんだ。金属っぽいにおいだった」ジョシュアはうなずき、ガラス面に沿って頭が前後に滑るのを感じた。きっと油染みのような跡が残っているに違いない。「それで雲が見えたと思ったら、おれがベンチから飛び上がったとたんに一気に降りだしてさ。しばらくそのまま立ってたんだけど、気持ちよかったな」ジョシュアは再びうなずいた。彼自身もさっきは車までゆっくり歩いてきた。

　そうやって三十分ほど、二人は雨が弱まるのを座って待った。ジョシュアは何度も目を閉じて眠ろうとしたが、眠れなかった。われながら意外だった。彼はぼんやりとクリストフを眺めた。編みこみはほどかれ、頭のうしろで短い縮れたポニーテールになっている。そんなに伸びていたとは気づかなかった。クリストフは昔からジョシュアよりも髪の伸びが少し早い。そういえばレイラとは二日ほど話していないし、また電話して、髪を編んでもらえるかどうか聞いてみなければ、とジョシュアは思った。彼の髪は冷えた蠟燭のようなにおいがするだろうし、編んだ髪を櫛でほぐす際にはロープのように瘤（こぶ）になっていることだろう。それでも肩に押し当てられるレイラの腿を感じていられるならかまわない、とジョシュアには思えたし、文句を言わずに痛みに耐える自信があった。

　雨は突発的に降ったり止んだりを繰り返して小降りになり、さながらコートを拾って部屋を出ていく女のように、土砂降りは湾の向こうへ去っていった。クリストフが車を出し、二人は家路に就いた。ワイパーがフロントガラスをしゅっとこする音が車の中に響き渡った。ジョシュアはクリストフにブラントをもらって手脚の筋肉をほぐそうかと思ったが、やめにした。すでに巻いたものがあるのでなければ、自分で巻いてまで吸いたいわけではない。自分で売るようになってからというもの、クリストフがブラントをくれたのは二回だけだ。その二回とも、ジョシュアが車に乗った時点でダッシュボードに置いてあり、なんとなく、ジョシュアには渡したくなさそうに見えた。ジョシュアはなかば目を閉じ、車を叩く雨の音に耳を傾けた。

家に着くと、クリストフはポーチの網戸を開け、ジョシュアのために押さえることもなく閉まるにまかせた。ジョシュアはため息をついて、階段を上りながら唇をなめ、水気と塩気を吸い取った。じっとりした暗いリビングにジョシュアが遅れて入ると、クリストフは中で立ち止まっている。ソファーにレイラが座っている。いつもの椅子にマーミーの姿はない。

「マーミーは？」クリストフの声は心持ちかすれていた。久しぶりに口をきいたかのような声。公園に座って客を待つ間、あまり人と話すことがないのだろう。チキンの袋やバナナの入ったプラスチックケースを担いではほうり投げる間、ジョシュアはよくクリストフのことを考える。想像の中のクリストフは、黒い手脚をだらりとたらしてベンチに長々と寝そべっているわけではない。背中を丸め、身を低くして、客を待ちながらたえず道路に目を配り、パトカーの青いライトが見えないかと気にしている。頭の中に、金網のむこうにいるクリストフが思い浮かぶときには、心配のあまり怒りが湧いてくる。ときにはジャヴォンやマルキスといる姿が思い浮かんで嫉妬に駆られ、レイラもバスケットコートに行ってクリストフとしゃべったりするのだろうかと気になりだす。「おまえ、テレビもつけないで何してんの？」

「マーミーは、リタ伯母さんが迎えに来て、いっしょに買い物に出かけてる」レイラは腕を交差させ、ソファーのクッションの割れ目に両手の先を押しこんだ。どことなくそわそわしている。「あたしはその、留守番して二人を待つって答えたの。テレビは面白いのをやっていなかったから」レイラは消え入るように答えた。クリストフがジョシュアを振り返った。

「おれはやることがあるんで」彼は前を向いて廊下の先へ歩いていった。ジョシュアはソファーの反対側の端に腰を下ろし、帽子を脱いで、手すりの上に丁寧に置いた。濡れて汚れた手でそれを整え、それから慌てて作業ブーツの紐をほどきにかかった。カーペットに泥をつけようものなら、マーミーにどんな目に遭わされるかわからない。うっかりしていた。くそ。

「仕事はどうだった？」

「べつに問題なしだよ」

「いつもはもっと早くに上がるじゃない？」

「ああ、でもほら雨が……」ジョシュアは両方のブーツを脱いで横に倒した。それからしばしためらって拾い上げ、玄関から出してポーチに置き直した。ソファーに戻って腰を下ろすと、さっきよりもレイラが近くなっているような気がした。奥の部屋からはなんの音も聞こえてこない。クリストフがいる気配すらない。外の雨がもっと強くなればいいのに、とジョシュアは思った。家中が静まり返って落ち着かない。「で」と言ったところで、彼は確信した。レイラはこっちにずれてきている。時計の分針のように、けっして動いているようには見えないのに、まばたきをすると場所が変わっている。

「夏のアルバイトとかはするの？」

「ううん、しないと思う。夏も半分終わっちゃったし。七月四日の独立記念日だって、もう来週でしょう」まるで鳥のようにじっと彼を見ている。

「それじゃあいつも何してるの？」黒人同士が話すときには、互いに相手の顔を見ない。ジョシュアは以前からそのことに気づいている。それぞれ前を向いているか、たいていはそっぽを向いている。喧嘩（けんか）をするかジョークを言うのでもないかぎり、相手の顔をまっすぐに見ることはない。

「親戚の子のベビーシッター。伯母さんたちから週に五十ドルもらってる」やっぱりだ、いまや互いの膝が触れている。丸みをおびた褐色の膝が、汚れたジーンズの皺のむこうからそっと脚を押してくる。レイラの膝をじっと見ながら、ジョシュアはほかのことが一切考えられなくなった。

「それいいじゃん」熟れて丸みをおびた長い腿がすぐそこにある。ジョシュアは自分のふくらはぎの中で筋肉がむっつりと硬くなるのを感じた。それを無視してレイラの顔を見ると、赤くなっている。

「ジョシュア？」

「うん？」顔にレイラの息が降りかかった。ローションとリコリスのにおいがする。

「このままキスはしないつもり？」レイラがささやいた。その目はジョシュアの唇を、そして目を見つめている。顔がますます赤くなった。自分がほとんど膝にのっていることに気づいたのだろう。彼女は壁のほうを向いた。家の奥からドアをノックするような音が聞こえてくる。クリストフが何かを壊しているのだろうか。彼女の肌は指で触れれば水のようにへこみ、本当にそこにあるのかどうかわからないほどやわらかいことを、ジョシュアは知っている。彼女の赤らんだ顔を見て、ジョシュアはつい笑いそうになった。意を決し、恥じらいつつも諦めない。彼女のそういうところが好きだった。

自分が汗臭いことは知っているが、かまわない。ジョシュアは体を前に倒し、ソファーの背の、彼女の肩のすぐそばに片手を置いて、キスをした。レイラが片手をもたげ、ジョシュアの頰に触れた。その感触は羽虫のように軽かった。レイラが口を開いた。彼女の唇と舌は温かかった。ジョシュアの髪からうなじに向かってしずくが流れ、彼はぶるるっと身を震わせた。彼は唇を離し、少しためらってから、レイラの唇の隅に口を閉じてキスをし、背中を起こして座った。レイラは顔に振りかかった髪を払い、笑みを浮かべた。ジョシュアは気まずいような、とんでもなくばかなことをしているような気がしてきた。マーミーかクリストフが入ってきたらどうするつもりだ？

「シャワーを浴びないと」

「わかった」レイラは首をすくめて、唾を飲んだ。舌に残る彼の感触を味わっているのだろうか。アイスクリームやジュースの味わいのように、思い起こしているのだろうか。ジョシュア自身は、初めて味わった彼女の味をけっして忘れないだろうと確信できる。もう一度キスをしたい、彼女を膝に招き寄せて温かい背中のカーブに両手を滑らせ、唇を使って自分のほうを振り向かせたい、と思ったが、やめにした。リビングはよくない。クリストフが家のまわりで何かをがんがん叩いているというのに。ダニーはよく、おまえらはガールフレンドも共有するんだろうと冗談を言うが、そういうことは一度もない。

ジョシュアは大急ぎでシャワーを浴びた。上がったときにはマーミーが廊下を歩いていて、レイラはもうリビングにはいなかった。ジョシュアは腰に巻いたタオルを結び直した。

「レイラは帰らないといけないんだって。何か用事があるとかで。夜に電話するそうよ」少し間をおいて、マーミーは言った。「あの子はずいぶんあんたに優しいいね」

マーミーは鮮やかなピンク色の新しいガウンを着ている。

「そのガウン、新しいのを買ったんだね」

「ジョシュア、この」マーミーが彼の腕をつねった。ジョシュアはその部分を手で覆い、腕を引いた。

「いてっ。おれ、痛がりなんだからね」彼は笑った。

マーミーは笑い、またしてもつねった。

「あの子が好きなの?」

なんと答えればいいのかわからない。

「あの子のほうはあんたが好きよ。優しくしておやり」マーミーがつま先立ちになったので、ジョシュアは顔を近づけた。マーミーがまたしても彼をつねった。「男のくせにそんな長いまつげをして」

マーミーは体の向きを変え、壁を一回、二回、と触ってリビングを通り抜け、キッチンへ移動した。棚から鍋を取り出す音が聞こえ、何秒かして、水道の栓をひねる音がした。ジョシュアが二人の部屋に入ると、クリストフはお金を数えながら寝入ったとみえ、何かに驚いたように両手を上げて、口をぽかんと開いていた。よれて皺くちゃになったお札が体の下敷きになっている。クリストフはいまもときどき子どものように寝ながら暴れ、壁と闘い、上掛けと取っ組み合う。ジョシュアは枕を引っ張り、クリストフの頭がきちんとのるように整えた。いびきがぴたりと止まった。ジョシュアは急いで洗濯ずみの服を見繕い、身につけた。マーミーがキッチンにいる隙に、お金を財布に入れてしまおうと思った。

週の後半、ジョシュアはうまく眠れなかった。クリストフに関する悪夢とレイラがぼんやりと出てくる夢を交互に見た。仕事を始めて三週目が終わるころには、港で働く以外に何もしていないような気がしてきた。夏の雨が始まって、ジョシュアの日々はひたすら袋を担ぐことと重い箱を投げること、雨と塩が目に沁みること、太陽がナイフのように雲を裂いて頭上で燃え、男たちの肌とどこまでも続くアスファルトを蒸すことに明け暮れた。あらゆるものが金属臭を発して鼻を突いた。マーミーが用意してくれるツナとポテトサラダとリンゴのささやかなランチを、彼は埠頭に座って一人で、あるいはとくに激しく降る日には、ジャーメインから通ってくる似たような年の黒人の若者たちとカフェテリアの隅のテーブルで食べた。彼らのジョークや会話に笑うこともあったが、たいていは黙っていた。朝目覚めるとげっそり疲れ、残酷なほど単調な荷役仕事にますます言葉を失った。なにか屈辱的で、間違っているような気がした。クリストフは公園でのんびり過ごすのかと思うと腹が立ち、妬ましくて、仕事へ向かう車の中では往々にして口をきかなかった。給料を受け取ると多少は気が晴れたが、それ以上に週末が来るのはうれしかった。金曜の夜には早寝して、クリストフともども昼近くに起き出した。その日、朝方には降っていたものの、二人が目覚めるころには雲はほぼ消え、空は突き抜けるように青かった。二人は服を着て、歩いてバスケットコートへ向かった。途中で誰かがポーチに座っていたり、手押し式の錆びた草刈り機で芝を刈っていたりすると、ジョシュアは手を振った。クリストフはそれを遮るように、手に持ったボールでドリブルを始めた。それ以外はただ黙々と歩き、無言の反目が見えないヴェールとなって二人を隔てていた。

バスケットコートには、見知った顔がほぼ全員揃っているようだった。セントキャサリンから来たグループと近くに住む若者たちがゲームをしている最中で、ジョシュアがコートに近づくと、スキータが宙に舞って相手のボールをゴールからはたき落とし、コートの外に出すのが見えた。マルキスがボールを拾い、プレーが再開した。ジョシュアとクリストフが小さなスタンド席へ向かうと、意外にも若干の観客がいた。レイラがフェリシアといっしょにいちばん下のベンチに座っているのを、ジョシュアは見つけた。ゆうべ寝る前に少し話したので来ることは知っていたが、今朝はそれを理由にクリストフを誘ったわけではない。彼女を映画に連れていきたいとか、いいレストランで食事をしたいとか、いっしょにパターゴルフをしたいとか、そういう気持ちをクリストフには話していないし、実際にデートに誘って本人がうんと答えたことも打ち明けていない。クリストフとフェリシアを誘ってダブルデートをするのもいいかもしれない。

　真ん中あたりのベンチの上を子どもたちが走り抜け、端から飛び降りて奇声をあげている。最上段にはジャヴォンとボーンが座っていた。一本のブラントを二人で交互に吸っている。クリストフが誰と言わずコートに向かって「次、おれたちもやる」とどなるそばで、ジョシュアはレイラと目を合わせて静かに笑みを向け、クリストフと並んでベンチに座った。ジャヴォンがブラントを持った手でクリストフの肩をつついた。クリストフはフェリシアのほうを見ながら首を振り、「いや、いい。サンキュー」と静かに答えた。ジョシュアもそれに合わせて断ったが、香りは甘く魅力的だった。彼は息を強く吸いすぎないように気をつけた。ブラントのわずかな香りを求めてスタンド席で鼻をくんくんさせるジャンキーのような真似（まね）はしたくない。小さな子どもたち――シシとディジーとリトルマンがまたしてもベンチによじ上り、クリストフの前で立ち止まった。双子をにらみつけている。女の子はほかの二人よりも年上だ。両手を腰に当て、首を一方に傾けて、じっとこっちをにらんでいる。縮れた三つ編みが肩を覆い、肌の色はかなり薄くて、鼻と頬が日に焼けている。口を開けると、前歯が二本欠けていた。たぶん六歳前後だろう。ジョシュアはむせながら笑った。うしろに続く男の子は、どちらも二歳ぐらい年下だろうか。ぽっこりしたお腹をつんつるてんのTシャツで覆い、双子のようにぴったりくっついて立っている。一人は肌の色が薄く、もう一人は濃い。色の濃いほうがジョシュアに向かって舌を突き出した。

「そこにすわられるとゲームのじゃまなんだけど」女の子が言った。

「こっちも座る場所が必要なんだけど。ほかで遊んできな。さっさと行かないとお仕置きだぞ」クリストフが言った。

「おしおきなんかさせないから！」女の子が言い返した。

　肌の色が白いほうの男の子、リトルマンが左手を上げたかと思うと、クリストフに向かって中指を突き立てた。ジョシュアはもはや堪(こら)えきれずに腹を抱えて笑いだした。クリストフも目を小さな黒い三日月のように細めて、むせながら笑っている。

「この悪がきめ、さっさとほかへ行って遊んでこい。おら！」クリストフがどなった。

　リトルマンはいまや両手を突き上げ、両方の中指を立てて、クリストフに向かって左右交互に宙でジャブを見舞っている。彼にそっくりの色の黒いほう、ディジーもそれに倣(なら)った。シシがくるりとクリストフを振り返り、三つ編みが大きく揺れて、毛先に留めたプラスチックのバレッタが顔に当たってカチャカチャ鳴った。

「ママに言いつけられたいのか？　おまえらがどこのがきか知ってるんだからな！」

　シシはクリストフをにらみつけ、男の子の片腕をそれぞれつかんでぐいと引いた。

「いくよ！」二人は金切り声をあげて彼女のあとに続いた。三人は危なっかしくベンチを下りて、ジョシュアが見守る中、ぶらんこを目指して公園の反対側へ駆けていった。女の子はけっして二人の手を離そうとしなかった。公園のなかばに達したところでリトルマンが振り返ったので、ジョシュアが目を凝らしてよく見ると、彼は走りながら自由になるほうの手でまたもや中指を立てている。レイラは笑いながら首を振り、フェリシアは体を二つに折ってお腹を抱えている。二人のうしろでジャヴォンがふふっと鼻を鳴らした。

「ちんぴらこぞうめ」

ジョシュアは、一列に並んだぶらんこに三人がお腹から飛び乗るさまを眺めた。腕を伸ばし、脚で地面を蹴って、宙高く揺れている。ジョシュアもかつて同じことをして遊んだ。彼らは飛んでいるつもりなのだ。そのむこう、側溝に沿って車が並んでいるほうに目を向けると、ジャヴォンの車とボーンの車、マルキスの車のほかにも、持ち主のわからない車が二、三台停まっている。すべてが無人というわけでもない。人影が見えるし、複数のカーステレオから重低音が響いてくる。ジョシュアがぶらんこの三人に目を戻すと、女の子がぶらんこのスピードを落として頭から地面に転がり降りた。誰かが車を回りこんで広場を突っ切り、ぶらんこを通り過ぎてバスケットコートに向かってくる。

二人の男の子は女の子を見倣おうとしたものの、けっきょく体をくねらせて足から降りた。二人は奇声をあげて駆けだし、木の滑り台へ向かうシシのあとを追った。滑り台のいちばん上で、シシは男の子二人にうしろから重なった。脚を開いて互いにつかまり、一列に並んで、列車のように滑りだした。その遊びもまた、ジョシュアもやったことがある。先ほどの人物が近づいてきた。男だ。自分たちより年配のようだ。この暑さにもかかわらず長ズボンを穿いて、長いカーリーヘアの上にネイビーブルーの野球帽をかぶっている。男の歩き方を目に留めて、ジョシュアはクリストフを肘でこづき、近づくにつれて遊泳中の人間が水から上がるように輪郭のはっきりしてきた人物をあごで示した。男はバスケットコートのラインに沿ってぐるりとまわった。人を探すような感じでプレーヤーの顔を見ている、と思ったら、キャップを脱いで、ベンチに座っている面々を木陰から覗き始めた。そうして二人は数年ぶりに、自分たちの父親を見た。

ジョシュアの顔は熱くほてった。男から目をそむけよう、三人組のほうを見よう、コートで展開中のゲームを見よう、と思うのに、どれもできない。サンドマンのほうは二人を見てさえいない。彼が二人を通り越して見ているのは、ジャヴォンだ。おそらく双子を見てもわからないのではないだろうか。サンドマンが帽子で腿をぴしゃりと叩き、木陰を歩いてスタンド席の端にいるジャヴォンのそばにやって来た。サンドマンを見るジョシュアの視界に、手前に座るクリストフの顔が映った。まっすぐに前を向いたあごの皮膚の下で、筋肉が小魚のようにぴくぴく跳ねている。サンドマンのささやく声が聞こえた。「いいものを持ってきてやったぞ、ジャヴォン」ジャヴォンはベンチ席から飛び下りると、摺り足で木陰の奥へ向かい、サンドマンと連れ立って側溝のほうへ歩いていった。

「次、おれたちの番だからな！」クリストフがどなった。レイラはもうジョシュアを振り返って笑みを向けようとはしない。両足をとんとんと弾ませて、大丈夫かとフェリシアに覗きこまれ、肩をすぼめている。ジョシュアはぴしゃりと蚊を叩いた。

「誰か火を焚かなきゃやばいだろ」彼は言った。クリストフがむっつりとこちらを見ている。ジョシュアが力なく首を振ると、クリストフはふんと鼻を鳴らして視線をコートに戻した。

「おまえら聞こえてんのか？」クリストフがどなった。

スキータがビッグ・ヘンリーにボールをパスしてどなり返した。「ああ、ニガー、聞こえてるよ」スキータの声は震えている。ぜいぜいと喘（あえ）いで口で息をしている。ジャヴォンが再びベンチに上ってきた。ジョシュアは膝の位置をずらし、クリストフの膝にべたっと触れるのを感じて慌てて脚を離した。サンドマンは再び帽子をかぶっていて、ジョシュアには力強い鼻と口しか見えない。スタンド席の横に、少し離れて立っている。双子を見ている。

「バスケット日和（びより）だな」まるで宙に話しかけているようだった。ジャヴォンがううんと喉を鳴らしてブラントを口元に運んだ。ジョシュアはサンドマンを見つめた。クリストフはひたすらコートの目まぐるしい動きを見ている。「まったく、バスケをするにはもってこいだ」クリストフの顔の中で何かが崩れるのが見えた。あごの皮下に小魚が現れて、ぱっと消えた。

「ほかに行くところはねえのかよ」

サンドマンが近づいてきて二人の前に立った。ネイビーブルーのシャツがふにゃりとたれて、まるで濡れ雑巾だ。指の関節が骨張って、ブドウのようにふくれて見える。

「ちょっと話そうと思っただけじゃないか」サンドマンは犬のように隙なく二人を見つめている。ジョシュアにはぴんと立って震えるしっぽが見えるようだ。彼はクリストフの背後からこっそり腕を伸ばして肘を握った。クリストフは息を止めていたかのように、大きく吐き出した。ジョシュアは静かに、けれどもきっぱりと告げた。

「おれたちは話したくない」サンドマンの顔を見ていると、まるでクリストフを見ているようだ。双子の厚い唇、力強い鼻、赤みをおびた肌の色は、ともに父親譲りだ。とはいえ、サンドマンの顔には何か違和感を禁じえない。どこかちぐはぐで、パズルのピースを子どもが無理やりはめこんだような感じ。サンドマンが信じられないと言いたげにぽかんと口を開け、まとめて握り潰したかのような黄色い歯が覗いた。歯と歯の境界は灰色の線で示されているにすぎない。サンドマンが口を閉じ、湿った虚ろな音がした。

「自分の息子と少し話がしたいと思っただけだよ」サンドマンの大きな口を見つめながら、ジョシュアはクリストフの肘を握る手にさらに力をこめた。クリストフはその手を振り払い、お腹の痛みに耐えるかのようにボールを強く抱き寄せた。オレンジ色のゴムに押し当てられた指から色が抜けて、黄色っぽくなっている。クリストフがぐらりと前に傾き、サンドマンをにらみつけた。続く声は、ひどく張りつめていた。

「ここにはおまえの息子なんかいねえんだよ。マーミーがおれたちの母親で、父親だ。いいから、おれたちに、かまうな」最後の部分を吐き捨てるように言うと、クリストフは体をうしろに戻して横を向き、野球のダイヤモンドのむこうできらめく松の林を見やった。

「ジョシュア……」

「どっちと話してるかもわかってねえじゃん」そう指摘しながらもクリストフがサンドマンを振り返ることはなく、声も小さくて、どこか遠くで話しているようにしか聞こえない。サンドマンは足元を見ているので、ジョシュアの目には頭のてっぺんと痩せて骨張った肩、濡れ雑巾のようなシャツと薄汚れたジーンズ、それに黒とブルーのテニスシューズしか見えない。彼の胸と喉の奥では痛みがパニックを起こして暴れている。

「あんたとおれたちは赤の他人だ」ジョシュアは静かに告げた。「ほっといてくれないか」

ジョシュアが静かに言い放つのが聞こえて、息を奪われるほどの怒りの中で、クリストフはようやく息ができるのを感じた。この一分ほど、彼は自分が溺れてしまうのではないかと感じていた。息を震わせながらゆっくりと吐き出してみて、彼は驚いた。怒りのあまり体が痛い。怒りのあまり泣きそうだ。

「もう行けよ、サンドマン」ジョシュアが言った。

再び息を吐きながら、クリストフは自分がまたもや息を詰めていたことを悟った。何もかもばかげている。何もかも。夢でも見ているような気分だ。サンドマンのほうをちらりと窺うと、何か言おうとするみたいに片手を上げ、それからぎゅっと握り締めて、ぱたりと下ろすのが見えた。拳の関節をジーンズの前で拭った。

「それじゃ、おれも用があることだし」サンドマンは娘たちに目を向け、それからスタンド席を去っていった。クリストフは堪えきれずに振り返った。サンドマンはぎこちない足取りでバスケットコートのそばを通り過ぎ、ぶらんこを通り過ぎ、車を通り過ぎて公園をあとにし、通りをぶらぶらと歩いていった。まるで操り人形のような、関節が糸で繋がっているかのような、ぎくしゃくとした歩き方だった。クリストフはボールを下に落とした。ボールは跳ね返って両足の谷間で止まった。隣でジョシュアがため息をついた。何かが肩をつつくのを感じて振り返ると、ジャヴォンがブラントを差し出している。

「ほら」

クリストフはそれを一口吸って、ジョシュアに渡した。クリストフは目を閉じて煙を肺の中に押し留め、それ以上息が続かなくなるまで、横隔膜がひくひくと震えだしてなんとか口を開けさせようともがくまで、そうしていた。泳ぎに行けたらいいのにと思った。早くゲームが終わって自分の番になればいいのにと思った。しゅーっと息を吐いて目をしばたたくと、ジョシュアが片手にボールをのせて、もう片方の手で彼を引っ張って立ち上がらせ、空いたコートへプレーをしに向かうところだった。足は地面を蹴っているのに、ぜんぜん走っている感じがしなかった。

第9章

　二人が初めてそのことを口にしたのは独立記念日の前日、三日後のことだった。ジョシュアの仕事が早く引けたので、二人は州間道路のそばに設営された花火販売のテント小屋で、最初は出来合いのセットを探していた。ところがその後、ロケット花火と筒型花火と打ち上げ花火をばらで買ったほうがいいのではないか、と議論になった。欲しいものを選んで買ったほうが節約になるというのがジョシュアの考えだが、セットのほうには特別な打ち上げ花火が入っていて、クリストフはそれが欲しかった。袋に貼ってあるラベルの絵を見るかぎり、その花火はバラの形に散っている。光り輝く濃いブルーのバラ。そんなものはこれまで見たことがないので、本当かどうか試してみたかった。爆発によって本当にそういう美しい形が作れるものなのか、それともインクのにじんだ絵は嘘っぱちなのか、実際のところを知りたかった。花火をめぐるちょっとした議論の末にクリストフがそのことを打ち明けると、ジョシュアは黙ってショーケースに顔を近づけ、目を細めて花火の下のほうにじっと見入った。注意書きの小さな文字を読むつもりだ。

「おれはべつにあいつを殴る気なんてなかったからな」

　ジョシュアはうなずいた。「わかってるよ」

「最初はそれもいいかなと思ってたけど、実際にあいつの顔を目にしたら……」

「ああ」

「あいつなんか本当にどうでもいいんだけど――なんていうか、おまえを見てるみたいで、あいつの顔」

ジョシュアは読んでいた文字を見失った。クロスワードパズルを解くときの要領で全体に目を走らせ、再びその小さな文字を見つけた。クリストフも横にしゃがんで顔を近づけ、文字を覗きこんだ。二人の肩が触れて、ジョシュアは洟をすすった。今朝はポール伯父さんと北のほうにある農場へ出かけ、明日のバーベキューにするヤギを選んできた。ヤギは黒く賢そうな小さい目をしていて、白い毛皮に黒いぶちが散り、マーブルもようの角が四本あった。それを見てクリストフは怯えていた。まるで悪魔だと言って、ポール伯父さんに笑われた。男がヤギを屠るところを三人で見学した。昔ながらのやり方で喉元に鋭利なナイフをすっと滑らせ、それから上に突き刺した。もっとましなやり方があるだろうに、とジョシュアは思った。なにしろヤギは、首から血がどくどくと流れ出てぬかるんだ地面に飛び散ったあとも、首を上に向けて体をびくっとさせていたからだ。息を吸おうとするように黙って口をぱくぱくさせ、地面の草を払いのけるみたいに足で蹴って、それから動かなくなった。どうして一思いに脳天を撃たないのか、クリストフが訊いた。するとその痩せた男、首と腕が赤く日に焼けたもじゃもじゃの白髪頭の男は声をたてて笑い、脳みその唐揚げがなんとかと答えた。クリストフは吐きそうだと言っていたし、ジョシュアもヤギの毛のカビっぽいにおいを感じた。彼は、臓物のにおいに似た、ずしんとくる強烈な血のにおいを思い出した。そのヤギはいま、ポール伯父さんが自宅でソースをかけながらスモークしているところだ。今夜は徹夜で番をする。文字は小さすぎて読めなかった。

「これにしようぜ」

ダニーから次の大麻を仕入れるために、クリストフはジョシュアを途中で降ろす必要があった。独立記念日は稼ぎ時だ。祝日には誰だってハイになりたい。彼はジョシュアに花火の売り場を出たらダニーに会いに行く旨を伝え、家で降りたいか、それともレイラかポール伯父さんの家で降ろしたほうがいいかと尋ねた。ジョシュアは長い間考えていた。それから拳を頬に当てたまま、大丈夫、いっしょに行く、と答えた。クリストフはしぶしぶジョシュアの同伴を受け入れた。ヘッドライトが前方の闇を切り裂くさまを二人で眺めていたら、ジョシュアがCDの中から聴きたい曲を探し始めた。明日また起きても夏だというのに、そう考えても気が滅入らないのはずいぶん久しぶりな気がする。子どものころは祝日の中でクリスマスがいちばん好きだったが、年を重ねるにつれ、七月四日もいいなと思うようになった。この日はすべてがお楽しみだ。自分のために奮発して買った新しい服、バーベキューにエビにザリガニ。親族が集まって盛大なパーティーが繰り広げられる。酒に大麻に花火、大胆なホールターネックのシャツやミニスカートに身を包んだ女たち。その日ばかりは暑さも許せるどころか、大歓迎だ。ハンドルを切ってダニーの家の私道に乗り入れ、ライトを消してエンジンを切りながら、明日はどうか降りませんように、とクリストフは祈った。

トレーラーハウスではエアコンがフル回転しているというのに、リビングはずいぶん暑かった。リタ伯母さんはテーブルに向かってゆで卵をスライスしているところで、ガスレンジの大鍋ではジャガイモが煮立っている。クリストフはチーズのにおいに気がついた。オーブンにマカロニチーズが入っているに違いない。リタ伯母さんは髪の生え際に沿ってうっすらと汗をかいていて、クリストフがキスをしようと身を屈めると、鼻の上で汗が小さな粒になっているのが目に留まった。合わさった頬を離す際に、ひんやりと湿った感じがした。伯母さんがクリストフを見て笑い、彼の顔を拭った。ジョシュアもあとに続いた。

「あたしのお気に入りの甥っ子たち」

「ほかに甥なんかいないくせに」ジョシュアがぶつぶつと言い返してハグをした。

リタ伯母さんはナイフの木の柄でジョシュアのお腹をつついた。「そういうことはどうでもいいの」それから鼻をくんくんさせて、鼻の下をさっと拭い、手を振って二人をその場から追い払った。「なんだか二人とも動物みたいなにおいよ。ジョシュア、あんたも食事代を出すんだって？」

リタ伯母さんがクリストフをちらりと見やるそばで、ジョシュアは下を向いて尻ポケットから財布を取り出した。親族の集まりにカンパするとは、クリストフには初耳だ。お札を一枚ずつテーブルにのせる間も、ジョシュアが彼を見ることはなかった。リタ伯母さんがクリストフを振り返り、星条旗を模したプラスチックのイヤリングが揺れた。「ダニーは奥よ。きっと女みたいにあれこれ試着してるんじゃないの。今日は三着ぐらい買いこんでいたからね」リタ伯母さんが言い、口を覆ってくしゃみをした。

「神のご加護がありますように」クリストフはまじないの言葉を口にした。「においは今朝ポール伯父さんとヤギを選んできたせいだよ」できればこっそり下を向いてシャツのにおいを確かめたい。彼はポケットの中で拳を丸めた。自分は何もかも汚れているような気がした。体も、お金も。薄暗い家の中で、シャツの色さえジョシュアのほうが明るく見える。

「ありがとう。ほらもう行ってちょうだい。あんたたちがいると台所に獣がいるみたい」

「ポテトサラダとマカロニチーズを作ってるんだよね？」クリストフは歩きながら大声で訊いた。

「そうよ」

「イーズは？」うしろでジョシュアの尋ねる声がした。

「さあ。オジーンのところに寄ってるんじゃないかしら」

「そうか」

クリストフはジョシュアが追いつくのを待って腕に強めのパンチを見舞い、気まずい空気を冗談で散らしてから、ダニーの部屋に向かって駆けだした。ジョシュアのやつ、どうしておれには黙っていた？　そう考えながら、彼はノックもせずにドアをぐいと開けた。ダニーはドレッサーの前で膝立ちになり、下段の引き出しがそばに置いてあった。背中がこちらに向いていて、足元にＱＰ、四分の一ポンドの草が入った大きめの袋が二つ転がっている。クリストフは、ダニーがドレッサーの開いた口にビニールの小袋をぽんと投げるところを目に留めた。白かった。ダニーがこちらに向き直ると同時に、ジョシュアが「おまえがそういうつもりなら」と言って背中に硬いパンチを見舞い、クリストフは自分が入口を塞（ふさ）いでいることを思い出した。よろめいてベッドに倒れこむ彼の背後で、ジョシュアがばたんとドアを閉めた。クリストフの腰に腕をまわして体を持ち上げ、マットレスの上で投げ技をかけるつもりだ。クリストフの背中がこわばった。彼は笑っていない。ジョシュアも察したとみえ、手を離した。ダニーがＱＰの一方をドレッサーの奥にほうり投げ、もう一方を拾い上げてクリストフに差し出した。

「ほら、おまえの分」ダニーはシャワーを浴びたばかりで、いまも濡れている。クリストフが動こうとしないのを見て、袋をベッドにほうり投げた。袋はクリストフとジョシュアの間に落ち、ダニーは服を着始めた。ボクサーパンツの上にズボンを穿いて性急に引っ張り上げたせいで、パンツのうしろに空気が溜まり、鳴いているカエルの喉のようにふくらんでいる。と思ったら、あらぬ場所に置いてある引き出しに足の指をぶつけた。彼は膝をついて、引き出しをドレッサーに戻し始めた。そしてレールにうまく嚙み合わないとみるや、手のひらのつけ根で力まかせに押しこんだ。引き出しは途中でつっかえた。

「いったん戻さないと無理だろう。がんがん押しても詰まるだけだよ」ジョシュアはダニーのベッドに寝転がり、シャツの裾で自分をあおいでいる。クリストフはただぼんやりと座っていた。

「おまえさっき、そこに何を投げ入れた？」クリストフは尋ねた。

ダニーが押すのをやめた。引き出しが戻り、ほっとしたようにキイと鳴った。彼はいちばん上の引き出しから靴下を取り出して片方を履いた。やけに時間をかけて綿の生地をきれいに伸ばし、踵から足首へ引き上げている。髪は編みたてのぴかぴかだ。おそらくやり過ごすべきなのはわかっていた。思い過ごしだと思いこむべきなのはわかっていたが、クリストフにはできなかった。

「おまえ、粉に手を出してんの？」クリストフは訊いた。

「まさか、粉になんか手を出すかよ！」ダニーは彼をにらんだ。

「なんだよ、おまえが草を売り始めたと思ったら」ジョシュアがベッドの上でがばと起き上がった。

「今度はダニーが鼻から粉を吸ってるっていうのか？」

「何をわけのわかんねえこと言いだすんだよ」ダニーはジョシュアに向かって顔をしかめ、クリストフのいるほうに手を振った。「こいつが何を見たのか知らねえけどよ」

「嘘つくな、このやろう。自分のか、売り物か、どっちだよ？」クリストフは言った。

「気のせいだって」ダニーはドレッサーの上からローションをひったくり、ボトルの上部についているポンプを押した。

「おまえ、このおれにそういう他人みたいな嘘をつくんだな。おれはばかじゃねえんだぞ、くそやろう。自分が何を見たかぐらいわかるんだ」クリストフは立ち上がった。

「何がどうなってるんだよ？」ジョシュアが言った。

「来いよ、ジョシュア。こいつは嘘つきだ」

「おれが嘘つきだと？」ダニーが部屋のむこうからタオルを投げた。タオルはベッドの上で濡れた小山になった。ジョシュアも立ち上がった。クリストフはドアの前でくるりと向きを変えるなり、部屋に戻ってダニーの顔に人差し指を突き立てた。

「このくそったれが。人を誘って世話を焼いておきながら、今度は他人扱いで、こんな単純な質問にも答えないってわけか？　おまえなんかくたばれだ。おまえが本当のことを言わないなら、おれだっておまえとつき合う義理はないよな？　どこかそのへんの怪しげなニガーとつるんでもかまわないわけだよな？　血のつながった同士だっていうのによ、この、忘れやがって」ジョシュアを追い越す際に、互いの肩がぶつかった。「行こうぜ、ジョシュア」

「まったく、クリストフ。落ち着けって」ダニーはドレッサーのそばの椅子に腰を下ろした。彼は腕組みをして、足を掻くかのようにカーペットにこすりつけた。クリストフは再び部屋に向き直り、ジョシュアを通り越して中へ入った。ジョシュアは口をすぼめて二人を見ている。

「まるでがきだな。世の中には面倒を避けるためにつく嘘っていうのもあるんだよ」ダニーは二人に向かって目をぐるりと回してみせた。「おれだってべつに、こんなくそみたいな真似を自慢に思ってるわけじゃやねえよ」彼は膝をついて引き出しを引っ張り始めた。自分で自分を痛めつけるみたいに小さくうめきながら、合間にふうっと息をついている。「いいからおまえら二人とも座れって」彼は引き出しをひねって引っ張り出した。その音にクリストフがびくっとするそばで、ダニーは手を伸ばしてドレッサーの底を探った。ビニールの袋が滑ってこすれ合う音が聞こえた。草の隠し場所をクリストフが知っていることは互いに承知しているにもかかわらず、ダニーはこれまで一度も自分で取れと言ったことはない。クリストフはてっきり、ダニーが自分で管理したいからだろうと思っていた。ダニーは粉を吸っているのだろうか？　体重が減っているようには見えない。ベッドに座っている双子の間にダニーが小さなビニール袋をほうり投げた。大麻のQPのそばに落ちたときにも音はほとんどしなかった。ベッドの上で緑色の大きなQPのそばに横向きに転がっているさまは、黄色く汚れた小さな月のようだ。ジョシュアがそれを拾い上げた。クリストフのあごから力が抜けた。粉ではない。袋の隅に不透明なクラックが四粒入っている。なんだか歯のように見える。

「だから粉は吸ってないと言っただろう」ダニーは弱々しく冗談を言って、再び座った。クリストフがひややかな視線を向けると、彼は顔をしかめた。

「それじゃあ、これも吸ってないんだな」ジョシュアが部屋の反対側にいるダニーに袋を投げ返した。ダニーがそれを片手で宙からかすめ取ると、肉づきのいい大きな拳の中に袋は隠れて見えなくなった。

「おまえおもしれえな、ジョシュア」

「いつから売ってるんだ？」ダニーの乾いた皮肉をクリストフはあっさり切り捨てた。彼は急に閉所恐怖症のような感覚にとらわれた。床に脱ぎ捨てられた服が、ケージに散ったおが屑のように思えてきた。ダニーが再び腕組みをした。

「前にも言ったが、そろそろ足を洗おうとは思ってる。もともと紙の金をちょっと余分に貯めたかっただけで……つまりだな、そりゃあ母親がいなくなればこの家はおれのものになるんだが、おれはもういい大人だし、イーズもいて、あの二人もたまには水入らずで過ごしたいわけだよ」ダニーが腕を広げ、クラックの袋が手の中で指輪のようにきらりと光った。「じつはある土地があって、一ヘクタールぐらいのが、あっちのほうに」ダニーは自分の左側を指差した。「母親がそこを押さえてくれて、おれが固定資産税を払ってるんだ。いまの所有者が今年も税金を払えなかったら、土地はおれのものになる。そこで必要なのは、おれが自分のトレーラーハウスを買うための頭金だ。連帯保証人には母親がなると言ってくれてる」彼は袋をとんとんと叩いて、引き出しの口にほうり投げた。「そうなるとこれまでみたいな稼ぎ方じゃ間に合わないってことで、ジャヴォンがちょっと分けてくれたんだよ」ダニーは引き出しの溝を探った。黙りこんだ肩の筋肉がぴくりと跳ねたかと思うと、ドレッサー側の穴を探りながら、引き出しを一センチ単位で辛抱強くずらしていった。今回は金属のレールにすんなりはまった。「考えてもみろよ。おまえたちはマーミーの家を出るわけじゃないし、出るべきではないとおれも思うが、おれたちだけの場所ができるんだぜ。のんびりするもよし。潰れるまで飲むもよし。何をするのもおれたちの自由だ。知ってのとおり、おれのものはおまえたちのものだからな」

「ダニー、どうなるかわかってるんだろ？」言葉は煙のように二人の間で宙に溶けた。

「いいか、おれはおまえを誘った側、年上の従兄だぞ。もちろんそういう可能性があることは承知してるけどな。だがそうはならない。あいつらみたいなあほには捕まらない。そのために全部小分けにしてあるんだ。万一あいつらに車を止められたら、そいつを丸呑みするのさ」ダニーは顔をしかめた。

「そもそもこっちを売るようになったのは、この一か月半ほどだぜ。おまえと似たような時期に始めたばかりだ。こういうやばい橋を渡るのはせいぜいあと一か月。そうしたら手を引くよ。それまでには頭金の残りも貯まるだろうし、それでおしまい。きっぱりやめる」

「何もかも、きれいさっぱり？」ジョシュアが訊いた。クリストフには期待が滲んでいるように聞こえる。

「それじゃあ禁断症状が出ちまうだろ」ダニーが笑い、笑い声が石ころのように口からこぼれ落ちた。彼は踵をさすり、素足にもう片方の靴下をかぶせた。「だがまあ、終わりにするよ。草のほうも、せいぜい夏の終わりまでだ」少しためらってから、彼は続けた。「まあ、誰かさんがやめるまでかな」ダニーはクリストフに意味ありげな視線を向け、靴を手に取った。「こういうくそみたいな真似をしなくてすむように、おれは充分な金を稼ぐんだ。いや、したいと思わなくてすむように、かな――しなきゃなんないわけじゃないからな。ともかく、ちょっとQPを仕入れてたまに吸うとか、自分用の袋からダイムサックを少し売るぐらいのことはするだろうけど、QPを右から左へさばくような真似はやめにする。セントキャサリンを走りながらパトカーを見るたびに肝を冷やすなんていうのは、いい加減にうんざりだ。ふん、ブツを仕入れるたびに警官からひょいひょい隠れてたんじゃあ、女もできやしねえ」

「どっちにしても女はできねえよ」ジョシュアが甲高い声で笑い、クリストフはわれに返った。彼は自分のポケットに視線を落とした。ダニーはたったいま、彼にも期限を申し渡した。ダニーの言葉が頭の表面をずっしりと覆い、肩の斜面をつたって、血管の浮き出した黒く乾いた手に達した。それは何か触れられるもの、実体のあるもののように、両手の中に留まった。バスケの練習のときに投げ合うメディシンボール、おが屑の詰まった重いボールのように。

「おまえらもジャヴォンの家に行く？」ダニーが訊いた。

「何しに？」ジョシュアが訊き返した。クリストフはQPをポケットに入れて、袋の上から握り締めた。拳の中で草がぽきぽき折れてへこんだ。

「今夜はジャーメインまで出向いてリーンを待つ時間がない。QPがもう一袋必要なんだが、ジャヴォンが持ってるそうだから」ダニーは巻いて輪ゴムで留めた現金の束をポケットに入れた。

「じつはその」ジョシュアがためらいがちに申し出た。「帰る前にレイラの家に寄ることになってて」

「やれやれ、それじゃあ彼女も拾っていくか」ダニーは肩をすぼめた。「どうせジャヴォンのところへはちょっと寄るだけだし。あそこはいつもニガーがたむろしてるからな」

「おまえの車で行く」クリストフは言った。

「かまわないけど」ダニーは先に立ってドアを抜けた。クリストフは、ポケットの中の草の袋を押し潰してみたくなる衝動をやっとのことで抑えていた。パンケーキみたいに平らに潰して、フリスビーのように投げてみたかった。部屋の奥まで届くだろうか。ドレッサーの引き出しが開いていたら、ここから投げて、うまく隠し場所に滑りこませることができるだろうか。ジョシュアが部屋を出るのを見届けてから、クリストフは立ち上がり、壁をつたってドアへ向かった。やがてその手がスイッチに触れて明かりが消えると、自分も部屋をあとにして、ドアを引いた。

　ジョシュアはレイラの部屋の窓に向かって背伸びをし、片手を伸ばしてノックした。家のこちら側は影に包まれ、木立が間近に迫ってジョシュアの背中にも触れてくる。木の葉が彼の耳をなでた。部屋の明かりがぱっとついてカーテンが揺れるのが見え、ジョシュアはその場にしゃがもうと身構えた。

窓辺でレイラの顔が輝き、ジョシュアを見て笑顔になった。そして、消えた。ダニーの車は角に停まっている。ジョシュアは側溝のそばで彼女を待った。こっそり下を向いてシャツのにおいを確かめた。なるほど、ヤギとムスクのにおいがする。あのキス以来、レイラはたびたび電話をかけてくるようになった。するとジョシュアは、クリストフが出かけるのを待ってかけ直す。また会いたかったし、膝に抱き寄せてやわらかな重みを味わい、温かく濡れた唇が自分の下で開かれていくのを感じたかったからだ。彼女の頭のうしろを手のひらで支え、やわらかな巻き毛をつかんで抱き寄せたかったから。けれどもそういうことを、クリストフのいる前ではしたくなかった。最近の彼は黙りこくって、一人でいることがめっきり増えた。食事のカンパのことを黙っていたのもそのためだ。恥をかかせたくなかったから。ジョシュアはレイラが芝生のむこうからつま先立ちで駆けてくるところを眺めた。脚を外向きに蹴り上げて、なんだか子どもみたいな走り方だ。そのため彼女が目の前まで来て立ち止まると、思わず抱き上げたくなった。

「やあ」

「ハイ」

「いっしょにジャヴォンの家に行かない？　まずいかな？」

「大丈夫、母さんは気にしないから。一晩中いるわけじゃないでしょう？」

「ああ」ジョシュアは彼女に触れたかった。彼が這うようにして後部座席に乗りこむと、レイラもあとに続いた。車が側溝を離れる際にちらりとクリストフのほうを窺ったが、シートに深くもたれて下のほうにずれ、波間に揺れるクラゲのようなもじゃもじゃの髪しか見えなかった。うしろの二人には無視を決めこんでいるようだ。ダニーが葉巻きタバコと草の入った小袋を投げてよこしたので、ジョシュアは床から空（から）の靴箱の蓋を拾い、それを台にして葉巻きを爪で裂き始めた。レイラもそばに寄ってきて、互いの脚が触れている。空の高い位置から月が彼女の腿を照らしている。ステレオが爆音でリズムを叩きつける中で顔はほとんど見えないが、感触といい、においといい、彼女の小さく濃密な存在がひしひしと伝わってくる。引力に引かれるように近づいていく自分に気づいて、ジョシュアは膝にのせた蓋に顔を近づけ、作業に集中しようと努めた。窓の外からスイカズラの香りが漂ってきた。ジョシュアの中でそれはたちまちレイラと結びつき、彼女が花開いていくような錯覚にとらわれた。

　ジョシュアはダニーがこういうときのために床に転がしている懐中電灯を拾ってレイラに渡し、自分が袋を開ける間それを持っているように頼んだ。彼女の手の中で明かりが小さく揺れて踊り、一瞬、彼は前の席にいるダニーとクリストフのことを忘れた。闇の中に二人きりでいるような錯覚に陥った。ジョシュアはその考えを、トレイ代わりの蓋に散った種とともに窓から捨てた。こういう感覚は、これまでクリストフといるときにしか感じたことがない。レイラが懐中電灯の明かりを消した。

　牡蠣の殻が敷きつめられたジャヴォンの家の私道に乗り入れるころには、ジョシュアは巻き終えたブラントに火をつけてダニーに渡し、ダニーがそれを再び彼に戻していた。レイラも便乗して二口吸い、ごほごほと煙を吐いた。クリストフは断った。私道にはところ狭しと車が並び、リビングの正面の窓を覆う薄いカーテンのむこうから、おそらくテレビと思われるまばゆい蛍光色の明かりが飛んでくる。夜はじっとりとして騒々しかった。ジャヴォンの前庭から見える二軒の家はひっそりとして、窓は暗く、まぶたのようにぴったり閉じている。ジョシュアとダニーがブラントを吸い終えるまで、四人は車の中で座っていた。その後、車を降りて家に向かう従兄と兄弟のあとについて牡蠣の殻を敷きつめた急勾配の私道を歩く間、ジョシュアはずっとレイラの頭をなでていた。ほかの車をまわりこむ際に靴の下でちゃりっと貝の位置がずれ、足を取られた。レイラの髪は、流れる水のように細くなめらかだった。車庫にたどり着いたところで彼はレイラの手をつかんで持ち上げ、自分の頭をひょいと下げて、ちりちりになった編みこみに彼女の手をのせた。ダニーが形ばかりのノックをして中へ入った。クリストフもあとに続いた。ジョシュアとレイラは階段でしばし立ち止まった。

「今夜、おれとクリストフの髪を編んでくれない？」ジョシュアが手を離して体を起こすと、レイラの手のひらが彼の頬をつたって肩に落ちた。その手が鎖骨をそっと押した。

「かまわないけど」彼女は頭のうしろでポニーテールをなでつけた。「ジャヴォンの家に輪ゴムとグリースがあればね」レイラの顔は半分だけ部屋の明かりに照らし出されて、もう半分は影になり、夜に黒く塗り潰されている。彼女はおずおずとほほ笑んだ。閉じた唇はキスを待っているかのようだ。ジョシュアはドアを閉じ、素早く、そっと、キスをした。それからレイラの背中のくぼみを押してドアへうながし、そのまま触れていられるよう、彼女を先に中へ通した。部屋は明るく、人で混み合っていた。フェリシアもソファーに座って肘掛けに寄りかかり、七〇年代っぽい大きな壊れた木のテレビの上に置かれたテレビを見て笑っている。見ると、革のスーツを着たコメディアンが画面をひょこひょこと横切っていく。

そういえば前に、ダニーの運転する車がオポッサムにぶつかったことがあった。道の真ん中に車を止めてヘッドライトで照らしたら、そいつは本当に死んでいるように見えた。フェリシアがますます派手に笑いだした。彼女の笑い方はレイラとはずいぶん違う――歯が白く尖って、優しい笑みとは言い難い。ビッグ・ヘンリーとレミーも彼女といっしょに模造ベルベットのソファーに座り、それぞれの膝に、紙袋に入ったままのビールの大瓶を抱いている。それを二人が同時に飲み下し、ビールが泡立つさまを見て、ジョシュアは喉の渇きを覚えた。けれども彼は、その感覚を押しのけた。頭はすでにくらくらする。彼は床の空いているところに座り、レイラは寝室がある奥のほうに姿を消した。コメディアンがエディ・マーフィーだとわかってジョシュアもくすくす笑いだすころには、レイラはソファーに座って彼の肩を両膝ではさみ、櫛を片手に髪をほどき始めていた。カーペットは薄汚れ、みんなまだ靴を履いている。ソファーのビニールカバーがずれ落ちて、紐にぶら下がったまま忘れ去られた洗濯物のようになっている。縁のほうは意外に鋭利だ。クリストフとダニーが向かった先のキッチンで何やら人の動きがあり、喧嘩腰の声が聞こえてきたが、ジョシュアはソファーに深くもたれてレイラの脚と規則正しい手の動きに身をまかせ、ハイな気分に誘われて、絶えず二人の心配をするのはやめにした。

クリストフはキッチンに入ると、戸口を抜けてすぐのところで壁にもたれた。キッチンではマルキスとスキータが床に膝をついている。スキータはほら貝に息を吹きこもうとするみたいに、握った拳に口を当てている。続いて片手をさっと引くと同時に、両手を開いた。割れてめくれた床を二個のサイコロがからからと転がり、ジャヴォンとボーンの足元に積まれた汚れたグリーンの紙幣のちょうど手前で停止した。キッチンのテーブルと椅子を隅に押しやって床にスペースをつくり、賭けをしているらしい。低い天井で裸電球が煌々と燃えている。マルキスが実況中継をしながらスキータの背中を叩いている。

「うわっ、くそ、スキータ。負けだよ、おい。おまえ本当にサイコロ振るの下手だな。残念なやつだ。もう諦めておれに金を預けなって。そんなやり方じゃあ、金を捨てるも同然だ。本気でさ、なあ」

「黙れ、マルキス」

気がつくとフランコがそばにいて、壁にもたれて立っていた。早くも独立記念日の晴れ着を着てきたかのような、夕立後の夏空を思わせる深みのある水色のベロアのショートスーツを着こんでいる。母親が看護師で父親が電力会社で働いているので、彼は子どものころからいつもこざっぱりとした身なりをしていた。いつもいちばん新しい靴を履き、いちばんいい野球帽をかぶって、いちばん気の利いた服を着ていた。いまも編みこみの列はカミソリで切れ目をつけたようにぴしっと揃っている。フランコから視線を移すと、ダニーが部屋を突っ切ってジャヴォンと握手をするところだった。自分も少し前まではこざっぱりとしていい香りを漂わせていたのに――。シャツに染みついたヤギのにおいを吸いこんでクリストフは笑いたくなったが、流し台の上で黄色く光る蛍光灯の明かりを浴びていると、そんな衝動も消え失せた。さっき玄関から入ってきたときにフェリシアを無視したのは、こんなざまの自分に会うのは彼女のほうが耐えられないだろうと思ったからだ。ボーンがサイコロを振った。

「七」ボーンが声をあげ、膝をついてサイコロを拾った。それから、床に積まれた紙幣をかき集めてポケットに入れた。スキータが立ち上がった。紺色のTシャツの首まわりにあいた二十五セント玉サイズの穴が伸びて、黒っぽいシャツの胸のあたりに土の跡がこびりついているのが見えた。

「おまえ、なんでその金を持ってくんだよ？」スキータが見咎めた。

「おれが勝ったからな」ボーンが答えた。

「もう一度振っておれが自分の金を取り戻すチャンスもよこさねえつもりかよ？」

「断る」ボーンはにやりと笑い、ブラック・アンド・マイルドの葉巻きタバコを口に入れた。

「それは汚ねえだろ、ボーン」マルキスがボーンに向かって指を差した。「明日は独立記念日だから、おれたちはただここに集まって楽しんでるだけだよな。それを知っていながらおまえはこいつの金を持ち逃げしようっていうのかよ？」

　スキータがボーンに向かって白い手のひらを差し出した。ほかの部分がそれだけ黒いにもかかわらず彼の手のひらが白く粉っぽいことに、クリストフは意表を突かれた。闘犬のリードを引っ張ってできたタコがそこここに芽吹いて、まるで星座のようだ。「なあ、ボーン。せめてもう一度だけ、金を取り戻すチャンスをくれよ」

　ボーンがスキータに近づいた。頭を布で包み、低い位置で結んでいる。明日のためにウェーブを固めているのだ。ボーンの目が細くなった。クリストフはヘビの目を思い出した。

「いやだね、断る」かすかに笑ってはいるものの、目つきといい、ゆっくりとスキータに近づいて身長と体格で威圧するようにそばに立つさまといい、彼が本気なことは間違いない。「おまえらチビのニガーはわかってないようだが、おれはゲームに買った。だから金をもらう。以上だ」

　ダニーがジャヴォンと並んでカウンターに寄りかかり、やれやれと首を振った。それから肩をすぼめてジャヴォンに何やら耳打ちした。

「それはちょっとえげつないだろ、ボーン」フランコが言った。

「黙れ、フランコ。誰もおまえの意見なんか訊いてねえよ」

　マルキスが中腰のまま壁にもたれ、リビングを振り返った。スキータは両手を腰に当て、まぶたをなかば閉じて、眠いのかと思うような目でボーンの胸をにらんでいる。危険なほどじっとして動かない。ボーンを殴りたいと思っているのだ。クリストフの中にふいに怒りが湧き起こり、ボーンの整ったあご髭と高価なコロン、耳元できらめくゴールドの輪っかに、激しい嫌悪を覚えた。クリストフは二人の間に割って入った。

「なんでそんなせこい真似するんだよ、ボーン？」ダニーがカウンターから離れるのを、クリストフは見たというより音で察した。「くだらねえって自分でもわかってるんだろ？　ポケットにそんだけ金を持ってるくせに、そいつに金を取り戻すチャンスもやれないっていうのかよ？」クリストフはボーンの目に向かって人差し指を突き立て、彼がびくっとするのを見ながら吐き捨てるように言った。「ようするにおまえは、ただのくそやろうってことだな。自分以外の誰かが勝つことに我慢がならないわけだ」

「おれの顔からその指をどけろよ」ボーンが嚙みつくように言ったが、クリストフはこのまま自分が喧嘩(けんか)の火蓋を切ることになってもかまわないと思った。頭の中にジョシュアの顔がちらりと浮かび、ふいに、むしろそうなればいいと思った。

「いやだね。どけなかったらどうなる？」

「痛い目を見せてやるよ」

　ボーンが両手を上げ、クリストフを押して一戦を交えようとしたそのとき、動物が一撃を放つようにそばかすの散った腕がしゅっと伸びてボーンをうしろに押したかと思うと、いきなり目の前にジャヴォンがいた。ここがジャヴォンの家で、自分が指を突き立てたのがジャヴォンの親友で、そのジャヴォンは過去に白人の少年のあごを砕いたことがあるのだという事実を、クリストフは忘れていた。自分でも理由はわからないが、恐怖はなかった。ジャヴォンの鼻を思いきり殴りつけたら顔の色が変わるだろうか、と思った。指の関節のむこう側でジャヴォンの軟骨と骨が砕けるだろうか。顔中に血が飛び散ってバラのように真っ赤に染まるだろうか。

「クリストフ。頭を冷やせよ、このやろう」ジャヴォンに言われて顔を上げると、毛穴が大きくくっきりとして、そばかすと混じり合っているのが見えた。「騒ぐほどのことでもないだろう」ジャヴォンの黒目がせわしなく動くさまに気づいて、クリストフは彼がこちらの感情の動きを、本人さえ戸惑っているというのに、見極めようとしているのだと察した。ジャヴォンが本気で自分を見ている。どういうわけかクリストフの気持ちは収まり、体をうしろに揺り戻して踵をつけた。筋肉が分厚くなり、身長がぐんと伸びた気分だった。ジャヴォンにうなずいてうしろに下がると、ダニーがつかんでいた手を離した。ジャヴォンはボーンに向き直った。

「ポケットから金を出せよ。続けるのをびびるみたいな真似はよせって」

「べつにびびってねえし」

ジャヴォンがボーンに近づいた。いまにも鼻と鼻が触れそうだ。

「なら続けろよ」

ジャヴォンは彫像のようにボーンの前に立ちはだかっている。ボーンの鼻の孔(あな)が広がった。ジャヴォンは首をぐいと傾けると、ボーンのそばを通り過ぎてカウンターに寄りかかり、先ほどそこに残していった鉛筆のように細い葉巻きを手に取った。彼は煙を吸って口から筋を描くように吐き出し、それを鼻から吸いこんだ。ジャヴォンから流れ出て再び入っていく黄色い煙は、彼の顔と同じ色をしている。ボーンがポケットから紙幣を取り出して床に投げつけた。磨耗したタイルの上を、崩れかけた茶色い落ち葉が転がるように紙幣がかさかさとこすった。

「また勝って取り戻してやるまでさ」ボーンはぶつぶつ言って、サイコロを床に落とした。「葉巻きを買い足してくる。いっしょに行きたいやついる？」誰も答えなかった。

ドアの開いて閉まる音が聞こえた。クリストフは部屋の隅から身をのり出し、ジョシュアの姿を探した。どなり声は聞こえたはずなのに、どうして駆けつけてこなかったのだろう。見るとジョシュアは床に座り、レイラの脚に挟まれて眠っていた。レイラは彼の髪を引っ張っては撚(よ)り合わせ、複雑な編み目もように仕上げていく。ほかの連中はテレビを見て笑っている。隅にある棚の上で、埃をかぶったフィギュアがちらちらと光っているのが目に留まった。よく見ると小さな陶器のピエロで、それぞれに浮かれたポーズをとっている。なかには割れたり横向きに転んだりしているものもあって、なんだか灰の中で殴り倒されたみたいだ。レイラが作業の手を止めて顔を上げ、クリストフが見ていることに気づいて小声で告げた。「眠っちゃった」ポニーテールからほつれた長い前髪が目に振りかかり、ヘビのようにくねっている。フェリシアと並ぶとずいぶん小柄で、肌の色が明るく見える。レイラの髪が揺れるさまを眺めながら、クリストフはふと、彼女の髪も、触れるとフェリシアの髪のようになめらかでふさふさしているのだろうか、と考えた。レイラがクリストフを見つめ返し、眉を上げた。「次はあんたの番だから」

いますぐジョシュアのもとへ歩いていって叩き起こし、レイラから引き離して、二か月前の自分たちの世界へ連れ戻したい——急に湧き起こった衝動を、クリストフはぐっと抑えつけた。ジョシュアは彼女を信頼しきっている。なかば目を開いたまま眠りに落ち、まるで怪我人(けがにん)みたいにぐったりと彼女に寄りかかっている。クリストフが体を起こしてキッチンに向き直ると、ジャヴォンがブラントを手に目の前に立っていた。ダニーはサイコロを小刻みに振っているところで、握った拳がハチドリの翼のように霞み始めた。その目はこちらを見ている。煙が渦を描いてなまめかしく漂い、クリストフの鼻の中を昇っていった。そのにおいも、ひりひりと焼けつくような感触も、いい加減にうんざりだった。ブラントを断るつもりでクリストフは首を振りかけ、ふとためらって、もう一度においを嗅いだ。何かしら甘い香りが混じっている。馴染みのない濃密な香り。砂糖のような結晶状の何かが鼻に残る感じ。ジャヴォンが笑みを浮かべ、クリストフの顔にブラントをさらに近づけてゆらゆらと振った。

「カリフォルニア。おれの従兄がむこうで仕入れたやつ」

クリストフはブラントを受け取った。ジャヴォンは笑みを浮かべたまま、クリストフと並んで壁にもたれた。ダニーがサイコロを床からさっとすくい上げて「ポイント」とどなり、再び投げた。サイコロがからからと弾んで床を転がった。煙を肺に溜めながら見ているクリストフの耳には、誰かがドアをノックしているように聞こえる。再び煙を吸いこむと、彼の中でドアが開かれた。彼はブラントをジャヴォンに返した。ダニーは片手を揺すりながら、錆びて言うことを聞かなくなった芝刈り機でも動かそうとするみたいに、腕を出したり引いたりしている。クリストフがそれを見て笑うと、ジャヴォンがまたしてもブラントを差し出した。

ふいにレイラが現れて、クリストフはびくっとした。いきなり腕をつかまれ、呼んだのに聞こえていないようだったから、と言われた。彼はレイラのあとについてソファーのほうへ移動した。ジョシュアの髪はすでに仕上がり、本人はクリストフに場所を譲って横にずれたところで再び眠りに落ちている。レイラに輪ゴムを引き抜かれて頭がうしろにのけぞった際に、クリストフは彼女の顔を盗み見た。顔の可愛さはフェリシアと同じくらいだろうか。レイラは鼻が小さい分、唇も小さくて薄い。視界が真綿に覆われたようにぼやけてきた。意識が宙を漂い始めた。レイラがくすりと笑って「ハイになってるんでしょう」と言い、髪を編み始めた。ソファーから誰かが立ち上がってテレビの前を横切り、月蝕のように画面が欠けた。赤い斑点の散った手が顔の前に下りてきたときにも、クリストフはとくに驚かなかった。

「もう一本いかが」ジャヴォンが歌うように言い、クリストフはくすくす笑った。レイラに髪を引っ張られてもまったく痛くないというのが、これまたおかしかった。両目がぴくっとする感覚からして、彼女が引っ張っていることは間違いないのだが。エディ・マーフィーがけたたましく笑った。まるでロバのいななきだ。ブラントの煙を吸いこんでも、ごく普通に息をしている感じしかしない。そもそもこれまで煙がなくてもちゃんと呼吸できたのか？　わなわなと胸を震わせながら、クリストフはふと考えた。だとしたら、なぜ？　シャツの裂けるような音がしたので横を向くと、ジョシュアの口が先ほどよりも大きく開いて、いびきをかいている。クリストフはとてつもなくハイになり、まぶたがふくれてくっついたような気分になった。

ダニーがジョシュアを揺り起こしていびきを中断し、そろそろ帰ると告げた。スキータとマルキスもリビングに移動してきて床でビールを飲み、他の連中も空いた瓶を手にぼんやりとテレビを眺めている。たまにジャヴォンがエディの演技を遮って冗談を言い、皆を笑わせている。クリストフも体を前後に揺すりながら、ばかみたいに笑っていた。ジョシュアが顔をしかめてよろよろと立ち上がった。髪を編まれている間にフェリシアは帰ったらしい、とクリストフは遅ればせながら気がついた。さらに、自分がレイラの片足を握っていることにも気がついた。レイラはショートパンツに両手をこすりつけ、ヘアグリースを拭き取っている。クリストフはジャヴォンと長い握手を交わし、ジョシュアといっしょに明日もぜひ来るようにと誘われた。バーベキューを予定していて、スパイスの効いた茹でエビを五十キロ近く用意しているが、翌日には一匹たりとも残したくないのだという。クリストフがいますぐ全部食べたい気分だと言うと、ジャヴォンは鼻で笑い、取りに行くのは明日だと答えた。

ダニーは先にレイラの家に寄った。クリストフは、彼女を送って玄関へ向かうジョシュアを眺めた。

どうやらキスをするつもりはないらしい。二人でポーチの明かりの下に立ち、ずいぶん長い間しゃべっている。おずおずと探り合っている感じ。ジョシュアは背筋を伸ばして雄牛のようにどっしりと立ち、レイラはさながら優雅なシラサギのように、体を前に倒したり起こしたりしている。やがて二人がキスをしたので、クリストフは視線をそらした。こんなに吸ったのはいつ以来だろう。よく覚えていないが、自分で売り始める前だったことは間違いない。ダニーが自分の家の私道に車を乗り入れて、停めた。クリストフは心持ち目を開き、促される前に車を降りて、カプリスの助手席に座った。ジョシュアが車を出すそばで、それじゃあ明日またうちのガーデンパーティーで、と彼は回らない舌で窓からダニーにどなった。側溝のそばの草むらからキツネが飛び出してきて、再び消えた。クリストフは車の前方に伸びる光のトンネルを眺め、それからジョシュアを振り返って、ふと察した。先ほど目覚めて、クリストフがお腹を抱えて歯をむき出し、声も出さずに笑う姿を目にしたとき、ジョシュアはきっと彼がもがき苦しんでいると思ったに違いない。

　七月四日の朝に一杯目のビールを飲んだとき、ジョシュアはポール伯父さんのトラックの荷台からダニーやクリストフと三人で下ろしたばかりのピクニックベンチに一人で座っていた。刈りたての芝生の中に、三つのピクニックテーブルが鉄製のドラムグリルの三方を囲む形で並んでいる。時刻は十時。あたりの空気は溶けかけたバターのようだ。ポール伯父さんは最後のテーブルに赤と白と青の星条旗色のクロスを広げたかと思ったら、ヤギの仕上げがなんとかとつぶやいて、再びトラックで行ってしまった。子どもたちの飲み物を誰が運んでくるかで、リタ伯母さんとイーズのもめる声が聞こえてくる。クリストフとダニーのあとを追い、ジョシュアも家の中に入った。今朝のクリストフはいつにも増して静かだった。朝起きてのろのろと服を着替え、テーブルを組み立ててポール伯父さんにビールを勧められたときにも断っていた。ジョシュアとクリストフの着替えが済んで、三人はまぶしいほど色鮮やかなぱりっとした姿で再び庭に戻った。そしてマーミーとリタ伯母さんのテーブルに着いたそのとき、ポール伯父さんが私道に入ってきて車のドアをばたんと閉め、ビールのせいで間延びした声で「イエーイ」とヤギ肉料理の完成を宣言した。ジュリアンとマックスウエルとデイヴィッドもそれぞれのガールフレンドや嫁さんや子どもたちといっしょに別のテーブルに陣取り、皿を配って分量を見極め、互いのグリルの腕前にけちをつけては、ポール伯父さんのボトルから密造酒をこっそり注いで非難し合っている。ジョシュアもヤギ肉の入った重いロースト鍋の一つを四苦八苦しながらテーブルに運び、クリストフがマーミーの皿に杓子で肉をよそったところで、一同は食事を開始した。ジョシュアはビールの栓を三つ開けた。それぞれの栓を抜くたびに、ひんやりとした霧が小さな間欠泉のように熱気の中に立ち昇った。頼まれもしないのに左に座るダニーに一本渡し、マーミーを挟んで右に座るクリストフにもう一本を渡して、最初の一口をすすった。マーミーはバーベキューソースのたっぷりかかったヤギ肉を大きくほおばり、目を閉じてもぐもぐと噛んでいる。

丸く突き出たお腹の下にズボンをずらさなければならなくなるまで、みんなで食べに食べた。食べて、飲んで、ハエを払い、コロンの香りを漂わせた汗だくの顔をナプキンで拭って、再び食べた。クリストフが最後のあばら骨をしゃぶり終えてヤギ肉の皿を押しやるそばで、ジョシュアは次から次へと肉をよそう自分を止めることができなかった。ポール伯父さんがたっぷり時間をかけて調理しただけあり、熱でとろけたキャンディのように口の中で溶けていく。ヤギといえば筋張った黒い肉というイメージしかなかったが、目の前にあるスパイシーな赤い肉の塊は、そういう記憶とはまるで違っている。ジョシュアは次々に栓を抜いてビールを配った。太陽が天頂から傾いて松の梢をなめるころには、ビールと熱気であたりは金色の輝きをおび、全員がくつろいでゆったりとした気分になっていた。クリストフもいくらか本来の自分を取り戻したとみえ、盛んに冗談を飛ばしている。そしてリタ伯母さんのワインクーラーから一本くすねたダニーをからかったのち、ジャヴォンの家に行きたいと言い出した。

「クーラーボックスに山ほどエビがあるんだってさ。五十キロ。マーミーの分ももらってくるよ」クリストフはマーミーに告げた。

「花火の時間には戻ってくるでしょうね。大きい花火を小さい子たちだけでやらせるのはいやよ。誰かの目を吹き飛ばしかねないからね」マーミーが言った。うしろになでつけた髪がつやつやとして、銀の帽子をかぶっているみたいだ。横顔はやわらかく、肉がたれている。

「うん」クリストフはうなずいて立ち上がった。「大きいのは戻ってからおれたちがやるよ」彼はロケット花火とライターと発射用のポンプが入った袋を足元からつかみ取り、一部を抜き取って、ほら穴のようになんでも入りそうなポケットに突っこんだ。「これは道すがら打ち上げる分」

「おい待てよ」ダニーがお腹をさすり、テーブルに片手をのせた。「もっとゆっくり行こうぜ」

「ぼやぼやしてたらエビがなくなるぞ」

ダニーは紙皿をごみバケツにほうり投げた。「おれ、寝ちまいそうだよ」彼は立ち上がってテーブルと椅子の間を縫い、通りに向かって歩きだした。ジョシュアもクリストフのあとに続き、二人揃って重いスキップで芝生を突っ切って、ダニーに追いついた。溝を跳び越えて通りに立つと、そこはブヨの群れのただ中だった。歩きだした三人とともにブヨも漂い、ビールに満たされて朗らかに揺れる三つの体が巻き起こす金の埃さながらに、夕焼けの中を追ってきた。もう一本ビールを持ってくればよかったな、とジョシュアは思った。子どもたちが溝に潜んでくすくす笑い、歩いて通り過ぎる彼らの前後にロケット花火を発射した。興奮したハエのように、火花がしゅっと宙を飛んでいく。犬たちが溝や茂みに飛びこんでは、再び出てきて吠えたてた。通り過ぎる家の庭はどこも車とテーブルと椅子と人々でごったがえし、あたりには炭とバーベキューと硫黄のにおいがたちこめている。ゴーカートの一団が三人を颯爽（さっそう）と追い越していった。バスケットウェアを着てキャップをかぶった十歳前後の少年たちが、片手で運転しながら溝に筒形花火を噴射している。まるで頭のいかれた護送団にエスコートされている気分だ。

「おまえら悪がきの一人でもおれに向けて撃ってみろ、全員に火をつけてやるからな」ダニーが溝の中の子どもたちにどなった。

もしかしたら、髪留めをカチャカチャ鳴らしていたあの三つ編みの女の子と二人の男の子もそこにいて、ブラックベリーの棘で引っ掻いて血の滲んだ脚を拭きながらくすくす笑っているのだろうか。

ジョシュアは熟れゆく夕暮れの中でささやき合う三人の姿を思い浮かべた。一本のロケット花火がダニーのお腹すれすれのところを飛んでいき、藪ががさがさと音をたてて、中から笑い声が聞こえてきた。

「おまえらこれ以上やってみろ。おれは家に爆弾を持ってるんだからな！」ダニーがどなり、藪が静まり返った。ジョシュアが手を振って従兄を先へうながすと、いましがた三人が立っていたところをロケット花火がしゅーっと通り過ぎた。

「遊んでるだけだって」

「いいや、こいつらはおれに戦争をしかけてるんだ」

「相手は八歳かそこいらの子どもだぜ」

「うるさい」

「おまえに必要なのはビールだよ」クリストフが会話に割って入ったそのとき、トラックのステレオからボビー・ブルー・ブランドの哀愁をおびた歌声が流れてきて、それがあまりに大音量でファンキーなので、ジョシュアは一瞬、汗とタバコのにおいを感じ、地元のブルースクラブの色褪せたビリヤード台と、タバコのポスターに写った派手な髪型の八〇年代美女が頭の中に思い浮かんだ。クリストフはロケット花火に着火して、炎が導火線をつたって紙に達し、勢いよく燃えあがるさまを眺めている。

クリストフがぎりぎりまで待って頭の上で発射すると、ロケットはシューッと音をたてて暮れゆく空に飛びこんでいった。やがてそれは優美な弧を描いて炸裂し、金色の火花を降らせた。クリストフがダニーに赤と青のロケット花火とポンプを渡すと、ダニーはそれをジョシュアに渡し、ジョシュアが空に向けて発射した。ダニーは二人の間でただぶらぶらと歩いている。溝の中の子どもたちを撃ってやると言うわりには、爆竹のたぐいを投げるのは好きではない。双子が八歳でダニーが十一歳のとき、スキータとビッグ・ヘンリーとマルキスと戦争ごっこをしている最中に、ダニーがロケット花火の飛ばし方を教えようとしたことがあった。ところが彼の飛ばしたロケットは、ビッグ・ヘンリーのズボンを軽くかすめるとか、ちょっと皮膚を焦がすとか、Tシャツに穴をあけるとかではなく、まともに目に命中した。ビッグ・ヘンリーの目はやけどを負い、七月四日のあともしばらく塞がったままだった。そのためダニーは、いまではよほど酔っているのでないかぎり、ロケット花火は飛ばさない。逆にそこまで酔っているときには、走行中の車の中に投げこんだり、満腹になったパーティー客で賑わうどこかの庭にぶちこんだりするので、クリストフもいつもならダニーには渡さない。おそらくいまは自分のほうが酔っていて、渡す相手のことまで気にしていないのだろう。ジャヴォンの庭にたどり着くころには、日はすっかり沈んでいた。ジョシュアがロケット花火を通りに向けて発射すると、ぱちぱちっと静電気のような爆発音があたりに響き、その下をゴーカートがタイヤを軋ませながら過ぎていった。

「わりぃ!」ジョシュアは大声をあげた。笑い声が聞こえ、ゴーカートは去っていった。

芝のはげかけたジャヴォンの家の庭には、白いプラスチック製の椅子が並べてあった。芝が紐のように長く伸びて硬くなり、ところどころ砂混じりの赤い土が覗いている。下ろしたてのショートジーンズや白いシャツやショートドレスに身を包んだ面々がそこここでくつろいで、煙をくゆらせ、紙やプラスチックの皿に盛った茹でエビを膝にのせて、食べて飲んで笑っている。エビの入った特大サイズのクーラーボックスは、蓋の開いた状態でジャヴォンの隣に置いてあった。本人は炭がシューシューと唸るそばでバーガーをひっくり返し、ホットドッグをつついている。クーラーボックスの反対側にはボーンが座って、ペーパータオルで顔を拭いてはエビのまわりを飛ぶハエを払い、それを交互に繰り返している。ダニーが二人と握手をする間に、ジョシュアは紺色のプラスチック皿を手に取った。ジャヴォンがフライ返しを置いてクリストフの手を握り、話しかけた。

「この場でクーラーボックスを空にできたら百ドルやるって全員と賭けてるんだけど、まだ半分しか減ってねえよ」

「これを全部食えるやつはいないだろ」ボーンがビールをぐいと飲んだ。

「ビニール袋はないかな。うちのマーミー、エビに目がないんだ」クリストフが言った。

「そのへんにあるんじゃないか？」ジャヴォンはバーガーに向き直った。「ハンバーガー食う、ダニー？」

「腹いっぱいなんだよ。ヤギを食いすぎてヤギになった気分だ。自分がくそみてえに卑しく思える」

「ビールある？」ジョシュアはエビを両手ですくって自分の皿に盛った。親指にできた逆むけに、スパイスの効いたエビの汁が焼けるように沁みる。オレンジとクリーム色の身はゴムのように弾力があり、まわりの空気よりも若干温かい。ボーンがビールを渡してくれた。ビールの刺激で口の中のスパイスに火がついて最高だ。

「調味料を二倍にしてもらったんだ。別料金だけど、うまいだろ」ジャヴォンが言った。

「その話、聞かせろよ」ボーンがげっぷをし、片手で覆ったものの間に合わなかった。

クリストフが家に入ってキッチンの流しの窓から外を覗くと、熊手を持ったサンドマンの姿が見えた。ジャヴォンの家の裏で松葉をかき集めている。クリストフがその場に立って見ていると、サンドマンは熊手で地面を何度も突き刺し、やがて休んで、草の間になかば埋もれたビールを持ち上げて飲んだ。目を閉じた、と思ったらぱっと開いて、缶の中を覗きこんだ。それから缶を振って下に置き、ポケットに手を入れてしばらくパイプをいじり、やがて途中まで出した。唇が動いている。独り言を言いながらドアのほうに近づいてくる。ドアノブが軋んだ。クリストフは慌てて棚に向かい、そこに並んだ引き出しを引いてはバンと押し戻した。勝手口のドアが開いてサンドマンのうしろで閉まり、クリストフは引き出しを引く手をぴたりと止めて戸棚をつかんだ。おれは何を探していたんだ？ 背後でサンドマンが冷蔵庫の扉を開け、ビールのプルタブをカチッと開ける音がした。

「外は暑いな」サンドマンが言った。ビールのにおいがする。

「なんだって？」クリストフは振り返らずに聞き返した。

「ただの挨拶だよ」

カウンターに沿ってサンドマンの近づいてくる音がする。クリストフは引き出しから視線を引き剝がすことができなかった。

「話すことはないと言っただろう」手が震えている。

「べつに何かをせびろうってわけじゃない」サンドマンのにおい、刈った草の蒸れたにおいとひどい体臭が間近に迫った。「おれだってなんとか自立しようと頑張っているんだ。おまえと同じさ」サンドマンが言った。

「とっとと自分の居場所に戻れよ」

「おれの居場所もおまえと同様、この町だからな」サンドマンはこばかにするようにゆっくりと言った。「だがまあ、おまえたちの母親にも会ってみたいよ。きっといまも美人だろう」

「黙れこのやろう！」クリストフの腕がぐっと縮んで引き出しがカウンターから飛び出し、手からぶら下がってゆらゆらと揺れた。中はすっかり空だった。インク染みのついた空の封筒とペンと栓抜きとスプーンが宙を飛び、次々にサンドマンの脚にぶつかって床に落ちた。あるいは彼をかすめて床を滑った。フェリシアがキッチンに入ってきて、散らかった床の手前でぴたりと止まった。

「どうしたの？」

「ビニール袋はいったいどこにあるんだよ？」クリストフは大声でどなった。

「ここよ」と言って、フェリシアは流しの上の棚を開けた。クリストフはスプーンとペンをわしづかみにして引き出しに戻し、箱入りのビニール袋を差し出す彼女にその引き出しを渡した。サンドマンは冷蔵庫のそばに戻り、クリーム色の扉と並んで立っているせいでよけいに小さく薄汚れて見える。タイトな赤い服を着たフェリシアは小さなキッチンでルビーのように輝き、おかげでサンドマンの垢にまみれた服と顔、そして貪（むさぼ）るように胸を叩くクリストフの心臓はますます惨めだ。彼は駆け出した。

クリストフは外に出て皆のもとへ戻り、特大サイズのジップロックを手に立ち止まった。「ビール飲む？」ボーンが訊いた。クリストフの浮かれ気分はすっかり醒めた。ジョシュアはまるで父親のように酔っ払い、クリストフに隠しごとをする。遅れて席に戻ったフェリシアは宝石のように硬くひややかで、彼のほうを見ようともしない。

ジャヴォンがクリストフにビールを渡した。受け取る際に指が触れたら、ボトルと同じぐらい冷たかった。クリストフはミケロブの金色のラベルを剝がしてクーラーボックスに手を突っこみ、汁をはね飛ばしながら自分の皿にどさりとエビをのせた。それから殻を剝いて食べ始め、ビールはぬるくなるままに放っておいた。いちばん近くの家、小さな林のむこうにある家で、パーティー客が花火を打ち上げている。花火が甲高く叫びながらネイビーブルーの空に飛んでいき、さまざまな形に弾け飛ぶ。赤い花、黄色い太陽。ジャヴォンは緑と紫の大麻の塊をブラント用に砕いている。クリストフはエビのしっぽを引き抜いた。サンドマンはいまも家の裏の長い影の中で落ち葉を集めているのだろうか。

クリストフは、こっそり家をまわりこんでビール瓶で思いきり殴りつけ、サンドマンが地面に倒れる場面を思い描いた。ジャヴォンに勧められたら、草を吸うことにしよう。またしても花火が宙を駆け抜け、クリストフは炎が昇っていくさまを見守った。そして弾けた火花がまばゆくきらめく青い花になった瞬間、手にしたエビをぽとりと落とした。花が開いて消えていくさまを、彼は窓ガラスをつたう雨を眺めるようにぼうっと見ていた。空に次の花が咲いた。

「いまの見た？」ジョシュアを振り返ると、首をのけぞらせて瓶に残ったビールの最後の泡を吸っている。瓶をくわえてにこにこしている。自分に注意を向けさせようと、クリストフは彼を蹴飛ばした。

「なんだよ！」瓶で口が隠れているため、暗い中でクリストフにはジョシュアの目しか見えない。その目は鉈のように端のほうできゅっと曲がっている。ジョシュアは空いているほうの手で靴を拭いた。

「わざとじゃないんだろうけどよ」ジョシュアはバランスを崩してがくんと崩れ、それといっしょに瓶も動いた。「傷がついたら台なしだろ」彼はぶつぶつと文句を言った。いまはクリストフにも口が見える。真顔だ。笑っていない。

「花だよ」クリストフは酔ったふうを装い、空を見上げて、またしてもそこに青いバラが湧き起こるさまを眺めた。

「ああ、見逃した」ジョシュアが言った。クリストフが視線を下ろすと、ジョシュアは見てもおらず、暗がりの中で体を二つに折って足元を覗きこんでいる。ジョシュアのほかにも、空を見ている者など一人もいない。まるでむこうの庭で打ち上がる青い花の奇跡は、クリストフにしか見えないようだった。

第10章

シルはなぜあと十日ほど早く休暇を取って独立記念日をいっしょに過ごさなかったのだろう、とジョシュアは思ったが、そういえばジャズ・フェスティバルがどうのと話していたことを思い出し、それで祝日には会いに来なかったのだと納得した。少なくとも水曜の夜に飛行機で来ることにはしたわけだ。当日はニューオーリンズ空港までクリストフと車で迎えに行けるよう、少し早めに上がらせてほしいとレオにあらかじめ頼んでおいた。だが主任の許可が下りたと火曜の午後にレオに言われたときにも、ジョシュアは黙ってうなずくのがやっとだった。最近の彼は四六時中疲れている。もっとマーミーのそばにいてあげたい、もっとレイラといっしょにいたい、もっとクリストフを理解したい、できればシルのことも——。一日を彩るそれらの思いに、新たな切望が加わった。休みたい。クレーンの旋回と飛び交う荷袋、木枠の移動とフォークリフトの上昇、パレットの滑動とツバメの急降下——すべての動きに止まってほしかった。いっさいの動きを気にせずにいたかった。独立記念日の二日後に仕事に戻ったときには、最低限必要な注意だけを残して、あとはひたすらレイラと川で泳ぐ場面を夢想して過ごした。銀色と琥珀色の流れに立って彼女をおぶうところ。彼の背中にぴったりと触れたやわらかな体、肩に巻きついた彼女の腕。

ニューオーリンズへは裏道を通っていくことにした。最短ルートはミシシッピの松林から灰色のポンチャートレイン湖をひたすらまっすぐ横断し、ルイジアナの低湿地を経てニューオーリンズのまばゆい鉄骨と歪んだ板と派手な色彩に至る州間道路十号線だが、それではあまりに退屈で味気ない。そこで二人は、九十号線を行くことにした。マーミーがいまより若かったころによく通った道だ。西へ進むと二車線のハイウェイはしだいに細って二車線の一般道になり、そこから先はポンチャートレインの湖岸に沿ってのんびり進んでいく。ポール伯父さんがここを白人至上主義者の国、デューク・カントリーと呼ぶのは、おそらく付近のキャンプ場の看板を見て不安になるからだろうとジョシュアは踏んでいる。デイヴィッド・デュークがルイジアナの州知事選で敗れたのはもう何年も前のことなのに、フィッシングキャンプのいくつかは、いまだに手製の巨大広告を道路沿いに掲げている。白字で大きく〈デューク〉と書かれた看板の背景はダークブルーなのだが、色が濃すぎてむしろ黒にしか見えない。

道路は沼地の草とまばらに生える松の間をくねくねと進み、アスファルトの両側には二千平方メートルぐらいの小さなフィッシングキャンプが一定間隔で点々と並んでいる。水際にちょこんとしゃがむように建つそれらのキャンプ場のむこうに見えるのは、ジョシュアの右側がポンチャートレイン湖、左側がメキシコ湾だ。フィッシングキャンプにはそれぞれ〈バイユー・フィッシング〉、〈ソバージュ・クリッターズ〉、〈レベル・ランデブー〉といった名前もついているが、正直言ってこうしたキャンプ場に実際に人がいるところは、白人だろうが黒人だろうが、ただの一度も見たことがない。空港やバーボンストリートへ行くために、あるいはマーミーの兄弟を訪ねるために、この道はこれまで何度となく通っているにもかかわらず、だ。ペンキの色が鮮やかで私道にきちんと貝殻が敷かれ、芝生もきれいに手入れされているのでなければ、じつのところここには誰も住んでいないし働いてもいないのだ、とジョシュアは断言するだろう。この一帯は単なる過去の遺物、不気味な蜃気楼のようなもの、もはやただの概念として存在するにすぎないのに、黒人たちはいまでもそれを見て、慣れ親しんだコミュニティから一歩外に踏み出せば、松の木立と沼の間には自分たちの肌の色に根差す敵意と歴史と恐怖が潜んでいることを思い出さずにはいられないのだ、と。

　ポンチャートレイン・ビーチ遊園地が閉園になる前の夏、マーミーとポール伯父さんが双子をその遊園地へ連れていってくれたことがあった。二人はまだ三歳になったばかりで、その日のことでジョシュアが覚えているのは、巨大な白いローラーコースター〈ゼファー〉の爆音が恐ろしくて乗れなかったことと、遊園地へ向かう道中とフィッシングキャンプ場がひっそりとして不気味だったことだけだ。ジョシュアは窓の外に腕を出し、塩気をおびた空気が鼻の中をすがすがしく昇っていくのを感じながら、ローラーコースターの乗り場へ向かうクリストフとポール伯父さんを見送る間、マーミーが手を握っていてくれたことを思い出した。降りてきたクリストフに感想を尋ねたら、彼は「速かった」としか答えなかった。そして「すごく揺れた」と。クリストフもそれ以上乗りたいとは言わず、木道沿いのベンチにジョシュアと並んで座り、マーミーが用意してくれたサンドイッチを食べて満足していた。ミシシッピへ帰る車の中で、隣に座ったクリストフが彼の肩に頭を預けてこくりこくりとするそばで、ジョシュアが爪の間に残った綿飴をしゃぶっていると、マーミーが窓の外に片手をたらし、流れていく夜とさらさら鳴る沼地の草に手を振っているのが見えた。

　マーミーがドライブを好きな理由が、ジョシュアにはよくわかる。沈みゆく夕日の中で、沼地の草は風に吹かれて細かく震え、激しく揺れて、一方を向いたかと思えば他方を向き、光を受けて緑から金色へ、バラ色へ、小麦色へと変化していく。メキシコ湾を渡り、砂と松と草から成る狭い入江を越えて湖に達した風になでられ、沼の緑がぶるるっと震えて背を曲げる。すべてがきらきらと輝いて、レイラの顔のように、マーミーの目のように、あるいはたくましい肩をした短足がに股の闘犬（ピットブル）が宙を跳ぶ瞬間のように、ただそれだけで美しく、そこにあるだけで称賛の思いが湧いてくる。クリストフがステレオのボリュームを一目盛り分下げたので、音楽と外の音が同時に聞こえてくる。シルクのような沼地の草、風に傾いて軋む松の木、しつこく歌い続ける虫。母との再会に向けてジョシュアもクリストフもシャワーを浴び、独立記念日のときに買った新しい服を着ている。服はクリストフが洗濯したばかりだし、ショートジーンズはジョシュアが仕事から戻ったあとで二人分を糊づけし、ぱりっと仕上げた。脚の部分の折り目など、箱の縁のように角張っている。車が狭い橋を渡った。あの日の夕方にマーミーがしていたように車の窓から腕を伸ばせば、スチールのトンネルの錆びた黒い横木に手が届くに違いない。太陽が金色のガラスの波となり、水面から輝きを放っている。

九十号線が終わって街へ入るときには、いつもながら驚きを禁じえない。いきなりニューオーリンズ東部の旧市街に放り出されて、そこから先は標識を頼りに十号線に向かう。ひとたび街に入ってしまうと、空港へ行く道はそれしか知らないからだ。二人を十号線へと導く標識は、小さいうえに緑色で目立たない。細くて見えにくい鉄柱の先にちょこんとのって、オークの葉陰に隠れている。準備をする間にとくに口をきいたわけではないが、こうしてみると、クリストフの運転は何かおざなりな感じがする。家を出るときにも浮かれた様子はなかったし、シルに会うのに、髪にはオイルを塗るかわりに布を巻いてすませている。ジョシュアはおずおずと窓枠に頭をのせ、窓の外の公営住宅を眺めた。色褪せた赤い煉瓦の二階建ての建物は、思いも寄らない場所に潜んでいる。辛抱強く待ち構えていて、角でいきなり姿を現す感じ。そういう建物が、ニューオーリンズの迷路のような通りには一定間隔で目に留まる。オークが点々と繋る砂っぽい土地に長々と延びる煉瓦の建物は、壁板の反り返ったサーモンピンクやターコイズブルーの古い屋敷を威嚇し、威嚇された屋敷のほうは縮こまって、芝に覆われた広い街路とオーク並木の反対側に避難している。そして両者の間を、路面電車が軌道に沿ってカミソリのように裂いていく。なんだか通りにいる全員が、枝をたれた古いオークの幹でできた木彫り人形のようだ。ジョシュアは、肌の色の濃い幼い子たちが歩道で何やらゲームに興じるさまに目を向けた。

建物のバルコニーはずいぶんひしゃげて、そのうちトランプのようにばらばらと崩れ落ちてきそうだ。伸びきっただぶだぶのＴシャツにミニスカートを穿いた女たちが、前屈みになって少年たちの髪を編んでいる。脚の間に座っている彼らの上半身は裸か、そうでなければ首まわりの大きく開いたオフホワイトのＴシャツかランニングシャツ。先に髪の仕上がった連中や帽子をかぶった連中は、いまにも通りの角から飛び出して道を渡っていきそうだ。ビールと食料品、ザリガニとエビのポーボーイ・サンドイッチを売っているデリカテッセンの店先のしみだらけの歩道では、少年たちがサイコロゲームに興じている。仲間同士でしゃべりながら誰かが口を開くたびに、ゴールドの歯がきらりと輝く。灰色の髪をした年配の女たちがだらりとしたロングスカートを穿いてデリカテッセンの薄暗い口の中へ入っていき、小さな茶色い紙袋を持って出てくる。サンドマンを彷彿とさせる男たちが歩道を歩き、緩慢な車の流れにはおかまいなしに通りを渡る。車の間を踊るように縫いながら、かっと目を開いてフロントガラスをにらみつける。ところどころ瘤（こぶ）になった半分アフロ、半分ドレッドの豪華な髪を恐怖（ドレッド）に逆立てて。

　街全体が崩壊寸前というか、ばらばらになって通りに吐き出され、川に流されて沈んでしまいそうに思えてきて、ジョシュアはすべてがなくなったところを想像してみた。堤防も、延々と並ぶ白い墓も、フレンチクォーターも、まばゆい高層ビルに囲まれてちかちかと瞬くダウンタウンも、身を寄せ合うように並ぶ家々の縦長の窓も、塩と硫黄を含んだ雨と空気のせいでふやけてたわんだ壁板も、何もかも。車が交差点で止まった際に窓の横に目を向けると、バス停に人が並んでいる。ほぼ全員が黒人だ。ジョシュアと同年代とおぼしき少年が、待合所のガラスに寄りかかって立っている。白いバンダナを額のずいぶん低い位置、眉をなぞるぐらいのところで巻いている。バンダナとＴシャツの白に対して肌の色がくっきり黒くて、まるでそこだけ白黒写真のようだ、と思ったそのとき、ジョシュアは少年の腕のなめらかな肌を遮（さえぎ）るケロイド状の丸い傷痕（きずあと）に気がついた。てかてかとした丸い傷痕は赤みをおびて、ピンク色の唇が軽く開いて口の中が黒く見えるときの感じに似ている。続いて、もっと上にある別の傷痕が目に留まった。どちらの傷も怒ったように肌から隆起し、あまりに完璧で、ジョシュアは前に見たことのある動物の焼き印を思い出した。それがなんの傷痕かを、彼は知っている。銃痕だ。少年がにやりと笑い、片方の口角が吊り上がって、ゴールドで覆われた完璧な歯がのぞいた。まるで口の中に鉈(なた)を持ち歩いているみたいだ。ジョシュアは視線をそらした。信号が青に変わり、車はカナル通りを、十号線の西インターチェンジを、そして空港を目指して加速した。通りと住宅をまたいで市が建設した複雑な橋梁システムのせいで、ハイウェイは上っては下り、カーブする。胃に吐き気がこみ上げるのを感じて、ジョシュアは目を閉じた。

「カーブのときにもう少しスピードを落とせない？」ジョシュアは頼んだ。

「無理だね」車が加速した。「たぶんむこうはもう着いてるし、文句を言われるのもいやだからな」

クリストフが咳払いをし、飛行機がキーンと唸(うな)って頭上近くを通過した。

波打つガマの葉と植樹されたばかりの低い並木を抜けて空港へのアプローチを走りながら、ジョシュアは〈ルイ・アームストロング・ニューオーリンズ国際空港へようこそ〉と迎えるレイ・ネイギン市長の看板に目を向けた。またしても胃が引き絞られた。時計を見た。シルは待っているだろう。

クリストフがハンドルを切って到着ロビーへ向かう車線に入り、スピードを落として這(は)うように進み始めた。ポール伯父さんやマーミー抜きで、二人で空港までシルを迎えに来るのは今回が初めてだ。車を駐車場に預けるお金はない。ジョシュアは車を降りてドアをばたんと閉めた。紺色の制服を着た色の白い警官が彼を見てひややかにうなずいた。

「迎えに行ってくる」ジョシュアは言った。

「おれはこのへんをぐるぐる回ってる」クリストフは答えてステレオの音量を上げ、警官に向かって人差し指で敬礼した。警官を苛(いら)立たせるためだけに、彼はそういうことをする。音楽のビートに合わせてトランクが振動し始めた。警官の首はぶよぶよして、汗をかいている。警官が近づいてきて歩道の端まで来たところで、クリストフは車を発進させた。警官は駐車券を取れとどなりたかったのだろうが、こっちにはそういう金はない。

建物入口の自動ドアが背後で閉まり、ジョシュアの顔と胸に冷気が吹きつけた。通路に沿って左右両側に、一定間隔で手荷物用のベルトコンベアが並んでいる。稼働中のいくつかのまわりに人が群っている。疲れた足を引きずって歩く者、締まりのない口であくびをする者。ときおり誰かがさっと駆け寄り、はち切れんばかりにふくれた荷物をコンベアから引き抜いて、周囲の邪魔にならないところへ引きずっていく。十五歳のときに初めて家族でシルを迎えに来た経験から、空港のコンベアがたいていはゆっくりしか回らないこと、しかもシルの荷物は必ずベルトの最後にのっているらしいことを、ジョシュアは学んでいる。

彼は待合ロビーに座っている母娘の前を通り過ぎた。母親は小さな娘を膝にのせ、三つ編みにした娘の茶色い髪にあごをのせている。女の子はショートパンツを穿いていて、母親の長いスカートの横に素足がだらりとたれている。二人ともうつらうつらしている。シルを探しながら、本人を見てすぐにわかるだろうか、とジョシュアは考え、最後に目にしたシルの姿を思い浮かべた。テーブルに向かってコーンブレッドを食べているところ。金色のパンの頭に赤紫の口紅がキスの痕のように滲んでいた。ジョシュアは先ほどの母娘の前をもう一度通り過ぎ、通路の中ほどで壁にもたれて立った。どういうわけか、唾をうまく飲みこめない。なめらかなペカン色の肌をしたセミロングの髪の小柄な女性を見かけるたびに、どきっとする。通路の全体に目を配りながら、顔を隠せるように帽子を持ってくればよかったと後悔した。

シルはいちばん手前のコンベアの外側の端に立っていた。白いパンツの上にタンクトップを着ていて、機内持ちこみの黒いバッグを片方の肩にかけている。ジョシュアが記憶していたよりも太って見える。ぽっちゃりとした二の腕のまわりに、前回会ったときよりも肉がついている。顔もそうだ。髪はきっちりとカールされている。うしろのカールがところどころ潰れて平らになっている。疲れているようだ。飛行機で眠ったに違いない。横から見ると、丸みをおびた二重あごと心持ちたれた下腹に、マーミーの面影が窺える。ピンクのポロシャツを着てモカシンを履いた男が、シルを肘で押しのけて人混みを抜け、コンベアからスーツケースを引き抜いた。シルは男を見てぽかんと口を開け、あきれて目を回している。ジョシュアの胸から喉へいきなり電気ショックが駆け抜け、とっさに壁を離れた自分に、彼は自分でも驚いた。その男につかみかかって突き飛ばしてやりたかった。太い指で握った荷物を取り落として転べばいいと思った。このまま壁際で密かに観察を続けたいと心のどこかで感じながらも、彼は無意識のうちにシルに向かって歩きだしていた。

「やあ、シル」

シルが振り返り、髪が黒い雲のように動いて、顔の一部がぼやけて見えた。アイシャドウがはみ出ている。表情がぽかんと固まった、と思ったら目尻に皺が寄り、ひだになって、笑顔になった。ジョシュアに気づいたようだ。

「ハイ、ジョシュア」

シルが両腕を差し出した。肘は曲げたままだ。ジョシュアはシルをハグした。バスケットボールをバランスよく持つときのように、指の腹でそっと背中に触れた。シルは赤ん坊のげっぷをうながすみたいに、彼の背中を軽く何度も叩いている。ジョシュアはシルの香りを吸いこんだ。子どものころ、貝殻の形をした金色の小瓶に入った香水をシルがつけていたのを覚えている。子どもの手でも握れば隠れるほど小さかった。全部で五個あった。いまでも持っているのだろうか。シルはいまも同じにおいがする。家を出ていったあの日、彼もクリストフも撮りたくなかったあの写真を撮った日と、同じにおいに感じられる。ジョシュアはなにか落ち着かなかった。けれども彼が背中を起こすより先に、シルが体を引いた。

「荷物はほかにもあるの？」

シルがうなずいて、またもや口を閉じたまま小さくほほ笑み、目尻に細い線が、鶏が砂を掻いたような薄い線が現れた。

「花もようのグレーのスーツケース」

シルを押しのけた男はすでにいない。コンベアの縁（へり）にいまも柱のように立つ何人かの間を、ジョシュアはかすれた声で「すみません」とつぶやきながら縫い進み、シルのスーツケースが黒いビニールカーテンのむこうに消えて係員が荷物を投げている壁の外へ行ってしまう前に、列から引き抜いた。コンベアのベルトががたんと動いてウィーンと唸り、ぱたぱたと通り過ぎていった。するとコンベアが抵抗しながら回転する奥のほうから、荷物係がニューオーリンズの強い黒人訛（なま）りでやりとりする声が聞こえてきた。彼らの口から出てくる長く滑るような母音を聞いていると、ジョシュアの頭にはピンク色のシャベルのような舌が思い浮かんだ。

「おーい、そこ！　よく見ろよ、それ！　一個取り忘れてるぞ、そう！」

ジョシュアはシルのほうへ戻り始めた。どういうわけか、スーツケースをチキンの袋のように担いでみたくなった。シルの前まで来て、彼は唐突に立ち止まった。彼のコロンに、シルは気づいているだろうか。服装は気に入ってくれただろうか。

「クリストフが外で、車で待ってるから」ジョシュアはもぐもぐと告げた。シルはうなずいて、バッグを肩の奥にかけ直した。金色のイヤリングがきらりと光った。たぶんシルは先を歩いてドアへ向かうはずだ。「それも持とうか？」ジョシュアの問いに首を振り、またもや顔の前で髪が揺れたかと思うと、シルはドアに向かって歩きだした。

「それじゃあ行こうか」

ジョシュアはあとに続いた。バッグを腰にのせているせいで、シルは一方に傾いて歩いている。ジョシュアはシルのそばに並んで肩のストラップに指を差し入れ、引っ張った。彼はそれを自分の肩にかけた。バランスは悪いがかまわない。さっきのシルは、まるで片脚を引きずっているように見えた。

「自分で持つよ」両手の自由になったシルがうしろから声をかけた。サンダルの硬いヒールがタイルをこつこつと叩いている。

「大丈夫」ジョシュアは請け合った。

自動ドアの前に霧のように待ち伏せている熱気の中を、彼は歩いた。ドアがすうっと開き、シルが横で立ち止まる音がしたので下を向くと、鼻の下に汗をかいて口髭（くちひげ）のようになっている。

「いつ来ても絶対にアトランタよりこっちのほうが暑い気がする」

ジョシュアは喉を鳴らした。カプリスのかすれたエンジン音が響いてクリストフが縁石に近づいてくると、車はなにか初めて目にするような感じがした。グレーの色合いをおびたブルーの塗装には、古めかしいしっかりとした光沢がある。トランクは静まり返っている。うしろを振り返ると、角のほうに黒のレクサスが停まって黄色いハザードランプが点滅し、乗っている男を警官が威嚇していた。男が両手でジェスチャーを交えながら抗議しているところへ、ハイヒールを履いた女が近づいてきた。彼らには新しいタイヤが必要なだけなのに。それと、おそらくホイールも。新年までに充分な金が貯まれば。クリストフがすぐに屈んでトランクのロックを解除したので、ジョシュアはシルの荷物をスピーカーの横と上に慎重に置いた。うっかりスピーカーの位置をずらしたり何かを弾き飛ばしたりしようものなら、クリストフに殺されかねない。それに、スピーカーを新たに買う余裕はない。クリストフが車を降りて、シルのために助手席のドアを開けた。

「やあ、シル」

「ハイ、クリストフ」シルはジョシュアのときと同じように両腕を差し出し、クリストフもそれに応えてハグをした。ジョシュアは、クリストフがシルと同じように相手の背中をとんとん叩き、自分から先に離れるさまを見守った。

「前に乗ってよ」ジョシュアはシルに言い、うしろのドアを開けて乗りこんだ。彼はハンドルを回して窓を閉めた。シルは走行中に窓が開いているのを嫌う。クリストフとシルはカプリスの反対側からそれぞれ同時に乗りこみ、シルは自分の側のハンドルをゆっくりと回して窓を閉めた。クリストフがエアコンのスイッチを入れるのを見て、後部座席でジョシュアは顔をしかめた。出かける前にファブリーズを噴霧したとはいえ、送風口から吹き出す風にはわずかながら大麻のにおいがするはずだ。すえた草のにおい。クリストフはＣＤに息を吹きかけてシャツで拭い、裏を覗いてから、プレーヤーの挿入口に滑りこませた。

トランペットがジリジリと歌いだし、アル・グリーンの切ない声が響いた。いつもならクリストフは、本物のアルが後部座席に座っているのではないかと思うほど音量をいっぱいに上げる。するとジョシュアの頭には若かりしころのアル、黒い顔に白く尖った歯のまぶしい瘦せて筋肉質の彼が、まるでアルバムのジャケットから飛び出してきたかのように、汗をかきながら二人の耳の中で歌い叫ぶ姿が思い浮かぶ。二人がそんなふうにアル・グリーンを聴くとダニーは笑うが、アルのバンプは最高なんだとクリストフは説く。ジョシュアはただ目を閉じて、音楽に耳を澄ませる。それはさながら長く冷たい冬のあとで初めて川に飛びこむような感覚、霜のせいで草が一夜で凍って刃と化し、床下の水道管を布で巻くのを忘れると破裂してしまうような、そういう冬のあとで暖かい水の抱擁に身をゆだねるような感覚だ。いま、アルはおずおずと歌っている。

「ふう、車のエアコンが効いてよかった。外に立っている間、溶けちゃうんじゃないかと思ったよ」少し間をおいてシルは言った。「車は気に入ってる？　イーズが写真は送ってくれたんだけど」

「すごくいいよ。ありがとう」クリストフが答えた。彼はハンドルを切って空港道路をあとにし、州間道路十号線に合流するランプにのった。道はとくに混んでいる様子はない。クリストフは、かびた材木を積んで時速六十キロで走行している古いピックアップトラックを追い越した。すると小さな黒いスポーツカーが猛スピードでこちらを追い越し、危うくそれを見落とすところだった。シルが笑った。

「ニューオーリンズの道は相変わらずね」エアコンからはいまも強風が吹き出し、ジョシュアは汗が乾いて皮膚がざらついてくるのを感じた。子どものころ、クリストフと二人で側溝や赤土の道路で遊びながらもうもうと舞う土埃(つちぼこり)を浴びていた、あの感覚だ。カナル通りへ下りる出口が見え、ジョシュアはふと、来た道を通って帰ろうと言ったらクリストフは同意するだろうか、と考えた。シルが九十号線を嫌いなことは知っている。距離が長いし、遠回りもはなはだしいと思っているのだ。KKKの国のど真ん中でパンクするような危険は冒したくないとも言っていた。それでもジョシュアは、クリストフがシルの希望に気づかないふりをして、十号線を下りてくれることを期待した。沈みゆく太陽を背に、窓に広がる光がカットグラスのように砕けるさまが思い浮かんだ。窓を閉めて走るのはなんとももったいない。クリストフがブレーキを踏む感触が伝わり、車の速度が落ちた。シルがクリストフのヘッドレストに手をのせた。

「よかった、十号線にしてくれて。早くうちに着きたいよ」

クリストフは車を加速し、出口を通過した。車は流れるように市の郊外を走り抜け、背の低い湿地の木々がどこまでも延びる緑の回廊に入って、時折現れるショッピングモールやアパートの建ち並ぶ小さな町を通り過ぎた。茶色い煉瓦と板でできたアパートは、いずれも横に〈空室あり〉のたれ幕が下がっている。どれもこれも醜悪だ。シルが前の座席で静かになったので覗いてみると、頭が横に傾いて、肩がだらりと下がっている。眠ったようだ。シルについてどう感じたか、何か変わった点に気づいたか、クリストフに尋ねてみたかったが、軽く寝入っただけの本人がいるそばで話すのはやめにした。独立記念日の休み以来、クリストフはめっきり口数が減り、ジョシュアが何を訊いてもたいていはただ黙っている。木立が音もなく揺れ、車が延々と通り過ぎていく。空港でちらりと見えたシルの肩が思い浮かんだ。鞄（かばん）をひったくったとき、ストラップが肩に食いこんで、その部分だけ皮膚がキスマークのように赤みをおびて薄くなっているのが見えた。けっきょく二人が口をきいたのは、本降りになった雨の中を車が前庭に入ってからのことだった。クリストフはシルを起こしてくれと言って車を降り、自分はスーツケースを取りにトランクへ向かった。ジョシュアは母を起こした。

　マーミーはレッドビーンズと米を炊いて待っていた。昨日はクリストフもジョシュアを職場に送ってそのまま帰宅し、石でできたような分厚い灰色の鍋の中から小さな白っぽい豆、硬くて火の通らない豆を選り分ける作業を手伝ってくれた。マーミーは手で触らなければわからない。職探しについて何か手応えはあったかと訊いてみたら、クリストフはいやと答え、その後は手伝う間もずっと押し黙っていた。仕分けがすむと、ほどなく彼は家を出た。詮索じみた態度にうしろめたさを覚えつつ、でもやっぱり、と自己弁護しながら、マーミーは豆の入った鍋にたっぷりとスパイスを入れた。ニンニク、ヴィダリアオニオン、パプリカ、葉タマネギ、ローリエ、タイム。子どもたちが前庭に入ってくる音が聞こえたときには、豆はぐつぐつ煮立ってスパイスの香りが熱く立ち昇り、ビスケットは触れると綿のように軽くへこみ、テーブルではかりかりに焼けたチキンが容器の中でほどよく冷めていくところで、マーミーはテレビの前で自分の椅子に座っていた。

　シルがまだよちよち歩きだったあるとき、マーミーはシルを兄や鶏といっしょに庭に残して、紐から取りこんだ山のような洗濯物を家の中へ運びこんだことがあった。そうして勝手口から外に戻ると、シルは家のそばにしゃがみこんでやわらかい草の新芽を小さな手で赤土ごと握り締め、口に運んでもぐもぐと噛んでいた。そんなわが子の姿を見て、マーミーは思わず吹き出しかけた。長いまつげに縁取られた大きな目、その目でまっすぐにこちらを見つめて一所懸命に噛んでいる。けれども別の何かが、彼女を泣きたい気持ちに駆りたてた。洟をたらした鼻、吐瀉物のように胸の前にこびりついた土、絡まってダマになった縮れ毛。マーミーはシルを家の中に連れ戻し、土や草を欲しがったりしないように、あれやこれや食べさせた。そして毎朝の食事にビスケットを――濃厚でやわらかく、食べるとぼろぼろ崩れるビスケットを食べさせたところで、シルはようやく庭のものを食べるのをやめた。そういうわけで、シルが訪ねてくるときには決まってビスケットを焼く。おそらく本人はもうそれほど好きではないかもしれないが。いずれにせよ、双子は好きだ。クリストフなどはしばらく前から自分で皆の分を焼くようになった。マーミーのレシピに従っているのだが、彼のはまだむらがあり、スポンジのようにやわらかいかと思えば石のように硬い小麦粉の塊が混じっていて、口の中がびくっとしたりする。空き部屋のベッドは半年以上誰も使っていないが、そのシーツもきれいに取り替えた。テレビのスイッチを消すと、柔軟剤のしっとりとした甘い残り香が感じられた。さらにその背後には、濡れた木の香りがする。雨はいきなり降ってきた。雷が一発ピシッと鳴ったかと思うと、ドラムを早打ちするように雨が屋根を転がりだした。何百もの手が一斉に家をノックするかのような雨音の下で、軽い足音が聞こえ、続いてポーチを踏むそれよりも重い足音が聞こえてきた。ポーチの網戸が軋んで、最初にシルがリビングに入ってきた。

「母さん？」シルが腰を屈めてマーミーをハグし、マーミーは香水とベビーオイルのにおい、それと別の何か、おそらくヘアスプレーのにおいを感じた。

「シル」前よりも丸みをおびて、やわらかくなったようだ。マーミーがハグを返すと、皮下の肩甲骨はほとんどわからない程度にしか飛び出ていない。そんなふうに骨が脂肪に覆われているさまは、水面の真下を泳ぐ魚たちがたてるなめらかなさざ波を思わせた。

「どう、元気にしてる？」

「元気よ。あんたは？　飛行機はどうだった？」マーミーはシルの先に立ってキッチンへ移動した。

彼女は深皿を手に取り、白米をよそい始めた。それをシルに手渡して、レンジを指差した。「オーブンにビスケットが入っているからね」

「元気よ。少し疲れたけど。けっこう揺れて」シルはスプーンで豆をすくい、自分の白米の上にのせた。双子はそのまま空き部屋へ向かうとみえ、薄いカーペットを不規則に踏む音が聞こえてくる。

「何か用意してあるといいなって期待してたんだ」

「あんたたちが帰ってくるのを待ってたのよ」マーミーはシルに次の皿、自分の分を渡した。「子どもたち、豆があるよ！」マーミーは声を張りあげた。「あたしの分は豆とビスケットを少しだけお願い。あまりお腹が空いていなくて」

シルは盛りつけた皿をテーブルに並べた。

「ホットソースは？」

「子どもたち！」マーミーは席に着いた。「シル、冷蔵庫にあの子たちが飲み物を冷やしてあると思うよ。たぶんコークか何か」マーミーはシルを待つことなく立ち上がり、古い松材の戸棚を開けた。彼女は中からガラスのコップを四つ取り出し、胸に押し当てて落とさないように気をつけながらテーブルに戻った。シルが二リットル瓶の蓋をポンと開け、シュワッ、ゴボゴボ、と音がした。ぴりりとした甘いにおいが立ち昇った。注ぐのはシルだ。「仕事はどう？」

シルはコップに水を注いでマーミーのほうへ押しやり、自分のコップにコークを注ぎ始めた。子どもたちの分は注がない。

「子どもたち！」

「大丈夫でしょう、たぶん。少し前に新しい商品を大量に仕入れて、そのために売り場を改装して、棚も全部並べ変えたの。夜のシフトが増えたけど、残業代も増えたからいいかなってところ」

双子が摺り足で入ってくる音が聞こえ、続いて自分たちの皿を手にカウンターのそばで動き回る物音が聞こえてきた。クリストフは豆の鍋の蓋を開けて、かたりとも鳴らないほどそっとカウンターに置き、ジョシュアはオーブンの蝶番が軋まないようにゆっくりと扉を開けた。二人がテーブルに着いた。どちらもシルより背が高い。視力のせいでシルの年齢を物語る特徴が見えないため、本人がそんなふうに体の前で腕を交差させ、手首をそっとテーブルにのせて背筋をぴんと伸ばし、落ち着いた様子で座っているのでなければ、シルのことを双子の妹と思ってしまいそうだ。ジョシュアがマーミーのほうにスプーンを滑らせ、皿のそばにある彼女の手をつついた。

「せっかく全員揃ったことだし、お祈りを唱えましょうか」

「それじゃあ、わたしが」シルが応じた。

「ええ、お願い」マーミーはかすかにうなずいたが、目はずっと双子を見ていた。

「主よ、今夜の食事に感謝します。家族と飛行機の安全に感謝します、アーメン」シルが唱えた。双子は教会へは行っていない。仕方がない。目が悪くなってからは、マーミー自身、教会へは祝日にリタと行く程度だ。小さいころにはいっしょに連れていったが、あのとき医者にかかって以来、二人は行かなくなってしまった。そのことでわざわざ言い争いたいとは思わない。シルのほうは、アトランタの暮らしが長くなるにつれ、だんだん信心深くなってきた。バプテスト教会に通っていると聞いて、最初はわけもなく嫌悪感にとらわれた。マーミーにとって教会といえばミサと白いローブと紫のサテンのサッシュ、それに金の聖餐杯とワインと相場が決まっている。けれどもやがて、バプテスト教会でもかまわないではないかと思うようになった。少なくともシルにとって通える場所があり、コミュニティがあって、知っている人々がいるのなら。娘がこの年になってもなお、あの街にいることを思うと心配でならない。

「ありがとう、シル」

「それで、仕事はどう、ジョシュア？」

「まあまあ。長時間だし、飽きるけど」

「あんたのほうは、クリストフ？　探してるんでしょう？」

「うん、探してる」

「電話を入れることは知ってるよね？　本気なんだって伝えるために。応募したあとで電話で確認してくるような相手でないと、わたしもうちの店では雇わないよ」

今夜の豆はいつもよりスパイスがきついようだ、とマーミーは思った。クレオールの調味料を入れすぎたに違いない。おそらくカイエン。クリストフにも辛すぎたのだろう。黒い飲み物を一気に半分飲み下すのが聞こえた。双子のスプーンが皿の縁にカチャカチャと当たる音がする。

「みんなまだお腹が空いてるんじゃない？」マーミーは尋ねた。

「昼にサンドイッチを食べたから」ジョシュアが答えた。

「もっとたくさん食べないと。早食いは体によくないよ」

「ビスケットのおかわり欲しい人？」クリストフがそう言って立ち上がり、オーブンのもとへ向かった。

「大丈夫、ありがとう」シルが答えた。「ねえクリストフ、明日レンタカーを借りに行くんだけど、送ってもらえないかな？」

「てっきりおれたちの車を使うんだと思ってた」

「それだといろいろ大変でしょう。明け方に起きていっしょにジョシュアを送っていくのは遠慮したいし。予約はもうしてあるの」

クリストフはスプーンを皿の窪(くぼ)みにそっと置いた。スプーンが磁器に触れて、ウィンドチャイムの最初の一音のように軽くチリンと鳴った。

「わかったよ」クリストフが短く答えた。ジョシュアがあくびをした。

「いいよ、もう寝ておいで」マーミーは言った。

「皿はおれが洗うよ、マーミー」クリストフが立ち上がり、マーミーの前を片づけた。

さんざん料理をしたせいで、お腹は空いていなかった。夏は最高潮に達しつつあり、煮え立つ空気が窓に反射して、さすがのマーミーも参ってしまった。オーブンの発する熱と外からの熱気を扇風機がのろのろとかき回すキッチンで、煮え立つスープの中に沈んでいきそうな気がした。夏の終わりが待ち遠しく、冬の暗く短い日々、遅い夜明けと早い日暮れが恋しくなった。ジョシュアは、シルの皿はそのままに、自分の皿とコップを持ってクリストフのいる流しへ向かった。二人でキッチンをきれいにしたのち、ジョシュアは黙ってシルのそばに立ち、シルが振り返るのをうしろで待った。大きな黒い体がまっすぐに立ってシルが気づくのを痛ましいほどじっと待つ姿に、マーミーは気づいた。

「それも下げようか?」ジョシュアは尋ね、シルの皿に手を伸ばしかけた。

「大丈夫、ありがとう。自分でやるから」シルはジョシュアをつかんで制止した。そのままずっとつかんでいるので、マーミーは一瞬、ジョシュアがシルに覆いかぶさってテーブルに倒れるのではないかと思った。シルエットがひどく不安定だ。マーミーの頰に、クリストフがそっとキスをした。そこでマーミーは、シルが帰るまで仕事のことは口にせず、夏に感謝し、満腹に感謝し、クリストフの唇が触れていることに感謝しようと心に決めた。

「おやすみなさい」クリストフが言った。

ジョシュアがシルから体を離した。

「おやすみ、シル」クリストフは振り返りざまに言った。

「おやすみ、クリストフ」シルが答えた。

ジョシュアがマーミーの肩に片手を滑らせた。その手はいつもよりざらついて重く感じられた。

「おやすみ、マーミー」ジョシュアがキスをして、離れた。「おやすみ、シル」彼はそう言い添えて、部屋を出ていった。

「いまでも食器を洗うなんてびっくりだわ」

マーミーはシルが皿をいじるさまを眺めた。子どもたち同様、自分も疲れた。同じくベッドに向かうとしよう。

「何か手伝おうか？」

「いい子たちだよ」マーミーは立ち上がった。「あたしもそろそろ休むとしようか」

「大丈夫。あんたの部屋は用意してあるからね」

シルが立ち上がって軽くハグした。背中に何かがひらりと触れたようにしか感じられない。マーミーはシルをしっかりとハグし、両手のひらを背骨から肩甲骨へ滑らせて、さらに脇の下まで滑らせた。やっぱりそうだ、前よりも太っている。目が刺すように疼き、視界がますますぼやけて判別のつかない不透明な広がりになってきたので、マーミーは目をしばたたき、シルにうなずいて体を離した。

「おやすみ、母さん」

「また明日」

マーミーは手探りで自分の部屋へ向かった。リビングでテレビが静かに鳴りだした。シルは夜更かしをするのだろう。クリストフといっしょにレンタカーを引き取りに行くのでなければ、朝にはテレビの前で眠っているに違いない。部屋着を頭から脱いだところで、マーミーはふと自分の動きを真似る影を感じ、昔の癖で鏡の前で着替えていることに気がついた。リビングでわが子が何かに笑う声が聞こえ、続いてバスルームから、双子のどちらかの蹴つまずく音が聞こえてきた。壁のスイッチに顔を近づけながら、マーミーはふと、シルはいまどんな顔をしているのだろうと考えた。彼岸花の房のような細い線が、目尻からいくつも伸びているのだろうか。シルの父親が同じ年のころにはそうだった。マーミーは明かりを消した。

第11章

シルのせいでクリストフはしだいに落ち着きを失いつつあった。重苦しい灰色の夜明けにジョシュアを送り届けてとんぼ返りでシルを迎えに家に戻ると、レンタカーショップはジャーメインにあるというので、出かける前には歯を磨いて脇を洗う時間しかなかった。公園のベンチで過ごす一人の時間が恋しかった。郡の政府が刈り残した伸び放題の草と、すぐそばの松の枝をすり抜けて吹いてくる風。いまの彼にとっては、最も自分の空間と呼ぶにふさわしい場所だ。家族の雑用係はいい加減にして、そろそろ自分のすべきことに戻りたい。

「今日はどこか新しいところを当たってみるの？」シルが尋ね、ガソリンスタンドでもらったコーヒーをすすった。

「まあ、二、三」クリストフはもぐもぐと答えた。今朝、最初にジャーメインへ向かうときにいくつか新しい広告を目にしたが、そこに立ち寄って応募用紙をもらい、他の応募用紙といっしょにグローブボックスに突っこむだけの時間はなかった。応募用紙はすでに鳥の巣と化したナプキンの山に負けないほど大量に貯まっている。クリストフは不安な思いでカップを見つめ、コーヒーがこぼれないことを祈った。何か拭くものが必要になれば、真っ先にグローブボックスを探すはずだ。

「うん、うん」シルは静かにうなずいた。

今日はドライブもなし、公園での昼寝もなしだ。シルに見つからないとも限らない。クリストフはジャヴォンを訪ねて裏庭に車を停め、日中は彼の家で過ごすつもりだった。もちろんジャヴォンもちょっとした商売はするだろうが、おそらくリビングでするはずだし、クリストフで、同じ場所でも必要な仕事はできるだろう。ビニールカバーのかかったソファーは、きっとひんやりしているに違いない。シルに対してはそれ以上言うべきことが思いつかなかった。シャワーを浴びて服を着替え、メイクをしたシルは、甘く清潔なにおいがする。〈エンタープライズ・レンタカー〉の看板が目に留まり、クリストフはウィンカーレバーを軽く叩いた。

「今日は何して過ごすの？」クリストフは尋ねた。

「友達に会うのよ。そのあとで、たぶんリタと買い物かな」車を停めるクリストフの肩を、シルがとんとんと叩いた。あたりに並んだレンタカーは濡れたキャンディのように光っている。低く唸るカプリスが、急に騒々しく古びて感じられた。

「大丈夫」エンジンを切ろうとするクリストフを、シルが制した。香水が強く香り、ピンク系の赤い口紅と同様、厚く塗り重ねた感じがする。

「本当に？」

「本当に。昨日も言ったけど、予約してあるから。また夜に、家で」

「わかった、それじゃあ」シルは車のそばを離れた。クリストフは建物のほうへ歩いていくシルを見守った。空を覆う厚い雲の隙間からまばゆい日差しが波状に襲いかかり、それを避けるために下を向いて歩いていく。その姿が遮光ガラスのドアのむこうへ消えるのを見届けてから、クリストフは車のドアをぐいと引いて、きちんと閉め直した。突風が吹いて青信号が震え、金属音がキーンと鳴った。シルがずいぶん小柄なことに、クリストフは驚いた。ドアに手を伸ばしたときには子どものように小さく見えて、体をうしろに倒して体重をかけなければドアも開けられないようだった。本当はか弱いのだ。知りたくなかったが、気づいてしまった。ジャヴォンの家の私道に入ったところでクリストフはステレオの音量を下げ、牡蠣の殻が敷かれた一帯を離れて、裏庭にある二本のオークの木陰、独立記念日にサンドマンを最初に見かけたあたりに車を停めた。玄関のドアをノックすると、焼けたペンキが手の下で割れて剝がれ、紙吹雪のように舞い落ちた。くぐもった声が返ってきた。

「どうぞ！」

ジャヴォンは部屋中のカーテンを閉めてソファーに座り、脚の間にビールの大瓶を挟んで、手にはリモコンを持っていた。薄暗い部屋の中で彼はひときわ明るく、白くぼうっと光って見えた。

「よう」ジャヴォンが声をかけた。

クリストフは手のひらにかいた汗をジーンズで拭った。なにか落ち着かなかった。

「その――車なんだけど、裏に停めてごめん。じつはシルが――その、母親がアトランタから来てるんで、ここでちょっと時間を潰せないかと思ってさ」クリストフはジャヴォンの硬く骨張った白い手を握った。言っていることが支離滅裂だ。「母親のほうはおれが職探しをしてると思ってるもんだから、公園にいるところは見られたくないんだけど、ほかの連中はみんな仕事があるから、それで、その……」

「座れよ」

クリストフは氷のように冷たいクッションにもたれかかった。

「この部屋、寒いな」

「おれ、汗かくのがいやなんだ」ジャヴォンは適当にチャンネルを変えた。「好きなだけいればいいさ。自分のしてることを母親に知られたくないのはわかるからな」ジャヴォンがリモコンをいじり、画面に映像が写し出された。白いスニーカーを履いた女が黄色い掃除機にまたがって空を飛ぶコマーシャルだ。「おれも家族に対しては、いつでも折り返しの電話待ちか面接待ちってことになってるよ」

さらにリモコンをいじると、画面がビデオに切り替わった。革のジャケットを着たラッパーたちが銃弾を思わせる鈍い銀色の車の前で大袈裟に顔をしかめ、脚の太い女たちがビキニ姿でくねくねと動いている。ジャヴォンはリモコンをクリストフに投げてよこした。

「なんか見たいのある？」

「おれ、寒いや」

目の奥がずきずきしてきたのでクリストフが頭をうしろに倒すと、壁にごつんと当たった。続くノックの音もてっきり自分の頭かと思ったら、誰かがおずおずとドアを叩いている。ジャヴォンがビールを床に置くと、乱暴に置いたせいで泡が溶岩のように昇ってきて瓶の口からあふれ出た。ジャヴォンは色の黒い小柄な人物を家の中へ招き入れた。

「どうぞ」と彼は言い、女は彼のあとについてキッチンに入った。

クリストフも知っている人物だ。とはいえ、このあたりの人間なら誰でも彼女を知っている。名前はティルダ、シルと同年配だ。傾きかけた四角い家に母親と二人で暮らしていて、母親のほうはみんなにムッダ小母（おば）さんと呼ばれている。ティルダは親の介護で厳しい状況におかれ、日中はほぼずっと母親の世話に明け暮れて、ムッダ小母さんが年寄りの発作でふらふらと表に出て林の奥へ迷いこまないように見張っている。ティルダが数時間おきに急ぎ足でジャヴォンの家へ向かう姿は、クリストフもよく見かける。髪をうしろに引っつめてシャツをズボンにたくしこみ、両手をポケットの中に入れて——必死にさりげないふり、急いでいないふり、隠しごとなどしていないふりを装っているのが伝わってくる。

公園のベンチで商売をしているときに、クリストフも一度だけムッダ小母さんを見かけたことがある。藤色の寝巻き姿で、灰色の髪がふさふさしていた。下を向いて歩きながら腰を前に突き出しているせいで、背中が大きく反り返り、ふくれてたるんだやわらかいお腹が妊婦のようだった。鬱蒼（うっそう）と繁るツツジと伸び放題の芝の間をふらふら歩いて、側溝のそばまでやってきた。そこまでたどり着くのに二十分。それまでにはティルダも帰ってきて、ムッダ小母さんの背中を押して悲しげな家の腹の中へ連れ戻し、つい先ほどまで小母さんがぼんやりと立っていた溝のそば、木立に覆われた通りを右から左へ、上から下へと眺めていた場所から引き離した。

新たなビデオクリップが始まって先ほどと同じと思われる女たちが登場し、クリストフはなんとかそちらに集中してティルダのほうは見ないように努めたが、だめだった。彼女はぎこちない足取りでキッチンに入り、カウンターをまわって見えなくなった。画面がいきなり鮮明になったと思ったら、はさみで切り裂くようなシャカシャカ音と重低音の合間に、ティルダの静かな声とジャヴォンの低く険しい声が聞こえてきた。

「で、何が入り用なの？」

「ダブを一つ」

クリストフは画面の女に集中するよう自分に言い聞かせた。彼女たちはいま、オイルを塗ったアシカみたいにつるつるした体で蛍光ブルーのプールに出たり入ったりしている。あるいは白いデッキチェアに横向きに寝そべっている。ラッパーはスーツを着て中折れ帽をかぶり、指の間に葉巻きを挟んでポーズを決めている。

ジャヴォンのあとについてティルダがキッチンから現れ、ジャヴォンのほうはクリストフと並んでソファーのクッションに深くもたれた。ティルダはためらったのちに、クリストフに向かって小さく首をすくめ、テレビの前をささっと通り過ぎた。

「ごめんね」

「ぜんぜん平気だよ」クリストフは肩をすぼめた。

ティルダがほほ笑むと、日なたで見るよりも歯の色が明るく見えた。本当はガラスパイプの熱のせいで上下四本の前歯の縁が茶色くなっていることを、クリストフは知っている。シルがアトランタへ行くときに残していった卒業記念アルバムで、彼女の写真を見たことがある。ティルダは満面の笑みを浮かべ、その歯はすべて真っ白だった。

「うちの空気を全部外に出すなよ、ティルダ」ジャヴォンが言った。

シュッという音に続いてドンとくぐもった音がし、ドアが閉まった。ジャヴォンの電話が鳴った。彼はそれを持ってキッチンへ言った。濡れて輝く女たちが、ぼやけた水中映像の中にさらに飛びこんできては浮上した。ジャヴォンがソファーに戻ってきて、ポケットからチャックつきのビニール袋を取り出した。袋は汚れ、隅に切りこみが入っている。彼はチャックの片側を開けて中のべとついた塊をほぐし、袋を振って小さなかけらを選り分けると、ひねるようにしてそのかけらを隅の穴に近づけた。

「マルキスが来るってさ。商売用のダブと自分用のダイム。おまえが売る?」

「うん」クリストフは嚙みタバコのように常時ポケットに忍ばせている小袋を使って、ダイムサックを用意した。十ドル分の草をひねり終えると、驚いたことに、ジャヴォンが彼の手のひらに先ほどのクラックをぽとりと落とした。手を握ると、それは小石のように肉に食いこんだ。

「これは何用?」

「それ用」

玄関でノックの音がし、マルキスがドアを必要最小限に開いて横向きに滑りこんだ。ラッパーがライムグリーンの車のエンジンフードを滑り下り、警官に追われて街灯の間を縫うように逃げだした。

「よう。商売日和(びより)だな」マルキスは座らなかった。「三十?」

「ああ」ジャヴォンはビールを飲み下した。「クリストフが持ってる」

マルキスは三十ドルを取り出し、色褪せて折れ曲がった紙幣をクリストフの膝にぽとりと落とした。

手のひらを上に向けて待つマルキスにクラックと大麻を差し出しながら、クリストフは指の皮がぎゅっとすぼんで袋から離れようとするのを感じた。マルキスが彼の手から袋を引ったくった。爪が尖ってぎざぎざしていた。

「それじゃ、どうも」マルキスは再びドアをすり抜けて出ていった。開いたドアから熱気がぺろりと舌を出し、冷たい空気の中に散っていった。クリストフが動いた拍子に、紙幣が膝の間に滑り落ちた。彼はそれをジャヴォンに差し出した。

「取っとけよ。おれは普段マルキスからは取らないから。それは全部おまえのだ」

このまま帰ろうか、余分な金はこの場に残して立ち去ろうか、とクリストフは考えた。万一、囮捜査の人間がやってきて、そのときジャヴォンがおれにブツを売らせたら？ そうしたらおれの罪になる。だがジャヴォンは固定客にしか売らないのでは？ 続いてクリストフは、シルのことを考えた。見覚えのないぴかぴかのレンタカーに乗って、どこを走っているともわからない。

「本当に？」

「ああ、本当に。そもそもおれは、おまえが来てくれて助かってるんだ」ジャヴォンはぐるりと目を回した。「ビデオはどれも十回は見てるしな。何かゲームでもやろうぜ」ジャヴォンがテレビの前に膝をつき、クリストフは紙幣をポケットに滑りこませた。ジャヴォンが投げてよこしたコントローラーを、クリストフは危うく取り落としかけた。二人はチーム対抗のサッカーゲームを選んでプレーし、クリストフが負けた。玄関で次のノックが静かに響いたときには、ジャヴォンがゲームを中断し、クリストフの膝にまたもや石鹸のかけらのようなものをぽとりと落としても、クリストフはほとんど驚きもしなかった。そして、それを売った。ドアが閉まると二人はゲームを再開し、指が痛くなるまでプレーした。そんなふうに引き留められて商売を譲ってもらっている、という自覚はあった。だが同時に、ジャヴォンは彼にリスクを背負わせていた。クリストフはいまクラックを売っている。万一何かがあった場合、罪に問われるのはクリストフだ。ボーンがドアを引いて中に入ってくるまで、クリストフは帰る時間も忘れていた。見ると、太陽はすでに松の梢すれすれの位置にある。今日予定していた草は全部売り切れ、ポケットにはたっぷり紙幣が入っていた。

ジョシュアは駐車場で待っていた。

「おまえが運転しない？」クリストフは尋ねた。ジョシュアが助手席のドアを閉めかけていた手を止めた。その顔を見て、クリストフは首を振った。汗が乾いて塩になり、ひび割れのような小さな白い筋ができている。なんだか老けて見えた。「なんでもない、おれが運転する」

「今日はシルと何かしたの？」ジョシュアが尋ねた。

「いや。レンタカーショップまで送り届けて、あとはずっとジャヴォンのところにいた」

「シルは何をするって言ってた？」

「友達に会ったり。リタ伯母さんと買い物に行ったり」

「それじゃあ夜は家にいるのかな？」

「たぶんね」少しためらってから、クリストフは言葉を足した。「レイラも来んの？」

「いや。土曜日までは来るなって伝えてある」ジョシュアは疲れた表情で笑った。「で、おまえは一日何してたの？」

「ゲームとか」嘘のせいで声が硬くなるのを感じたが、どうにもならなかった。本当のことを言い添えて、埋め合わせを試みた。「いちおう今日の分は全部売ったけど」

ジョシュアは窓の外を向いたと思ったら、風に向かって話し始めた。

「港湾の仕事に空きが出たんだ。誰かが辞めたらしくて」そう言いながら、窓の下枠をいじっている。

「もう一度書類を出すなら、おれの紹介だと言えば後押しになるかも」

クリストフはかすかにうなずいた。本来なら喜ぶべきところだ。遠くのほうに、自転車を漕いだり止めたりしている男が見えた。午後の車の流れと並んで少しずつ前進している。腕がずいぶん細く、この暑さの中で長ズボンを穿いて、自転車のハンドルにビニールの買い物袋を下げている。

「来週行ってみるよ」クリストフは答えた。

男に近づくにつれ、ビニール袋がふにゃりとしているのが見えた。半透明の袋の中でアルミ缶がちらちらと光っている。クリストフの胸の中で何かがすうっと落ちていき、吐き気を呼び覚ました。

「見ろよ」

サンドマンだった。海岸沿いに延びる木とコンクリートの遊歩道を自転車でよろよろと進んでいる。立ち止まって道路脇の砂と草の上をざっと見渡し、それから車の流れを振り返った。髪が伸びてぼさぼさだ。

「ジャーメインまで来たのか？　自転車で？」ジョシュアが自分の手のひらに向かってささやいた。

「嘘だろ」

クリストフはスピードメーターに目を向けた。他の車の流れに合わせようとするものの、サンドマンに近づくにつれて無意識のうちにスピードが上がっている。サンドマンには気づかれたくなかった。ボア・ソバージュからジャーメインまで、自転車でいったいどれぐらいかかったのだろう。二時間か？　それとも三時間？

「隣の車線に移ろうぜ、クリストフ」

二人はサンドマンに近づき、通り過ぎた。サンドマンが砂の上にしゃがみこみ、口を開けてせっせと掘る姿が見えた。缶を引き抜く際に、汚物の詰まったアルミから砂が飛び散った。クリストフはびくっとして道路に向き直り、両手をハンドルにのせた。

「くそ」クリストフは悪態をついた。

ジョシュアは顔を拭った。

「シルもそろそろ帰ってるだろう」彼はそう言って頭をうしろにもたせかけた。

クリストフは右の車線に戻った。ほかの車が次々に追い越していった。べつにかまわない。助手席を向くと、ジョシュアは目を閉じ、風に向かって口を開けていた。

家に着くと、クリストフはジョシュアを揺り起こして車を降り、ばたんとドアを閉めた。ジョシュアもあとに続き、足を引きずりながら伸びた芝の中を歩いた。週末には芝を刈る必要がありそうだ。ポーチの階段を上って網戸を抜けると、濃いピンク色の花のついた苗木が壁に沿って並んでいた。ツツジよりは小さいが、茎はもっと節くれだって、木に近い。ブーゲンビリアだ。

クリストフはすでに玄関ドアを抜けてマーミーの頰にキスをし、ジョシュアが敷居をまたぐより先にソファーに倒れこんでいる。シルはリビングの中央に立ち、ひだをあしらった淡い黄色のサンドレスの腿の部分をなでていた。肩紐に値札が下がっている。

「どうかな？」シルが言った。

ドレスの黄色に、窓から染みてくる日の光がいい具合に映えている。黄色はシルによく似合う。薄暗い部屋の中で目の色が明るく見えるし、肌の色はつやつやとした小麦色に見える。本人もそれを知っていて、よく黄色を着る。アトランタにいるシルのことをジョシュアが思い浮かべるときにも、たいていは黄色い服を着ている。

「いいと思うよ」ジョシュアはぼそりと答えた。

本当はバスルームへ直行してシャワーを浴びたいが、なんとなく気が引けた。シルは二人の意見を聞こうと待っていたに違いない。ジョシュアのことを、待っていたに違いない。シルはきっと、自分が美人だとわかっているのだ。

「土曜には芝を刈らないといけないな」ジョシュアは言った。クリストフはなにか落ち着かない様子で、片手に体重をかけてその手を揺すり、片足で床を叩いている。彼はあごを拳にのせたままジョシュアにうなずいた。

「それじゃあ芝刈り機を直さないと」クリストフは揺れている膝の間で両手を組み合わせた。「前回、エンジンがかかりにくかったんだ。おれ、ちょっと物置小屋に行って見てくる」

「クリストフ、ガスレンジにマッシュポテトとコーンとフライドチキンが置いてあるよ」そばを通って玄関へ向かうクリストフを引き留めようとマーミーが手を伸ばしたが、手はTシャツをかすめただけだった。

「わかった。でもいずれにせよ、芝刈り機は見ておかないと」

「今日は何か収穫はあった？」マーミーが唐突に尋ねた。

クリストフが立ち止まり、蝶番がキイと鳴った。

「まあね」クリストフは静かに答えた。

ドアがばたんと閉まった。

「あの子はそんなに芝を刈るのが好きなの？」シルが言った。シルはもう一度服をなでてマーミーに近づいた。「色がなんだって言ったの、母さん？」

「いい色だねって言ったのよ」マーミーは手を伸ばしてワンピースのスカート部分をつまみ、指の間ですり合わせた。「ジョシュア、仕事はどうだった？」

「問題なしだよ」

「クリストフが物置小屋で何をしてるか、あんたは聞いてる？　ポールに訊いたら、とくに変わった様子はない、クリストフがものを動かしたような形跡はないと言うんだけど」マーミーは肘掛け椅子の布の部分を揉んで、はみ出た糸をむしっている。ジョシュアは自分も同じことをしていると気づいて、やめた。シルはいまも部屋の中央に立って二人を見ている。

「べつに片づけてるわけじゃないから――とくに話すこともないというか」ジョシュアはうまい言い

訳はないかと探した。「のこぎりや剪定ばさみをいじるとか、そんな感じ」

椅子に座ったマーミーはずいぶん背中が曲がり、年老いて見える。その目はジョシュアを見ていて、青というより灰色に近い、と思ったら、さらに硬い色になった。マーミーが目をしばたたき、両目が潤（うる）んだ。「クリストフに、気をつけるように言っといてちょうだい」マーミーは静かに言った。「あそこには切れるものがいろいろあるから」

「あの子、前に何か錆びたもので切って、病院で破傷風の注射を打ったことがあったでしょう。あそこはまったくどんな病気が潜んでいるかわからないんだから。いくら大きくなったとはいえ」シルは肩の値札をぽんと弾いた。「あそこのがらくたをいじくり回すなんて。父さんはもういないんだし、母さんのことだから、てっきりポールかマックスに言って解体させるのかと思ったら」

「あれはルシアンが息子とこの子たちのために遺したものだからね。あたしには取り上げる権利はありませんよ」マーミーは首を振り、ジョシュアに向かって言った。「悪いけど、クリストフに食事を届けてやってくれる？」

ジョシュアがソファーから立ち上がると、シルが彼の腕をつかんで自分の部屋へ引っ張っていった。シルは彼を入口で待たせた。

「わかったよ、マーミー」ジョシュアは大声で返事した。シルのベッドには服が散乱していた。花もようの鮮やかなシルクがベッドの全面に散っている。その中からシルが赤い上着を取り上げて肩に当て、片方の眉を上げてみせたので、ジョシュアはうなずいた。シルはにっこり笑ってそれを別の山にのせ、今度は鮮やかなブルーのワンピースを持ち上げて体の前に当てた。なんだか小さな女の子のようだ。ジョシュアはもう一度うなずいた。

「それで、ガールフレンドにはいつ会わせてくれるのかな？」

シルはベッドに屈んでシャツを一枚一枚たたんでいる。ジョシュアはその腕の動きを眺めた。なめらかで、ふっくらとして、子どもの腕のようだ。シルがベッドに腰を下ろし、彼の顔を覗きこんだ。シルにそういう顔で見られるのはあまりいい気がしなかった。いかにも期待たっぷりに、興味津々といった表情で。マーミーが話したに違いない。

「まあ、その、土曜には来るように言ってあるけど」

「それならよかった。明日は一日フェスティバルに出かけてるから」

知っている、だからレイラにも土曜日に来るように頼んだのだ。ジョシュアはそのことを伝えたかったが、話の腰を折りたくなかった。

「どこの子？」

「オジーンとリリーのところ」

「ふうん」シルはなかばつぶやくように鼻を鳴らし、それからカーペットに視線を落として、サンダルのつま先で丸いもようをなぞった。「その子のこと、すごく好きなの？　しょっちゅううちに来るってマーミーが言ってたけど。優しい子なんだって？」

「そうだよ」

「で、あんたはどうなの？」

「まあね」ジョシュアは認めた。

相手がクリストフではなくても、こういうことを口に出して話すのはなかなかいいものだった。ジョシュアは、レイラと二人でソファーや自室にいるときにクリストフが自分たちを避けて通ること、そして彼が蟹のようにささっと脇へ寄って視線をそらしたまま部屋を出ていく姿を見て、自分が罪悪感にとらわれることを思い出した。クリストフがドアから出ていき、自分とレイラをあとに残してポーチを下り、日差しの中へ踏み出す姿を、ジョシュアはいつも黒いシルエットが光に呑まれて見えなくなるまで眺めている。そして「見捨てられた」という聖書の言葉を思い出す。するとどうしてもレイラから体を離し、仕事探しのことをうるさく訊いてクリストフを殻に閉じこもらせてしまったこと、「うるせえ」と言わせてしまったことを後悔するのだった。クリストフのあからさまな孤独に、背を向けた態度に、そのことに後ろめたさを感じる自分に、腹が立った。

「可愛い子？」

「美人だよ」

喉の奥で声がかすれ、ジョシュアは顔を赤らめた。そこにこもった愛撫の響きに自分でも気がついた。レイラの赤くなった顔、ピンク色の唇が思い浮かび、それからシルに意識を集中させた。

「それじゃあ」シルが立ち上がり、ジョシュアは終了の合図を察知した。「絶対に会わせてね」

「わかったよ」ジョシュアは答えた。

シルはグリーンのシルクの上着を持ち上げ、ジョシュアがうなずくと、それをベッドに置いた。シルがドアを閉めようと近づいてきたので、ジョシュアはうしろに下がった。

「黄色のほうが似合うよ」彼は言った。

おそらく閉じる前にシルの耳には届かなかったのだろう。ジョシュアは吐息が戸板にぶつかるのを感じた。マーミーがテレビをいじっているのが聞こえてくる。ジョシュアが戻ると、マーミーは音量を下げてガレージ側の窓辺に立っていた。両手でカーテンをつかみ、手のひらでガラスをなでてから、テレビの前に戻ってささやく程度の音量に戻した。ジョシュアは紙皿に食事をよそい、物置小屋を目指した。クリストフは芝刈り機の前に座り、エンジン部分の黒いスチールに顔をぶつけそうなほど近づけて、マイナスドライバーを突き刺していた。体を動かした際に、煉瓦ほども厚みのある黒っぽい塊がズボンのウエスト部分に挟んであるのが見えた。薄手の白いTシャツを生地の内側から押している。クリストフは顔を上げない。

「マーミーが食事を持っていけって言うから。ここに置いとくよ」

ジョシュアはドラム缶の上に皿を置いた。クリストフがドライバーを突き刺し、金属のこすれる甲高い音がした。目を固く閉じて額中に皺を寄せ、唇を内側に吸いこんでしかめ面をしている。前に屈んでいるので、いまは頭のてっぺんしか見えない。

「あとでもらうよ」クリストフが答えた。

ジョシュアはいっしょに座りたかったが、クリストフは顔を上げようとしない。ジョシュアにいてほしくないのだ。あちこち痒いうえに体中が痛かったので、けっきょく彼はそのまま家に戻った。シャワーを浴びて足を引きずるようにソファーへ戻り、マーミーと座った。レイラから電話がかかってきた。ジョシュアがテレビの動きをマーミーに説明するたびに、レイラは辛抱強く待っていた。日が沈み、外で鳴り響く夜の音が大きくなった。クリストフが物置小屋の明かりをつけた。テレビでは『フォレスト・ガンプ』をやっていて、髪が伸びてもじゃもじゃになったフォレストが砂漠を走り、そのあとに群衆がついていく。映画の中で恋人役がフォレストの名前を呼ぶ場面で、ジョシュアはレイラのことを思い出した。マーミーはほとんど笑いもせず、笑ったかと思えば決まって見当違いな場面だ。やがて暗く甘い睡魔に捕まり始めたところで、ジョシュアはレイラとの電話を切った。映画が終わり、マーミーは彼にキスをして自分の部屋へ引きあげた。シルの部屋は静まり返っている。クリストフがそばを通ったときにジョシュアはようやく目を覚ますと、彼のあとについて自分も部屋へ向かい、弱った動物のようにばたりとベッドに倒れた。

翌朝クリストフが目覚めたときにはすでに日が差し、部屋は乳白色に染まっていた。何かがおかしい。目覚まし時計を見て彼はベッドを飛び出し、かすれた声で「くそ」と罵った。彼の動きでジョシュアもぱっと目を開け、時計を振り返って時刻を見たのち、目を強くしばたたいてもう一度見直した。彼は飛び起き、床に置いてある服を着始めた。同じタイミングでマーミーのベッドもがさごそし始め、金属のスプリングが伸びたり縮んだりする音が聞こえてきた。揃って寝過ごしてしまったのだ。

「くそ、間に合うかな？」ジョシュアが言った。クリストフは肩をすぼめてハンドルをぴしゃりと叩いた。彼が答えずにいたら、ジョシュアはそのうちぐらりと傾いて頭を窓にぶつけ、眠りに落ちた。埠頭に着くと、彼は疲れた足取りでのっそりと離れていった。

駐車場を出たあとも、クリストフは求人の張り紙を探すでもなく、アスファルトを見て、まっすぐに延びる道路と塩気をおびた海を見て、車の列に続いた。彼は青と白のパトカーがいないかと目を配った。連中はよく松の木陰などに身を潜め、スピード違反者が現れるのを待っている。制止されれば車内を捜索される。間違いない。クリストフは最短ルートでボア・ソバージュを目指し、町に戻ると、またしても自宅を迂回してジャヴォンの家へ向かった。玄関のドアをノックした。ポケットは緑の袋で大きくふくらんでいる。今日はいつもの二倍持参した。ゆうべ自分用のを袋から全部出して茎と種を取り除き、細かく砕いて袋に詰めてきた。中へうながす声がした。ジャヴォンはまるで昨日からずっとそこにいるかのようだった。服を着替えたのかどうかもわからない。テレビには昨日と同じビデオが映り、その後、二人で昨日と同じビデオゲームをした。同じ顔ぶれが訪ねてきた。マルキス、テイルダ、ボーン、その他。ジャヴォンに手渡されて彼らに渡すクラックの形さえ同じに思えた。手触りも同じだった。軽くて、石のように硬い。

ポケットの草は昨日よりも速いペースでなくなった。クリストフはご機嫌と言ってもいいほどだった。ある人物がドアをノックして、ジャヴォンの返事を待たずに中へ入ってくるまでは。サンドマンは摺り足でキッチンへ向かいかけた。ジャヴォンはクリストフをちらりと見て立ち上がり、サンドマンに合図した。クリストフは脚を動かすことができなかった。前に伸ばして足首で交差した脚は、嵐で倒れた二本の松のようにびくともしない。クリストフはその脚を見つめた。何日も公園で過ごしたせいで色が濃くなっている。手も同様、そしてサンドマンの顔と、鱗状にはげた灰色の手首も同様だ。クリストフにはその色が不快でならなかった。彼は黙ってテレビを見つめ、眉根を寄せて、頑として動かなかった。けれども胸の内は震えていた。体の中では土砂降りの雨が降り注ぎ、メキシコ湾のはるか沖合いから引き寄せられた嵐、海と同じ色をした灰色の青い嵐が吹き荒れているかのようだった。

「ちょっと道をあけてくれないか、若いの」サンドマンがぼそりと言った。

「ちょっとくそ黙っておれにかまわないでくれないか、おっさん」クリストフは吐き捨てるように返した。言葉が勝手に飛び出してきた。体の中から震えが湧き起こり、コントローラーを取り落として立ち上がった。

「サンドマン！　またおれにはたかれたいのか？」

ジャヴォンの言葉が濡れ雑巾のようにキッチンから飛んできた。サンドマンはクリストフをよけて小走りにキッチンへ向かった。クリストフは座った。ゲームの音量を上げてしばらくすると、彼の左手に再びサンドマンが現れた。帽子を目深にかぶっているので、クリストフにはあごの線しか見えない。

「人の家に上がりこんで面倒を起こすんじゃねえよ」ジャヴォンは噛みつくように言って、ドアを開けた。サンドマンは身をすくめてシャツの中にさらに潜り、ドアをすり抜けて出ていった。次にドアをノックする音が聞こえたときには、ジャヴォンはゲームを一時停止した。その人物には自分でクラックを渡した。ビデオのほの暗い明かりのそばで何分かが過ぎたころ、クリストフはふと、ジョシュアを拾った帰りに今日もサンドマンを見かけるだろうか、と考えた。サンドマンはあのけちな袋に砂の詰まった空き缶を集めて、それを売った金でさっきの分を支払ったのだろうか。それともあいつは、灰色の痩せたリスがどんぐりを貯めこむみたいに、空き缶をただ貯めこんでいるのだろうか。クリストフの持参した草はすべて売り切れ、彼の仮想フットボール・チームはプレイオフへ進んだ。

ティルダが訪れ、ジャヴォンと二人で部屋の隅をまわって姿を消したが、キッチンでごそごそするのではなく、奥の部屋へ向かうのが聞こえた。クリストフはゲームの静止画像を見つめた。用を足しにトイレに行くと、隣接した部屋からドスンドスンという不規則な音とつぶやく声が聞こえてきた。急いでリビングに戻りかけたが、ドアにたどり着く前にティルダとジャヴォンがセックスのかびっぽいにおいを漂わせて廊下に現れ、ティルダが赤唐辛子色の髪を手櫛でうしろにまとめるところに出くわしてしまった。その手はシルと同じくらいふっくらとして、なめらかだった。クリストフはジャヴォンの家をあとにした。

ジョシュアを迎えに向かいながら、クリストフはハイウェイ沿いに目を凝らした。砂浜、砂丘、松の木立とこぎれいな遊歩道、そして反対側に並ぶ高級住宅群。サンドマンは見当たらなかった。帰り道、窓にもたれたジョシュアが弛緩しきった表情でこくりこくりとうなずくむこうに目を凝らしたときにも、自転車に乗る痩せた男は見当たらなかった。その晩は物置小屋へは行かずに、壁を向いてベッドで丸くなって寝ているジョシュアを眺めていたら、廊下から漏れてくる弱い光の中で、前より痩せて父親に似てきたように思えた。ジョシュアの頰がくぼんでいるのは、子どものころ以来だ。シルの空いた部屋の前を歩きながら、クリストフはちらりとシルのことを考えた。いまごろどこにいるのだろう。フェスティバルには誰と行ったのだろう。危険な目に遭っていないだろうか。バーボンストリートで酔った男たちが声をかける場面が思い浮かんだ。シルがくるくる回ってネオンライトにぶつかる場面が思い浮かんだ。クリストフはそうした想像を頭の中から振り払った。シルは大人だ。ばかばかしい、おれたちはみんな大人じゃないか。

ジョシュアが目を覚ますと、部屋の中はゆうべ早くに寝たときと同じぐらい暗くて、一瞬、戸惑った。いまも残る眠気がグリーンの漁網のように彼を捕らえ、眠りに引きずり戻そうとしている。ジョシュアは起き上がって窓の外を覗いた。灰色の小雨、霧のように細かな雨が、ふるいにかけられて宙を舞っている。ぼんやりとした白っぽい太陽が空で薄く光っているのが見えて、朝なのだとわかった。今日はレイラが来るはずだ。芝を刈ってブーゲンビリアも植えなければいけない。ポーチから声が聞こえてきた。レイラはすでに来ていた。マーミーの横で、シルもポーチのぶらんこに座っている。レイラは貝殻もようの刻まれたマーミーの椅子に座っている。戸口に立つジョシュアにレイラが気づいた。彼女が落ち着きなく髪をなでつけると、ジョシュアの心臓も緊張して縮こまった。シルがレイラの視線をたどった。シルの服は今日も黄色で、耳にはリングピアスがずらりと並んでいる。赤みをおびた金色の髪をくるりと巻いて団子にまとめた姿は、娘のように若々しくてきれいだ。

「やっと起きたね、このねぼすけ」シルが言った。

「この子は疲れてるんだから」マーミーが言った。「ぐっすり眠る必要があったのよ」

「わたしはぜんぜん眠れなかったけど」シルが言った。「クリストフときたら、日が昇ると同時に芝刈りだの穴掘りだの始めるんだから」

「どうやらあんたの仕事は残りそうにないよ」マーミーが腕をさすりながら言った。鳥肌が波紋状に広がるさまが、泥の水溜まりに風が吹きつけるところを思わせた。

「カーディガンか何かはおったほうがいいんじゃない、マーミー？」ジョシュアは訊いた。

「ここはおれにまかせろ」クリストフがどなった。地面に鉄を打ちこむような響きがした。

彼は芝の上で膝立ちになり、穴を掘っている。黒い土に赤い粘土が血管状に混じっている。シャツで手を拭いた部分に黒い手形が残って、なんだか群衆に襲われた跡のようだ。芝はすでに刈り終わっている。ポーチに沿ってブーゲンビリアが並べられ、それを植えるための穴を掘っているところだ。

「いま何時？」ジョシュアは訊いた。

「十時」答えながら、シルは脚を組んでレイラを見ている。「あんたの兄弟は六時には起きて芝を刈っていたよ。わたしが起きるころにはツツジの剪定も終わっていたし」

ジョシュアは、クリストフが熊手でかき集めた大小の枝と刈ったあとの芝の山に目を向けた。霧雨のしずくが付着して光っている。クリストフはみんなを無視して、小さな赤い移植ごてを地面に突き刺している。

「マーミーがあんたのことは寝かせておけって言うから、その隙にレイラとおしゃべりしちゃったよ」シルが笑って首を振り、ピアスが細かく震えた。

レイラは両手を組んで座っている。脚が震えている。ジョシュアは隣の椅子に腰を下ろした。彼女を抱き寄せたくなる衝動を、脚を伸ばしてすり寄せたくなる気持ちを、なんとか抑えつけた。

「あんまり怯(おび)えさせないでよ」ジョシュアは言った。

「怯えさせる？　そんなことするわけないでしょう。ご両親や親戚の話を聞かせてもらっただけよ。そうしたらわたし、中学のときに彼女の叔父(おじ)さんとつき合っていたことがわかったの。言われてみれば少し似てるんだけど、叔父さんのほうが背が高くて痩せてたかな。ハンサムだったし」シルはマーミーを振り返って腕に触れた。「アロンゾのこと覚えてる、母さん？」

「さあ、はっきりとは。あんたとリタはやたらに男の子に追いかけられて、あたしはいつも追い払ってたからね。とくにあんたは」マーミーは言った。「ガスレンジにトウモロコシ粥とソーセージが置いてあるよ、ジョシュア」

「大丈夫、お腹は空いてない」ジョシュアは答えた。

彼はレイラの腕にそっと触れた。彼女は下を向いている。湿気のせいで巻き毛が縮れて蔓(つる)のように盛り上がり、それが前にたれているので顔は見えない。それでも彼女がひたすら椅子のもようを見ながら指でなぞっていることはわかった。

「それと、わたしが学園祭のコンテストでクイーンに選ばれた年に、彼女のお母さんも出ていたことがわかったの。確か、お父さんにエスコートしてもらったのよね？」シルが言った。

「いいえ、デリルさん。エスコートしたのは母の伯父です。母には父親がいなかったので」レイラが答えた。

「あら。絶対にお父さんだと思ったのに」

「いいえ、デリルさん」

「お願いだから〈デリルさん〉はやめてよ、レイラ。なんだか老けた気分になっちゃう」シルが笑い、白い歯とゴールドの歯と髪がきらめくさまに、陰気な風景の中で誰よりも光り輝くさまに、ジョシュアは目を見張った。

「わかりました、デリル——その、シルさん」

「それでいま、レイラがお母さんにそっくりだと話していたのよ。髪も何もかも、本当に瓜二つ」

ポーチに張りめぐらせた網のむこうから移植ごての音が響いてくる。クリストフが地面を掘るたびに、濡れてべちゃっとした塊が出てくる。ジョシュアは土の山が溶けて泥状のパンケーキになっていくさまを眺めた。レイラが耳のうしろに髪をかけた。けれども手を下ろすと同時に髪はヘビのようにくねってもとに戻り、再び顔にふりかかる。

「おれはいいと思うけどな、彼女の髪」声が喉に詰まった。

クリストフはこてを鉢に差して苗木を取り出す作業にかかったらしく、金属がプラスチックをこすってのこぎりを引くような音がする。苗木が芝の上にどさりと倒れた。シルが入念にアレンジした細い巻き毛を指でいじった。

「わたしもずっと、もう少し硬い髪ならよかったのにと思っていたのよ。もう少し芯があるというか、生き生きとした感じの髪だったらって。でもそういうのは運だから、たぶん」

「シル」

「なあに、母さん？」

ジョシュアにはレイラの頭しか見えない。それぞれの巻き毛がてんでの向きに跳ねて、重い空気にしがみつこうとしているみたいだ。霧雨は小雨に変わったものの、一つ一つの粒はいまも砂のように細かい。椅子の上でそれ以上沈みこんだら、レイラは丸まってボールになってしまうだろう。顔を上げてシルを見るうちにジョシュアの胃は小刻みに震えだし、やがてかっと熱くなった。シルに平手を見舞ってやりたかった。まばゆい歯から、目のくらむような金色から、レイラを守りたかった。

「来なよ、レイラ。マーミーもおまえも寒そうだよ」

ジョシュアは彼女を立ち上がらせ、ぶらんこのそばを通り過ぎた。マーミーはクリストフのほうを、ブーゲンビリアがサギのように優雅に降り立ったところを、鮮やかなピンク色の花を、眺めている。シルはジョシュアとレイラを興味深そうに見ている。こちらの動きを粘り強く追う明るい目は、さながら闘犬(ピットブル)のようだ。シルはあまりに美しく、見ているとジョシュアは胸が痛くなってくる。そこで彼は、手の中に収まったレイラの小さくほてった手を揉みほぐし、家の奥の自分の部屋へ急(せ)き立てた。

彼は引き出しからTシャツを出して彼女に渡した。

「着なよ」

「べつに寒いわけじゃない」

ジョシュアはかまわず彼女の腕にシャツを押しつけた。レイラが頭からかぶると、シャツは腿のなかばまですとんと落ちた。ジョシュアは袖をつかんで引き寄せた。胸にぶつかった彼女は、ずいぶん小さく硬かった。ジョシュアは彼女を抱き締めた。

「シルのことは気にするな。なんであんな意地の悪い態度をとるんだか」

ジョシュアはレイラの背骨を下へとなぞり、腰を屈めて頬ずりをしながら、彼女の耳元で唇を止めた。

「ごめん」

シルのことは考えるまいと思った。内を向いて拒絶するようなクリストフの肩も、前庭でひたすら地面を掘り続ける態度も、すべて頭の中から払いのけて、レイラの開いた口の中に落ちていった。彼女の口の内側はなんともやわらかく、ジョシュアの特大サイズのTシャツの中で、小さな体は汗をかいていた。彼女を家まで送ろう、シルのそばから引き離そう、とジョシュアは決めた。リビングに戻ると、ポーチで言い争う声が聞こえてきた。

「恥ずかしいったらありゃしない。あの子にあんな態度をとるなんて。そんな無礼な人間に育てた覚えはないよ、まったく」

「確かに昔は育ててもらいましたけど、これ以上はけっこうよ。べつに本人も知ってるようなことしか言わなかったじゃない」

「あたしの家であの子にああいう口のきき方をするのは認めませんからね」

「どうせすぐに出ていくわよ」シルが言った。立ち聞きをしていたと思われないようにレイラを引っ張ろうとしたら、その前にシルがリビングに入ってきて、二人には目もくれずにそばをかすめて通り過ぎた。そしてジョシュアとレイラがポーチに出るころには、さながら小さなチャイムのように鍵をじゃらじゃら鳴らし、クラッチバッグを片手でつかんで、またもや猛然と追い越していった。その表情は険しく、全身が石のように硬くつるりとして、どこにも取りつく島がない。肘で曲げてぎゅっと脇に押し当てられた腕は、腕というより翼のようだ。

「母さん」ジョシュアはうしろから呼びかけた。

シルがクリストフのそばで立ち止まり、クリストフが顔を上げてジョシュアを見た。クリストフはライターの火を大に合わせて、濡れた枝葉の山に細い線を描いているところだ。噴き出した炎が濡れた植物を弱々しくなめている。シルは皆を振り返ることなく手を振った。

「ジョーに遅れるから」そう言って車のほうへ歩いていき、ばたんとドアを閉めた。ジョシュアはレイラの手を離して追いかけた。

「ほっとけよ」クリストフが一度だけ目をしばたたき、再び下を向いた。目の下に紫の痣のような隈ができている。

「なんだよ、おまえは関係ねえだろ」ジョシュアはとっさに口走った。シルが車のエンジンをかけた。

「ああ、そうだな、忘れてたよ」クリストフが立ち上がり、それと同時に声も大きくなった。ジョシュアは彼を無視し、バックで出ていく車を追おうと踏み出しかけた。クリストフがその腕をつかんだ。

「シルはおれと話してたわけじゃないからな。おれには仕事もないしガールフレンドもいないからな。おれはこの家にとってどうでもいい存在だから、おれの言うことなんかどうでもいいんだよな」

「自分で選んだことだろう」ジョシュアは吐き捨てるように言い返し、クリストフの腕を振りほどいて、退いていく車のほうへ踏み出した。シルは振り切るように走り去った。「毎日、毎日、自分で選んでそうしてるんだろう」

「このやろう」クリストフが言った。

「二人とも！」マーミーが弱々しくどなった。

ジョシュアはそばに来ていたレイラを引き寄せ、ポーチの網戸に手を当てて立つマーミーから、いまにも一戦を交えようと首を反らすクリストフから、じっとして動かないぶらんこから、家から、遠ざけた。道に出たところで振り返ると、クリストフはなんとか小山に火をつけたとみえ、濡れた小山がもうもうと白い煙を吐いて、漂う煙のむこうにその姿がかすんで見えた。

レイラの家に向かう間は一言も話さなかったのに、ひとたび着いてしまうと、ジョシュアは彼女を中へ見送る気になれなかった。自分の家に帰りたくなかった。頭のおかしな兄弟と雨天の薄暗い部屋の中を手探りで歩くマーミーのいる場所へは、戻りたくなかった。濡れてぬめった木の階段に、彼はレイラとただ黙って座っていた。その後、またあとでと言い残して家に戻ると、クリストフもマーミーもいなかった。マーミーはリタ伯母さんとどこかへ出かけ、クリストフはただ忽然と姿を消して、少し前に彼のいたところだけ地面が傷のようにところどころはげていた。車は残っていたので、ジョシュアは罪滅ぼしのためにレイラをセントキャサリンにあるポーボーイ・サンドイッチの店に連れていった。二人分の食事代を払い、仕事があることにつくづく感謝した。プラスチック製の小さなテーブルにはチェックもようのビニールクロスがかけられて、肌にぺたぺたとくっついた。ジョシュアはレイラの向かいに座り、エビサンドから流れ出したソースが彼女の指の隙間とでこぼこした関節の間をつたってワックスペーパーに滴るさまを眺めた。なりふりかまわない食べ方をからかおうか、それとも本人に代わって指をなめ、ピクルスの芳醇な酸味とマヨネーズ、それにエビの塩味とコショウの風味を味わおうか、二つの選択肢の間で心が揺れた。客のほとんどいない、窓の小さなひんやりとしたレストランで、雲が自ら溜めこんだ圧力を解放して雨を降らせ、ぼんやりとしたオレンジ色の太陽が地平線に再び姿を現すまで、二人でずっと座っていた。

　バイユーを越えてボア・ソバージュに戻ると、田舎道(いなかみち)を走るうちに黒ずんでいく木々の梢に太陽は呑みこまれ、ジョシュアは車のスピードを落とした。もうすぐ〈オークス〉だ。野球場のそばにある天井の低い小さなブリキのナイトクラブは野球とブルース音楽が専門で、土曜の夜にはたいてい錆びたピックアップトラックや新型のムスタングで土の駐車場は満杯になる。車の間に点々と明かりが見えるのは、煙でブヨを追い払うための松葉と小枝の小さな焚き火だ。クラブには窓がないにもかかわらず、ブルースのずっしりとしたベースの音がブンブンと響いてくる。

「ちょっと寄ってもらっていいかな？　プレートメニューを買って帰るように母さんに頼まれてるの」レイラの手がジョシュアの肩をつかんだ。ジョシュアはハンドルを切って駐車場に入り、いちばん手前に車を停めた。「すぐに戻る」

「これ、マーミーの分も頼むよ。ナマズのプレート」ジョシュアはそう言い添えて、二十ドル札を取り出した。クリストフとシルの顔も執拗に思い浮かんだが、無視した。あの二人におごるいわれはない。子どものころ、土曜日にはときどきマーミーのお使いでポケットにお金を持たされ、クリストフと自転車でフィッシュプレートを一つ買いに来た。手放し運転を習得したのはクリストフのほうが先だったので、帰りにプレートを持つのはクリストフの役目だった。レイラが歩きだし、うしろ手で押したドアが小さくかちりと鳴った。きちんと閉めようとジョシュアが身をのり出すと、室内灯が消える前に、床に落ちているブラック・アンド・マイルドの葉巻きタバコが目に留まった。未開封だ。ジョシュアは吸いたくなった。一服すれば、レイラを送り届けたあとできっとよく眠れるに違いない。リラックスして、別の部屋で寝ているシルのことも、やけに忙しそうなクリストフのことも、考えずにすむだろう。ライターを探したが、グローブボックスの中にはなく、ポケットにも座席の下にも見当たらない。悪態をついたところで室内灯が消え、ジョシュアは外の駐車場で煌々(こうこう)と燃える焚き火の一つに目を向けた。暗がりの中で酔った女の笑い声が響き、奥のほうで男が「おーい、あにき」とどなった。小さなブヨがジョシュアの腕をちくりと刺した。ジョシュアは車と車の間を縫って近くの焚き火のそばへ行き、虫よけのために、もうもうと立ち昇る煙を自分の顔と服にあおぎ寄せた。それから葉巻きに火をつけようと、膝をついた。

「こんなところまでつけてきてどういうつもり？　飲み仲間に格好でもつけてやろうってわけ？」シルの声が鋭く響き、ジョシュアは顔を上げた。シルが両手を腰に当てて立ちはだかり、こっちをにらんで返事を待つ姿を覚悟した。ところが焚き火の明かりの中で見えたのは、四、五メートル先の暗がりに立つシルのうしろ姿だった。炎を浴びて、背中の素肌と黄色いシルクのワンピースが金色に浮かび上がっている。闇の中でさえシルは輝いている。ジョシュアは素早く火のそばを離れて目の前の煙を払い、シルに目を凝らした。守らなければ、ととっさに思った。シルの話しかけた相手が一、二メートル先にぬっと現れて、動いた。炎に照らされ、シルの肩越しに男の顔が明々(あかあか)と浮かび上がった。サンドマンだ。

「おまえが赤の他人みたいな顔をして通り過ぎるからだろう」サンドマンが言った。その声には、ジヨシュアが幼いころ以来久しく聞いたことのない毅然とした響きがあった。

「だって他人だもの」影の中で揺れているのはサンドマンだけで、シルは微動だにしない。ジョシュアははたと、ダニーがその血を誰から受け継いだかに気がついた。

「ばかな、他人のわけがないだろう」サンドマンのなじるような声が、静かで誠実な、低く穏やかな声に変わった。「おれはあの子たちの父親なんだぞ」

「サミュエル、わたしに何を求めているの？　とうの昔に終わったことよ。父さんが死んで間もない時期に、あんたはわたしとあの子たちを捨てた。いっさい気にも留めなかった」

「それは違う。あのころは、おれはまだ若くてばかだっただけで……」

「そう、でもわたしは違ったの。わたしは向き合った。だけどあんたは向き合わなかったのよ、サミュエル」シルの声が大きくなった。

「愛情っていうのはそう簡単に消えるもんじゃないだろう、シル」サンドマンが言った。

「消えるのよ」

煙のアーチの向きが変わり、靄（もや）の中でサンドマンが下卑た口調になるのが聞こえた。

「あのころはおれなしじゃ生きられなかったくせによ」

「昔の話ね」シルはサンドマンから離れ、渦巻く煙を抜けて自分の車へ向かった。ジョシュアは、父の顔が硬く張りつめ、さっきまでシルがいた宙の上で片手を拳に握るさまを見守った。

「シル！」シルの背中に向かってサンドマンがどなると同時に、シルの車がばたんと閉まった。クラブから響いてくるベースの振動と夜の虫の声の中でシルの車が動きだし、焚き火の明かりとオークスの軒下の弱々しい照明から遠ざかっていった。

サンドマンはぐらりと傾いて体を起こし、よろめくように一歩だけ踏み出して、シルが去ったあとの夜を見つめた。ジョシュアは足元に視線を落とし、自分もあんなふうに見えるのだろうか、と考えた。いつもシルを見つめているように、シルが戻ってくるのをひたすら待っているように見えるのだろうか。煙のせいで喉がひりひりし、手に持った葉巻きの火が消えていくのを見て、ジョシュアはふらふらと車に戻り、レイラを待った。レイラを家まで送り届けて、庭先に停めた車の中でキスをした。家に着くと誰かがテレビを見ていた。窓から覗くと、若いころのパム・グリアが怒りに身を震わせて画面の中から銃を突きつけていた。ジョシュアは勝手口からこっそり入った。ナマズのプレートをドレッサーに置いて、ベッドに座った。どうやら煙に酔ったようだ。クリストフは部屋に背を向けて眠っている。テレビの音がやんで、軽い足音が聞こえてきた。シルだ。シルの部屋のドアが閉まったあとも、ジョシュアはさらにしばらく待った。そして虫たちの求愛のほかに何も聞こえなくなってから、つま先立ちでキッチンへ向かい、ナマズのプレートを冷蔵庫にほうりこんで、煙の染みた体とくらくらする頭でベッドに倒れこんだ。

翌朝目覚めたときには、意外にも日は昇ったばかりで、クリストフはまだ眠っていた。水を飲みにキッチンへ向かうと、シルとマーミーが起きて話している声が聞こえてきた。ジョシュアは廊下で立ち止まった。

「昨日、あの子たちの父親に会ったよ。ニューオーリンズから早めに戻ってオークスに寄ったら、店の前に昔の仲間といっしょにいて——見るからに最悪だった。昔はあんなに……。でもまあ、それがそもそもの問題だったのかもしれないけど。見た目がよくて、自分でもそれを知っているだけに、いろんなことが簡単にうまくいって、親にも甘やかされて、まともに育つわけがない」

「うちにも来てたよ。クリストフがそうといやがっていたね」マーミーの声が小さくなり、ジョシュアはビスケットのにおいに気がついた。「あんたはたまにやってきて、子どもたちにあの態度はないよ、シル。ちょっとかまってやったかと思えば、気に入らないことがあるとぷいと出ていくなんて」

「それにしても、ジョシュアならもっとお似合いの子がいるでしょうに」

「クリストフのこともね。そりゃあ、ちょっとお尻を叩いてやるべきなのはわかるけど。どうでもいいことにばかりに精を出して、仕事もまだ決まっていないというのに。だからといって、四六時中厳しくするのはよくないよ、シル。あんたのほうから何かを示してやらないと」

「わたしはあの子たちをちゃんと理解していますから」シルの声が硬くなった。

「もっと与えてあげて、シル。あたしがあんたに与えたように」

「そりゃあ、育てたのは母さんですからね」マーミーがしどろもどろでなだめるのが聞こえ、シルが再び遮って声を上げた。「それでもあの子たちには、あたしの血のほうが多く流れているのよ。自分の血のことは自分がいちばんよく知っていますから」シルの椅子が床をこすってうしろに下がった。

「ちょっと出かけてくる。予定がもう一週間延びたの」少し間をおいて、シルは続けた。「支店から電話があって、電気系統のトラブルで店をもうしばらく閉めることになったのよ」マーミーが咳払いをした。「だからもう少しここにいようと思うんだけど、母さんさえよければ」

「わかったよ、シル」シルの足音がして、去っていった。じっと動かないマーミーの沈黙がキッチンに広がり、部屋の空気がしだいに濃くなっていくのが聞こえた。

第12章

月曜日、クリストフはマーミーが起きるよりも早く、夜が明けるよりも先に、その日の分を袋詰めするためにこっそり物置小屋へ向かった。日曜夜の堅苦しい食事の席でシルがもう何日か滞在すると宣言したとき、彼はまたジャヴォンの家へ行くことになるのかと無言で思っただけだった。頭にふと、自分がまだ高校に通っていたころの朝の光景が思い浮かんだ。煙の充満したダニーの車、ぎらつく太陽とまばゆく黄色い空、風に煽(あお)られて折れる沼地の草。あのころはさながら一年中が春のようで、すべてが新しく青々としていた。あのころはもっと、いろんなことがわかっていた。それがいまでは草を選(え)り分けて袋に詰め、日が高くなるにつれて小屋に溜まった熱気がふくれていく中で、せわしなく握ったりつまんだり引っ張ったり結んだりする自分の手を眺めながら、何一つとしてわからない。自分が何者なのかすらわからない。小屋の中で彼はブラントを巻き、懇意の客に渡すために分けてある袋の中からシガリロを抜き取って、自分の弱さに屈し、朝の一服を吸った。もうジャヴォンのところへは行きたくないし、彼には会いたくないし、クラックの塊を人に渡したくもない。けれども自分がそうすることはわかっていた。なにしろたった四、五日売っただけで、家計の足しとしてマーミーの財布に忍ばせる分を全額一人で稼いだのだ。

その朝ジョシュアを職場まで送るとき、クリストフはハンドルのいちばん上に左手をのせていた。

そうしてポケットの中のブラントを指でいじるうちに、とうとう我慢ができなくなった。次の赤信号で彼はブラントを取り出し、火をつけた。

「おまえ何やってんだよ？」ジョシュアが言った。

「何やってるように見える？」

「これまで朝は吸わなかっただろ。そもそも最近は吸わなくなってたし」

クリストフはブラントを深く吸い、煙を小さな塊にして鼻から少しずつ出した。早くも運転が楽になってきた。嫌みをこめてジョシュアに煙を吹きかけてやろうかと思った。土曜日に喧嘩(けんか)して以来、ジョシュアに対してこういう愉快な気分になったのは初めてだ。

「今日は応募の受付日だからな。時間は前回と同じ」ジョシュアが言った。

クリストフがうなずきもせずにいると、ジョシュアはばたんとドアを閉め、湾の上で太陽が照りつけて気温が上昇する中をとぼとぼと歩いていった。ゆるやかな弧を描いてジャーメインを走り抜けながら、クリストフは応募をすっぽかそうかと考えた。どうせ目は赤くなっている。けれども街の端まで来たところで引き返し、埠頭へ戻った。行き交う男たちが塩と熱気にたじろぐ姿を眺めながら、彼はもう一本ブラントを吸った。居眠りをして目を覚まし、お腹が空いてぼんやりしていると、ドアのそばにジョシュアがいて、助手席にすべりこむなり持参したサンドイッチの包みを開いて黙々と食べ始めた。編んだ髪があちこちからはみ出し、一口かじるたびに両手をぱたりと膝に落としている。疲れているのだ。

クリストフはジョシュアが食べ終わる前に車を出た。受付には同じ女が座っていた。今回は彼が記憶していたよりも髪が赤く、香水のにおいはそれほどきつくない。汗が乾いて顔に粉を吹いた男たちが廊下をのっそり歩いている。クリストフは待合スペースに座り、『ハンターズガイド』を下に敷いて応募書類に記入した。クリップボードは残っていないと女に言われた。彼は肩をすぼめ、書類を渡すときには口を閉じてにっこり笑い、グローブボックスに入っている草のことを考えながら車に戻った。クリストフはまた一本ブラントを巻いた。ジョシュアは昼休みが終わるまでいっしょにいて、時間になるとシートの背に頭を倒し、長く大きなため息をついた。それからぎゅっと目を閉じて開き、誰にともなく言った。

「ああ、早く給料が欲しい」

ジョシュアはドアのレバーを引いて出ていった。クリストフはボア・ソバージュの田舎道に戻り、ジャヴォンの家の裏庭のいつもの場所に車を停めて、一度だけノックをしてドアを開けた。ジャヴォンはティルダを家から送り出した。

「おまえ、午前の稼ぎを逃したぞ」

「ちょっと野暮用があって」

「まあ、夜に埋め合わせるっていう手もあるけどな。また来いって言っておいたから」

クリストフはコントローラーを左手でほうり上げて右手でキャッチした。次のノックを待ちながら、ジャヴォンに言われたことを吟味した。

「この調子でいくと、ダニーにもらった分が早々にさばけるんだよな。あんまりすぐに次のを請求したら、どうしたんだと思われるかもしれない」

「なるほど」

ジャヴォンは吸っていたブラック・アンド・マイルドを口から抜いて、ねじれて乾いた先端をしげしげと眺めた。続いてそれを部屋の反対側にほうり投げると、吸いさしは完璧な弧を描いて空（くう）を切り、大粒の雨のようにどさりとごみ箱の中に落ちた。彼はポケットから次の一本を取り出した。

「夜にまた来いよ。ＱＰをやるから。代金はいくらでも、ダニーに払ってるのと同じ額でかまわない」

クリストフは両手を腿の下に敷いた。次のブラントを巻きたかった。体の重みでなんとか両手をじっとさせた。

「なんでまた？」

ジャヴォンはタバコに火をつけながらためらった。クリストフに目を向け、口を開いた。ゴールドの前歯に一斉に炎が反射して、キャンディの包み紙のようなピンク色に輝いた。

「なんとなくそういう気分だから」

誰かがドアをノックして、二人の男がリビングに入ってきた。一人はクリストフも知っているが、もう一人は知らない。知らないほうは白人だ。ブラックジャック――クリストフが知っているほうのジャンキーは流したてのアスファルトみたいに真っ黒で、両手をポケットに入れて歩くと細い腕はTシャツのひだに隠れて見えない。胸はボウルのように落ち窪んでいる。白人のほうは顔に一日分の無精髭を生やしていて、茶色い髭がそのまま髪と混じり合っている。やけにこざっぱりとしている。クリストフはキッチンの入口で立ち止まった。

「おまえ、人んちに誰を連れてきたんだよ、ブラックジャック？」

「こいつは町の北のほうに住んでるやつで」ブラックジャックは笑みを浮かべ、男に向かってうなずいた。「名前は――」

「なんでおまえとその白人の小僧の欲しいもんがうちにあると思ったんだよ」ジャヴォンの声はしだいに細くなった。クリストフはキッチンの奥に退いた。「帰れ」

「だがジャヴォン――」

あっという間の出来事だった。ジャヴォンはたったいまソファーでゆったりしていたかと思ったら、次の瞬間には立ち上がり、革のベルトを振るったような音を響かせてブラックジャックの頰に平手を見舞っていた。ブラックジャックがよろめいて白人の男にぶつかり、白人の男もうしろに倒れかけて壁にぶつかったが、かろうじて持ちこたえた。なんだか壁板の中に沈んでいこうとしているように見えた。ジャヴォンの長い爪のせいで、ブラックジャックの仮面のような黒い顔には赤い血の線が刻まれている。「おれの家からとっとと出ていけ」ジャヴォンが言った。「それとブラックジャック、二度とうちに来るな」

「一服分でいいんだよ」壁を擦って移動しながらブラックジャックが言った。

「拳銃を持ってくるからな、このくそったれが」ジャヴォンはどなった。「おまえら家宅侵入罪だ」

ジャヴォンが姿を消し、ブラックジャックと白人の男はドアをばたんと鳴らしてそそくさと出ていった。ジャヴォンが自分の部屋でごそごそしている間に帰ろうか、とクリストフは考えた。ジャヴォンが現れ、暗い廊下でクリストフと並んで立った。

「警察だと思ったのか？」クリストフは尋ねた。

「おれはあいつを知らないし、危ない橋は絶対に渡らない。おそらくブラックジャックを利用するつもりなんだろう。別の誰かを売らせるとか」ついさっきあれだけ張りつめていたジャヴォンから、いまはすっかり力が抜けている。「拳銃の置き場所を変えたのを忘れてさ、あいつらが出ていってからやっと見つかったよ」

連中はこの家を見張っているのだろうか、とクリストフは考えた。自分の車がいつもここに停まっていることもばれているのだろうか。車の番号も控えられているのだろうか。そういえばダニーが話していた。最初のチャンスのこと、運のこと、賢く冷静にふるまわなければならないこと。ここに通うのはうかつだっただろうか。クリストフがぼうっと立っていることに、ジャヴォンも気がついた。クリストフは赤くなった。耳から血が染み出して顔に広がっていくような感じがする。傷口から流れ出る血で水が赤くなっていくような感じ。

「うちの家は林のそうとう奥にあるからな。連中が来るのに気づかないなんてことはまずねえよ」ジヤヴォンが言った。クリストフは無性に腹が立った。もはや座る気にはなれないし、三十分おきにそわそわと玄関を見やって、そのうちノックの音が連打で響いて腕の太い赤ら顔の警官がドアを蹴破るのではないかと、はらはらしながら待つ気にもなれない。

「今日はちょっと商売する気になんなないな。帰るよ」

「わかったよ、そういうことなら」

ポケットの袋を指でいじりながら、クリストフは考えた。お金のこと、マーミーのこと、シルのこと、ジョシュアのこと、お金のこと。「明日また来る」ジャヴォンはソファーに座り、クリストフのことは無視した。

残りの一日を、クリストフは川で浅瀬に浮いて過ごした。身分証明を求められることのない北の店でビールの六本パックを買った。ビールは砂の中で日に炙(あぶ)られるにまかせ、こぼれないように胸にのせて、熱いままちびちびと飲んだ。

週のなかばには、クリストフの朝の一服はほぼお決まりになっていた。シルとマーミーとジョシュアと過ごす夕食時には、港湾からの電話を待つとはなしに待った。新たに芽生えた夕食時の家族の議論に伴う棘(とげ)は無視して、とにかく早く食べ終わることに専念した。夕食の皿を洗ったあとは、なるべく早くに歩いて出かけた。木曜日、彼はジョシュアがシャワーを浴びている隙に、シルとマーミーがリビングで話しているそばを急いで通り過ぎた。

「ちょっと出かけてくる」クリストフはマーミーに言った。

「ジョシュアに行く先を伝えておく?」マーミーが訊いた。

クリストフは戸口でぴたりと止まり、たわんだドア枠をかすめて片足を戻した。マーミーは彼の返事を待ち、その横でシルも急にテリア犬のように聞き耳を立てている。

「行く先はとくに決まってないから」

クリストフはドアがそっと閉まるように気をつけながら手を離し、階段を一気に飛び降りた。マーミーに嘘をついたことが心苦しかった。行く先はわかっている。マーミーが電話のそばに張りついて前回と同じように待つことが、耐えられなかった。彼自身はとても前回のようには待っていられない。どこに応募したのかと、シルが絶えず訊いてくるのにも耐えられない。食べ物でいっぱいの冷蔵庫が恥ずかしかった。ジョシュアは自分たちの金で買ったものをかまわず飲み食いしているが、クリストフは食事の席に着くたびに喉が詰まりそうになる。ジャヴォンはサンドマンが勝手口から出入りするように取り計らってくれた。自分への見返りとしてそうしてくれたのだと、自分たちがすでに共犯者なのだと、クリストフにはわかっている。ジャヴォンの家でたかだか一週間売っただけで、物置小屋の工具箱には輪ゴムで留めたグリーンの札束がいくつも貯まり、気が気でなかった。ジョシュアに見つからないよう、慎重に隠してある。ジャヴォンの家には歩いていくことにした。草を吸い、シャツを脱いだが、夜だと脱いだ気もしない。行き当たりばったりに設置された街灯がひどくまぶしい。虫の音が響く暗闇に囲まれているほうがいい。通りすがりに電球に向かって石を投げたら、いずれも木の支柱に当たって弾かれた。草のせいで狙いが定まらない。

ジャヴォンの家の私道には思いがけずダニーの車が停まっていた。ドアをノックして返事を待たずに中へ入ると、ダニー、ジャヴォン、ボーン、マルキスがキッチンのテーブルを囲み、テーブルにはドミノの牌が散っていた。靴箱の蓋の外面をスコアボードにして、ダニーが点数を書きこんでいる。

「ドアの鍵を頼む」ジャヴォンが奥から声をかけた。

クリストフは鍵を回し、廊下にあった椅子を引っ張っていって玄関を背に座った。

「よう、元気か？」ダニーが訊いた。

「まあね」

「なんでＱＰを取りに来ないんだよ？　そろそろなくなったころだろうに」

「まあ、のんびりやってるから」答えながらジャヴォンのほうを見ないように気をつけたが、見てしまった。ジャヴォンは手に持った牌をじっと見ている。つまりジャヴォンは、ダニーに話していないのだ。「二、三日中に行くと思う」

「どうだ、シル叔母さんが帰ってきて？」

「ずっとじゃないし、いいんじゃない」

ダニーは笑った。ダニーとまともに過ごすのは七月四日以来だ。おそらく粉を仕入れに来たのだろうと踏んでいたので、ジャヴォンがポケットから白い粉の袋を取り出してテーブルに置いたときにも、クリストフはとくに驚かなかった。だがダニーは袋に手を伸ばそうとしない。それじゃあなぜジャヴォンはそれをそこに、こぎたない小さな袋を自分のそばに置いたままにしているのだろう。賭けの賞品だろうか。ダニーが靴箱の蓋をきれいに拭いてジャヴォンに渡した。蓋の内側はなめらかで、色はくすんだ黒だ。ジャヴォンが袋のチャックを開けて中身の半分を蓋の内側に出し、ポケットからカミソリを取り出して粉の塊を切り分け始めた。背後でドアが開くのを感じたが、クリストフの目はジャヴォンに、厚紙の上でコカインを細い線状に慎重に分けていく手つきに、釘づけだった。クリストフはテーブルを囲む面々の表情が変わらないことに気がついた。まるで最初から見越していたかのようだ。クリストフは知らなかった。ジャヴォンがカミソリを置いて丸めた紙幣を手に握り、テーブルに顔を近づけた。鼻からふんと吸いこんだ。それから靴箱の蓋をテーブルの向かいにいるボーンのほうへ押しやった。ダニーがドミノの牌をかきまぜ始めた。大きな分厚い手で前後にさっと滑らせていく。首に当たるエアコンの風が、クリストフには冷たすぎた。誰かに氷でなでられているみたいだ。ボーンが紙幣と蓋をマルキスに回した。ダニーは自分の両手を見ている。マルキスが背中を起こし、テーブルの向かいにいるダニーのほうへ蓋を押しやるそぶりを見せた。ダニーの手がぴたりと止まった。

「知ってんだろ、おれはそういうくそはやんねえよ」

「おまえは、クリストフ？」ジャヴォンが尋ねた。声がかすれている。見ると、目が大きく開いて白っぽくなっている。ジャヴォンが笑みを浮かべた。

「やったことは？」

「いや」

「こいつはちょっといいやつだぜ。純度が高い」広がった瞳孔が排水口のようだ。「ほら」

ジャヴォンはコカインを刻むのに使ったカミソリを差し出した。うっすらと粉が付着して、刃が鈍くなっている。

「味見してみろよ」

大麻を吸うとクリストフは気持ちが落ち着く。明け方に目覚めるたびに感じるあの不安と苛立ち、眠りを妨げるあの感覚が、煙とともに引いていく。ジャヴォンの笑みが大きくなり、黒目が白目を侵食するかに見えた。映画で見たことがある、舌がちょっと痺れるだけだ。そう思い、クリストフはカミソリを受け取って、聖体拝領の薄いパンのように舌にのせた。苦い。刃が滑って口の中がさらに濡れるのを感じ、取り出してみると、赤くなっていた。

「切れてんじゃん」ジャヴォンが言った。

ジャヴォンは自分の牌を拾ってテーブルに叩きつけていく。ずいぶん早口だ。ボーンとマルキスがやけにまばたきをしながら笑う姿を見て、口をゆすぐべきかもしれない、けっこう血だらけなのかもしれない、とクリストフは思った。陶器のシンクに顔を近づけてピンク色の水を吐き出していると、うしろにダニーの姿が見えた。

「あんなことをするからだ」

「粉なんかほとんどのってなかったじゃん」

「舌が痺れてるんだろ」

「切れたからだよ」

「そうだよ、ばかめ」

「なんだよ、くそ、どうせおまえだって前に似たようなことやってんだろ。ジャヴォンのやつ、きっとみんなに同じこと勧めてるんだろうからな」

ダニーが戸口でがくりと首をたれた。

「おまえ、いったいどうしちゃったんだよ？」彼はドア枠に両腕を突っ張った。「そろそろお互いに足を洗ったほうがいいかもな」

バスルームはすえたようなにおい、立ち小便のようなにおいがする。リビングの冷えた空気も奥の部屋までは届かない。クリストフはダニーを無視した。

「気持ちわりい」

「おまえがまたあのくそに手を出したら、おれとジョシュアでぼこぼこにしてやるからな」

「うるせえ」クリストフは隙間をくぐってバスルームから抜け出た。「おれはべつに家族の中のジャンキーじゃねえよ」

ドミノゲームに興じるうちにクリストフの頭の中の雑音は静まり、草の名残がひたひたと押し寄せて、体がだるくなってきた。ダニーはビールの大瓶をちびちびと飲んでいる。ジャヴォンが勝つころには、外ではこぬか雨が降っていた。雨の中を歩いて帰る気にもなれず、クリストフはダニーの申し出を受け入れて車で送ってもらうことにした。舌が疼くのでしゃべらないようにした。家に入ってキッチンの流し台の明かりを消すと、ほどなくダニーの車の走り去る音が聞こえた。シルの部屋は無人で、ドアは閉まっている。クリストフは靴を履いたままソファーで眠った。

ジョシュアが目を覚ますと、クリストフのベッドはもぬけの殻で乱れもなく、テレビの音が聞こえてきた。空はどんよりとした灰色だ。リビングへ行くと、マーミーだと思っていたのはクリストフだった。テレビの前で床にしゃがみ、画面の下をリモコンでつついてチャンネルをぱちぱちと変えている。

「何時？」

「メキシコ湾でハリケーンが発生したってさ。キューバのむこう側。こっちを直撃するらしいぜ」嵐の渦がきれいな弧を描いてテレビの画面を横断し、海上を示す青、空気のような青を通過してメキシコ湾に入り、しっかりと上陸している。気象予報士の肌は黄色っぽく、趣味の悪いグレーのスーツを着ている。

「おまえ、ここで寝たの？」

「二週間後ぐらいにこっちへ来るんだって」クリストフはハリケーンの風を感じるかのように目を細めた。テレビの台を小刻みに叩くのをやめられないらしい。昨日と同じ服を着ている。テレビと競うこともできず、クリストフの背中に向かってしつこく答えを要求する気にもなれなかったので、ジョシュアは仕事に行く準備を始めようとシルの部屋を通り過ぎた。部屋のドアが開いている。ほんの少しだが隙間が開いて、扇風機がつけっぱなしになっている。ジョシュアは扇風機を消した。ゆうべは戻らなかったのだ。香水のかおりが渦を巻いて、部屋の中に沈んでいった。

ジョシュアは部屋でブーツを履いた。マーミーにキスをして、すぐに離れるつもりでいたら、腕を引っ張られた。緑の錆びた電灯の下で、マーミーの目は濃いブルーに見える。

「あの子は昨日のにおいがするね」マーミーが言った。ジョシュアは自分の腕に置かれた手に視線を落とした。クリストフがほとんど寝ていないこと、落ち着きがないこと、風呂に入っていないことを、マーミーに認めるのは気が引けた。ジョシュアは内頬を噛んだ。だからといって、マーミーに嘘はつけない。「心配なのよ」マーミーは言い添えた。

外でクラクションが大きく鳴った。

「なんだか父親に似ていくようで」ジョシュアの腕をつかむマーミーの手から力は抜けたが、指はいまも彼の肘のあたりをさすっている。ジョシュアは顔を近づけてキスをした。唇に触れた肌は湿って皺が寄り、ジョシュアの唇といっしょに動いた。酢のにおいがした。

「気をつけてやってね」

ジョシュアはうなずいて、そばを離れた。

仕事へ向かう車の中で、ジョシュアは断固として眠気に抗った。ゆうべはマーミーが寝たあとで、ソファーの上を滑ってそばに来たレイラを膝にのせ、熟れた果実のようにやわらかくずっしりとした重みを感じながらキスをした。レイラの指が産毛のようなあご髭をなぞり、やわらかなもみあげをなでる感触を味わう一方で、彼女の口の中の潤いにジョシュアは驚いた。彼女の体の内側を思い描いた。ピンク色の呼吸する体、彼女を織り成す血と骨と肉。その中に入ってみたかった。けれどもクリストフはいつ帰ってくるとも知れず、マーミーは自分の部屋で年寄りにありがちな浅い眠りに就いているにすぎない。そういう状況では、自分には無理なこともわかっていた。けっきょく明かりのちらつく蒸し暑い暗がりの中でキスをして体に触れただけで、夜中に家まで送っていった。その帰り道、ヘッドライトがサンドマンを照らし出し、自転車のハンドルに覆いかぶさるようにしてゆっくりとペダルを漕ぐ姿が見えた。帽子はなく、首が剝き出しで、赤く焼けているのが暗がりでもわかった。手のひらが宙で白っぽく光ったが、ジョシュアはスピードを落とさなかった。こっちの車に見覚えがあったのかどうかはわからない。たぶん店まで乗せてほしかったのだろう。そして着いたら、金を借りる。ジャンキーとはそういうものだ。だが、たとえそうであっても、サンドマンの細長い背中はクリストフによく似ていて、顔に当たった光が薄れてサンドマンが闇の中に去りかけた一瞬、ジョシュアはそこに兄弟の姿を見る思いがした。

クリストフが運転をしながらハンドルをせわしなく叩いたり、座ったままびくっと動いたりする様子を見ながら、ジョシュアは彼がいつの間にこんなに落ち着きのない人間になってしまったのだろうと考えた。おそらくジャヴォンが関係しているに違いない。それ以外にこんなにぴくぴくしたり両手でハンドルを握り直したりする理由があるだろうか？　何か話さなければ、とジョシュアは思った。

前方の地平線にだんだんと埠頭が見えてきた。穏やかな青い海に沿って人差し指のように延びている。

「ハリケーン用の板の打ちつけって、いつごろから取りかかればいいだろうな」ぎこちない口調になった。クリストフが振り向いて額に皺を寄せ、ステレオのボリュームを下げた。それでもジョシュアは、音楽が鳴っているかのように大きな声で続けた。「この夏はもう三度目だし——そんなにかかりするようなことじゃないだろ」

「ハリケーンのせいじゃねえよ」クリストフは言った。

「それじゃあなんだよ？」

クリストフがギアをパーキングに入れ、車ががくんと揺れた。彼はダッシュボードに片手を突っ張り、湿った指で埃の中にくねくねと文字のような跡を残しながら、もう片方の手を助手席のヘッドレストに突っ張った。あごを引いて、まっすぐにジョシュアを見ている。目をわざと大きく見開いて。

「なんでもねえよ」

ジョシュアはクリストフの口を見つめ、それから外の駐車場と、低い堤防と、空から雨のように降ってくるカモメたちに視線を移した。クリストフがギアをドライブに入れて、ブレーキを踏みこんだ。右手をポケットに伸ばしたかと思うと、札束を取り出した。

「マーミーに」

「まだ早いだろ」

「まあな。でもこの二週間はついてたから」

ジョシュアはお金をズボンのポケットに入れ、時計に目をやり、ついに抑えきれなくなった。

「おまえ、やばいよ」ジョシュアはささやいた。

クリストフはハンドルをぴしゃりと叩いてジョシュアに向き直った。「ちゃんと稼いでんだろ、え！　こっちはおまえが二週間で稼ぐ以上の金を、一週間で稼いでるんだ。ちゃんと努力してるんだよ！」

「違うな」ジョシュアは言った。彼はドアをばたんと閉めて車を去った。

ジョシュアの頭はクリストフのことでいっぱいだった。鉛色の空と太陽の下でクリストフの体が溶けだし、少しずつ蒸発して雲になってしまうのではないかと思った。頭の中で何度もクリストフの声が響いた。なんでもねえ、なんでもねえ、なんでもねえ。クリストフが体の向きを変え、ハンドルとヘッドレストの間で腕を突っ張ってぴたりと止まる姿が思い浮かび、続いて口を開くところが思い浮かんだ。あのときうっすらと走る赤い線、クリストフの舌を二分する線が見えた。二つの箱を同時に肩に担ぎながら、ジョシュアは腰に負担がくるのを感じた。あの線。最初は気のせいかと思ったが、その後も消えなかった。切り傷のようだった。ジョシュアは箱を手に持ち換え、パレットにずるりと下ろした。それから箱の側面に両手を滑らせて積んだ荷を整えると、足下でパレットが傾くのを感じた。板が割れているようだ。

いったいどうしたら口の中があんなふうに切れるんだ？　何を食べたら口の中が直線状に切れるんだ？　ハゲワシのように宙を舞うカモメも、駐車場から立ち昇る焼けたタールのにおいも、足元から柱のように積み上がっていく箱と袋も——頭の中からすべてが消えて、もはやクリストフの口しか見えないのに、何を話しているかは聞こえない。ふいに両手を絞られるような、叩き潰されるような衝撃が走り、ジョシュアは箱から身をよじってアスファルトの上に倒れた。両手と手首に血がついていた。前に屈んで両手を合わせ、本のように再び開くと、皮膚がざっくり切れていた。小指のつけ根から手首にかけて、ピンク色の皮膚が花びらのようにだらりとぶら下がっている。そばにいた男が大声をあげ、レオが走ってくるのが見えた。自分を引っ張ってオフィスへ連れていくレオに、ジョシュアは素直に従った。

「箱を確認してたんです」ジョシュアは言った。両手が疼いた。前にナマズの背びれに刺されたことがあるが、そのときもこんなふうにじんじんと疼いた。ポール伯父さんが作ってくれた小さな手網を持って、二人で海辺で泳いでいた。八歳のころだ。

「おそらく板が割れたんだろう。潮水と潮風で腐るんだ。箱を縛っていた紐に手を取られたんだな。前にも同じ切り口を見たことがある。カミソリみたいに鋭く切れる」

レオに連れられてジョシュアはいくつもの書類の棚を通り過ぎ、受付の女とコンピューターの短い列を通り過ぎて、小さな部屋――メインオフィスとは別の、クロゼットのような細長い部屋にたどり着いた。指の間を血が流れ落ちている。レオは消毒用の脱脂綿でジョシュアの手のひらをはたくように拭いてから、両手の間にタオルを挟ませ、その両側からジョシュアの大きな手を自分の手でぎゅっと挟んだ。圧迫したおかげで出血の勢いは弱まった。レオがタオルをはがすと、傷口は漠然とわかる程度で、内側の肉が怒ったように赤くなっていた。

「縫うことになるかもな」

レオは自分のダークブルーのピックアップトラックでジョシュアを病院まで連れていってくれた。シートが革張りだった。

「新車なんだ」レオが言った。

ジョシュアは止血のために両手を高く上げ、痛みを堪（こら）えてタオルでずっと強く押さえていた。レオのシートに血をたらしたくなかった。病院では医者が彼の両手をそれぞれ十二針ずつ、完璧な黒の縫い目で斜めに縫った。黒くごわごわとして、彫りたてのタトゥーのようだった。腫れてずきずきした。痛み止めとしてイブプロフェンを飲むように言われ、ガーゼと薄茶色の包帯を巻いたら、日焼けの染みついた肌にはずいぶん白っぽく見えた。埠頭に戻り、クリストフはいないかもしれないと思いつつ、家に電話した。案の定、いなかった。何かあったのかとマーミーに訊かれたが、否定した。帰ってから話したほうがいい。よけいな心配はさせたくない。公園だろうか、とジョシュアは思った。クリストフがそこにいるかと思うと腹が立った。レイラに電話しようかと考え、続いてシルの携帯電話のことが思い浮かんだ。それから爪の先を使って電話帳を不器用にめくり、やがて目当ての番号が見つかった。ジャヴォンが電話に出た。ゆったりとした、ハイになっている声だった。

「クリストフ、そこにいるかな？」

「おまえは？」

「ジョシュア」

電話のむこうにいきなりクリストフが現れ、受話器に向かって強く息を吐き出した。草のせいで声がかすれている。

「迎えを頼む」

かちりと音がして、信号音がツーと鳴った。ふだんは三十分かかるところを、クリストフは二十分で埠頭の端に到着した。ジョシュアは胸の前で腕を組んで、助手席に乗りこんだ。

「どうした？」

「箱を縛っている紐で手を切った。少し縫った」

「大丈夫か？」

「大したやつじゃない。一週間の休みをくれた」後部座席でかたかたと音がするので振り返ると、真新しいにおいのする合板が一束置いてあり、ハリケーンマークがついている。

「どこであれを？」

「盗んだ」

クリストフはバーガーショップに寄って、ジョシュアの希望は尋ねもせずに彼の分まで買ってくると、二人の間に無言で置いた。ハンドルに置かれたクリストフの両手を眺めながら、ジョシュアは彼の手のひらを思い描いた。自分よりもひとまわり小さく、白くて、傷のない手のひら。それから自分の手のひらにある黒い殴り書きのことを、また一つ増えた二人の違いのことを考えた。怪我（けが）に伴う日常の不便が疎（うと）ましかった。包帯が取れて直接ものに触れるようになるまでに、どれぐらいかかるだろう。温もりを直（じか）に感じられるようになるまでに、このずきずきから解放されるまでに、どれぐらいかかるだろう。炭酸は苦く、フライドポテトのせいで口の中がぬるぬるした。家に着き、ジョシュアは飲み物を座席に残して車を降りた。クリストフがそれを家の中まで持ち帰り、流しに捨てた。

第13章

ジョシュアの両手に走る亀裂は、マーミーには魚のえらのように思われた。縫い目は丈夫そうだが、傷口の細い切れ目から黄色い汁が滲み出して、そのせいで肉が熱をもってぶよぶよしている。ジョシュアが電話してきた時点で、何かがおかしいことはわかっていた。車の音が聞こえたとき、マーミーはバタービーンズと米料理に使うタマネギを刻んでいた手を直ちに止め、しゃべっているシルをそのままキッチンに残してポーチに出た。先にジョシュアが入ってきた。両手を宙に浮かせていた。マーミーのぼやけた視力でも、肌の色がおかしいこと、指が不自然にこわばっていること、何かで覆われていること、何かがあったことはわかった。うしろからクリストフが両脇を締め、両手をポケットに入れて入ってきた。

マーミーのうしろでシルが鋭く息を吐いたかと思うと、横から手を伸ばしてジョシュアを自分のほうに引き寄せ、何があったのかと問いただした。マーミーは座ってジョシュアの説明に耳を傾けた。積み上がった箱、古いパレット、腐りかけた板、肉が裂けた瞬間の痛み。出血。マーミーはジョシュアに包帯をほどいて両手を出すように求めた。骨が折れていないか、分厚い麻糸のせいで指が根元からもげていないか、自分の手で触れて確かめたかった。シルはばかばかしいと言わんばかりに笑うだけで、けっきょくクリストフがジョシュアの手に覆いかぶさるようにして包帯をほどいた。クリストフは風呂に入っていないにおいがした。ジョシュアは潮のにおいと日に焼けて汗をかいたにおいがした。ジョシュアの手のひらは腫れあがり、ピンク色と淡いピーチ色がぼんやり見えるはずのところに、黒く刻んだような痕が見える。小さな溝のように手のひらを二分していた生命線が、深い裂け目と規則正しい縫い目に変わっている。マーミーは、彼の指の出っ張った節を一つ一つつまんでいった。

「ああ……ジョシュア」マーミーはささやいた。ジョシュアの開いた手に触れようとしてシルが身をのり出し、マーミーの肩をかすめた。続いてジョシュアの手がびくっとするのが伝わった。シルがぴたりと静止して、まるでマーミーの子宮にいたときのように重くのしかかり、肌と肌が密着して、それから離れた。二人の間をひんやりとした空気が流れた。

「ただの切り傷だよ」ジョシュアが言った。

「これだけですんだからよかったものの」シルの声からは心配が蒸気のように立ち昇り、雨に打たれて湯気の立つ馬の脇腹を思わせる。シルは一人だけむかいのソファーに座って皆を見ている。「クリストフ、どうしてこんな時間になったの?」

「おれ、物置小屋でやることがあるから。窓に打ちつける板を見繕ったりとか。ハリケーンが来るらしくて」クリストフは答えた。両手をポケットに入れて肩を怒らせ、すでにドアへ向かっている。マーミーは家族がばらばらになっていくのを感じた。

「いいから物置小屋は放っておきなさい」マーミーは割って入った。「ハリケーンなんてまだ来ると決まったわけでもないんだから」

きっと小屋でごそごそして、そのうちどこかへ消えてしまうつもりだろう。その後はいつ帰ってくるとも知れず、朝にはマーミーが目覚める前に起きて出かけているに違いない。ポールによるとクリストフはジャヴォンの家に出入りしているらしいし、ジャヴォンが何をしているかは周知の事実だ。クリストフにはじっとしていてほしかった。安全な場所にいてほしかった。追われるままに逃げるのではなく。

「やることがあるんだよ」

「クリストフ！」シルが声をあげた。「まだ質問に答えてないわよ」

マーミーは弾かれたように背中を起こし、手探りでクリストフのいるほうへ向かった。こんなに速く動けることに自分でも驚いた。マーミーはクリストフの腕をつかんだ。彼女につかまれては、彼は動けない。

「いいから、クリストフ」彼の体には硬く力がこもって、暴風に煽られて背を曲げる松の木のようだ。マーミーはさらに手に力をこめた。「シャワーを浴びておいで。ジョシュアの世話を手伝ってちょうだい」クリストフの体から力が抜けた。「あたしのために」

「わかったよ、マーミー」彼はうなずいた。

シルが皆を無視してほっそりとした髪にカーラーを巻く間、マーミーは不安に駆られて狭いキッチンをぐるぐる回っていた。調理台を叩いて、鍋をかき混ぜ、生地をこねて、皿を洗って。自分でもどうにもならなかった。鍋の蓋を床に落として拾おうとしたとき、ジョシュアが電話に向かってささやく声が聞こえてきた。

「明日は会えるよ、約束する。ぼくも愛してる。それじゃ」

ジョシュアがレイラに愛していると伝えているとは知らなかった。だがまあ、大きな体で彼女のそばをうろうろし、スプーンのように曲がって顔を近づけるさまを思えば、レイラも彼の気持ちに気づいていただろう。シルがあのような態度をとったときには、つくづくひっぱたいてやりたかった。わが娘ながら恥ずかしくてたまらなかった。辛辣で、尊大で、要求の高い美人の娘。外ではようやく日が沈んで暗くなり、クリストフはジョシュアと並んでソファーに座っている。開いた窓のむこうでコオロギが騒ぎ、車が一台、前の通りを走り過ぎる音がした。キッチンの窓辺でサルスベリがかさかさとこすれている。シルは疲れたと言って、食べずに部屋に引きこもった。クリストフは食べ物をごっそりすくって口に運び、ジョシュアはスプーンを不器用につかもうとしては豆の中に落とした。そのたびにクリストフがスプーンを拾い、包帯を巻いた指と指の間に挟んでやった。ジョシュアは最初のときだけ力なく笑ったものの、その後はただ黙っていた。マーミーは小石でも噛んで呑み下しているような気がして、そんなことはないと思えるように何か言葉を口にしたかったが、何も思い浮かばなかった。

　ジョシュアは頭の上に腕を伸ばし、壁に立てかけて眠った。ガーゼの縦糸が皮膚を引っ張るように、体が空気に引っ張られた。自分が無防備に思えて仕方がなかった。体が落ちていく夢を見てはっと目を覚ますと、家の中は暗く静かだった。遠くで雄鶏（おんどり）が鳴いている。キッチンへ行くと、電子レンジの時刻は二時二十二分を示していた。明かりが見えた。物置小屋の板の隙間に沿って光が刻まれている。ジョシュアは家を出て、少しずつ近づいた。草は露を吸ってふくれ、濡れている。ドアにたどり着き、肘でそっとノックした。クリストフは緑の錆びたドラム缶と腐食したエンジンパーツとスチールの工具箱の真ん中で、草の入った茶色っぽい緑の袋にぐるりと囲まれて膝をついていた。小さい袋を数えながら、大きい袋にまとめているところだ。クリストフがこれほど大量に売っているとは知らなかった。ジョシュアの口から、自分でも思いも寄らない言葉が飛び出した。

「おまえ、あの舌の傷はどうしたんだ？」

　クリストフがぼんやりと顔を上げ、両手を下ろした。ジョシュアは自分の両手がいまにも包帯を破って飛び出してきそうな錯覚にとらわれた。

「いきなりなんの話だよ？」

「舌の真ん中が切れてるだろう。傷のように見えたけど」

「カミソリだよ」

「口の中を？」

クリストフはビニールの小さな袋を茶色い紙袋にまとめる作業に戻った。紙袋は店でビールの大瓶を入れるのに使うようなやつで、底のほうが湿っている。

「ジャヴォンのところでしくじった。自分にもできるか、ちょっと試してみたかったんだよ」

クリストフは袋の口をくるくると巻いて立ち上がった。続いて棚の裸電球を消すと、あたりは完全な闇に包まれ、クリストフの顔も見えなくなった。ジョシュアは彼がそばを通り過ぎるのを感じた。家に戻り、クリストフが鍵をかけるのを待って、ジョシュアは忍び足で寝室へ戻ろうと体の向きを変えかけた。ところがクリストフはそのままソファーに腰を下ろして、じっとテレビを見ている。

「おれは起きてテレビでも見てる」

クリストフの奥歯に力がこもり、あごの筋肉がぴくりと動いた。テレビがついて、水色のスーツを着たテレビ伝道師が画面を横切った。両手を高く掲げた姿は、マルディグラの祭りでパレードの山車（だし）からビーズの雨が降ってくるのを、まやかしの神意が下されるのを待っているかのようだ。伝道師はショック状態にあるようで、両目をかっと見開き、カメラがズームインしてさらにアップで映し出されると、その目はスーツと同じ水色だった。伝道師の表情が崩れて泣きそうな顔になった。クリストフはソファーに深く座ったまま、ほとんどまばたきもしない。ジョシュアは身動きを封じられ、クリストフを見つめてただ立ち尽くし、カミソリのこと、加熱してクラックになる前の白い粉の袋のこと、ジャヴォンからの支給物のことを考えた。やがて切れた両手が疼きだし、クリストフをその場に残して彼は眠りに向かった。

クリストフが目を覚ますと、朝五時からのアニメ番組をやっていた。寝ている間に砂でもまかれたかと思うほど、口の中がじゃりじゃりする。お腹が空いていた。彼はトウモロコシ粥を作った。皿を洗った。カーテンを通してやわらかな白い光が広がる中で電話に目を向け、一瞬、この先いったい自分に仕事の電話がかかってくることはあるのだろうか、自分はいまも本気で気にしているのだろうか、と考えた。ジャヴォンは今日もクリストフが訪ねてくるものと思っているだろう。乾燥機から服を取り出しながら、シルとマーミーとジョシュアを起こさないように気をつけた。たぶんジョシュアは、退屈しようが気まずかろうが、ついてきたがるに違いない。クリストフとしては来てほしくない。自分がどうして眠れないのか、クリストフにはわからなかった。羽毛のようにふんわり落ちていく、眠気の波に揺られている、と感じるたびに、自分のまわりで袋の中身が一斉に花開いたり、草の袋がBB弾のようにポケットに無数に入っていたり、カミソリが思い浮かんだり、刃にのった白い粉とジャヴォンの白い顔が思い浮かんだりする。朝目が覚めると、真っ先にそうしたことを考える。お腹が空いてどうしようもなくなるまで何かを食べたいとも思わないし、こんな薄汚れた暮らしをしている自分に、風呂に入る意味があるとも思えない。起きて風呂に入って食べて着替えて、ジャヴォンの家に行って金を稼ぐだけなのに。ジョシュアの事故のことを考えるとぞっとした。万一、自分の手が潰れていたら？　万一、自分が家族を支えなければならない事態になっていたら？

　時間はあると思っていたのに、ジョシュアはいつもの時間に起きてきた。ジョシュアがキッチンの椅子に座ると同時に、クリストフは靴下を履いて立ち上がった。

「今日の予定は？」ジョシュアが訊いた。クリストフの胸の中で闘志が燃えあがり、鎮火して、灰と化した。

　くそ。

　二人は十時ごろに家を出た。シルはそれより先に、誰にも行ってきますも言わずに出かけた。その後マーミーと三人で〈ハリウッド・スクエア〉を見たが、マーミーは出演者のジョークにふふっと鼻を鳴らすだけで、声を出して笑う元気はないようだった。ジャヴォンの家に着くまでの短い間、二人はずっと黙っていた。いつもの癖で車は裏庭に停めた。ドアを一度だけ、強く、短く、殴るようにノックして、中に入った。ジャヴォンはソファーに長々と伸びて片脚を肘置きに引っかけ、クリストフが入ってきても座り直そうとはしなかった。ブラック・アンド・マイルドを口の隅にくわえて、ビデオゲームのコントローラーと格闘している。〈ドゥーム〉だ。クリストフは彼の隣に腰を下ろした。見ると、ジョシュアは閉じたドアの前でためらっている。

「座れよ」クリストフは言った。

ジャヴォンが肘置きから脚をどけた。ジョシュアは腕を組んで両手の先をだらりとたらした。

「手、大丈夫か?」ジャヴォンが訊いた。「たぶん金が出るはずだぞ、知ってるよな?」

ジョシュアは曖昧に肩をすぼめた。ジャヴォンが苛立ってコントローラーを投げ捨て、ジョシュアがかすかにたじろぐさまにクリストフは気がついた。まぶたが一瞬だけ閉じて、口元がぴくっとした。

ジャヴォンは床から別のコントローラーを拾った。

「おまえならジャヴォンをこてんぱんにしてやれたかもしれないのにな」クリストフはジョシュアのむこうにいるジャヴォンに視線を向けた。「おれ、ぜんぜんこいつに勝てないんだ」

「おまえは誰にも勝てねえよ」ジャヴォンが言った。

「黙れこのやろう」

ゲームはジャヴォンの勝ちだった。玄関でその日最初のノックが響き、クリストフはコントローラーを床にほうり捨てた。立ち上がってノックの主を部屋に入れ、ジャヴォンがキッチンへ向かうのを見て、ドアを閉めた。しばしためらったのち、クリストフはティルダをキッチンへうながした。皆がそれぞれの持ち場を心得ていた。ジャヴォンはティルダに目当てのものを渡し、ティルダははにかんだように指を振って、摺り足でドアのアーチから出ていった。

さっき、ジョシュアはたじろいだ。彼はそのことを否定し、自分に言い訳を試みた。そもそも身長は数センチしか違わないし、埠頭であれだけ働いたいままでは、おそらく力も互角のはずだ。それでもジャヴォンがあの筋張った白い腕でコントローラーを投げたとき、ジョシュアは思わずびくっとした。まるでヘビのような動きだった。ジョシュアは帰りたくなった。レイラが暇なら車で拾って北を目指し、木立の間に隠れた未舗装の道、遊歩道と呼んでもいいほどの細い道を通って、川へ行くこともできただろうに。木立のトンネルを抜けてヘビの巣穴ほどの小さな隙間を抜ければ、そこには砂浜と太陽と曲がりくねった川が広がっている。ジョシュアは目を閉じ、深みへ歩いていく自分の姿を思い浮かべた。クリストフも誘えばその気になるかもしれない。梢に結わえたロープにぶら下がって大きく揺らし、深くて暗い水の中にジャンプすればいいと勧めてみれば。またもやドアをノックする音がしたのでジョシュアが目を開けると、クリストフは肩をすぼめてぶつぶつ言いながらそのままコントローラーをいじり、ジャヴォンが筋の浮き出た引き締まった体で彼の前を通り過ぎた。クリストフはいつもこんなふうに時間を過ごしているのだ。ジャンキーたちが一定間隔でやってきて、ジャヴォンがホワイトノイズのようにテレビの前を行ったり来たりし、クリストフはポケットから小銭でも取り出すように草の小袋を取り出す。

ジョシュアの両手はいまも疼き、同じ周期で鈍い痛みが側溝にあふれ返った泥水のようにこめかみのあたりを流れていく。驚いたことに、戸口にはレイラが立っていた。ティルダがまたしてもムッダ小母さんの社会保障の小切手を手に訪ねてきたのではなかった。レイラはフリルのついた白いタンクトップを着て、足にはサンダルを履き、ドアから差しこむ光のせいで輪郭がぼやけて見える。

「冷えた空気が全部逃げるだろ」ジャヴォンが言い、くわえていた葉巻きを吐き出した。

「ごめんなさい」レイラは素早く中へ入った。

彼女はソファーにいるジョシュアとクリストフの間に座ろうとしてバランスを崩し、ジョシュアの膝にぎこちなく倒れた。両手で触れたくなるのをぐっと堪え、ジョシュアは指先でそっと肩に触れた。

「どうしてここへ?」

「家に行ったら、たぶんここだとマーミーに言われたから」

「いま何時？」

「もう暮れかけてるよ」

クリストフがソファーを下りて床に座った。別のジャンキーがやってきてドアをノックし、クリストフが取っ手を引いた。

「手の調子はどう？」

レイラはジョシュアの両手を自分のほうに引き寄せた。硬くかさばって、まるでザリガニのハサミだ。レイラに触れられても何も感じない。ゲームの光を遮ってジャンキーがテレビの前を横切り、ジョシュアはレイラの腰に腕をまわした。

「帰りなよ」彼はささやいた。

「いっしょに帰ろうよ」レイラもささやき返し、唇がジョシュアの耳に触れた。

「あとで行くからさ、な？」

レイラがジョシュアの膝を下りたそのとき、キッチンにいるジャヴォンが声を荒らげた。ジョシュアはハサミのような手に彼女の手を引っかけて口元に近づけ、なめらかな手首にキスをした。薄暗い部屋の中で、彼女の目はほとんど黒に見える。レイラが寄りかかってきた。帰りたくないのだ。ジョシュアは玄関へ向かうジャンキーの先に目を向けた。クリストフが膝を抱え、ぽかんと口を開いてこちらを見ている。ジョシュアの頭にふと、クリストフのある表情が思い浮かんだ。子どものころ、遊びのミッションで町はずれの店まで自転車でキャンディーを買いに行ったときに、キャンディーのばら入りではなく袋入りのほうを人差し指でなでていた、あの顔だ。キスをしようと顔を近づけてくるレイラを制し、ジョシュアは彼女の頰にむかってささやいた。

「ほら、行きなって」

レイラはそっと出ていき、ドアはかちりとも鳴らなかった。

ジョシュアがレイラを帰したのは、クリストフには意外だった。てっきりレイラはそのままいるのだろうと思い、だから彼は床に移動したのだ。できればジョシュアもいっしょに帰ってほしかった。今夜ばかりは、レイラにジョシュアを連れ去ってほしかった。クリストフは、ジョシュアがびくっとしては目を開き、再び閉じて、頭をこくりこくりとさせるさまを見つめた。部屋は暗い。ゲームの音量は下げてあるが、外ではそれをしのぐ勢いでコオロギが鳴いている。クリストフはコントローラーを投げ出した。ゲームはもううんざりだ。どうせ何度も死んでばかりだ。そろそろ帰ったほうがいいかもしれない。

キッチンからノックの音が聞こえてきた。ジャンキーは勝手口は使わない。玄関から入るほうが背丈ほどの植えこみに目隠しされて安全だと、彼らは承知している。それにジャヴォンは、ジャンキーたちが勝手口から入ってくるのを好まない。必要以上に私的な感じがするからだ。

「いったい誰だよ？」ジャヴォンが言った。

クリストフは誰にともなく肩をすぼめ、リビングの壁にもたれてキッチンを覗いた。ジャヴォンは勝手口のドアの小窓に顔を近づけてカーテンをめくり、体を左右に揺らして車庫のほうを確認している。

「なんだよ、くそ」とジャヴォンは言って、外灯をつけた。小窓がテレビの画面のように照らし出された。彼はドアを開けて戸口に立ち、半開きにしたまま外に出た。

「サンドマン」ジャヴォンが言った。「いったいなんの用だよ？」

「板が手に入ったぞ。窓に打ちつけるのに欲しがっていただろう」サンドマンの細く甲高い声が、ジャヴォンの肩のむこうから笛のように響いてきた。サンドマンの声が気にかかり、クリストフは壁にもたれたままその場を離れられずにいた。「二・五グラムでどうだ？」

「そんな口約束でやれるかよ。そういう取引はもうしないと言っただろう。独立記念日に庭を掃除するっていうから五グラムやったら、半分ほったらかして帰ったくせによ。つけは断る。ほかを当たりな」

サンドマンは、クリストフが前回見たときよりも痩せて見えた。胸骨は縮んで落ち窪み、上半身は浅い溝のようだ。もはやジョシュアとは似ても似つかない。サンドマンは首をすくめて帰るのだろうと思ったら、どうもそうではないらしい。帽子は失くしたとみえ、髪は小枝のように尖って逆立ち、肌は風雨にさらされてペカンの樹皮のようにごわついている。

「頼むよ、ジャヴォン。あるんだろう？」

「板を置いてとっとと帰れよ」ジャヴォンは外の裸電球の光を浴びて輝いている。「あってもおまえにはやらないと言ってるんだよ！」彼は砂に侵食されたまばらな芝の上に踏み出した。

サンドマンがぴたりと黙り、ジャヴォンが彼にぶつかった。電球のまわりをクリストフの親指ほどもある大きな羽虫が飛び交い、ふらふらと近づいては焦げて遠ざかり、再び同じことを繰り返す音が聞こえてくる。

「おまえ何様のつもりだ？」サンドマンがざらついた声で言い返した。

ジャヴォンが唾を吐いた。クリストフも戸口のほうへ移動した。ジャヴォンの肩のむこうにサンドマンの顔がのぞいて、その目がクリストフの顔をさっとかすめた。

ジャヴォンは答えなかった。黙っていきなり平手を見舞った。さっと腕を伸ばすなり、サンドマンの横面を包みこむように強くはたいた。虚（うつ）ろな音が響き渡った。スイカが地面に落ちて割れ、種なしの赤い実が土の上でぱっくり開いたような音だった。自分でもぎょっとしたことに、クリストフの喉から短く突き刺すような笑い声が飛び出した。ジョシュアが笑うときのような、ヒッヒッヒという甲高い笑い声。サンドマンは体をひねって崩れ落ちるかに見えたが、屈んだ姿勢から前に飛び出し、がさついた腕でジャヴォンの腰に抱きついた。クリストフは自分も外に出ようとして、うっかりビールの空き瓶に蹴つまずいた。クリスマスツリーから落ちた飾りのように、瓶がからからと地面を転がった。

サンドマンがジャヴォンの顔に殴りかかった。ジャヴォンは相手を突き飛ばし、さっきと反対側の頬をぶった。サンドマンが唸りながら向かってくるのを見て、ジャヴォンは脇へよけた。頬に手を当てて笑っている。サンドマンは盛んに腕を振り回すものの、拳はジャヴォンの脇腹を軽くかすめるだけで、息を吹きかけるほどの音しかしない。ぱふっ、ぱふっ、ぱふっ。ジャヴォンが再びパンチを見舞おうと腕を伸ばしたそのとき、サンドマンが右に飛び出した。突き出した拳がかすんで見え、ジャヴォンの頬に当たって砕けた。クリストフは自分の反射神経が誰に由来するかを思い知った。ジャヴォンはうしろに反り返ってサンドマンと距離をおいた。その目は細く閉じて線と化し、口が横に広がって、鋭い歯がのぞいている。

ジャヴォンはもはや笑っていない。またしてもパンチを見舞った。サンドマンが横によろめいて、体が大きく傾いた。続いてやみくもに腕を振り回し、再びジャヴォンに突進してきた。ジャヴォンが次の一発を見舞ったとき、クリストフは音の違いに気がついた。今回の衝撃にはなにか硬い響き、骨の響きが混ざっていた。サンドマンが地面に倒れ、ガラスの砕ける音がした。ジャヴォンはやめなかった。サンドマンにまたがって腕を振り上げ、狙いを定めて、巧みなパンチを繰り出した。さながら鉈で下生えを刈るかのように、腕を何度も大きく振るっている。サンドマンはジャヴォンの脚を蹴りながら、体を引きずって地面を移動していく。ジャヴォンはやめない。片手で瓶をつかむなり、力をこめてサンドマンの頭に振り下ろした。ガラスが砕け、銃声のような音が響いた。

「やめろ！」クリストフはどなった。

クリストフの両手の下でジャヴォンの尖った肩が闘犬のようにのたうち、それをクリストフが強く押さえつけるせいで、サンドマンが波のように揺れている。クリストフの頭の中には出口のない壁が広がっていた。するとふいに、壁を突き破って夜の虫の声が聞こえてきた。

「おまえ、それ以上やったら死ぬぞ」クリストフは言った。

「おまえ、こいつの味方かよ？」

「殺しちまったらどうするんだよ？」

「なんだよ、急に親子ってわけか？」

「このやろう！」クリストフがどなり、ジャヴォンの肩に指を食いこませて強く押したそのとき、背後から硬い体がぶつかってきた。

「おまえらいったい何やってんだよ？」ジョシュアに首根をつかまれて締めつけられ、クリストフは抵抗した。「相手は年上なんだぞ」ジョシュアに投げ飛ばされそうになり、クリストフは素早く身をかわした。胸に怒りがこみ上げた。

「知らないくせによ！」離れた勢いで体をひねると、クリストフはジョシュアにパンチを見舞った。揉み合いながら彼の手が命中したその顔は、まさに自分の顔だった。

「やめろよ！」ジョシュアがすすり泣き、クリストフは再びパンチを見舞い、ジョシュアの返した一発が自分に当たるのを感じたが、まるで夢かと思うほど非力なパンチだった。涙でびしょびしょになりながら、二人は正面から取っ組み合った。

「よけろ！」ジャヴォンがどなった。

痛みがクリストフの脇腹を切り裂いた。腰から腹部にかけて深く長い線が引かれて燃えあがり、彼はうしろによろめいた。見ると、だぶだぶのTシャツから長方形のガラスの破片が突き出ている。サンドマンが刺したのだ。サンドマンはクリストフのそばに屈み、ガラスのナイフから手を離すところだ。頭は血にまみれ、ジャヴォンが叩きつけた瓶のかけらがいまも髪の中に散っている。サンドマンが再びガラスをつかみ、えぐるような感覚とともにクリストフの腹部からそれが滑り抜けた。サンドマンの目は血のせいで目隠しされたように閉じている。またしても向かってくると思ったそのとき、クリストフの体はうしろに倒れ、どこまでも倒れて、とうとう背中が地面についた。向かってくるサンドマンの進路からジョシュアが突き飛ばしたのだ。虫の声がぴたりとやんで、クリストフの頭の中に血がどっと押し寄せた。ジョシュアはサンドマンに馬乗りになり、腕を振り回して延々と殴り続けている。クリストフが目をしばたたくと、爆発が起きたかのような勢いで世界に音が戻ってきた。

「そんなつもりじゃなかった」サンドマンの弱々しい声が聞こえた。「そんなつもりじゃなかった」

包帯を巻いた手が上がっては下がり、ジョシュアの背中が右から左へねじれて、包帯が血に染まっていくのが見える。ジャヴォンがジョシュアに駆け寄ってサンドマンから引き離そうと格闘し、サンドマンが地面に力なく横たわった。

「やめろ、やめろ、やめろって」

クリストフはもう一度目をしばたたいたが、今度はその目を開けなかった。空気が生暖かくむっとして、腹部はそれ以上にひどく熱い。またしても響く殴打の音以外、何も聞こえない。脚のそばに瓶が転がってきた。彼は背中を地面に横たえた。

ジョシュアはジャヴォンを押しのけて、濡れた赤い棒に頭と手脚がついたような姿のクリストフを抱き上げ、車に運んだ。イグニッションキーを回す手をジャヴォンにつかまれたときには、本気で嚙みつきそうになった。

「ここで何があったかおまえは知らない、いいな」ジャヴォンが吠えるように言った。

「うるさい！」ジョシュアはそう言い捨ててエンジンをかけ、もう片方の手でジャヴォンを窓から払いのけた。一瞬すべての風景がぼやけ、すぐにもとに戻った。「こいつは連れていくからな！」

タイヤが砂利を蹴散らし、ゴムの焼けるにおいがした。前が見えないことに気づいて、ヘッドライトをつけた。彼の後方で、ジャヴォンも自分の車を運転して私道を出ていく。車の横を松の木がまたたくように走り過ぎ、闇の中で側溝に降り立つシカが見えた。ジョシュアはアクセルを踏みこんだ。窓から流れこむ風のせいで息が苦しい。バイユーをひた走る間は、きらめく黒い水面も目に入らなかった。クリストフは隣の座席で小さくうずくまっている。ジョシュアは彼のポケットを慎重に探り、残っていた二、三の袋を抜き取って、一つずつ窓からほうり捨てた。ハンドルを取られた。

病院に着くと、ジョシュアは車を歩道に停めた。シートを這って、チキンの袋でもかつぐようにクリストフをすくい上げ、急患窓口へ運びこんだ。大声で人を呼んだ。淡いグリーンとブルーの医療服を着た背の低いぽっちゃりしたスタッフが駆け寄ってきて、ジョシュアの腕を引っ張りながらどなりつけた。

「離しなさい！」

天井の低い灰色の廊下を、ジョシュアはストレッチャーといっしょに走った。中には入れてもらえなかった。クリストフが入ると同時にばたんと閉じたドアのそばで壁にもたれて立ち、赤い手で両目を拭った。シャツのあちこちに血の花が咲いている。彼はぼろぼろになった包帯をほどいて、リノリウムの床に落とした。縫い目から赤い汁が滲んでいる。どこもかしこも濡れている。鼻の奥に溜まった血と洟水のせいで塩のにおいがし、なんだか埠頭にいるみたいだ。朝、クリストフと二人で海沿いを走っているときに、海が見渡すかぎり青くて、あたりに潮の香りが立ちこめて、きっと神様が片手で海を二つに分け、水を清めて、それからまた平らになでつけたのではないかと思うような、あの感じ。看護師が包帯を拾って彼を部屋に案内し、検査台に座らせて、もうすぐ医者が来て診てくれるからと告げた。看護師が出ていった。ジョシュアは両手をぱんと叩いて膝の間に挟み、体を前に倒して膝小僧に口を当てた。もしいま誰かが入ってきて彼を見たら、きっと祈っていると思うことだろう。

第14章

ジョシュアは嘘をついた。医者に訊かれたすべてに嘘を答えた。川にいて、ことが起きたときには酒を飲んでいた、夜に泳ごうと思ってキャンプに出かけた、刺さったのはビール瓶のかけらだ、水に飛びこもうとして暗い中を走っていたら砂から顔を出していた棒に蹴つまずいて、空き瓶の上に転んで切った、と。いいえ、ほかには誰も、自分と兄弟だけです、と彼は答えた。いいえ、連絡は必要ありません、ほかに家族はいませんから、と。クリストフは大丈夫ですか？ 治りますか？ 血はまだ止まらないんですか？ 息はしてますか？ 本当は自分のほうが訊きたかったが、訊かなかった。医者の指が触れるのを感じて顔を上げたジョシュアは一瞬ショックに打たれ、頭に思い浮かんだ光景、死んで静かに横たわるクリストフの姿から顔をそむけた。

「かなりの出血だったからね」医者が言い、ジョシュアはうなずいた。「君が速やかに連れてきたのはよかった」ジョシュアはTシャツについた血を見下ろした。自分の血、父親の血、兄弟の血。「でないと、ここまでもたなかっただろう」

ジョシュアはようやく医者の顔を見た。血の気のない顔、ジャヴォンのように白い肌。目と鼻のまわりの赤く細かい血管の筋が、筆記体の文字のようだ。

「血圧はまだ低いが、傷は全部縫い合わせた。刺さったものが何だったにせよ、主要な動脈は無事だった。ただ、肝臓が少し切れていてね。あとは待って様子を見るしかない」

マーミーは家で、不揃いな黒い壁板を手探りしながら待ちわびているに違いない。起きて座り、何か聞こえないかと耳をそば立てているに違いない。シルは……。

「じつは祖母が」とジョシュアは言った。

ジョシュアはまずリタ伯母さんに電話した。ダニーが出た。わざと曖昧な言葉を選んだ。事故、クリストフ、病院、マーミー。ダニーが受話器から口を離して大声で母親を呼び、背後でリタ伯母さんの声がした。目を閉じて受話器を耳から少し離せば、心配して騒ぐ伯母の声は母の声と聞き違えてもおかしくないだろう。だがジョシュアは、そうはしなかった。マーミーに電話すると、三度目の呼び出し音で受話器が上がった。ジョシュアはゆっくりと話した。ダニーとリタ伯母さんが迎えに来てくれることを伝えた。視線を落とすと胸元の血が目に入り、吐き気がこみ上げたので、シャツを持ってきてほしいと頼んだ。マーミーは静かで落ち着いていた。そもそもシルは家にいるのだろうか。ジョシュアは待合室に戻って椅子に座り、テレビのニュース画面に向かって閉じた目を再び開けると、皆がいた。

ハグしようと立ち上がったジョシュアを、マーミーは首に手を当てて制止した。そして彼が抵抗する間もなく、六歳の子どもでも扱うようにしてTシャツを頭から脱がせた。そのシャツをマーミーがシルに渡すと、シルは「お黙りなさい、わたしはあんたの母親よ」と先に制して、ジョシュアを男子トイレに連れていった。シャツを洗ったシンクはピンク色に染まった。待合室に戻り、皆で円くなって落ち着きなく座っていた。シルにあれこれ訊かれたときにも、ジョシュアは嘘を答えた。医者に話したのと同じ話を繰り返した。クリストフを地面から抱き上げて車まで走るところに差しかかると、口の中に言葉が詰まって息をするのもままならず、けっきょく呑み下して話すのをやめた。その後はもう、シルも何も訊いてこなかった。シルが手を伸ばしてジョシュアの脚を軽く握ったが、ジョシュアが寄りかかったのはマーミー、彼が顔をうずめたのはマーミーの首だった。マーミーの肌はじっとりしていた。しーっと言って、頭のうしろを揉んでくれた。

リタに腕を引かれて待合室に足を踏み入れたとき、マーミーの目にぼんやりと映ったジョシュアの姿は、まるで生まれてきた日のようだった。全身が真っ赤で、クリストフといっしょにシルのお腹から帝王切開で取り上げられたときのようだった。色のない部屋で彼はひときわ鮮やかで、血と塩のにおいがした。マーミーはとっさにシャツを脱がせ、そのまま男子トイレに追いやった。ひとまず触れたら、次は血を洗い流して確認せずにはいられなかった。着替え用には、見つけた中でいちばん色の褪(あ)せていない青いTシャツを持参した。何年も前のクリスマスにシルが買ったもので、いまでも着られることに驚いた。医者が現れて面会を許可したときにも、ジョシュアは動こうとしなかった。マーミーはシルに手を引かれて病室へ行き、クリストフの顔を指でなぞった。薄暗い部屋の中で、毛布に覆われた体の塊はずいぶん小さく見えた。ベッド脇の椅子に座ったシルを残して部屋を出ると、廊下にジョシュアがいた。いまも塩のにおいがする。廊下がずいぶん白いので、いつにも増して見えづらい。

「助けようとしたんだ」ジョシュアはささやいた。

「助けたでしょう、ジョシュア」

「そんな気がしないよ、マーミー」

「大丈夫」

二人は廊下を迷いながら待合室へ戻った。皆で座って待った。ジョシュアはクリストフの病室へ行っては戻り、延々とそれを繰り返すので、とうとうマーミーはダニーに言って連れ戻させ、自分の隣にじっと座らせた。ジョシュアはもう、へとへとに疲れて眠るまで走り続けたりはしない。マーミーは包帯の上からジョシュアの手を握った。包帯のむこうの素肌の感触を味わうことができたなら、ジヨシュアがまた昔のように小さくなってくれたなら。そう願わずにはいられなかった。そうしたら、両手に収まるほどの頭になったジョシュアを膝に抱き上げ、両腕を輪にして包みこんでやれるのに。抱き上げてベッドに運び、クリストフのそばに寝かせてやれるのに。

　ジョシュアがいやだと言ったので、車はダニーが運転してくれた。ブラシと水と洗剤でダニーが助手席を洗うところを、ジョシュアはポーチからただ眺めていた。ダニーはシートをごしごしこすって血の痕を完全に消し去ると、窓を閉め、車を日なたに置いて日光で燻(いぶ)した。昼の間、ジョシュアは庭先に出て木陰を行ったり来たりしながら道を眺めて過ごした。サンドマンらしき人影が見当たらないかと目を凝らし、拳の下で父親の顔の肉が溶けていくような感触を思い出した。役に立たない両手は所在なく体の脇にたれていた。朝起きてクリストフの空(から)のベッドと自分の手を見たときには、自分たちのしでかしたことが信じられなかった。三人はシルの運転するレンタカーで病院へ向かった。

「月曜には仕事に戻るように言われてるんだ」シルが言った。その日の明け方、病院から帰る準備をしているときに、ジョシュアは廊下に立ってシルを眺めた。日が昇り始めてマーミーの薬を取りに戻る必要があったので、病室まで呼びに行ったときのことだ。シルはクリストフのベッドに座り、彼の頭のそばに片手をついて、じっと顔を眺めていた。その手はシーツに置かれたきり、クリストフに触れようとはしなかった。

「うん」と答えたあとで、自分の声で〈帰れば〉というのが聞こえて、マーミーには聞こえなかったことを願ったが、聞こえたことはわかっていた。誰も口をきかなかった。病院で、ジョシュアはシルがマーミーをトイレへ連れていく隙に、ベッドのそばにしゃがんでクリストフの耳にささやいた。起きろよ、戻ってこいよ、あれは事故だったんだ。リタ伯母さんが食べ物を持ってきて、持ち帰った。クリストフは丸一日寝て過ごし、さらに一日眠っていた。血圧は依然として低く、胸はゆっくりと上ったり下がったりを繰り返していた。その翌日に彼が目を覚ましたとき、ジョシュアは窓際の椅子にだらりと座ってシルを眺めながら、荷造りは始めなくてもいいのだろうか、もう週末なのに、と考えていた。マーミーはベッドのそばで、クリストフの傷ついた指関節のでこぼこをなでていた。クリストフの目が開き、ジョシュアは椅子に座ったままびくっとして背中を起こした。クリストフはまばたきをして天井を見つめ、マーミーとシルのほうに顔を向けて、それからジョシュアのほうを振り向いた。クリストフの手をなでていたマーミーがぴたりと止まった。

「クリストフ?」

「なあに、マーミー」声がしわがれている。

「大丈夫?」

「うん、大丈夫だよ」

マーミーはクリストフをなでていたのと同じ手で自分の顔を覆い、ぜいぜいと息をついた。唇が開いて細いピンク色の線になり、何か言おうとするように息を吸ったが、そのまま閉じた。目を覆っている手も動かない。

「何があったの、クリストフ?」シルがマーミーのうしろに立ち、マーミーの肩に片手を置いた。

クリストフの視線が動いてジョシュアの顔を捉えた。ジョシュアの体は凍りついたまま動かない。

クリストフは唾を飲んで喉を湿らせるかに見えたのに、出てきた声は依然として浅くかすれている。

「事故だよ」

ジョシュアは息を吐き出した。水に浮いているような気分だった。川で仰向けに浮かんで、ひんやりした白い砂の中に両手をうずめているときの感覚。ずいぶん久しぶりに体が軽くなった気がする。

クリストフがかすれた声で繰り返した。

「事故だよ」

マーミーが手を下ろした。下まぶたの袋が涙でうっすらと濡れている。マーミーはそれを拭った。

「こういうことはもうなしにしてちょうだい。二度となしにして」少し間をおいて、マーミーは続けた。「あんたたちときたら、あたしを殺す気なんでしょう」

クリストフの脚がぴくっと動いた。ジョシュアはベッドの反対側に近づいた。クリストフは顔をしかめている。

「水をもらえないかな」

シルがぎこちない手つきでプラスチック製の小さなコップに水を注ぎ、クリストフが体を前にずらして猫背ぎみに水を飲むのを手伝った。そばに立って、クリストフの頭のうしろを支えている。コップを傾け、赤ん坊を世話するように介助している。コップから水がたれてあごをつたうと、それも拭いてやった。

医者はクリストフに安静を申し渡し、ソーシャルワーカーを部屋によこして入院費免除の手続きをさせたのち、その日のうちに一同を家に帰した。シルは家まで運転し、ひとたび家に着くと、それまで部屋を華やかに彩っていたレースやシルクを一つ一つ鞄に詰め、残さずレンタカーに積みこんだ。ジョシュアの手を借りようとはしなかったし、ジョシュアのほうから申し出ることもなかった。

「それじゃあ空港にレンタカーを返してくる」シルはリビングの中央に立って首を傾け、全員を見ながら言ったが、誰のことも見ていないのだろう、とジョシュアは思った。シルにとって自分たちは窓と同じだ。「仕事」とシルの口から唐突に出てきたときには、まるでしゃっくりのように聞こえた。もっと何か言うだろうと思ったけれど、言わなかった。

「あんたが長くいてくれてよかったよ、シル」マーミーはシルの声がするほうを向いているものの、視線はぼんやりとして焦点が合っていない。

「そうだね、母さん」シルはバックパッカーがよくするように、バッグのストラップをぎゅっと握った。薄暗い部屋の中で、ふだんは明るい色の目がガラスのように黒く輝いて、冷たく冴えた民家の明かりが水面に砕け散る夜のバイユーを思わせた。「次回はみんなで庭の手入れでもできるといいね。いろんなことが、もっと落ち着いているでしょうし」

「何か手伝おうか、シル？」仮のベッドに使っているソファーから、クリストフが尋ねた。ジョシュアは最初、クリストフが母さんと呼び直すのではないかと、少なくとも別れ際ぐらいはそうするのではないかと思った。それにシルも言い直させるのではないかと思ったが、バッグのストラップを指先が白くなるまで指に巻いただけで、けっきょくどちらも訂正はしなかった。

「動けもしないくせに」シルは少し笑った。「いいえ、大丈夫」

「それじゃあ」ジョシュアはマーミーの胸元をじっと見つめた。ふにゃりとした皮膚が鎖骨からカーテンのようにたれている。それでいて内側は牡蠣の殻のように硬く丈夫で、メキシコ湾の海底のように動じない。いいからもう、シルにはさっさと行ってほしかった。

「それじゃあ」シルもジョシュアのほうは見なかった。「みんな体に気をつけて」

「あんたも道中気をつけてね」マーミーが言った。ぜいぜいとささやくような小さな声。

「うん、母さん」続いてゴールドと深紅となめらかな黒を揺らし、部屋の中央で蜃気楼のようにきらめいたかと思うと、シルは体の向きを変えて出ていった。

その晩はリタ伯母さんが食事を用意してくれた。ダニーはクリストフの頭のそばで床に座り、おまえみたいな間抜けはもう少し痛い思いをすればいいんだ、川で棒に蹴つまずいてガラスのかけらでそれだけ派手に腹を切るなんて、いったい何を飲んでいたんだ、とこき下ろした。クリストフは頭を枕にのせたまま振り返った。

「知りたいか？」

レイラも訪ねてきた。ジョシュアが奥の部屋へ連れていくと、サンドマンが消えたらしい、と彼女は言った。

「どういうこと？」

ジョシュアはレイラの肩に唇を当てて尋ねた。汗の味とココアバターのにおいがした。息を大きく吸いこむと、外から漂ってくる空気は焼けた草と生い茂る松のにおいがする。

「誰も姿を見てないらしいの。昨日ジャヴォンの家に寄ったらマルキスとビッグ・ヘンリーが来てて、車に乗ってるところも、自転車でうろついてるところも、何をしているところもさっぱり見ないなって話してた。リハビリ施設にでも戻ったのかなって。ジャヴォンも会ってないみたいで。そうしたらティルダが割って入って、森の中の古い家、前にあんたとクリストフが石を投げたっていうあの家で見かけたんだけど、呼んだら消えたって言うのよ。けっきょくのところ田舎によくある話で、みんな知ってるつもりが、じつは誰も知らないというか。スキータはセントキャサリンでギプスをはめた男を見かけて、それがサンドマンに似てたって言うんだけど」

ジョシュアが手首の素肌が覗いている部分でなでると、レイラは彼の包帯を引っ張った。

「何があったか話してくれる？」

ジョシュアは唇を開いて彼女の肩にキスをした。自分の吐息が熱かった。

「いまはまだ」ジョシュアはためらった。

ジョシュアがそばに座る気配を感じて、クリストフは直ちに目を覚ました。時計に目を凝らして焦点が合うのを待つと、朝の五時半だ。クリストフは体にかけていた上掛けを押しやった。朝から蒸し暑い。ハリケーンの予兆だ。ジョシュアは自分の包帯を巻き直している。

「マーミーはもう起きてる？」クリストフは尋ねた。

「まだ寝てる」ジョシュアは黄ばんで絡まったガーゼをぐいと引いた。

彼の頭はクリストフの目の前にあり、髭を剃っていないのが見てとれる。顔の横とあごの下から針金のような赤茶色の毛が伸びている。

「おれは川で転んだことになってるのか？」

「ああ」

「ポケットに入ってた草は？」

「病院へ向かう途中で捨てた。ダブの袋が三つか四つぐらいだったけど」

「あいつはどうなった？」

サンドマンについて、ジョシュアはレイラから聞いた話を繰り返した。

「まさか死んだってことはないだろうけど……ジャヴォンは……」

「あいつは自分のことしか頭にねえよ」

クリストフは上掛けを蹴って脚から振るい落とし、まとめてクッションに押しつけた。床の扇風機がぶうんと唸って、プラスチックの枠から小さな埃がタンポポの綿毛のように飛び立ち、宙を漂った。ジョシュアの手のひらは、縫い目のまわりが明るく白っぽいピンク色になっている。クリストフの頭に、サンドマンをいたぶるジャヴォンの姿が思い浮かんだ。顔と手だけが真っ赤に染まり、ほかの部分は真っ白だった。ジャヴォンが自分にも殴りかかろうとしたことを思い出し、サンドマンが忽然と消えたことについて考えた。こうなることがわかっていれば、あの最初の日に、けっしてジャヴォンの家には行かなかった。車でバイユーへ向かい、どこか人目につかない船着き場にでも行って、一日座って過ごせばよかったのだ。金のことも、草のことも、前にあの家のキッチンでジャヴォンに向けられたまなざしのことも気にせずに。あのときだけは、ジャヴォンは本当に彼を見ていた。ジャヴォンは人を殺すような人間ではない。だがそれならサンドマンはどこへ行った？　リハビリ施設、刑務所、病院、あるいはジャーメインかセントキャサリンに住んでいる親戚の家？　ジョシュアはゆっくりと両手を開いては閉じ、皮膚の具合を試している。左右揃いの傷を指先でこすっている。

「あそこまでひどくやるつもりはなかったんだ。気がついたらああなってた」ジョシュアは傷口をつついた。「おまえを助けることしか頭になかった」

「あいつは、おれだと知っててやったのかな」

「わからない。気がついたら……殴ってただけで。何も聞こえなかった。おまえが死ぬんじゃないかと思って——」

「おれも何も聞こえなかった」クリストフは腹部の包帯に手のひらをのせた。

「おれ、たぶんあいつを殺しかけてたと思う」ジョシュアがささやいた。「もしまだ生きているならの話だけど」

　ジョシュアを改めて観察すると、鎖骨のくぼみに筋肉が食いこみ、目の下の隈がすっかり沈着したように見える。彼の歯がきらりと光った。

「おまえはおれを助けようとしただけで、やつを殺そうとしたわけじゃない。意味が違うよ」クリストフは言った。

「そうかな？」ほとんど聞き取れないぐらいの声で、ジョシュアは訊き返した。

「ああ、そうさ。おまえは間違ったことはしてないし、ジャヴォンは人を殺すようなやつじゃない。きっとサンドマンは町を去ることにしたんだろう。リハビリに戻ったとかさ。じゃなきゃ刑務所に入ったとか。おまわりが来て連れていったのかもしれないし。もともと一つの場所に長くいるやつじゃなかっただろ、少なくともおれたちの近くには」

　一台の車が表を騒々しく走り過ぎた。クリストフはジョシュアの手首をつかんだ。指の下で血が脈を刻んでいるのが伝わってくる。そうやってじっと座るうちに、耳の中で自分の血がどくどくと脈打つ音が聞こえてきた。ジョシュアの脈と自分の脈が重なった。腕がだるくなってきたが、クリストフはそのままジョシュアの手をつかんでいた。ジョシュアもじっとしたまま動かない。クリストフは咳払いをして、沈黙を破った。

「いずれにせよ、やつはここにいても仕方がないさ」

「殴ってすまなかった。知らなくて」

クリストフは目を閉じたが、ジョシュアをつかむ手は離さなかった。彼は肩をすぼめた。ジョシュア、互いの傷、裸電球のようにほの暗くなっていくマーミー、どこか遠くで月のように二人のまわりを回っている親たち。それで充分だ。

「おれのほうこそ。夕方になったら、釣りにでも行こうぜ」

ジョシュアが鎮痛剤を渡すと、クリストフはほどなく眠りに落ちた。ジョシュアは床に寝転がり、曲げた腕を枕にうとうとするうち、やがて毛の硬いカーペットに頭を落とした。数分後にその状態を目にしたマーミーは、扇風機の風力を強にした。まばゆい日差しがカーテンの縁をまわりこんでなんとか中に忍びこみ、熱気といっしょに虫たちのおしゃべりと松とネムノキとペカンとオークのざわめきを部屋に送りこもうと狙っている。マーミーは網戸を閉じて、サルスベリの赤紫の花に群れるミツバチの眠たげな噂話を閉め出し、掃除を終えて、子どもたちの寝息に耳を澄ませた。

車はダニーが運転した。三人はバイユーの中でもなるべく小さな橋、せいぜい車二台分の長さの橋を選んで、釣りを始めた。通る車は一台もない。遠くの水草の葉先に太陽がちょこんとのって、微動だにしない松の木とシラサギがそれを縁取っている。水は濃い茶色で、深さがあり、泥っぽくて卵のにおいがする。双子は水際で草の上に座り、糸をたれた。あたりは小さな入り江になっていて、羽毛のように静かに波立つ水面から、沈んだ釣り船の錆びたスチールの索具が突き出ている。ジョシュアは竿を膝に挟んで力をこめ、指先で角度を調整している。針に餌を通す作業はクリストフが引き受けた。クリストフは自分の竿を持ってさえいない。ダニーが二個のバケツで挟み、いい案配に固定してくれた。ダニーは砂地に生えたちくちくする草の上でくつろいで、ブラック・アンド・マイルドの葉巻きタバコを吸っている。クリストフのお腹を汗が滑り、傷口に入って痒くなった。

「みんなが噂してるぜ」ダニーが言った。

「何を？」ジョシュアが訊いた。

「サンドマンのこと。どこへ行ったのか、なんで消えたのか、ってな」ダニーが答えた。

ジョシュアはリールを巻いて竿を振った。

「この前ジャヴォンの家に行ったら」ダニーは話を続けた。「あいつの手からよれたバンドエイドがぶら下がっててさ。前の週に自分でうっかり切ったと言ってたが」

とくに気持ちよくもない風がそよと顔に当たり、クリストフは頭をうしろに倒して、釣り餌用のクーラーボックスの汚れた硬いプラスチックにもたれかかった。

「誰も彼もついてないな」クリストフはピンク色の筋が走る空に向かって言った。

ダニーが起き上がって膝を抱き、それからまた寝転がった。じっと双子を見ている。

「おまえら本当に、一切関係してないって言うんだな？」クリストフがダニーの葉巻きに手を伸ばし、ダニーがそれを制した。「体によくない」

「頼むよ、ダニー」

「おまえらおれの質問に答える気はあんのかよ？」ダニーが言った。

ジョシュアが釣り糸をぐいと引いて高く持ち上げ、膝の力を抜いた。彼は指先でリールを巻いた。

クリストフは、上昇気流にのって滑空する遠くのタカに目を向けた。

「ないね」ジョシュアが返した。

「おれはばかじゃないからな」

「おれたちもな」クリストフは雲に向かってつぶやいた。

痛み止めのせいで体がふわふわと浮いているような感じがする。煙みたいな白い影が黙々と北へ飛んでいく。風が動いている。嵐の予兆だ。クリストフはリールを巻くジョシュアに目を向けた。銀色に輝く茶色い小さな魚が、糸の先で喘ぎながら跳ねている。魚は哀れに身をよじり、ジョシュアとクリストフにバイユーの水を振りかけた。

「ほら」ダニーが糸をつかんで小さな魚を片手で包んだ。魚の姿はクリストフにはもう見えない。音がするだけ、ダニーの手の中でぴちゃぴちゃと跳ねる音が聞こえるだけだ。ダニーが魚の口から釣り針を外しにかかり、金属に付着したかすかな血の線が見えた。

「そもそもおまえらなんだって釣りなんかしたいんだよ。クリストフなんかろくに動けもしねえくせによ。ジョシュア、おまえだって魚の汁が染みたら、たぶんその手が腐って死ぬからな。おまえらきっと何かの天才だな」

ダニーが魚の口から針をすっと抜き取り、魚を宙高くほうり投げた。魚は日差しを受けて純銀に輝き、それからクリスタルのしぶきを上げてぽちゃんと水に落ちた。ジョシュアは釣り針に生肉のかけらを通し、再び糸を投げた。

「川原で飲んでたんだよ」クリストフは言った。

「ほう？」ダニーが返した。

「うん」

「で、喧嘩になった」ジョシュアが言った。

「原因は？」

「原因は、おれの職探しのこと」クリストフは言った。

「こいつが、自分は働きたくないみたいな態度だったからさ」と、ジョシュア。

「それについてはおれも言ってやろうと思ってたんだ」ダニーが言った。

「なるほど、手間が省けたな」クリストフは言った。

「つまりジョシュアが怒りをぶちまけたってわけか？」ダニーが訊いた。

「お互い酔ってたし、こいつは黙ろうとしねえしよ」クリストフは言った。「おれもほっとけばよかったんだけどさ、こいつがまた、レイラがうちに入り浸ってなんのかんのとくそなこと言いやがって」ジョシュアが言った。

「そっちのほうは、本当はどうでもよかったんだ。本気で頭にきたのは、こいつが自分の仕事のことを偉そうにべらべらくっちゃべるからさ」

「酔っ払ってて、自分でも止めようがなかったんだ」

「こいつがぜんぜん黙ろうとしないもんだから、おれはくそやろうと言い捨てて、走って車に向かったんだ。そしたらあの丸太が跳ねやがって、気がついたら血まみれってわけさ」

「最初はふざけてるのかと思ったけど、ぜんぜん起き上がらないもんだから……」

「こいつが車まで運んでくれたんだろうな。あとのことはなんにも覚えてなくて、病院で目が覚めたら、なんだかインフルエンザの治りたてみたいな感じでさ」

「おまえら二人ともワイルドだな」ダニーが言った。「ただしおれは、いまの話を一言も信じちゃいねえけどな」彼はクリストフに葉巻きを渡した。

「サンキュー」クリストフは葉巻きを深く吸いこんで、ダニーに返した。

「造船所にまた空きが出てるらしいぞ。政府からの受注がなんとかで」ダニーが言い、草の中に灰を振り落とした。小鳥が一羽、さえずりながら遠くのほうへ飛んでいき、甲高い声を震わせながら、スパニッシュモスをかぶって水面に弧を描くオークの間に姿を消した。「金曜の半日勤務のときに送ってやってもいいぜ」

「そりゃわかんねえよな」クリストフは草を一握り引き抜いて、ぱらぱらと落とした。「おれにだってツキが回ってくる可能性はある。だろ？」ジョシュアはまたしても小さな茶色い魚を巻き上げている。今回もダニーが釣り糸をつかみ取った。

「おまえさっきからなんでこんなくそ小せえボラばっかり釣ってんだよ、ジョシュア？」ダニーは魚の口から慎重に針の返しを抜いてやった。さっきの魚よりも動きが鈍く、大して暴れようともしない。

「こいつ、自殺でもしようと思ったのか？」

「水のにおいがこれじゃあ、無理もないさ」クリストフは言った。

「雨が不足してるからな」ジョシュアが言った。ダニーは野球のピッチャーのように腕を大きくうしろに曲げて、さっきよりも遠くの水面に魚を投げた。魚はあまりに小さく、乾いた音をたてて姿を消したときにも波さえ立たなかった。「でもまあ、じきに降るか」

「飛びこんでくれば？」クリストフはダニーに言った。「暑いだろう」

「おまえ正気か？　ここにはアリゲーターだのヘビだの、あれこれいるんだぞ」

「見当たらないよ」ジョシュアが言った。

「おまえらは水の中にいないからな」

「あいつらって、水に帰したところで意味なんかあるのかな？」クリストフは言った。

「というと？」ジョシュアが訊いた。目の色が黒く翳っている。

「つまりさ、どっちか一匹でも生き残れると思うか？」

　ダニーがズボンで手を拭い、ポケットを探り始めた。ライターを取り出してそばの地面にほうり投げ、引き続きポケットを漁っている。ガマの葉が震えた。空はしだいに紫色に変わり、夕日を受けて遠くの松の木が燃えている。ダニーは葉巻きタバコを探し当て、指の間でくるりと回して火をつけた。彼は葉巻きをくわえたまま、口の端で話し始めた。

「イーズが前に、八キロぐらいあるボラを見たって言ってたぞ。たとえいまはちびだとしても、侮るなかれだ。あいつら、けっこう獰猛だしな」

　ジョシュアが釣り竿を膝に挟んで、包帯についた砂をゆっくりと払った。クリストフは目を細め、地平線で溶けた金属のようにオレンジ色に燃える太陽を見つめた。岸沿いのどこかで先ほどよりも重い音がどぼんと響いて、ひんやりとした暗く静かな水の中にカメかアリゲーターの赤ん坊が突っこんでいく姿を思わせた。オークの木からスパニッシュモスがもっさりとたれて、女の髪のようだ。クリストフには、藁の堆積した濁った水にボラたちの滑りこむ姿が想像できた。斜め四十五度の姿勢で水の底から沈泥を吸い、大きな縞々の体に育っていく姿がありありと思い浮かんだ。

流れては澱み、心臓の鼓動のようにゆっくりと着実に流れていく川とともに、ボラたちは漂っていくのだろう。クリストフの頭の中に、似たような縞もようのぬるぬるしたボラたちが水の中を滑っていく姿、黒いビー玉のような卵を産む姿、バイユーの彼方に何度も日が沈んでハリケーンがいくつも通り過ぎ、渦巻く水の中でボラたちの踊る姿が思い浮かんだ。ボラが大きな舌を口の中でつるりと滑らせ、かつて釣り針が刺さった痕に触れて、水の足りない空気の中にしばし留め置かれたことを思い出し、水中に潜む金属のにおいとその危険について子どもたちに説いて聞かせる姿が思い浮かんだ。彼らは生き延びるだろう。痛めつけられながらも、抜け目なく。クリストフは、ボラの群れが老いて太って死んでいき、泥水を吸ってぱんぱんにふくれた姿で、川とともに汽水の湿地に押し流される場面を思い浮かべた。しだいに広がる入江を彼らの死骸が外へ外へと押し流され、外界から閉ざされた豊かなバイユーの記憶をいまも骨髄にたっぷり留めこんだまま、やがてメキシコ湾の底へと沈み、太古の海の黒い沈泥と化す場面を。

謝辞

わがエージェントのジェニファー・ライオンズは、最初の一行からわたしを信じてくれた。彼女はダグ・サイボルトやアガット・パブリッシングの他の方々とともに、貴重な助言と信じがたいほどの機会を与えてくれた。ミシガン大学と、同大学で出会いともに励んだ偉大な作家たち——ピーター・ホー・デイヴィス、ニコラス・デルバンコ、ローラ・カジシュキー、アイリーン・ポラック——なくしては、この小説が完成することはなかったし、作家としてのいまのわたしも存在しなかった。ともに学んだ仲間たち、とりわけエリザベス・エイムズ、ナタリー・バコプロス、ジョエル・モウディ、レイモンド・マクダニエルにも、心から感謝する。また、初期のわたしを導いてくださったナンシー・ライツマン、クリスティン・タウンゼント、クラウンズ家の方々、ドクター・ロバート・J・C・ヤングにも感謝を述べたい。

ここに至るまで多くの友人たち、とりわけマーク・デドー、モーリス・グレアム、ジリアン・デドー、クリントン・スターギル、ブレナ・パウエル、マリハ・ヘリン、ジュリー・ホワンに支えてもらった。そして最後に、つねにわたしに与えてくれる母ノリン・デドーと、つねに話を聞いてくれる父ジェリー・ウォードに感謝する。また、いつもそばにいてわたしを信じてくれる妹のネリッサとシャリン、インスピレーションを与えてくれる祖母のドロシー、いつも手を握ってくれる従弟（いとこ）のアルドン、そしてわたしに帰る場所を与えてくれる親族一同に感謝する。

訳者あとがき

ジェスミン・ウォードの長編デビュー作である本作は、本国アメリカでは、ボア・ソバージュ・シリーズを構成する他の二作『骨を引き上げろ』と『歌え、葬られぬ者たちよ、歌え』に先んじて発表された。おそらくそのためもあって、ミシシッピ州南部に位置するこの小さな架空の町の魅力と特徴が、ガイドブックのような具体性をもって最も丁寧に紹介されている。ボア・ソバージュは著者の故郷であるミシシッピ州ハリソン郡デリルをモデルにしているとされ、ウルフ川と湿地帯に町の三方を囲まれる地形や、ニューオーリンズを含む近隣の町との位置関係など、地図で見るかぎり両者の地理的条件はほぼ一致している。双子やマーミーを通じて語られるボア・ソバージュの美しい自然や、親族と同世代グループを基盤とする強固な共同体のありようも、ウォードの語るデリルの姿にそっくり重なり、みずからを育んでくれたコミュニティに対する著者の愛情と誇りがひしひしと伝わってくる。

物語は高校を卒業して自立のときを迎えた双子の兄弟、ジョシュア・デリルとクリストフ・デリルの葛藤を主軸に進行する。彼らが日常的に大麻を吸う姿には面食らうが、アメリカでは州によって大麻の摂取が再合法化されるなど、日本とは文化的に受け止め方がずいぶん異なる。おそらく、ひと昔前の日本で少しやんちゃな高校生が隠れてタバコを吸い、大人が片目をつぶってそれを見逃していた状況を想定すればいいのではないだろうか。ここではむしろ、彼らが大麻とそれより中毒性の強いコカインやクラックの間に明確な一線を引いている点に注目したい（ちなみに若者たちが盛んに吸っているブラントは、既製の葉巻きタバコの中身を大麻に詰め替えたもの）。

母方の祖母に育てられた双子は折に触れ寂しさを嚙み締め、さまざまな我慢も強いられてきたであろうが、地域の状況に鑑みれば、とりわけ貧しかったわけでも孤独に育ったわけでもない。親に代わって親族が子どもを育てる事例がままあることはマーミーの指摘するとおりだし、ジョシュアもそれが事実であることを認めている。親が遠方で働いて実家に仕送りする状況は、貧しい国や地域では広く見受けられる。双子の母シルは、自己中心的なところはあるものの、同じく南部に位置するジョージアの州都アトランタでそこそこの成功を収めてきちんと仕送りをし、少なくとも年に二回は帰省する。近所には母方の伯父や伯母、年上の従兄が暮らし、何かにつけ面倒を見てくれる。双子はどちらも勉強が好きなほうではなかったようだが、高校ではバスケット部で活躍する魅力的な生徒だった。

だがそうした双子の世界に馴染んできたところで、読者はいきなり彼らとともに就職難という大きな壁に直面する。そして同時に、ボア・ソバージュという共同体によって彼らがいかに守られてきたかに気づかされる。それを端的に示しているのが、双子が母を迎えに車でニューオーリンズへ向かう道中の描写だろう。町を出てわずか数十キロ先には、伝統的に白人至上主義者の勢力地域であるポンチャートレイン湖が広がっている。親世代がいまなお恐怖を口にするのに対し、大人たちのそうした反応を、ジョシュアはやや滑稽に感じている。暴力と隣り合わせの日常を映し出すニューオーリンズ・ダウンタウンの不穏な光景と、それを眺める彼のナイーブなまなざしも対照的だ。クリストフのほうも、バスケットボールの遠征試合で州北部を訪れた際には、奴隷制度に基づく綿花栽培の一大拠点であったデルタ地域にいまなお残る人種間の緊張を、違和感をもって受け止めている。

ボア・ソバージュと外界との境界は、ある意味、国境のようでもある。親族単位の集落は世界の至るところに見られる普遍の現象だが、移動の国アメリカにあってはむしろ例外的だ。二世紀にまたがりアフリカ大陸から強制連行されてきた人々の末裔が、土地と血に根差した確固たる共同体を築きあげたという事実に、人間という生き物の根源的な強さを見せつけられる思いがする。

ただし裏を返せば、それは外界の脅威がいかに苛烈であったかを示す証拠にほかならない。一種の聖域として内に閉ざすことで子どもたちを守ってきた共同体には、もはや成人した彼らを守るすべはない。若者たちは高校を卒業すると同時に厳しい現実の待ち受ける外界、すなわちアメリカ社会に対峙させられる。外界とのさまざまな格差に起因する極度の就職難については、回顧録『私たちが刈り取った男たち』（未邦訳）の中でウォード自身の経験が述べられている。地域にはびこる薬物の問題についても、同書に詳しい。作中においては人生の落とし穴から辛くも生還を果たしたクリストフだが、彼を含むボア・ソバージュの若者たちには、これからも無数の危険が待ち受けている。

その一方、彼らがそうした厳しい現実を突きつけられてなお、釣り上げた魚にみずからをなぞらえ、若者らしいユーモラスな想像を交えて未来へ希望をつなぐ姿には、大きな救いがある。その逞しさこそが、松とオークの森の中でひっそりと共同体を発展させてきた人々の力の源であり、賜でもあるのだろう。本作はミシシッピの小さな町に暮らす少年たちの一夏の物語であると同時に、世代を超えて受け継がれる大きな人生の物語でもある。

余談になるが、物語のなかばで小さな男の子を引き連れて町の公園に登場する威勢のいい三つ編みの女の子シシは、おそらく著者ウォードの幼いころの姿に違いない、と密かに確信している。

付録解説を寄せてくださった青木耕平氏と、編集・校正を担当してくださった作品社の青木誠也氏には、今回も大変お世話になりました。心より感謝申しあげます。

二〇二二年十月　　石川由美子

【著者・訳者略歴】

ジェスミン・ウォード（Jesmyn Ward）

ミシガン大学ファインアーツ修士課程修了。マッカーサー天才賞、ステグナー・フェローシップ、ジョン・アンド・レネイ・グリシャム・ライターズ・レジデンシー、ストラウス・リヴィング・プライズ、の各奨学金を獲得。『骨を引き上げろ（*Salvage the Bones*）』（2011年）と『歌え、葬られぬ者たちよ、歌え（*Sing, Unburied, Sing*）』（2017年）の全米図書賞受賞により、同賞を2度にわたり受賞した初の女性作家となる。そのほかの著書に小説『線が血を流すところ（*Where the Line Bleeds*）』（本書）および自伝『わたしたちが刈り取った男たち（*Men We Reaped*）』などが、編書にアンソロジー『今度は火だ（*The Fire This Time*）』がある。『わたしたちが刈り取った男たち』は全米書評家連盟賞の最終候補に選ばれたほか、シカゴ・トリビューン・ハートランド賞および公正な社会のためのメディア賞を受賞。現在はルイジアナ州テュレーン大学創作科にて教鞭を執る。ミシシッピ州在住。

石川由美子（いしかわ・ゆみこ）

琉球大学文学科英文学専攻課程修了。通信会社に入社後、フェロー・アカデミーにて翻訳を学び、フリーランス翻訳者として独立。ロマンス小説をはじめ、「ヴォーグニッポン」、「ナショナルジオグラフィック」、学術論文、実務文書など、多方面の翻訳を手掛ける。訳書に、『歌え、葬られぬ者たちよ、歌え』、『骨を引き上げろ』（以上作品社）など。

線が血を流すところ

2022年12月25日初版第1刷印刷
2022年12月30日初版第1刷発行

著　者　ジェスミン・ウォード
訳　者　石川由美子

発行者　青木誠也
発行所　株式会社作品社
〒102-0072　東京都千代田区飯田橋2-7-4
TEL.03-3262-9753　FAX.03-3262-9757
https://www.sakuhinsha.com
振替口座00160-3-27183

装　幀　水崎真奈美（BOTANICA）
本文組版　前田奈々
編集担当　青木誠也
印刷・製本　シナノ印刷株式会社

ISBN978-4-86182-951-2 C0097

【作品社の本】

悪い娘の悪戯（いたずら） マリオ・バルガス＝リョサ著　八重樫克彦、八重樫由貴子訳

50年代ペルー、60年代パリ、70年代ロンドン、80年代マドリッド、そして東京……。世界各地の大都市を舞台に、ひとりの男がひとりの女に捧げた、40年に及ぶ濃密かつ凄絶な愛の軌跡。ノーベル文学賞受賞作家が描き出す、あまりにも壮大な恋愛小説。 ISBN978-4-86182-361-9

無慈悲な昼食 エベリオ・ロセーロ著　八重樫克彦、八重樫由貴子訳

「タンクレド君、頼みがある。ボトルを持ってきてくれ」地区の人々に昼食を施す教会に、風変わりな飲んべえ神父が突如現われ、表向き穏やかだった日々は風雲急。誰もが本性をむき出しにして、上を下への大騒ぎ！　神父は乱酔して歌い続け、賄い役の老婆らは泥棒猫に復讐を、聖具室係の養女は平修女の服を脱ぎ捨てて絶叫！　ガルシア＝マルケスの再来との呼び声高いコロンビアの俊英による、リズミカルでシニカルな傑作小説。 ISBN978-4-86182-372-5

顔のない軍隊 エベリオ・ロセーロ著　八重樫克彦、八重樫由貴子訳

ガルシア＝マルケスの再来と謳われるコロンビアの俊英が、母国の僻村を舞台に、今なお止むことのない武力紛争に翻弄される庶民の姿を哀しいユーモアを交えて描き出す、傑作長篇小説。スペイン・トゥスケツ小説賞受賞！　英国「インデペンデント」外国小説賞受賞！ ISBN978-4-86182-316-9

外の世界 ホルヘ・フランコ著　田村さと子訳

〈城〉と呼ばれる自宅の近くで誘拐された大富豪ドン・ディエゴ。身代金を奪うために奔走する犯人グループのリーダー、エル・モノ。彼はかつて、“外の世界”から隔離されたドン・ディエゴの可憐な一人娘イソルダに想いを寄せていた。そして若き日のドン・ディエゴと、やがてその妻となるディータとのベルリンでの恋。いくつもの時間軸の物語を巧みに輻輳させ、プリズムのように描き出す、コロンビアの名手による傑作長篇小説！　アルファグアラ賞受賞作。 ISBN978-4-86182-678-8

密告者 フアン・ガブリエル・バスケス著　服部綾乃、石川隆介訳

「あの時代、私たちは誰もが恐ろしい力を持っていた」名士である実父による著書への激越な批判、その父の病と交通事故での死、愛人の告発、昔馴染みの女性の証言、そして彼が密告した家族の生き残りとの時を越えた対話……。父親の隠された真の姿への探求の果てに、第二次大戦下の歴史の闇が浮かび上がる。マリオ・バルガス＝リョサが激賞するコロンビアの気鋭による、あまりにも壮大な大長篇小説！ ISBN978-4-86182-643-6

蝶たちの時代 フリア・アルバレス著　青柳伸子訳

ドミニカ共和国反政府運動の象徴、ミラバル姉妹の生涯！　時の独裁者トルヒーリョへの抵抗運動の中心となり、命を落とした長女パトリア、三女ミネルバ、四女マリア・テレサと、ただひとり生き残った次女デデの四姉妹それぞれの視点から、その生い立ち、家族の絆、恋愛と結婚、そして闘いの行方までを濃密に描き出す、傑作長篇小説。全米批評家協会賞候補作、アメリカ国立芸術基金全国読書推進プログラム作品。 ISBN978-4-86182-405-0

【作品社の本】

すべて内なるものは　エドウィージ・ダンティカ著　佐川愛子訳

全米批評家協会賞小説部門受賞作！　異郷に暮らしながら、故国を想いつづける人びとの、愛と喪失の物語。四半世紀にわたり、アメリカ文学の中心で、ひとりの移民女性としてリリカルで静謐な物語をつむぐ、ハイチ系作家の最新作品集、その円熟の境地。

ISBN978-4-86182-815-7

ほどける　エドウィージ・ダンティカ著　佐川愛子訳

双子の姉を交通事故で喪った、十六歳の少女。
自らの半身というべき存在をなくした彼女は、家族や友人らの助けを得て、アイデンティティを立て直し、新たな歩みを始める。全米が注目するハイチ系気鋭女性作家による、愛と抒情に満ちた物語。

ISBN978-4-86182-627-6

海の光のクレア　エドウィージ・ダンティカ著　佐川愛子訳

七歳の誕生日の夜、煌々と輝く満月の中、父の漁師小屋から消えた少女クレアは、どこへ行ったのか――。海辺の村のある一日の風景から、その土地に生きる人びとの記憶を織物のように描き出す。全米が注目するハイチ系気鋭女性作家による、最新にして最良の長篇小説。

ISBN978-4-86182-519-4

地震以前の私たち、地震以後の私たち
それぞれの記憶よ、語れ

エドウィージ・ダンティカ著　佐川愛子訳

ハイチに生を享け、アメリカに暮らす気鋭の女性作家が語る、母国への思い、芸術家の仕事の意義、ディアスポラとして生きる人々、そして、ハイチ大地震のこと――。
生命と魂と創造についての根源的な省察。カリブ文学OCMボーカス賞受賞作。

ISBN978-4-86182-450-0

ウールフ、黒い湖　ヘラ・S・ハーセ著　國森由美子訳

ウールフは、ぼくの友だちだった――オランダ領東インド。農園の支配人を務める植民者の息子である主人公「ぼく」と、現地人の少年「ウールフ」の友情と別離、そしてインドネシア独立への機運を丹念に描き出し、一大ベストセラーとなった〈オランダ文学界のグランド・オールド・レディー〉による不朽の名作、待望の本邦初訳！

ISBN978-4-86182-668-9

ランペドゥーザ全小説　附・スタンダール論

ジュゼッペ・トマージ・ディ・ランペドゥーザ著　脇功、武谷なおみ訳

戦後イタリア文学にセンセーションを巻きおこしたシチリアの貴族作家、初の集大成！
ストレーガ賞受賞長編『山猫』、傑作短編「セイレーン」、回想録「幼年時代の想い出」等に加え、著者が敬愛するスタンダールへのオマージュを収録。

ISBN978-4-86182-487-6

【作品社の本】

アウグストゥス　ジョン・ウィリアムズ著　布施由紀子訳

養父カエサルを継いで地中海世界を統一し、ローマ帝国初代皇帝となった男。世界史に名を刻む英傑ではなく、苦悩するひとりの人間としてのその生涯と、彼を取り巻いた人々の姿を稠密に描く歴史長篇。『ストーナー』で世界中に静かな熱狂を巻き起こした著者の遺作にして、全米図書賞受賞の最高傑作。

ISBN978-4-86182-820-1

ストーナー　ジョン・ウィリアムズ著　東江一紀訳

これはただ、ひとりの男が大学に進んで教師になる物語にすぎない。しかし、これほど魅力にあふれた作品は誰も読んだことがないだろう。——トム・ハンクス
半世紀前に刊行された小説が、いま、世界中に静かな熱狂を巻き起こしている。名翻訳家が命を賭して最期に訳した、"完璧に美しい小説"第一回日本翻訳大賞「読者賞」受賞。
ISBN978-4-86182-500-2

ブッチャーズ・クロッシング

ジョン・ウィリアムズ著　布施由紀子訳

『ストーナー』で世界中に静かな熱狂を巻き起こした著者が描く、十九世紀後半アメリカ西部の大自然。バッファロー狩りに挑んだ四人の男は、峻厳な冬山に帰路を閉ざされる。彼らを待つのは生か、死か。人間への透徹した眼差しと精妙な描写が肺腑を衝く、巻措く能わざる傑作長篇小説。

ISBN978-4-86182-685-6

黄泉（よみ）の河にて　ピーター・マシーセン著　東江一紀訳

「マシーセンの十の面が光る、十の周密な短編」——青山南氏推薦！　「われらが最高の書き手による名人芸の逸品」——ドン・デリーロ氏激賞！　半世紀余にわたりアメリカ文学を牽引した作家／ナチュラリストによる、唯一の自選ベスト作品集。

ISBN978-4-86182-491-3

ねみみにみみず　東江一紀著　越前敏弥編

翻訳家の日常、翻訳の裏側。迫りくる締切地獄で七転八倒しながらも、言葉とパチンコと競馬に真摯に向き合い、200冊を超える訳書を生んだ翻訳の巨人。知られざる生態と翻訳哲学が明かされる、おもしろうてやがていとしきエッセイ集。

ISBN978-4-86182-697-9

夢と幽霊の書

アンドルー・ラング著　ないとうふみこ訳　吉田篤弘巻末エッセイ

ルイス・キャロル、コナン・ドイルらが所属した心霊現象研究協会の会長による幽霊譚の古典、ロンドン留学中の夏目漱石が愛読し短篇「琴のそら音」の着想を得た名著、120年の時を越えて、待望の本邦初訳！

ISBN978-4-86182-650-4

【作品社の本】

ユドルフォ城の怪奇　全二巻　アン・ラドクリフ著　三馬志伸訳

愛する両親を喪い、悲しみに暮れる乙女エミリーは、叔母の夫である尊大な男モントーニの手に落ちて、イタリア山中の不気味な古城に幽閉されてしまう（上）。悪漢の魔の手を逃れ、故国フランスに辿り着いたエミリーは、かつて結婚を誓ったヴァランクールと痛切な再会を果たす。彼が犯した罪とはなにか（下）。刊行から二二七年を経て、今なお世界中で読み継がれるゴシック小説の源流。イギリス文学史上に不朽の名作として屹立する異形の超大作、待望の本邦初訳！

ISBN978-4-86182-858-4、859-1

ヴィクトリア朝怪異譚

ウィルキー・コリンズ、ジョージ・エリオット、メアリ・エリザベス・ブラッドン、マーガレット・オリファント著　三馬志伸編訳

イタリアで客死した叔父の亡骸を捜す青年、予知能力と読心能力を持つ男の生涯、先々代の当主の亡霊に死を予告された男、養女への遺言状を隠したまま落命した老貴婦人の苦悩。日本への紹介が少なく、読み応えのある中篇幽霊物語四作品を精選して集成！

ISBN978-4-86182-711-2

ゴーストタウン　ロバート・クーヴァー著　上岡伸雄、馬籠清子訳

辺境の町に流れ着き、保安官となったカウボーイ。酒場の女性歌手に知らぬうちに求婚するが、町の荒くれ者たちをいつの間にやら敵に回して、命からがら町を出たものの——。書き割りのような西部劇の神話的世界を目まぐるしく飛び回り、力ずくで解体してその裏面を暴き出す、ポストモダン文学の巨人による空前絶後のパロディ！

ISBN978-4-86182-623-8

ようこそ、映画館へ　ロバート・クーヴァー著　越川芳明訳

西部劇、ミュージカル、チャップリン喜劇、『カサブランカ』、フィルム・ノワール、カートゥーン……。あらゆるジャンル映画を俎上に載せ、解体し、魅惑的に再構築する！　ポストモダン文学の巨人がラブレー顔負けの過激なブラックユーモアでおくる、映画館での一夜の連続上映と、ひとりの映写技師、そして観客の少女の奇妙な体験！

ISBN978-4-86182-587-3

ノワール　ロバート・クーヴァー著　上岡伸雄訳

“夜を連れて”現われたベール姿の魔性の女「未亡人」とは何者か!?　彼女に調査を依頼された街の大立者「ミスター・ビッグ」の正体は!?　そして「君」と名指される探偵フィリップ・M・ノワールの運命やいかに!?　ポストモダン文学の巨人による、フィルム・ノワール／ハードボイルド探偵小説の、アイロニカルで周到なパロディ！

ISBN978-4-86182-499-9

老ピノッキオ、ヴェネツィアに帰る

ロバート・クーヴァー著　斎藤兆史、上岡伸雄訳

晴れて人間となり、学問を修めて老境を迎えたピノッキオが、故郷ヴェネツィアでまたしても巻き起こす大騒動！　原作のオールスター・キャストでポストモダン文学の巨人が放つ、諧謔と知的刺激に満ち満ちた傑作長篇パロディ小説！

ISBN978-4-86182-399-2

【作品社の本】

カリブ海アンティル諸島の民話と伝説

テレーズ・ジョルジェル著　松井裕史訳

ヨーロッパから来た入植者たち、アフリカから来た奴隷たちの物語と、カリブ族の物語が混ざりあって生まれたお話の数々。1957年の刊行以来、半世紀以上フランス語圏で広く読み継がれる民話集。人間たち、動物たち、そして神様や悪魔たちの胸躍る物語、全34話。

【挿絵62点収録】　ISBN978-4-86182-876-8

朝露の主たち　ジャック・ルーマン著　松井裕史訳

今なお世界中で広く読まれるハイチ文学の父ルーマン、最晩年の主著、初邦訳。15年間キューバの農場に出稼ぎに行っていた主人公マニュエルが、ハイチの故郷に戻ってきた。しかしその間に村は水不足による飢饉で窮乏し、ある殺人事件が原因で人びとは二派に別れていがみ合っている。マニュエルは、村から遠く離れた水源から水を引くことを発案し、それによって水不足と村人の対立の両方を解決しようと画策する。マニュエルの計画の行方は……。若き生の躍動を謳歌する、緊迫と愛憎の傑作長編小説。

ISBN978-4-86182-817-1

黒人小屋通り　ジョゼフ・ゾベル著　松井裕史訳

ジョゼフ・ゾベルを読んだことが、どんな理論的な文章よりも、私の目を大きく開いてくれたのだ――マリーズ・コンデ。カリブ海に浮かぶフランス領マルチニック島。農園で働く祖母のもとにあずけられた少年は、仲間たちや大人たちに囲まれ、豊かな自然の中で貧しいながらも幸福な少年時代を過ごす。『マルチニックの少年』として映画化もされ、ヴェネツィア国際映画祭で銀獅子賞を受賞した不朽の名作、半世紀以上にわたって読み継がれる現代の古典、待望の本邦初訳！

ISBN978-4-86182-729-7

ラスト・タイクーン

F・スコット・フィッツジェラルド著　上岡伸雄編訳

ハリウッドで書かれたあまりにも早い遺作、著者の遺稿を再現した版からの初邦訳。映画界を舞台にした、初訳三作を含む短編四作品、西海岸から妻や娘、仲間たちに送った書簡二十四通を併録。最晩年のフィッツジェラルドを知る最良の一冊、日本オリジナル編集！　ISBN978-4-86182-827-0

美しく呪われた人たち

F・スコット・フィッツジェラルド著　上岡伸雄訳

デビュー作『楽園のこちら側』と永遠の名作『グレート・ギャツビー』の間に書かれた長編第二作。刹那的に生きる「失われた世代」の若者たちを絢爛たる文体で描き、栄光のさなかにありながら自らの転落を予期したかのような恐るべき傑作、本邦初訳！　ISBN978-4-86182-737-2

【作品社の本】

骨を引き上げろ

ジェスミン・ウォード　石川由美子訳

全米図書賞受賞作！
子を宿した15歳の少女エシュと、
南部の過酷な社会環境に立ち向かうその家族たち、仲間たち。
そして彼らの運命を一変させる、あの巨大ハリケーンの襲来。
フォークナーの再来との呼び声も高い、
現代アメリカ文学最重要の作家による神話のごとき傑作。

「登場人物の内なるパッションとメキシコ湾で刻々と勢力を増す自然の脅威が絡まり合い、廃品と鶏に囲まれて暮らす貧しき人々のまっすぐな生き様の中に、古典悲劇にも通じる愛と執着と絶望がいっさいの気取りを排した形で浮かび上がる」――「ワシントン・ポスト」

「カトリーナによりもたらされた破壊と、すべてを洗い流された海辺の街の原初の風景について、本書は水没したニューオーリンズの映像よりもはるかに多くを教えてくれる」――「ニューヨーカー」

「ウォードの堂々たる語りには、フォークナーを想起させるものがある。今日的な若者言葉と神話的な呪文のリズムの間を自由に行き来し、パッションの発露を怖れない。苛烈な物語のほぼ全編に、パッションが満ちあふれている」――「パリ・レビュー」

ISBN978-4-86182-865-2

【作品社の本】

歌え、葬られぬ者たちよ、歌え

ジェスミン・ウォード　石川由美子訳

全米図書賞受賞作！
アメリカ南部で困難を生き抜く家族の絆の物語であり、
臓腑に響く力強いロードノヴェルでありながら、
生者ならぬものが跳梁するマジックリアリズム的手法がちりばめられた、
壮大で美しく澄みわたる叙事詩。
現代アメリカ文学を代表する、傑作長篇小説。

「胸が締めつけられる。ジェスミン・ウォードの最新作は、いまなお葬り去ることのできないアメリカの悪夢の心臓部を深くえぐる」――マーガレット・アトウッド

「トニ・モリソンの『ビラヴド』を想起させる痛烈でタイムリーな小説。しかもこの作品自体がすでにアメリカ文学のクラシックの域に達している」――「ニューヨーク・タイムズ」書評家が選ぶトップ・ブックス2017

「まさしくフォークナーの領域だ。ウォードの最新作は現実世界の複雑な状況を背負った人びとにより肉づけされ、ぞっとするほど魅力的に仕上がっている」――「タイムズ」

ISBN978-4-86182-803-4